KAY
HOOPER

Wer bist du, Amanda?

Roman

Deutsch von
Carsten Mayer

BLANVALET

Die Originalausgabe erschien 1995 unter dem Titel
»Amanda« bei Bantam Books, New York

Umwelthinweis:
Alle bedruckten Materialien dieses Taschenbuches
sind chlorfrei und umweltschonend.
Das Papier enthält Recycling-Anteile.

Blanvalet Taschenbücher erscheinen im Goldmann Verlag,
einem Unternehmen der Verlagsgruppe Bertelsmann.

Taschenbuchausgabe März 2001

Umschlaggestaltung: Design Team München
Umschlagfoto: Photonica/SPL
Satz: DTP Service Apel, Hannover
Druck: Elsnerdruck, Berlin
Verlagsnummer: 35398
KvD · Herstellung: Heidrun Nawrot
Made in Germany
ISBN 3-442-35398-X
www.blanvalet-verlag.de

1 3 5 7 9 10 8 6 4 2

Für meine Eltern

Prolog

Juli 1975

Der Donner dröhnte von den Bergen herunter, wie immer, wenn in einer heißen Nacht ein Sturm hereinbrach. Der Wind peitschte den Regen in die Bäume und gegen die Fensterscheiben des großen Hauses. Das völlig durchnäßte neunjährige Mädchen schlotterte in ihrem baumwollenen Nachthemd, das ihr auf der Haut klebte, und ihr schmächtiger Körper schien völlig steif, als sie in der Mitte des dunklen Schlafzimmers stand.

»Mama ...«

»Psst! Nicht Baby, sei ganz still. Bleib einfach ganz ruhig da stehen und warte, bis ich fertig bin.«

Ihre Mutter und ihr Vater nannten sie oft Baby, weil es so schwierig gewesen war, sie zu bekommen, und weil sie sie so sehr liebten, als sie auf der Welt war. Deshalb und weil sie so vollkommen war, hatten sie sie Amanda genannt, hatte ihr Vater erklärt, während er sie hochhob, damit sie auf seinen breiten Schultern reiten konnte.

Im Augenblick fühlte sie sich überhaupt nicht vollkommen. Ihr war kalt, sie fühlte sich leer und hatte schreckliche Angst. Und die Stimme ihrer Mutter, die so dünn und verzweifelt klang, ließ ihre Angst nur noch größer werden. Ihrer Welt war der Boden so unvermittelt entzogen worden, daß sie noch immer eine dumpfe Verwirrung spürte, innerlich wie zerbrochen war, und ihre großen grauen Augen folgten ihrer Mutter mit dem erbarmungswürdigen Ausdruck des Grauens, wie ihn nur jemand haben konnte, der alles verloren hatte, alles, außer einem allerletzten, dünnen, unendlich kostbaren Band zu dem, was nicht mehr war.

Flüsternd fragte sie zwischen den Donnerschlägen: »Mama, wo gehen wir hin?«

»Weit weg, Baby, weit, weit weg.« Blitze brachten das einzige Licht im Schlafzimmer, Blitze, die den Sturmhimmel vor dem Fenster zerrissen, und Christine Daulton nutzte dies zuckende Licht, als sie Kleidungsstücke in einen alten Matchbeutel aus Segeltuch stopfte. Sie wagte nicht, Lampen einzuschalten, und der Zwang zur Eile war so drückend, daß er ihr beinahe die Kehle zugeschnürt hätte.

Sie hatte zwar eigentlich keinen Platz dafür, aber sie stopfte ihre Tagebücher auch noch in die Tasche, denn sie brauchte einfach *irgend etwas,* was sie von diesem Ort hier mitnehmen konnte, etwas aus ihrem Leben mit Brian. Oh, *lieber Gott, Brian ...* Sie raffte eine Handvoll Schmuck aus dem Kästchen aus der Kommode zusammen und spürte den Geschmack von Blut, weil sie sich auf die Unterlippe biß, um nicht zu schreien. Sie hatte keine Zeit mehr, keine Zeit, sie mußte Amanda von hier fortbringen.

»Warte hier«, befahl sie ihrer Tochter.

»Nein! Mama, bitte ...«

»Psst! Also gut, Amanda, komm mit mir – aber du mußt still sein.« Augenblicke später tastete Christine im Zimmer ihrer Tochter nach weiteren Kleidungsstücken, die sie in die überquellende Tasche preßte. Sie half dem zitternden Mädchen in trockene Kleidung – ausgebleichte Jeans und ein T-Shirt.

»Schuhe?«

Amanda fand ein beschmutztes Paar Turnschuhe und zog sie an. Ihre Mutter nahm sie bei der Hand, und beide verließen das Zimmer leise auf Zehenspitzen. Dann, an der Treppe, stöhnte Amanda plötzlich gequält auf und versuchte, ihre Hand loszureißen. »Oh, ich *muß ...*«

»Psst«, mahnte Christine nachdrücklich. »Amanda ...«

Aber selbst im Flüsterton behielt Amandas Stimme eine verzweifelte Eindringlichkeit. »Mama, bitte, Mama, ich muß unbedingt noch was holen – ich kann es nicht hierlassen, bitte, Mama – es dauert auch überhaupt nicht lange ...«

Sie konnte sich nicht vorstellen, was Amanda so wichtig war, aber Christine war nicht fähig, ihre Tochter in diesem aufgewühlten Gefühlszustand die Treppen hinunter zu zwingen. Das Kind stand ohnehin schon unter Schock – es schien kurz vor dem Ausbruch völliger Hysterie. »Also gut, aber beeil dich. *Und mach bloß keinen Krach.*«

Geschwind und geschmeidig wie ein Schatten flitzte Amanda durch den Korridor zurück und verschwand in ihrem Zimmer. Weniger als eine Minute später war sie wieder bei ihr und stopfte etwas in die vordere Tasche ihrer Jeans.

Christine nahm sich nicht die Zeit herauszufinden, was so wichtig gewesen war, daß ihre Tochter es nicht übers Herz brachte, es zurückzulassen; sie packte einfach die freie Hand ihrer Tochter und ging weiter, die Treppe hinunter.

Kurz bevor sie die große Standuhr auf dem Treppenabsatz erreichten, schlug sie klangvoll zwei Uhr. Die Töne waren zu vertraut, um eine der beiden zu beunruhigen, und sie eilten ohne anzuhalten weiter. Die Eingangstür stand noch immer offen, wie sie sie zurückgelassen hatten, und Christine machte sich nicht die Mühe, sie hinter sich zuzuziehen, als sie den weiten Portikus durchquerten.

Der Wind hatte den Regen durch die Vorhalle den halben Weg bis zur Tür getrieben, und Amanda hörte das leise Quietschen ihrer Schuhe auf dem nassen Stein. Dann zog sie den Kopf ein, um sich vor dem Regen zu schützen, und blieb dicht bei ihrer Mutter, als sie zum Auto rannten, das einige Meter entfernt geparkt war. Bis sie auf dem Beifahrersitz saß und ihrer Mutter zusah, wie sie mit den Schlüsseln herumhantierte, war Amanda bereits wieder durchnäßt, und sie zitterte, obwohl es noch knapp über zwanzig Grad warm war.

Der Motor sprang stotternd an, und die Scheinwerfer zerschnitten Dunkelheit und strömendem Regen, um den Kies der Auffahrt zu beleuchten. Das Auto holperte auf die gepflasterte Straße zu. Amanda blickte zur Seite und hielt den Atem an, als sie weit entfernt, zwischen dem Haus und den Ställen, ein Licht tänzeln sah, als würde dort jemand mit einer Taschenlampe in der Hand herumrennen. Als würde jemand auf das Auto zulaufen, das in diesem Moment in die gepflasterte Straße einbog, beschleunigte und das Haus hinter sich ließ.

Schnell richtete Amanda den Blick wieder nach vorn, rieb die kalten Hände aneinander und schluckte schwer, als ihr die Übelkeit die brennende Kehle hochkam. »Mama? Wir können nicht mehr zurückkommen, nicht wahr? Wir werden nie wieder zurückkommen können?« Unter Tränen, die ihr über die aschfahlen Wangen rannen und sie nahezu blendeten, antwortete Christine Daulton, »Nein, Amanda. Wir können niemals wieder zurückkommen.«

1

Ende Mai 1995

»Halten Sie an.«

Es war mehr ein Gesuch als eine Anordnung, und als er an den Rand der asphaltierten Privatstraße fuhr und den Schalthebel in Parkstellung brachte, forschte Walker McLellan bereits nach der tieferen Bedeutung der drei kleinen Worte.

»Die Nerven verloren?« fragte er mit geübter, sachlicher Anwaltsstimme.

Sie gab keine Antwort. Sobald das Auto stand, öffnete sie die Tür und stieg aus. Sie schloß die Tür und ging einige Meter am Straßenrand entlang, bis sie den Graben überqueren und durch eine Lücke, die von einer fehlenden Zaunlatte stammte, auf die Weide treten konnte.

Walker sah zu, wie sie etwa dreißig Meter über die üppige, grüne Weide ging, bis sie an eine Anhöhe kam. Er wußte, daß das Haus von dort, wo sie stand, zu sehen war. Er fragte sich, woher sie diese Kenntnis hatte.

Nach einigen Minuten stellte er den Motor des Wagens ab und stieg aus. Er vergaß nicht, die Schlüssel abzuziehen, obwohl das Auto auf dem Besitz der Daultons sicher war, und nicht gestohlen oder auch nur angerührt werden würde. Walker hatte einige Jahre in Atlanta verbracht, was ihn von jeglicher Anwandlung geheilt hatte, sich auf die Freundlichkeit von Freunden zu verlassen, sein Eigentum nicht zu stehlen.

Auch das Jurastudium hatte sein Vertrauen in seine Mitmenschen beeinträchtigt.

»Alle werden Ihnen Lügen auftischen«, hatte sein Lieblingsprofessor unmißverständlich klargestellt, »Mandanten, Polizisten, andere Anwälte, sogar Ihr Tankwart. Menschen, die aufrichtig glauben, sie hätten nichts zu verbergen, werden Sie dennoch anlügen. Gewöhnen Sie sich daran. Erwarten Sie es. Gehen Sie davon aus, daß man Sie anlügt, bis Sie einen Beweis für die Wahrheit in Händen halten. Und dann nehmen Sie den Beweis unter die Lupe.«

Worte, nach denen man sich richten konnte.

Walker schwang sich behende über den Zaun, anstatt unten hindurchzukriechen wie sie, und stellte sich auf der Anhöhe neben sie. »Woher wußten Sie, daß das Haus von hier zu sehen ist?« fragte er beiläufig.

Sie schaute zur Seite, um flüchtig seinem festen Blick zu begegnen, die eigenen, rauchgrauen Augen unergründlich. Offensichtlich von seinem leidenschaftslosen Tonfall nicht irregeführt, erwiderte sie: »Sie haben nicht den geringsten Zweifel, daß ich eine Betrügerin bin, oder?«

»Im Gegenteil. Wenn ich das nicht bezweifeln würde, wären Sie nicht hier.«

Sie schaute über viele Morgen üppigen, grünen Weidelandes, bis sich ihr Blick fest auf das ehrfurchtgebietende Haus richtete, das noch fast eine Meile entfernt stand. »Aber Sie glauben nicht, daß ich Amanda Daulton bin«, stellte sie fest.

Er antwortete vorsichtig. »Es ist mir nicht gelungen, zu beweisen, daß Sie es nicht sind. Vor zwanzig Jahren ist niemand auf die Idee gekommen, Fingerabdrücke von Kindern zu nehmen, daher bleibt uns dieser Beweis versagt. Sie haben die richtige Blutgruppe – aber das heißt nur, daß Sie Amanda Daulton sein *könnten,* nicht, daß Sie es wirklich sind. Sie haben die meisten meiner Fragen korrekt beantwortet. Sie scheinen eine umfassende, wenn auch unvollständige Kenntnis der Familiengeschichte der Daultons zu besitzen, außerdem haben

Sie offenbar eine gewisse Vertrautheit mit den lebenden Familienmitgliedern.«

Den Blick immer noch auf das entfernte Haus gerichtet, lächelte sie ein wenig. »Aber ich habe nicht alle Ihre Fragen beantworten können, und das macht Sie sehr mißtrauisch, nicht wahr, Mr. McLellan? Auch wenn es zwanzig Jahre her ist, seit ich zuletzt … zu Hause war.«

Genau dieses Zögern war es, dem er mißtraute, überlegte Walker im stillen. Diese Frau war tatsächlich recht gut mit den Einzelheiten der Familie Daulton vertraut, aber die meisten davon waren aktenkundig und jedermann frei zugänglich, der sie ausgraben wollte. Und das hätte sie ohne weiteres tun können. Und wenn sie es getan hatte, dann war sie damit nicht die erste; Walker hatte in den letzten fünf Jahren die Angaben zweier anderer Frauen eindeutig widerlegen können, die beide geschworen hatten, sie seien Amanda Daulton.

Jesse Daultons Besitz wurde auf einen zweistelligen Millionenbetrag geschätzt, und so war es kein Wunder, daß Frauen, im entsprechenden Alter und mit dem passenden Äußeren, auftauchten, um hoffnungsvoll zu behaupten, sie seien seine lang verschollene Enkelin – vor allem jetzt.

Aber diese hier, diese Amanda Daulton, dachte Walker, war anders als die beiden Hochstaplerinnen, die er bereits entlarvt hatte. Nicht im geringsten ungeduldig, draufgängerisch oder nachdrücklich, war diese Frau vielmehr ruhig, bestimmt und wachsam. Sie hatte nicht versucht, ihn um den Finger zu wickeln oder mit ihm zu flirten. Sie hatte nicht verzweifelt nach Ausflüchten auf seine Fragen gesucht, sondern entweder sachlich geantwortet oder aber gesagt, daß sie es nicht wisse. *Ich weiß es nicht. Daran kann ich mich nicht erinnern.*

Aber waren es denn wirklich Erinnerungslücken? Oder nicht vielmehr Lücken in ihren Nachforschungen?

»Zwanzig Jahre«, wiederholte er und wandte den Kopf, um ihr Profil zu betrachten.

Sie zuckte die Achseln. »Was behalten die Leute schon von ihrer Kindheit? Flüchtige Bilder, besondere Augenblicke. Nicht mehr als eine komische Ansammlung wie ein Flickenteppich. Kann ich mich wirklich an den Sommer erinnern, als ich neun war? Einiges weiß ich noch. In diesem Sommer war es im Mai schon heiß, so wie jetzt, wie heute. Das Geißblatt roch so wie jetzt, genauso süß. Und fast jeden Tag war es windstill und drückend wie jetzt, weil ein Sturm in der Nähe ist, vielleicht gleich hinter diesen Bergen. Wenn man genau hinhört, kann man den Donner hören. Hören Sie ihn?«

Walker achtete darauf, sich durch das Träumerische in ihrer Stimme nicht einlullen zu lassen. »Zu dieser Jahreszeit sind Stürme nichts Ungewöhnliches«, sagte er einfach.

Ihr entfuhr ein kleines Lachen, kaum mehr als ein hörbarer Atemzug. »Ja, natürlich sind sie das. Sagen Sie, Mr. McLellan, wenn Sie so wenig überzeugt von mir sind, warum bin ich dann überhaupt hier? Sie hätten meinen Vorschlag ablehnen können oder den Daultons empfehlen können, ihn abzulehnen. Sie hätten darauf bestehen können, noch einige Wochen abzuwarten, bis das Ergebnis der Blutprobe feststeht. Vielleicht wäre das ja eindeutig, und damit könnten meine Ansprüche dann zweifelsfrei bekräftigt oder widerlegt werden.«

»Vielleicht aber auch nicht«, sagte er. »Die DNS-Untersuchung steckt immer noch in den Kinderschuhen, und die Gerichte sind sich noch uneins darüber, als wie verläßlich solche Vergleiche eingestuft werden sollen – vor allem, wenn es darum geht, verwandtschaftliche Beziehungen zwischen Großelternteil und Enkelkind aufzuzeigen.«

»Ja, es wäre einfacher, wenn mein Vater noch am Leben wäre«, murmelte sie. »Glauben Sie, daß die Daultons wirklich eine Veranlagung zum Wahnsinn haben?« Die Frage berührte keine vertraulichen Informationen, und er antwortete gleichmütig. »Brian Daulton hatte Pech – aber er war nicht verrückt. Wir sollten zum Haus fahren. Ihr – Jesse erwartet uns.«

Sie zögerte, schien sich zu versteifen, bevor sie sich schnell umdrehte und zur Straße zurücklief. Walker hielt selbst einen Augenblick inne, seine Aufmerksamkeit war von einigen Pferden gefesselt, die die Besucher auf der Weide bemerkt hatten und, neugierig wie es ihre Art ist, über die Anhöhe auf ihn zukamen. Er runzelte die Stirn, lief dann zurück zur Straße und stieg ins Auto.

»Sie fürchten sich vor Pferden?« fragte er, als er den Motor anließ. In einem etwas unverbindlichen Tonfall sagte sie: »Was? Oh, ich mag sie nicht besonders. Sie sagten, daß meine Familie heute vollzählig anwesend sein würde?«

Walker war nicht sicher, ob der Themenwechsel mehr zu besagen hatte, als daß sie wahrscheinlich – und zu Recht – völlig mit dem beschäftigt war, was ihr bevorstand, daher äußerte er sich nicht dazu. Statt dessen antwortete er einfach: »Laut Jesse sind alle da. Kate lebt sowieso schon immer auf Glory; Reece und Sully sind beide nach dem College wieder zurückgekommen.«

»Und keiner von ihnen ist verheiratet?«

»Nein. Reece war vor ein paar Jahren mal kurz davor, aber Jesse – hat das Problem in die Hand genommen.«

Sie schaute zu Walker hinüber, als wolle sie ihm eine weitere Frage stellen, aber gerade in dem Moment lenkte er das Auto von der geteerten Straße auf den Kies der Auffahrt, und so richtete sie ihre ganze Aufmerksamkeit darauf, das Haus, das vor ihnen aufragte, in Augenschein zu nehmen. Walker fragte sich, was ihr durch den Kopf ging. Was sie fühlte.

Als eines der prächtigsten Herrenhäuser der Südstaaten war es ursprünglich – mit einem Hochmut, der bezeichnend für seinen Besitzer war – auf den Namen Daulton's Glory getauft worden, aber in den folgenden über hundert Jahren hatte es niemals jemand anders als Glory genannt, wohl, weil der Name so passend war. Es war wuchtig, von außergewöhnlicher Imposanz. Zwei sehr große, alte Magnolien flankierten die kreisförmige Mündung der Auffahrt vor dem Haus, gekrönt von prachtvollen, wächsernen, elfenbeinfarbenen Blüten. Mehrere riesige alte Eichen standen in der Nähe des Hauses, wie auch eine Ansammlung kleinerer, bunt blühender Bäume: Hartriegel und Mimosen. Unzählige gepflegte, immergrüne Büsche und Azaleen setzten das Haus auf das vortrefflichste in Szene.

Das Haus selbst aber bildete das Herzstück, so perfekt eingefaßt wie ein Juwel in goldener Fassung. Eine beeindruckende Kolonnade erstreckte sich über die Frontpartie, mit zehn kannelierten, aus Holz geschnitzten Säulen – viele davon unter einem vorgesetzten Giebel, so daß das Haus auszuschreiten schien, um jeden Ankömmling beherzt in Empfang zu nehmen. Die Säulen waren weiß gestrichen und hoben sich von der sandfarbenen Fassade ab, während an den Seitenwänden des Hauses der unverputzte, braune Ziegel zur Geltung kam.

»Verstehen Sie was von Architektur?« fragte Walker.

»Leider nein.«

Er hielt den Wagen gleich rechts neben dem Aufgang an, machte den Motor aus und blickte sie an. Sie starrte auf das Haus, und er konnte von ihrem Profil nicht das geringste ablesen. Im Plauderton sagte er: »Glory gehört zu den Herrenhäusern im Süden, die durch Säulen Reichtum und Stolz ihrer Besitzer zum Ausdruck bringen. Als das Haus gebaut wurde, hieß es, die meisten Reichen würden es auf vier Säulen bringen, eine außergewöhnliche Familie auf sechs – und die Daultons auf zehn.«

Sie drehte ihm den Kopf zu, und obwohl ihre zierlichen Gesichtszüge ausdruckslos blieben und ihre rauchigen, grauen Augen schwer zu deuten waren, hatte Walker unvermittelt den Eindruck, daß sie Angst hatte. Große Angst. Aber ihre Stimme blieb ruhig, von sachter Neugier.

»Sie sind Experte, was die Familie Daulton angeht, Mr. McLellan?«

»Walker.« Er wußte nicht genau, warum ihm das herausgerutscht war, hatte es ihn doch einige Mühe gekostet, ihr gegenüber, vom ersten Treffen an, unverändert unparteiisch und formell aufzutreten. »Nein, aber die örtliche Historie gehört zu meinen Hobbys – und die Daultons sind verantwortlich für den größten Teil dieser Geschichte.«

»Was ist mit Ihrer Familie? Sagten Sie nicht, daß auch Ihr Vater und Ihr Großvater schon als Anwälte für die Daultons gearbeitet haben?«

Sie will nicht hineingehen. »Ja, aber wir sind noch relativ neu in der Gegend. Mein Urgroßvater hat 1870 beim Pokern tausend Morgen Land von den Daultons gewonnen und ein Haus gebaut, ungefähr eine Meile westlich, hinter dem Hügel dort. Er war schottischer Einwanderer und hatte buchstäblich keinen Penny in der Tasche, aber schließlich brachte er es doch zu einigem Wohlstand. Mit der Zeit haben ihm die Daultons sogar verziehen, daß er das Haus nach dem Pokerblatt benannt hat, mit dem er damals gewonnen hat.«

»Wahrscheinlich sollte ich mich an all das erinnern, nicht wahr? Aber ich fürchte, das kann ich nicht. Wie hat er das Haus genannt?«

»King High. Haus und Name haben sich bis auf den heutigen Tag erhalten, nur die Feindseligkeiten sind lange vergessen.« Ohne ein Wort darüber zu verlieren, ob sie sich an Glorys einziges Nachbarhaus im Umkreis von mehreren Meilen hätte erinnern sollen, stieg Walker aus und ging zu ihrer Seite hinüber. Sie hatte sich nicht gerührt und tat es auch nicht, als er ihr die Tür aufhielt. Erst als sie zu ihm hochsah, sagte er: »Jetzt oder nie.«

Nach einem kurzen Augenblick stieg sie aus und trat beiseite, so daß er die Tür schließen konnte. Ihr Blick war fest auf das Haus gerichtet, die Finger der einen Hand spielten nervös mit dem Riemen ihrer Handtasche, und sie bewegte sich keinen Millimeter vom Auto weg. Sie hatte sich für dieses erste

Treffen offensichtlich sorgfältig angezogen, und ihre maßgeschneiderte, weite graue Hose und ihre hellblaue Seidenbluse schmeichelten ihr nicht nur, sie waren auch hübsch und geschmackvoll.

Walker beobachtete sie wortlos.

»Es ist ... riesig«, stammelte sie schließlich.

»Nicht größer als früher, wenigstens nicht von dieser Seite. Erinnern Sie sich denn nicht mehr an Glory?«

»Doch, aber ...«, sie holte tief Luft und murmelte dann, »ich habe schon oft gehört, daß die Dinge aus der Kindheit, wenn man immer wieder zu ihnen zurückkehrt, in Wirklichkeit immer kleiner sind, als in der Erinnerung. Dies hier nicht.«

Völlig unerwartet verspürte Walker, wie das Mitleid ihm einen Stich versetzte. Gleichgültig ob sie die wirkliche Amanda Daulton war oder eine Hochstaplerin, gleich würde sie einer Gruppe von Fremden gegenübertreten, von denen jeder einzelne nur darauf wartete, daß sie sich verraten, daß sie einen Fehler begehen würde. Es würde eine Tortur werden, egal, wer sie war.

Er faßte sie leicht am Arm und meinte ruhig: »Wir lassen Ihre Taschen vorläufig im Wagen. Wenn dieses – Interview nicht nach Plan verläuft, oder wenn Sie sich zu unwohl fühlen, um zu bleiben, werde ich Sie in die Stadt zurückbringen.«

Sie blickte mit einem neugierigen Gesichtsausdruck zu ihm auf, ganz, als hätte er sie überrascht, nickte aber nur und sagte: »Danke.«

Sie gingen den Aufgang entlang, der von niedrigen, gepflegten Büschen gesäumt war und stiegen die weiten, flachen Stufen empor, schritten zwischen den beiden mittleren Säulen durch den Portikus. Mehrere schmiedeeiserne Möbelstücke standen im kühlen Schatten verteilt und lockerten so die Weite aus fahlem Stein auf. In zwei Übertöpfen zu beiden Seiten der wuchtigen Tür waren sorgfältig gestutzte Zwergbäume gepflanzt.

Walker läutete nicht die Glocke, sondern öffnete einfach den rechten der beiden Türflügel und bedeutete ihr, ihm voranzugehen. Wenn sie überhaupt zögerte, so nur für einen Moment.

Als sie in die stille Kühle eines überwältigenden Vestibüls traten, bemerkte er trocken: »Jesse ist kein allzu großer Freund von Antiquitäten. Sie werden also nicht viele Räume in Glory finden, die ihre ursprüngliche Einrichtung behalten haben. Einige der Schlafzimmer sind noch im Originalzustand, aber die meisten Räume im Haus wurden weitestgehend mit modernster Ausstattung versehen. Mit Ausnahme von Klimaanlagen.«

Sie blickte gebannt auf die gewundene Treppenanlage, die sich, nur von einem eleganten Podest unterbrochen, in die erste Etage emporschwang, sah hinunter auf den wunderschönen, gold- und cremefarbenen, gewebten Teppich, der sich über das blankpolierte Parkett des Bodens streckte, dann wandte sie ihre Aufmerksamkeit wieder Walker zu. »Bleibt das Haus den ganzen Sommer über so kühl?«

»Eigentlich nicht«, antwortete er. »Ab Mitte Juli wird es hier drinnen meistens ziemlich stickig – vor allem im Obergeschoß. Aber Jesse zieht natürliche Luft vor, ganz egal, wie heiß und schwül sie sein mag, und Jesse hat hier auf Glory ziemlich eindeutig das Sagen.« Er fragte sich, ob sie eine Warnung in seiner Stimme gehört hatte. Er fragte sich, ob er sie hatte warnen wollen. Bevor sie etwas erwidern konnte, wurden sie von lauthals streitenden Stimmen abgelenkt. Einer von zwei Türflügeln gegenüber der Treppe wurde aufgerissen, eine rauhe, wütende Stimme brüllte »Sully!«, und ein großer, dunkelhaariger Mann in Jeans und einem dreckigen T-Shirt kam aus dem Raum geschossen. Er warf die Tür zornig hinter sich zu, bemerkte dann die Besucher und erstarrte. Obgleich sie sich nicht berührten, merkte Walker, wie seine Begleiterin neben ihm steif wurde. Er machte ihr keinen Vorwurf. Der Zorn, den Sullivan Lattimore, Jesses jüngster Enkel, ausstrahlte, war so gewaltig, daß er sichtbar war wie Hitze, die über Asphalt schimmert. Und da er ein Mann von kräftiger Statur war, der aussah, als wolle er alles zerstören, was ihm gerade in die Hände käme, sah ihn selbst Walker – der mit absoluter Sicherheit wußte, daß er es mit Sully aufnehmen konnte – argwöhnisch an.

Einen langen Augenblick bewegte sich Sully nicht. Er starrte sie mit bösartigem Blick an, dem sie nicht in der Lage zu sein schien, auszuweichen.

In der Stille ließ Walker seine Blicke zwischen ihnen wandern und fragte sich, was als nächstes geschehen würde. Alles, was sie gemeinsam hatten, dachte er, waren schwarzes Haar und graue Augen, beides typische Merkmale der Daultons. Hier endete die Ähnlichkeit aber schon, obwohl sie angeblich Cousin und Cousine waren. Sie war zierlich, nur wenig mehr als einen Meter fünfzig groß, und zartgliedrig, mit kleinen Knochen und einer feinporigen, hellen Haut; er war groß, weit über einen Meter achtzig, mit dem massigen Körperbau der meisten Daultons. Seine Haut war braungebrannt, und seine kräftigen Hände trugen Schwielen. Ihre feinen Züge waren ruhig, gefaßt und verrieten nichts über ihre Gefühle; sein gutaussehendes, mürrisches Gesicht brachte so viel zum Ausdruck, daß es die Intimität von Neonlicht besaß.

Obwohl sich seine zusammengepreßten Lippen unter einem Knurren krümmten, schwieg Sully. Er schritt einfach an ihnen vorbei und durch die Eingangstür, die er hinter sich zuwarf.

Sie drehte sich nicht nach ihm um, aber ihr kleiner Seufzer entging Walker nicht. Dann sah sie zu ihm hoch und sagte mit Bestimmtheit: »Nicht gerade ein vielversprechender Anfang.«

Walker zuckte mit den Achseln. »Lassen Sie sich von Sully nicht aus der Fassung bringen. Er hält sich gerne für so hinterhältig und gemein wie ein streunender Hund, aber meistens blufft er nur.«

»Meistens?«

Ihr gequälter Ton ließ Walker lächeln. »Nun ja, ich würde Ihnen nicht raten, ihn ohne triftigen Grund auf die Palme zu bringen, aber seine Anfälle äußern sich gewöhnlich in Schreien und Fluchen, weniger dadurch, daß er jemanden schlägt oder mit irgendwelchen Sachen um sich wirft. Wahrscheinlich wird er eine Stunde oder so durch die Wälder und Wiesen reiten, bis er sich wieder beruhigt hat, und zum Abendessen wird er sich wohl wieder ganz zivilisiert benehmen.«

»Er will mich nicht hier haben.«

»Nein, wahrscheinlich will er das nicht.« Walker zögerte, beschloß dann aber, nicht weiter auf das Thema einzugehen. Sie würde früh genug – falls es ihr nicht ohnehin bereits aufgegangen war – herausfinden, daß die Ankunft von Amanda Daulton für mehr als nur ein Mitglied der Familie ein Stoß vor den Kopf gewesen war, und daß sehr wahrscheinlich Jesse der einzige war, der sich *wünschte,* sie sei die, für die sie sich ausgab.

Die Tür, die Sully zugeschlagen hatte, öffnete sich wieder, und eine große, dunkelhaarige Frau erschien, die energisch in das Vestibül trat, die Tür leise hinter sich schloß und stehenblieb, als sie die beiden sah. Ihr Alter mochte irgendwo zwischen fünfundvierzig und fünfundsechzig liegen; ihr mahagonibraunes Haar, das sie kurz und modisch trug, zeigte nicht mehr als ein paar graue Strähnen, aber ihr Gesicht hatte das sonnengegerbte, ledrige Aussehen von jemandem, der über Jahre hinweg viel Zeit im Freien verbracht hatte. Sie war schlank und rank, eher apart als hübsch, und ihre braunen Augen gaben nichts preis.

Ohne Amanda ein Lächeln zu schenken oder sie auch nur anzusehen, sagte sie: »Brauchst du vielleicht eine Einladung, Walker?«

»Nein, Maggie«, antwortete er gleichmütig, an die schroffe Art der langjährigen Haushälterin von Glory gewöhnt. »Ich lege nur eine Pause ein, um mich von Sullys Sturmlauf zu erholen.« Er wollte die stille Frau, die neben ihm stand, gerade vorstellen, als er bemerkte, daß der einzige Name, den er für sie hatte, einer war, den er nicht für den wahren hielt. Um Himmels willen, sollte er etwa jede Vorstellung damit einleiten, daß er sagte, ›Sie *behauptet,* sie heißt Amanda Daulton‹?

Die Haushälterin nahm ihm die Sache aus der Hand, indem sie sich der jungen Frau zuwandte, sie scharf beäugte und sie in demselben schroffen Ton ansprach: »Nur damit Sie's wissen, ich hab' nicht vor, Ratespielchen mit Ihnen zu veranstalten, von wegen, woran Sie sich noch erinnern und woran nicht. Zwanzig Jahre sind eine lange Zeit, egal, wer Sie sind. Ich bin Maggie Jarrell, ich führe dieses Haus hier.«

»Ich bin Amanda Daulton.« Ihre Stimme war sehr ruhig, eher sachlich als herausfordernd.

Maggie schürzte die Lippen und nickte. »Okay, wie wollen Sie Ihren Eistee?«

»Süß, mit Zitrone.« Die Antwort kam prompt und wurde von einem Lächeln begleitet.

Maggie nickte erneut, warf Walker einen Blick zu, den er um nichts in der Welt zu deuten vermochte, und machte sich auf den Weg in den hinteren Teil des Hauses.

»Walker.«

Er schaute herab, sich nur zu bewußt, daß sie ihn zum ersten Mal mit seinem Vornamen ansprach. »Ja?«

»Ich verstehe, wie schwer es jemandem fallen muß, der eine so exakte Wissenschaft wie Jura studiert, etwas zu akzeptieren, das er nicht für die Wahrheit hält«, sagte sie gleichförmig, ohne ihn dabei anzusehen. »Aber ich würde es begrüßen, wenn Sie sich, um es für uns alle ein bißchen leichter zu machen, dazu durchringen könnten, mich wenigstens Amanda zu *nennen.* Sie brauchen sich keine Sorgen zu machen. Ich werde nicht so dumm sein zu glauben, daß das irgendein Eingeständnis Ihrerseits bedeutet. Sie glauben, daß ich eine Betrügerin bin – gut. Aber auch Betrüger haben Namen.« Sie sah zu ihm hoch, mit unbeugsamen, grauen Augen. »Mein Name ist Amanda.«

Bis dahin war es Walker nicht aufgefallen, daß er vermieden hatte, sie irgend etwas zu nennen, zumindest, solange er bei ihr war. Er hatte nicht absichtlich vorgehabt, ihr ins Gesicht zu schlagen, aber es war offensichtlich, daß sie sich – mit Recht – gekränkt fühlte.

»Es tut mir leid«, gestand er aufrichtig. Er deutete auf den Raum, den Sully und Maggie verlassen hatten. »Wollen wir – Amanda?«

Sie straffte sichtlich die Schultern und nickte. Sie gingen zur Tür, Walker klopfte kurz an, und als von drinnen eine ungeduldige Antwort kam, öffnet er beide Türflügel, so daß sie den Raum Seite an Seite betreten konnten. Es war eine halbbewußte Geste seinerseits, aus dem Augenblick entstanden, und als sie ihn mit dem Aufblitzen eines dankbaren Lächelns anblickte, war er froh, sie gezeigt zu haben.

Das Zimmer, in das sie traten, war von enormer Weite, und seine übergroßen Fenster und seine hohe Decke verstärkten diesen Eindruck noch. Die Einrichtung war angenehm modern, ohne es aber groß zu betonen, die Farben waren gedämpft und wohltuend, und der Boden war von einem dicken, luxuriösen Spannteppich bedeckt. Im Zimmer befanden sich drei Personen: Zwei Männer standen in der Nähe des Kamins, und eine Frau saß auf einem der beiden langen Sofas, die im rechten Winkel dazu aufgestellt waren.

Diesmal zögerte Walker nicht. Er faßte sie sanft am Arm, führte sie durch den Raum auf den größeren und älteren der beiden Männer zu und sagte einfach: »Da wäre sie, Jesse.« Man hätte Jesse Daulton fünfzehn Jahre jünger schätzen können als die fünfundsiebzig, die er war. Er war etwas über einsachtzig groß, kraftvoll, hatte einen wuchtigen Körperbau, schien von robuster Gesundheit und wies nur wenige Anzeichen des Alters oder von Gebrechlichkeit auf. Sein Gesicht glich einer griechischen Ruine, unerwartet schöne Züge, zerstört durch ein Leben voller Zornausbrüche und Maßlosigkeiten, aber er war noch immer ein sehr attraktiver Mann. Sein schwarzes Haar fing gerade erst an, um sein gebräuntes Gesicht herum zu ergrauen, und seine Augen trugen den Glanz leicht angelaufenen Silbers.

»Amanda«, sagte er und schien unfähig, ein weiteres Wort herauszubringen.

Seine normale Stimme war tief und für gewöhnlich barsch; Walker hatte sie noch nie so sanft und unsicher gehört, wie sie es jetzt war. Er beobachtete, wie die schlanke, bleiche Hand, die sie ausstreckte, sanftmütig von Jesses beiden großen, ledrigen Händen verschlungen wurde, und er dachte, hätte sie dem alten Herrn irgendein Zeichen der Ermutigung gegeben, er hätte sie in einer gewaltigen, ungestümen Umarmung von den Füßen gerissen.

Aber sie war zurückhaltend, höflich und bedacht und zeigte nicht das geringste Verlangen nach irgendeiner Liebesbezeugung. »Ich meine mich zu erinnern, daß du wolltest, daß ich Jesse zu dir sage, als ich noch klein war«, sagte sie ihm, während sie ihre Hand sachte aus seinem Griff befreite. Ihre Stimme war ruhig, ihr Lächeln langsam und seltsam bezaubernd.

Bevor Jesse antworten konnte, tat es der Mann auf der anderen Seite des Kamins.

»Wir nennen ihn alle Jesse, sogar Kate«, erklärte er Amanda, und als sie ihn ansah, bot er ihr ein Lächeln dar, das allenfalls eine winzige Spur gezwungen wirkte. »Ich bin Reece. Reece Lattimore. Willkommen auf Glory, Cousine.«

Aus dieser letzten Aussage folgerte Walker zweierlei. Erstens, Jesse hatte seiner Familie unmißverständlich klargemacht, daß er diese Amanda so lange als die einzig Wahre betrachten würde, bis das Gegenteil bewiesen sei, und er von seiner Familie erwartete, daß sie sich dementsprechend verhielte. Und zweitens, daß Reece zu intelligent war, um – ganz im Gegensatz zu Sully – die Verletzung, Frustration und Bitterkeit, die er fühlen mußte, offen zur Schau zu stellen.

Amanda machte einen Schritt weg von Jesse und bot Reece mit dem ihr eigenen, langsamen Lächeln die Hand dar. »Reece, ich glaube ... hast du mir nicht einmal in einem Sommer angeboten, mir dein Pferd zu geben?«

Jesse stieß ein bellendes Gelächter aus, das mehr als nur ein wenig höhnisch war. Das Blut stieg Reece in die Wangen, aber er fuhr fort zu lächeln, als er ihr die Hand schüttelte. »Ja, ich meine, das habe ich. Ich war wohl nie so ein Pferdenarr wie Sully, fürchte ich.«

Im Gegensatz zu seinem jüngeren Bruder, der in Körper und Geist unzweifelhaft ein Daulton war, schlug Reece nach der Familie seines Vaters. Er war groß genug, beinahe einsachtzig, aber der schwere Knochenbau und die imponierende Körperkraft der Daultons fehlten ihm. Er war blond und blauäugig, nicht übermäßig gutaussehend, hatte aber angenehme Gesichtszüge, und die Lachfalten um seine Augen deuteten an, daß er eine Frohnatur war.

Er und Sully waren zu verschieden, um sich nahezustehen, aber ihre entgegengesetzten Interessen hinderten sie zumindest daran, sich gegenseitig zu zerfleischen.

Meistens.

Walker berührte Amandas Arm, um ihre Aufmerksamkeit zu wecken und sprach die andere Frau im Raum an, da er wußte, daß Jesse das nicht tun würde. »Kate? Darf ich dir Amanda vorstellen?«

Augenblicklich stand Catherine Daulton vom Sofa auf und trat vor. Als jüngstes und einziges überlebendes Kind von Jesse und seiner Frau, die er nur wenige Tage nach Kates Geburt zu Grabe getragen hatte, maß sie ohne Schuhe einen Meter fünfundsiebzig, sie war von edler Statur, sinnlich, ohne ein Gramm überflüssigen Fetts. Sie hatte den Teint der Daultons, und mit vierzig war ihr mild gebräuntes Gesicht noch immer erstaunlich schön und wies kaum ein Fältchen auf, das die Vollkommenheit hätte trüben können. In aller Offenheit, Walker hatte noch keine schönere Frau als Kate gesehen. Menschen blickten ihr nach, wenn sie vorüberging, Münder blieben vor Staunen offen. Einmal hatte er sogar gesehen, wie ein Mann von einem Auto angefahren worden war, nur weil er Kate geistesabwesend angestarrt hatte, als er vom Gehweg auf die Straße trat. Als Fotomodell hätte sie ein Vermögen machen können und wohl auch Fürsten dazu bewogen, sich vor ihr auf die Knie zu werfen, hätte sie nur Glory verlassen und sich in die weite Welt gewagt.

Aber Kate hatte ihr Leben hier verbracht, und obwohl viele Männer in der Gegend erpicht darauf gewesen wären – und es noch immer waren –, ihr den Hof zu machen, hatte keiner Erfolg gehabt. Tatsächlich hatte sie niemals Interesse daran gezeigt, zu heiraten, und nur selten hatte sie ein Rendezvous. Ihre Geheimnisse lagen verborgen hinter den silbrig schimmernden Augen, die sie von Jesse geerbt hatte, sie war zumeist ruhig und selbstbeherrscht, fungierte als Jesses Gastgeberin, wenn es nötig war, und füllte ihre Zeit mit ehrenamtlichen und karitativen Tätigkeiten aus.

Sie streckte eine Hand zu Amanda aus und sagte höflich: »Wie geht es Ihnen? Willkommen auf Glory.«

Amanda sah die ältere Frau einen Moment ausdruckslos an, dann lächelte sie, als sie sich die Hände gaben.

»Vielen Dank, Kate.«

Jesse, der Amanda kaum aus den Augen gelassen hatte, bat sie, sich zu setzen und nahm neben ihr auf dem Sofa Platz, das dem, auf dem Kate gesessen hatte, gegenüberstand. Seine Stimme war immer noch ruhiger als üblich, und Walker hatte noch nie einen so sanftmütigen Ausdruck in Jesses Gesicht gesehen.

Kate hatte wieder Platz genommen, schwieg erneut, und Reece saß am anderen Ende ihres Sofas. Walker setzte sich an den Kamin und lehnte sich an den Sims. Er fühlte sich in diesem Haus so wohl wie in seinem eigenen und wurde von der Familie so sehr angenommen, daß er jegliche Versuche, sich geschäftlich zu geben, schon seit langem aufgegeben hatte, sofern er nicht gerade mit Jesse juristische Dokumente besprach.

Genaugenommen war seine Rolle in dem kleinen Drama beendet. Er hatte die ersten Gespräche mit der Frau, die behauptete Amanda Daulton zu sein, geführt, hatte ihre Herkunft so genau durchleuchtet wie nur irgend möglich, hatte sich um die nötigen Blutproben gekümmert und sie testen lassen und hatte alle verfügbaren Informationen an Jesse weitergegeben. Er hatte ihren Vorschlag, einige Zeit auf Glory zu verbringen, weitergeleitet und dem älteren Mann geraten, abzuwarten, bis alle möglichen Beweismittel zur Verfügung stünden, bevor er Amanda träfe. In diesem Punkt war er überstimmt worden und hatte sie daher nach Glory gebracht, wo sie zumindest so lange bleiben sollte, bis in den nächsten Wochen eine unabhängige Forschungseinrichtung das Ergebnis des DNS-Tests vorlegen würde.

Es gab keinen Grund für Walker, noch länger zu bleiben. Keinen juristischen Grund. Und es war nicht so, als ob das ein freier Tag für ihn gewesen wäre. Auf seinem Schreibtisch türmte sich ein Berg Akten, einige Besprechungen mußten arrangiert werden, und zweifellos verlangten sicher ein Dutzend telefonischer Nachfragen seine Aufmerksamkeit. Trotz alldem verspürte er keinen Drang, jetzt schon zu gehen. Er sagte sich, das läge nur daran, von diesem Drama gänzlich gefesselt zu sein und er selbstverständlich die Interessen seines Mandanten wahren wollte.

Er ignorierte die kleine Stimme in seinem Hirn, die darauf bestand, er würde bleiben, weil er Amanda nicht im Stich lassen wollte. Das war natürlich eine absolut absurde Vorstellung. Er stand ihrer Behauptung viel zu skeptisch gegenüber, als daß er sie in irgendeiner Weise hätte schützen wollen.

Sie schaute kurz zu ihm hinüber, als Jesse sich neben sie setzte, und Walker hätte schwören können, die Erleichterung in ihren Augen aufblitzen zu sehen. Aber das war nur flüchtig; sobald Jesse sprach, wandte sie ihre Aufmerksamkeit wieder ihm zu.

»Du bist also im Norden aufgewachsen?« Das hätte wie ein unsinniger oder verquerer Schachzug wirken können, wurde aber durch Jesses Tonfall abgemildert, der ebenso gespannt war wie sein Blick. Er hatte sich ihr zugewandt, und obwohl seine Hände auf seinen Schenkeln ruhten, war sein Oberkörper ein wenig gekrümmt, so daß es aussah, als beuge er sich zu ihr hin.

»In Boston«, antwortete sie bereitwillig, gab aber nichts Weiteres preis.

Reece ließ ein kleines Lachen hören. »Du hörst dich gar nicht so an. Eigentlich hast du überhaupt keinen richtigen Akzent.«

Sie sah ihn an und lächelte verhalten. »Wahrscheinlich gewöhne ich mir einen Südstaaten-Akzent an, wenn ich erst eine Weile hier bin.«

»Absichtlich?« fragte Kate, beinahe geistesabwesend, als wäre sie sich der Unterhaltung nur halb bewußt, aber sie sah die jüngere Frau dabei an.

»Nein, das kann man nicht sagen.« Amanda zuckte mit den Schultern, keineswegs gekränkt. »Aber Mutter hatte einen ziemlich starken Akzent, und nachdem ich den so viele Jahre im Ohr hatte, werde ich wohl den Weg des geringsten Widerstands gehen, wenn ich ihn erst einmal überall um mich herum höre.«

Es folgte ein peinliches, kurzes Schweigen, dann sprach Kate wieder in demselben, gelösten Tonfall. »Ich kann mich gar nicht daran erinnern, daß Christine einen sonderlich ausgeprägten Akzent gehabt hätte.«

»Nein?« Falls sie überrascht war, ließ Amanda es sich nicht

anmerken. Statt dessen zuckte sie erneut mit den Schultern. »Vielleicht kam es mir nur stärker vor, da oben im Norden.«

»Logisch«, entschied Jesse mit einem Nicken. Nachdem er Amandas Aufmerksamkeit wieder auf sich gelenkt hatte, beanspruchte er sie ganz für sich. Mit allem Nachdruck.

»Walker sagt, du erinnerst dich nicht an die Nacht, in der deine Mutter dich von uns fortgebracht hat. Stimmt das?«

Als er die beiden beobachtete, entschied Walker, daß Amanda eine gute Zeugin abgeben würde, eine, bei der er keinen Moment zögern würde, sie aufzurufen. Sie platzte auf Jesses unvermittelte Frage nicht mit einer Erwiderung heraus, und als sie nach einer bewußten Verzögerung endlich antwortete, blickte sie ihm fest in die Augen.

»Es gibt vieles, woran ich mich nicht erinnere, dazu gehört auch diese Nacht. Die Zeit davor, die ich hier verbracht habe, erscheint mir beinahe ... wie im Traum. Ich erinnere mich nur an Bruchstücke, an Gesprächsfetzen und Ausschnitte von Ereignissen. Ich glaube, ich könnte den Weg in das Zimmer finden, in dem ich hier immer gewohnt habe, aber ich könnte mich nicht mehr erinnern, wie man von der Stadt aus zum Haus kommt. Ich erinnere mich an einen Wurf Kätzchen, oben auf einem Heuboden, aber an die Spiele, die ich mit meinen Cousins gespielt haben muß, erinnere ich mich nicht. Ich weiß noch, wie ich vor einem Fenster gekniet habe, um einen Sturm zu beobachten, ... wie ich bei der Geburt eines Fohlens zugeschaut habe, ... wie das Lachen meines Vaters klang.« Sie legte den Kopf leicht schief und senkte ihre Stimme, bis sie kaum mehr als ein Flüstern war. »Aber ich weiß nicht mehr, warum wir Glory verlassen mußten.«

Sie ist wirklich verdammt gut. Diesmal gehörte die Stimme in Walkers Hirn dem zynischen Anwalt, dem das Mißtrauen in Fleisch und Blut übergegangen war. Er schaute Jesse beiläufig ins Gesicht und war nicht im geringsten überrascht, daß der alte Mann sichtlich bewegt war. Sogar Reece schien gerührt zu sein, Amanda hatte sein latentes Mitgefühl wachgerüttelt. Offenbar bemerkte keiner von beiden, daß ihre »Erinnerungen« dermaßen vage waren, daß sie ohne weiteres aus reiner Gerissenheit entstanden sein konnten.

»Laß dir Zeit«, mahnte Jesse, der eine Hand ausstreckte, um ihre zu bedecken.

»Du wirst dich sicherlich an mehr erinnern, jetzt, wo du hier bist«, stimmte Reece zu.

Nur Kate schien gefeit gegen das Plädoyer der jüngeren Frau und ihr rätselhafter Blick schweifte zwischen den anderen umher, als würde sie einem Schauspiel zusehen, das nur zum Vergnügen aufgeführt wurde.

Walker ließ die Hände in die Taschen gleiten und zwang sich, stillzubleiben. Himmel, sie nahm sie jetzt schon für sich ein, die Männer zumindest. Diese zögerliche, nachdenkliche Stimme ... Er war hin- und hergerissen von dem beruflichen Drang, Jesse ein weiteres Mal daran zu erinnern, daß nichts bewiesen war, und dem zunehmend privaten Verlangen, irgendeinen Weg zu finden, Amandas glatte und täuschende Maske der Selbstbeherrschung zu durchdringen, um herauszufinden, was dahinter lag. Sie verbarg einiges, dessen war er sich sicher. Er konnte es spüren. Jedesmal, wenn sie den Mund aufmachte, sandte jeder Nerv in seinem Körper ein Kitzeln aus, er solle sich in acht nehmen vor dem, was sie sagte.

Jesse tätschelte ihre Hand in der etwas linkischen Art eines unaufdringlichen Mannes, und als sie sich rührte und ihm zulächelte, hätte Walker schwören mögen, da wäre etwas Berechnendes in den rauchigen Tiefen ihrer Augen aufgeblitzt.

»Ich bin überzeugt, daß ich mich mit der Zeit an mehr erinnern werde«, sagte sie, als wolle sie mehr sich selbst als die anderen beruhigen.

»Natürlich wirst du das«, sagte er und gab ihrer Hand einen letzten Klaps. »Es wird alles wiederkommen.«

Nun betrat Maggie den Raum, in der Hand ein Tablett, das

sie auf den Couchtisch zwischen den beiden Sofas stellte. Mit ernster Miene teilte sie Eistee in hohen Gläsern aus, nahm sich schließlich selbst eines und setzte sich in einen Stuhl gegenüber dem Kamin.

»Hab' ich irgendwas verpaßt?« fragte sie.

In nichtssagendem Tonfall berichtete Kate. »Amanda kann sich nicht an die Nacht erinnern, in der Christine sie fortgebracht hat.«

»Und, soll ich das jetzt aufregend finden?« Maggie ließ sich tiefer in den Stuhl sinken und legte die Füße mit den Turnschuhen auf den Couchtisch. Sie trug Jeans und ein flottes, weißes Männerhemd, nicht gerade die Art Kleidung, die man von einer Haushälterin erwartet hätte, die aber typisch für sie war. »Es ist zwanzig Jahre her, zum Teufel noch mal, und sie war ein Kind.«

»Niemand erwartet, daß sie sich an alles erinnert«, erwiderte Jesse, der den Arm ausstreckte, um Amandas Hand noch einmal zu tätscheln, und lächelte ihr zu. »Wir waren nur neugierig.« Er zögerte, dann sagte er: »Es muß schwer gewesen sein, für dich und deine Mutter, in all den Jahren.«

Es war nicht eigentlich eine Frage, aber sie betrachtete es als solche und nickte. »Ja. Solange ich zur Schule ging, hatte Mutter meistens zwei Jobs gleichzeitig, und sogar dann war kaum Geld da.«

Als hätte ihn die Frage schon lange verfolgt, sagte Jesse: »Warum hat sie uns nur so ganz und gar verlassen? Ich hätte ihr geholfen, auch wenn sie gemeint hat, sie würde nicht mehr zu Brian zurückkommen können. Und später, nach seinem tragischen Tod ...«

Amanda schüttelte den Kopf, während sie sich vorbeugte, um ihr Glas auf dem Couchtisch abzustellen. »Ich weiß es nicht. Sie hat nicht über euch oder über Glory geredet, und alles, was sie über – über meinen Vater gesagt hat, war, daß sie ihn über alles geliebt habe.«

»Sie hat ihren Namen geändert – und deinen«, sagte Jesse, und es klang nach einer Anschuldigung des Verrats.

Wieder schüttelte Amanda den Kopf. »Ich weiß nicht, warum sie es getan hat. Ich weiß nicht einmal, *wie* sie es getan hat. Bis sie letztes Jahr umgekommen ist und ich meine Geburtsurkunde unter ihren Papieren gefunden habe, konnte ich mich nicht einmal mehr daran erinnern, daß ich Amanda Daulton war.«

»Wie konnten Sie Ihren Namen vergessen?« fragte Maggie ernstlich neugierig.

Amanda sah sie einen Moment lang an, dann ließ sie den Blick auf etwas schweifen, das nur sie sehen konnte. Ihre Augen standen weit offen, wirkten fast leer, und ihre Stimme war seltsam entfernt, als sie sprach: »Wie ich meinen Namen vergessen konnte? Das war es, was meine Mutter wollte. Sie bestand darauf, immer und immer wieder, daß ich Amanda Grant war. Alles andere müßte ich vergessen, das hat sie mir gesagt. Ich war Amanda Grant.«

»Hat sie uns denn so sehr gehaßt?« fragte Jesse in einem Ton, der schmerzte.

Mit einem Augenaufschlag kehrte Amanda von diesem weit entfernten Ort zurück und sah ihn an. Wieder konzentriert, sagte sie: »Ich weiß es nicht. Versuch doch, zu verstehen ... sie wollte nicht, daß ich ihr Fragen stelle, also habe ich es nicht getan. Es war, als ... als hätte sie eine Wunde und würde es nicht ertragen können, daß man sie berührt. Vielleicht hätten wir eines Tages darüber gesprochen, wenn sie nicht bei diesem Autounfall gestorben wäre, aber das werde ich niemals wissen. Es kommt mir vor, als ob ihr alle und dieser Ort in der Nacht, in der sie verschwunden ist, für meine Mutter einfach zu existieren aufgehört hättet.«

In Jesses Augen zeigte sich ein Ausdruck der Verzweiflung. »Sie muß etwas von Brians Tod gehört haben. Sie muß es *gewußt* haben. Hat sein Tod ihr denn gar nichts bedeutet?«

Als er sie betrachtete, glaubte Walker, daß Amanda fast die Hand nach dem alten Mann ausgestreckt hätte, daß sie ihn beinahe tröstend berührt hätte. Aber schließlich verschränkte sie ihre Finger lose im Schoß und sah ihn nur sehr ernst an.

»Diese Frage habe ich mir auch schon gestellt. Zwischen ihren Papieren habe ich einen Zeitungsausschnitt über seinen Tod gefunden, aber das war so kurz nachdem wir von hier weggegangen sind. Diese Zeit habe ich nur verschwommen vor Augen. Ich kann mich nicht erinnern, ob sie damals verändert war, ob sie bestürzter war als vorher. Ich weiß es einfach nicht mehr.«

»Hat sie dir denn gar nichts von seinem Tod erzählt?« fragte Reece überrascht.

Amanda runzelte die Stirn. »Ich ... ich weiß es nicht. Ich habe das Gefühl, daß ich davon wußte, aber ich kann mich nicht daran erinnern, daß sie es mir gesagt hätte. Ich weiß noch, daß ich nicht überrascht war, als ich den Ausschnitt gefunden habe, außer, daß ...«

»Außer was?« Walker sprach zum ersten Mal und sah sie gespannt an.

Sie wich seinem Blick nicht aus und für einen Sekundenbruchteil war ihr Gesicht völlig ohne jeden Ausdruck, bevor sie traurig lächelte. »Gar nichts. Ich war nur überrascht, daß er so jung war, sonst nichts.«

Sie wandte sich wieder Jesse zu, und Walker erwiderte kein Wort. Sie hatte gerade gelogen, soviel stand fest. Die Frage war nur, was hatte das zu bedeuten?

2

»Jesse ...«

»Sagen Sie es nicht, Walker.«

»Ich muß es Ihnen aber sagen.« Walker sah zu, wie Jesse an das kleine Barschränkchen ging, das versteckt, in einer Ecke des großen Raums stand, und sich einen Scotch einschenkte. Er durfte eigentlich nicht trinken, aber darauf kam es jetzt kaum noch an. »Irgend jemand muß es einfach aussprechen. Es gibt nicht den Hauch eines Beweises, der ihre Behauptung stützen könnte. Nicht einen einzigen Beweis.«

»Sie hat ihre Geburtsurkunde.«

Maggie hatte Amanda auf ihr Zimmer geführt, und Reece war mitgekommen, um das Gepäck zu tragen, so daß nur Walker und eine schweigende Kate bei Jesse zurückgeblieben waren. Und die Gesichtszüge des alten Mannes hatten sich zu einer störrischen Miene verfestigt, die keinem, der je mit ihm zu tun gehabt hatte, unbekannt gewesen wäre.

»Sie hat eine Fotokopie der Geburtsurkunde«, sagte Walker unverdrossen. »Und die kann sich jeder x-Beliebige besorgen. Und laut notarieller Datierung ist die Kopie vor kaum mehr als einem Jahr gemacht worden – kurz vor Christines angeblichem Tod.«

»Angeblich?«

»Er ließ sich nicht zweifelsfrei bestätigen, das habe ich Ihnen schon gesagt. Ich habe zuerst in Boston nachgeforscht, dann im ganzen Staat, und ich konnte keine Unterlagen zu einem Verkehrsunfall finden, bei dem es ein Todesopfer namens Christine Grant oder Daulton gegeben hätte, ebensowenig eines mit ihrem Mädchennamen.«

Leise fragte Kate: »Und was hat Amanda dazu gesagt?«

»Nichts Konkretes«, antwortete Walker. »Überhaupt nichts Konkretes. Sie hat erklärt, daß ihre Mutter eingeäschert worden wäre, und daß die Asche verstreut wurde – okay, gut, das kann ich ihr abkaufen. Aber was ist mit dem Unfall? Alle möglichen örtlichen und auch die Bundesbehörden brauchen in solch einem Fall Unterlagen, warum konnte ich dann aber keine finden? Es sei auf einem Highway irgendwo außerhalb von Boston passiert, hat sie gesagt, und sie wäre sich nicht sicher, wo der Tod registriert wurde. Vielleicht in Rhode Island, vielleicht in Connecticut. Oder, ja klar, warum eigentlich nicht in New Hampshire?«

»So hat sie es sicher nicht gemeint«, entschied Kate mit einem verhaltenen Lächeln.

»Nein«, pflichtete Walker bei, »aber fast.«

»Um Himmels willen«, warf Jesse ungeduldig ein, »sie stand sicherlich unter Schock, als Christine starb – und das ist Monate her. Vielleicht erinnert sie sich einfach nicht mehr daran, wo genau es passiert ist.«

»Vielleicht«, lenkte Walker ein, »aber ich könnte dich jederzeit an exakt die Kurve führen, in der meine Eltern gestorben sind, und das ist fast zehn Jahre her.«

Es folgte ein Moment der Stille, dann sagte Kate sanft: »Du fährst beinahe jeden Tag über diese Straße. Wie könntest du es je vergessen?«

Walker schenkte ihr ein kurzes Lächeln, wechselte aber schnell das Thema, verstimmt über sich selbst, weil er etwas Persönliches in die Diskussion eingebracht hatte. »Der Punkt ist doch der: Herzlich wenig von dem, was die Frau behauptet, läßt sich überprüfen.« Er starrte Jesse an und fügte hinzu: »Ich nehme ihr nicht ab, daß sie Amanda Daulton ist.«

»Sie hat das passende Äußere«, sagte Jesse.

»Sie sieht weder Christine noch Brian ähnlich.«

»Christine hatte eine zierliche Figur.«

»Sie war groß. Außerdem hatte sie blaue Augen.«

»In unserer Familie sind graue Augen vorherrschend«, fuhr Jesse ihn an.

»Genauso wie überdurchschnittliche Körpergröße und kompakter Körperbau«, erinnerte Walker in ruhigem Ton. »Genetisch gesehen ist es wesentlich wahrscheinlicher, daß die wirkliche Amanda eine große und imposante Erscheinung ist.«

Jesse schaute in sein Glas und runzelte die Stirn. »Ihre Blutgruppe ist AB-positiv, und die ist selten.«

»Drei Prozent der Bevölkerung. In einem Land mit einer Viertelmilliarde Einwohnern kommen da einige Kandidaten zusammen. Ungefähr siebeneinhalb Millionen, wenn ich richtig gerechnet habe.«

Jesse zuckte die Achseln. »Wenn Sie es sagen. Aber es ist immer noch selten, und wie stehen die Chancen, daß jemand, der behauptet, Amanda zu sein, ausgerechnet diese Blutgruppe hat? Ziemlich gering, meinen Sie nicht auch?«

»Ich bin nicht zum Wetten hier«, erinnerte ihn Walker. »Mich interessiert nur, was ich beweisen kann. Ihre Geschichte ist voller Lücken, Jesse. Vielleicht hat Christine es tatsächlich irgendwie geschafft, ihnen vor zwanzig Jahren neue Identitäten zu verschaffen – indem sie behauptet hat, daß die Unterlagen über Amandas Geburt bei einem Krankenhausbrand vernichtet wurden und daß ihre eigene Geburtsurkunde irgendwann in den Wirren des Zweiten Weltkriegs verschollen ist, irgend so eine Geschichte. Es sind schon seltsamere Sachen passiert. Aber ich kann in keiner einzigen Grundschule in Boston Eintragungen über eine Amanda Grant auftreiben, und da ist sie schließlich ja angeblich aufgewachsen; aus ihrer Highschool-Zeit gibt es nur Unvollständiges, und – seltsam genug – Fotos von Amanda Grant sind überhaupt keine dabei.«

Ungeduldig sagte Jesse: »Vielleicht läßt sie sich eben nicht gern fotografieren, oder sie ist an diesem Tag eben nicht in der Schule gewesen.«

»In allen vier Jahren? Ach, wenn man das College mit dazunimmt, in diesen Jahrbüchern taucht sie nämlich ebensowenig auf. Und noch etwas Merkwürdiges: Amanda Grant hat im Nebenfach Architektur studiert, aber als ich die Dame im Obergeschoß beiläufig gefragt habe, ob sie etwas vom Thema verstünde, sagte sie – nein.«

»Wahrscheinlich hat sie Sie einfach falsch verstanden«, entschied Jesse.

»Das glaube ich kaum.«

»Aber ich tue es!«

Walker seufzte, gab aber nicht auf. »Also gut, aber was ist mit den medizinischen Unterlagen? Sie behauptet, keinen Hausarzt gehabt zu haben, daß es in der Nähe eine Klinik gegeben habe; die ist aber praktischerweise vor ein paar Jahren geschlossen worden und ich habe nicht herausfinden können, wohin die ganzen Papiere verschwunden sind.«

»Was zum Teufel interessieren mich schon medizinische Unterlagen? Glauben Sie vielleicht, es spielt eine Rolle, wann sie geimpft wurde oder wie oft sie Grippe hatte?«

Walker hob die Hand, um dem Jähzorn des alten Mannes Einhalt zu gebieten. »Das ist nicht die entscheidende Frage. Die entscheidende Frage ist, was ist normal? Die Leute hinterlassen eine Spur aus Papieren, Jesse, eine Spur aus Fotos und Dokumenten. Sie nicht. In zwanzig Lebensjahren hätten sich, selbst unter falschem Namen, Dokumente aus den verschiedensten Bereichen ansammeln müssen. Schulunterlagen, ärztliche Berichte, Kontoauszüge. Aber alles, was es von ihr gibt, ist entweder erstaunlich unvollständig, oder aber es ist nicht verfügbar. Sie hat ein Girokonto, das ist noch nicht mal ein Jahr alt. Den Mietvertrag von ihrer Wohnung in Boston hat sie gerade vor sechs Monaten unterzeichnet. Wo sie vorher gewohnt hat, will sie ›lieber nicht sagen‹. Keine Kreditkarte, keine Sparbücher. Laut Zulassungsbehörde hat sie nie ein Auto gehabt, und ihren Führerschein hat sie angeblich verlegt.«

»Na, und wenn schon. Zum Kuckuck, Walker, ich habe nicht den Hauch einer Ahnung, wo *mein* Führerschein ist.«

Walker machte sich nicht die Mühe, ihn darauf hinzuweisen, daß Jesses Führerschein schon längst ungültig war, nachdem er seit dreißig Jahren nicht mehr selbst gefahren war.

»Hören Sie, alles, was ich sage, ist, daß ihre Geschichte höllisch verdächtig ist. Es gibt zu viele Fragen. Und ganz egal, wer sie ist, ich würde drauf wetten, daß sie sich eine Geschichte zusammengebraut hat, mit gerade genügend Informationen, um ein Leben zu skizzieren. Sie kann nicht beweisen, daß sie Amanda Daulton ist – genausowenig, wie ich beweisen kann, daß sie es nicht ist. Vielleicht bringt der DNS-Test den Aufschluß, aber das ist zweifelhaft, schließlich gibt es nichts Einzigartiges an den Daultons – in genetischer Hinsicht, meine ich –, das im Blut auftauchen könnte. Und daß wir als Vergleichsgrundlage Ihr Blut heranziehen müssen, Jesse, anstatt dem der Eltern, macht die Sache nur noch schwieriger. Im günstigsten Fall könnte man uns mitteilen, daß eine achtzigprozentige Wahrscheinlichkeit besteht, daß sie die ist, als die sie sich ausgibt.«

»Auf achtzig Prozent setze ich«, verkündete Jesse kategorisch und mit kämpferischem Blick.

Walker brauchte dafür keine Erklärung. Amanda nahm, als einziges Kind von Jesses Sohn, einen ganz besonderen Platz im Herzen des alten Mannes ein. Er hatte Brian so sehr geliebt, daß die beiden anderen Kinder von seiner Zuneigung beinahe gänzlich ausgeschlossen waren, und was seine väterlichen Gefühle anging, war Jesse beinahe so unbarmherzig wie in allem anderen auch. Als Adrian zusammen mit ihrem Mann, Daniel Lattimore, 1970 bei einem Flugzeugabsturz ums Leben kam und Jesse die Erziehung ihrer beiden Söhne übernahm, schien er buchstäblich ungerührt, und bei der Aufmerksamkeit, die Kate von ihrem Vater zuteil wurde, hätte sie ebensogut unsichtbar sein können.

Aber Brian war anders gewesen, und seine Tochter war alles, was Jesse von diesem Lieblingssohn noch geblieben war.

Wenn Jesse sich erst einredete, daß die Frau im Obergeschoß tatsächlich seine Enkelin war, dann war es ihm ohne weiteres zuzutrauen, daß er seiner Tochter und seinen Enkelsöhnen nicht mehr als ein Almosen hinterließe und den Hauptteil seines Erbes Amanda vermachte. Dann wäre vergessen, daß Reece als Junior-Präsident von Daulton Industries hart arbeitete, daß Sully bei Aufzucht und Ausbildung der Vollblüter, für die die Daultons zu Recht weithin berühmt waren, Hervorragendes geleistet hatte, und daß Kate ihr ganzes Leben damit verbracht hatte, die elegante Gastgeberin auf Glory zu spielen.

Nichts davon zählte.

»Jesse ...«

»Sie *ist* es, Walker, ich weiß es. Ich wußte es in dem Moment, als sie den Raum betrat.« Jesses Augen funkelten immer noch wild. Er schüttete den Scotch in einem einzigen Schluck hinunter, verzog kurz sein Gesicht, als das flüssige Feuer sich in seinem Magen ausbreitete, dann nickte er entschieden. »Amanda ist heimgekommen.«

»Sie können nicht sicher sein, nicht so schnell.« Walker wußte, daß er keine großen Fortschritte machte, aber er mußte es wenigstens versuchen. »Lassen Sie sich wenigstens noch ein bißchen Zeit, Jesse. Warten Sie zumindest das Testergebnis ab, und reden Sie solange mit ihr, fragen Sie sie über ihr Leben aus, ihre Geschichte. Überstürzen Sie nichts.«

Jesse lachte kurz auf. »Sie sind genauso vorsichtig wie ihr Vater, junger Mann. Also gut, also gut – ich werde mein Testament noch nicht auf der Stelle ändern.«

»Ich bin froh, das zu hören.« Tatsächlich war es mehr, als Walker sich erhofft hatte. »Und wenn Sie mich jetzt entschuldigen würden. Ich muß zurück ins Büro und versuchen, noch ein paar Stunden zu arbeiten.«

»Kommen Sie heute abend zum Essen«, sagte Jesse, eher als Befehl, denn als Einladung.

Zu neugierig, um sich noch anderes auszudenken, nahm Walker einfach mit höflichem Dank an.

»Ich bringe dich zur Tür«, murmelte Kate und stand auf.

Aus dem Frontfenster ihres Eckzimmers im ersten Stock beobachtete Amanda, wie der Anwalt, begleitet von Kate Daulton, zu seinem Auto schlenderte. Sie gaben ein bemerkenswertes Paar ab. Er war etwas mehr als ein Meter achtzig groß, von athletischer Figur, wodurch er hervorragend zu Kates großer, beeindruckender Gestalt paßte, und sein dunkles, falkenhaftes, attraktives Aussehen ergänzte ihre makellose Schönheit auf das Vollkommenste.

Sie blieben einige Augenblicke an seinem glänzenden Lincoln stehen, unterhielten sich angeregt, und Amanda wünschte, sie hätte gewußt, worüber sie wohl sprachen. Als er vorhin mit Kate gesprochen hatte, war seine Stimme merkwürdig sanft gewesen, und irgend etwas an seiner momentanen Haltung wies auf eine Art Beschützerinstinkt hin, von dem Amanda hätte schwören mögen, er sei seiner Natur völlig fremd. Walker McLellan war nicht der Mann, der sich einem machohaften Das-Fräulein-muß-beschützt-werden-Getue hingab, dachte Amanda.

Aber Kate, soviel schien klar, hatte einen besonderen Platz in den Gefühlen des Anwalts. Waren sie ein Paar? Den Umständen nach war dies durchaus möglich, ja wahrscheinlich. Er fühlte sich sichtlich wohl hier auf Glory, und er wurde offenbar wie ein Familienmitglied behandelt; er und Kate kannten sich schon ein ganzes Leben lang; beide waren Singles; und es war zweifelhaft, daß Jesse etwas gegen die Verbindung einzuwenden gehabt hätte.

Walker war gute sieben oder acht Jahre jünger als Kate, dachte Amanda, aber er schien nicht der Mann zu sein, der dem Altersunterschied sonderlich große Beachtung geschenkt hätte, solange er sie nur liebte. Seltsam nur, daß sie nicht geheiratet hatten, wenn sie wirklich ein Paar waren. Wenn Leidenschaft und Zuneigung vorhanden waren, was hätte sie hindern sollen? Es schien unzweifelhaft eine gute Verbindung zu sein, und da beide bekannte Persönlichkeiten in einer kleinen Südstaatengemeinde waren, in der ein guter Ruf noch immer wichtig war und in der außerehelicher Sex noch immer schief angesehen wurde, wäre es wohl schwierig, wenn nicht schlechterdings unmöglich gewesen, eine heimliche Beziehung für längere Zeit aufrechtzuerhalten. Amanda wartete ab, ob Walker Kate küssen würde, bevor er ging, und sie war etwas durcheinander, als sie eine Welle der Erleichterung spürte, weil der Anwalt mit nicht mehr als einem beiläufigen Winken in sein Auto stieg. Also wahrscheinlich kein Liebespaar – oder aber ein außergewöhnlich zurückhaltendes. Und sie war nicht wirklich *erleichtert,* sagte sie sich, höchstens ... *Höchstens was, Amanda?* Höchstens froh, daß dieser Anwalt mit seinem scharfen Blick und seiner schläfrigen Stimme, der so sehr überzeugt war, daß sie eine Betrügerin war, keine Affäre mit ihrer Tante hatte?

Während Amanda zusah, wie Walker wegfuhr, mußte sie über ihre lächerlichen Gedanken selbst ein wenig den Kopf schütteln. Dann wandte sie sich mit einem Seufzer vom Fenster ab. Er war während der ganzen Sache nicht gerade auf ihrer Seite gewesen, aber jetzt, da er weg war, fühlte sie sich seltsam allein. Das war ganz natürlich, überlegte sie, schließlich war er während der ganzen Gespräche, die ihrer Ankunft hier vorausgegangen waren, ihr einziger Ansprechpartner gewesen.

Sie erinnerte sich noch genau daran, wie er sich aus dem großen Ledersessel hinter seinem Schreibtisch erhoben hatte, als sie vor wenigen Tagen zum ersten Mal sein Büro betrat, konnte immer noch sein ausdrucksloses Gesicht sehen, die lebhaften, grünen Augen, die sie taxierten.

»Mr. McLellan. Ich bin Amanda Daulton.«

Und seine kühle Antwort.

»Ach ja? Das werden wir ja sehen.«

Es kostete sie einige Mühe, diese argwöhnische Begegnung aus ihren Gedanken zu verbannen, und für einen Moment stand sie da und sah sich im Zimmer um. Maggie hatte Wort gehalten und keine Ratespiele veranstaltet; sie hatte nicht gezögert, ihr zu sagen, daß dies nicht das Schlafzimmer von Brian und Christine oder das Kinderzimmer von Amanda gewesen war, daß es vielmehr schon immer als Gästezimmer diente. Es war eines der größeren verfügbaren Zimmer, und Jesse hatte angeordnet, daß sie es bekäme.

Durch die Modernisierungen während der letzten dreißig Jahre hatte das Zimmer ein eigenes, geräumiges Bad erhalten, das in fröhlichem Blau erstrahlte, außerdem waren große Einbauschränke hinzugekommen, ansonsten aber bestand die Einrichtung aus einigen der wenigen Antiquitäten, die noch auf Glory zu finden waren.

Es gab zwei große Kommoden, einen langen Toilettentisch mit vielen Schubladen und einem ovalen Wandspiegel, außerdem einen Nachttisch mit Marmorplatte, auf dem eine kleine Lampe stand. Das Bett war atemberaubend, hätte einer Königin zur Ehre gereicht und war von einem berühmten Kunstschreiner aus New Orleans angefertigt worden. Es hatte einen Baldachin, war aber kein Himmelbett im klassischen Sinn; mit seinen geschwungenen Formen war es dem Stil des Rokoko nachempfunden und wurde von einer bemerkenswerten, gewundenen Kartusche am Kopfende gekrönt. Der Baldachin war aus tiefscharlachrotem Samt, einer Farbe, die bei den Tapeten und dem Muster des Teppichs, der sich beinahe von Wand zu Wand erstreckte, wiederaufgenommen worden. Ein zweisitziges Sofa, das im gleichen Stil gehalten war, wie das Bett, stand in der Nähe des Frontfensters.

Amanda mochte nicht viel von Architektur, weder der der Südstaaten noch von irgendeiner anderen, verstehen, aber von

Antiquitäten verstand sie durchaus etwas. Diese Einrichtung war ebenso wertvoll wie schön.

Sie mochte das Zimmer. Trotz der aufwendigen Ausstattung und den satten Farben war es eher gemütlich denn überladen, und Amanda fühlte sich darin wohl. Sie öffnete das Fenster, um sich ein wenig in der leichten Brise zu erholen und atmete den schwachen Duft von Geißblatt tief ein. Dabei stellte sie fest, daß Kate offenbar wieder ins Haus zurückgekehrt war, da sie nicht länger zu sehen war, und trat dann an eine von einem Store verhängte zweiflügelige Glastür, durch die man auf einen Balkon mit schmiedeeiserner Brüstung gelangte. Der kleine Balkon gehörte allein zu diesem Zimmer, und von ihm führte eine Wendeltreppe in den Hof hinunter.

Amanda gefiel es, daß ihr Zimmer einen eigenen Zugang hatte, aber dennoch untersuchte sie das Schloß der Glastüren sorgfältig. Dann begann sie bei geöffneten Türen auszupacken.

Sie arbeitete zügig und versuchte, nicht zu viel nachzudenken. Jetzt schon spürte sie die Anstrengung, jedes einzelne Wort abzuwägen, bevor es ausgesprochen wurde, und dabei war sie erst seit wenigen Stunden in diesem Haus. Wie würde es erst in einer Woche sein? In zwei Wochen? Einem Monat? Bei so vielen Menschen, die sie beobachteten, die darauf warteten, daß sie einen Fehler machte, wie lange konnte es wohl dauern, bevor das Unausweichliche passierte und sie sich verraten würde?

Amanda trug ihren Kulturbeutel ins Bad, hängte Blusen, bequeme Hosen und ihre wenigen Sommerkleider und Röcke in den geräumigen Einbauschrank und verstaute darin ebenfalls ihre Schuhe. In die Schubladen des Toilettentischchens paßte der Rest ihrer Garderobe.

Sie ging zur Zimmertür, zögerte einen Moment, horchte, dann drehte sie leise den altmodischen Messingschlüssel im Schloß herum. Sie amüsierte sich ein wenig über sich selbst, daß sie diese Vorsichtsmaßnahme ergriff, wo doch die Balkontüren weit offen standen, sagte sich aber, daß keiner der Hausbewohner die eiserne Stiege draußen lautlos erklimmen könne. Sie wäre also im Falle einer Unterbrechung vorgewarnt. Wahrscheinlich.

Sie setzte sich neben ihrem größten Koffer auf das Bett. Vorsichtig öffnete sie den versteckten falschen Boden.

Praktisch, um Papiere sauber zu halten, hatte der Verkäufer ohne die Spur eines Zwinkerns gesagt. Die beiden braunen Umschläge, die Amanda dort verstaut hatte, waren tatsächlich nicht im geringsten verknittert, ebensowenig die drei kleinen, gebundenen Bücher.

Amanda strich mit den Fingern langsam über die Bücher, legte sie beiseite und öffnete einen der Umschläge. Er enthielt Kopien von Zeitschriftenartikeln und Fotografien. Es waren eine ganze Menge, denn Glory war wahrscheinlich das meistfotografierte und meistbeschriebene Haus im gesamten Süden. Sie blätterte die Seiten durch, studierte die Fotos, die sie sooft betrachtet hatte, und überflog die Stellen der Artikel, ganze Absätze zum Teil, die sie mit gelbem Leuchtstift hervorgehoben hatte.

Glory. Inzwischen war es ihr genauso fremd wie vertraut. Mit verbundenen Augen hätte sie es vielleicht geschafft, sich im Haus zurechtzufinden, aber auf seine ungeheure Größe – wie es sozusagen in Fleisch und Blut vor ihr stand – war sie nicht vorbereitet gewesen. Das Elternschlafzimmer, Jesses Schlafzimmer, war in erschöpfender Ausführlichkeit beschrieben und fotografiert worden – aber Amanda war sich nicht sicher, wo die anderen Bewohner des Hauses schliefen.

Würde Sully sich eher im hinteren Flügel aufhalten als hier im Haupttrakt, so weit weg von Jesse wie irgend möglich? Was war mit Reece? Und Maggie, die so offensichtlich mehr war als nur eine Haushälterin – wo war ihr Zimmer?

So viele Fragen.

Amanda runzelte die Stirn, als sie den Umschlag verschloß und beiseite legte, dann öffnete sie den zweiten. Dieser enthielt ebenfalls eine große Zahl von Ausschnitten, zumeist aus Zeitungen, aber auch Kopien von sehr alten Artikeln aus unzähligen Zeitungen, Büchern und Zeitschriften. Angefangen mit den ersten Tagen in Amerika, über die Zeit des Unabhängigkeitskrieges, bis hin zur Gegenwart, waren diese Seiten die vielfältige und bunte Geschichte der Familie Daulton zu entnehmen.

Schon bevor der alte Rufus Daulton im ersten Jahrzehnt des achtzehnten Jahrhunderts durch Spekulationen einige tausend Morgen Land in Carolina erwerben konnte, waren die Daultons bedeutend gewesen – einen Namen aber hatten sie sich während des Unabhängigkeitskrieges gemacht, in dem die Zwillingsbrüder George und Charles Daulton zu Helden wurden. Nur einer von ihnen hatte den Krieg überlebt. George war von einer Frau verraten worden, die Charles später eigenhändig erwürgt hatte. Er war pro forma angeklagt und prompt freigesprochen worden, hatte daraufhin die Schwester der Toten geheiratet und mit ihr sieben Kinder gezeugt.

Amanda schüttelte darüber den Kopf, so wie sie es jedesmal tat, wenn sie die Geschichte las. Sie war verwirrt und wünschte, die Schwester hätte ein Tagebuch hinterlassen, in dem sie ihre Gefühle und Gedanken angesichts dieser bizarren Situation offenlegte – wie auch über ihr Ende. Aber die Geschichte hatte dieser Frau ihrer Stimme beraubt, ein Schicksal, das sie mit den meisten der Frauen im Hause Daulton teilte. Die Männer mit ihren erdrückenden Persönlichkeiten und Taten schienen Vergnügen daran zu finden, sich in jeder Generation aufs neue Gehör zu verschaffen, aber die Frauen stellten, zumindest in den Augen der Geschichtsschreibung, nicht mehr dar als Fußnoten.

Es wäre für jede Frau schwer gewesen, überlegte Amanda, sich gegen die großen Männer der Daultons mit ihrem finsteren, guten Aussehen und feurigen Temperament zu behaupten, besonders zu jenen Zeiten. Und doch hatten Frauen sie geheiratet, sie geboren, sie gepflegt, wenn sie krank waren und sie zu Grabe getragen, wenn ihre außergewöhnliche Kraft sie schließlich verließ.

Amanda blätterte die Seiten langsam durch, studierte die Fotos und betrachtete jene Textabschnitte, die sie hervorgehoben hatte, genauer. Die Daultons, die wie die meisten Südstaatler kräftige Trinker waren, hatten für ihr Land gekämpft, sich mit ihren Nachbarn geprügelt und waren mit ihrer Verwandtschaft im Streit gelegen.

Sie hatten nicht nur das Glück gehabt, Burley zu pflanzen, eine beliebte Tabaksorte, die auf den sandigen Böden der Berge Carolinas gut gedieh, sie waren auch gerissen genug gewesen, den Ausstieg bereits in die Wege zu leiten, bevor der Bürgerkrieg ihren Lebensstil nachhaltig änderte. Während sie weiterhin Tabak pflanzten, bauten sie ein fundiertes Zucht- und Dressurprogramm für Vollblüter auf, schürften in den Bergen nach Gold und anderen Edelmetallen und stiegen später in das Textilgeschäft und die Möbelherstellung ein.

Für die Daultons, die in Finanzdingen immer eine glückliche Hand gehabt hatten, war das Geldverdienen ein Kinderspiel, während andere Dynastien sich in den unvorhersehbaren Stromschnellen des Fortschritts nur mühsam über Wasser halten konnten. Und doch lagen die Zügel der gesamten Familie in jeder Generation in einem einzigen Händepaar – gewöhnlich in dem des ältesten Mannes, der, ganz in der Art der Patriarchen der britischen und niederländischen Handelsgesellschaften in Hongkong, eine Stellung von absoluter Macht und Autorität innehatte. Es gab zwar keine alten Urkunden, die seine Vorrechte verzeichneten, aber der Häuptling im Clan der Daultons hatte beinahe uneingeschränkt das Sagen.

Amanda ging die Ausschnitte weiter durch, bis sie auf die jüngere Vergangenheit stieß. Ein Blatt weißes Papier trennte diese Sammlung von Artikeln von den anderen und obenauf befand sich ein einfacher, handgezeichneter Stammbaum über drei Generationen.

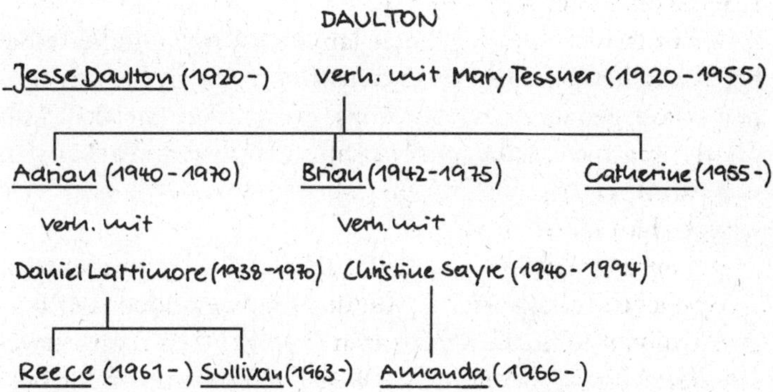

Amanda beobachtete die Verwandtschaftsgrafik und folgte mit einem Finger den Linien von Elternteil zu Kind. Sie ließ ihre Gedanken schweifen. In ihren Dreißigern schienen für die Daultons ausgesprochen harte Zeiten anzubrechen. Adrian war mit dreißig umgekommen, Brian mit dreiunddreißig und deren beider Mutter war mit fünfunddreißig bei Kates Geburt gestorben. Reece und Sully waren gegenwärtig in ihren Dreißigern, Kate hatte ihre kaum hinter sich – definitiv eine stressige Zeit, ganz zu schweigen von der unerwarteten Ankunft der lange verschollenen Amanda.

Amanda schüttelte diese Gedanken ab, überlegte einen Moment und legte die Umschläge zurück in den Koffer. Da nur wenige auf die Idee kommen würden, eine offensichtlich leere Tasche zu durchsuchen, schien es ihr der sicherste Ort im ganzen Zimmer.

Sie betrachtete die drei kleinen Bücher und schlug dann das oberste auf. Auf der ersten Seite stand, handgeschrieben in peniblen, aber flüssigen Buchstaben, das Wort *Tagebuch.* Weiter unten auf der Seite stand, in derselben Schrift, *Christine Daulton.* Und ganz unten schließlich folgte der Eintrag *1962–1968.*

Das zweite Tagebuch war *1969–1975* datiert. Beide Tagebücher deckten ihr Leben von dem Zeitpunkt, als Christine Brian Daulton geheiratet hatte, bis zum Jahr seines Todes ab. Das dritte und letzte Tagebuch behandelte dieselbe Zeitspanne, wenn auch in weitaus speziellerer Hinsicht. Es trug den Titel *Glory,* und die Eintragung der Jahre lautete *Sommer 1962–1975.*

Amanda fuhr mit dem Zeigefinger über die Buchstaben, die den Namen dieses Hauses bildeten. Interessant, daß Christine die Zeit, die sie hier verbrachte, gesondert betrachtet hatte. Nach ihrer Hochzeit hatten sie jeden Sommer von Ende Mai bis Anfang September hier verbracht. Als Weltklasse-Reiter hatte Brian es genossen, bei den Turnieren und Jagden, die in dieser Gegend üblich waren, in den Sattel zu steigen, und aus den Aufzeichnungen ging eindeutig hervor, daß Christine diesen Ort geliebt hatte.

Amanda hatte die Tagebücher gelesen. Ihre Hoffnung war, daß jetzt, da sie hier auf Glory war, einige der rätselhaften und zweideutigen Einträge sinnvoller erscheinen würden. Diese Tagebücher waren nicht mit Schlössern versehen, die den Inhalt hätten geheimhalten können, und das war wohl der Grund dafür, daß Christines Eintragungen bisweilen vage waren. Viele Zeilen wirkten so, als sei sie sich undeutlich bewußt gewesen, daß andere Augen ihre Aufzeichnungen lesen würden.

Aber wessen Augen? Die ihres Mannes? War Brian Daulton die Art Mann gewesen, der der Ansicht war, zwischen Mann und Frau dürfe es keinerlei Geheimnisse geben?

Amanda fand diese Vorstellung beunruhigend. Wenn sie erst erwachsen waren, empfanden Kinder ihre Eltern oftmals

als weitgehend Unbekannte, die unvermutete Geheimnisse und eine verborgene Vergangenheit besaßen, aber Amanda fühlte sich den ihren sogar noch weiter entfremdet. Brian Daulton war seit zwanzig Jahren tot und Christine Daultons Tagebücher nur Gefühlsfetzen und skizzierten allenfalls gelegentlich ein Problem oder einen Streit zwischen den beiden; es gab kein Tagebuch der Jahre nach Brians Tod, und in all den persönlichen Schriftstücken, die sie hinterlassen hatte, fand sich nicht einmal eine Andeutung davon, was sie von ihm dachte, was sie empfand.

Was hatte das zu bedeuten, wenn es überhaupt etwas bedeutete? Amanda verdrängte diese Gedanken und sah sich im Zimmer um. Nahe der Tür befand sich ein Regal mit mehreren Büchern, und sie faßte es einen Moment lang ins Auge, bevor sie sich entschloß, die Tagebücher wieder in das Geheimfach des Koffers zurückzulegen. Die Tagebücher hätten sich womöglich unauffällig zwischen die verschiedenen gebundenen Ausgaben und Taschenbücher eingefügt, die als Bettlektüre für Gäste vorgesehen waren, aber Amanda zog es vor, es nicht darauf ankommen zu lassen.

Sie schloß die Tasche und stellte beide Koffer in den Schrank. Ihr Schminkköfferchen stand auf dem Toilettentisch. Sie öffnete es und hob den Einsatz mit seinen Pinseln und Puderdosen heraus, um die kleine Vertiefung offenzulegen, die für Schmuck vorgesehen war. Amanda besaß nur sehr wenig echten Schmuck: einen kleinen, mit mehreren Diamanten besetzten Ring und einen Smaragdreif mit sehr kleinen Steinen, ein paar Armbänder und hübsche Goldketten, sowie einige zierliche Ohrringe.

Sie schenkte diesen Stücken keinerlei Beachtung und zog einen kleinen Samtbeutel heraus, in dem sich ein kleiner Anhänger an einer sorgfältig gearbeiteten Kette befand. Der Anhänger, der der Länge nach kaum drei Zentimeter maß, bestand aus einem Herzen, das von winzigen Diamanten besetzt war.

Es war weder ein teures, noch ein atemberaubendes Stück, aber als sie es sich umhängte und im Spiegel über dem Toilettentisch betrachtete, wie das Herz im V-förmigen Ausschnitt ihrer Bluse zu liegen kam, hatte Amanda das Gefühl, als hätte sie sich etwas sehr Schweres um den Hals gebunden.

Das war der Versuch, ihr Glück zu erzwingen, darüber bestand kein Zweifel. Es wäre das Klügste, während der ersten Tage so wenig wie möglich zu sagen und auf alles zu hören, vor allem solange sie versuchte, die Atmosphäre dieses Ortes und seiner Bewohner aufzunehmen. Warum so bald schon Ärger herausfordern? Sie berührte mit einer Fingerspitze das kleine Herz, zögerte und ließ es hängen. Sie befingerte gedankenverloren einige andere Gegenstände im Schmuckschälchen. Einen goldenen Herren-Siegelring, ein Paar sehr alte Perlenohrringe, ein elfenbeinernes Armband – lauter Stücke, die weit älter waren als die übrigen in der Schale.

In eine Ecke war ein kleines, in Seidenpapier gewickeltes Kristallschächtelchen gesteckt, das Amanda jetzt sorgfältig auswickelte und auf den Toilettentisch stellte. Sie nahm den Deckel ab und entfernte einen weiteren Bogen grünen Seidenpapiers, der um einen undurchsichtigen, dunkelgrünen Stein gewickelt war.

An dem Stein war nichts sonderlich Bemerkenswertes. Er war klein und von fast ovaler Form mit mehreren vorspringenden Facetten, wie sie bei Quarz üblich sind. Amanda hielt ihn einen Augenblick in der Hand, ihre Finger untersuchten Form und Festigkeit des Steins und rieben über die glatten Flächen. Dann legte sie ihn zurück in das Schächtelchen und gab die beiden zarten Ringe und mehrere Paar Ohrringe aus der Schmucklade dazu. Zufrieden mit dem Arrangement, in dem der grüne Stein kaum noch auffiel, legte sie den Deckel wieder auf die Schachtel.

Sie überlegte kurz und brachte auf der polierten Oberfläche des Toilettentisches alles durcheinander – sie verteilte willkürlich Haarbürste, Kamm, einen Parfümflakon und diverse Schminksachen darauf und ließ das Köfferchen offenstehen.

Sie warf einen Blick auf die Uhr, es war erst halb vier, und bis zum Abendessen hatte sie noch genügend Zeit. Gegessen wird um sechs, hatte Jesse ihr gesagt, und wenn sie wolle, könne sie sich den Nachmittag über gerne umschauen und die Umgebung erkunden. Obwohl er offensichtlich darauf brannte, mit ihr zusammenzusein, hatte er dennoch den Versuch unternommen, sie nicht zu überfordern, ihr Zeit und Raum für sich selbst zu gönnen. Auto und Chauffeur stünden zu ihrer Verfügung, wenn sie in die Stadt fahren wolle, hatte er gesagt, und wenn sie irgend etwas brauche – ganz egal was –, solle sie einfach ihm oder Maggie Bescheid geben.

Amanda verspürte kurz den feigen Impuls, bis zur Essenszeit in ihrem Zimmer zu bleiben. Aber sie war bis hierhergekommen, also blieb ihr gar nichts anderes übrig, als weiterzugehen.

Sie ließ das Fenster offen, da es ein Fliegengitter hatte, schloß aber die Balkontüren. Dem Kalender nach würde der Sommeranfang zwar noch einen Monat auf sich warten lassen, aber solange Amanda nicht herausgefunden hatte, wie schlimm die Fliegen und Moskitos in dieser Gegend waren – nach dem, was sie gelesen hatte, war es von Jahr zu Jahr verschieden –, wollte sie die Insekten nicht offen einladen, ihr Schlafzimmer in Besitz zu nehmen. Sie schloß die Zimmertür auf, trat in den Korridor und ging langsam zur Treppe, während sie die Reihe von Landschaftsbildern und vereinzelten Möbelstücke betrachtete, die den breiten, mit Teppich ausgelegten Korridor säumten. Sie war stehengeblieben, um einen wunderschönen, vergoldeten Spiegel zu bewundern, noch immer gute sechs Meter von der Treppe entfernt, als sie ein tiefes, kehliges Geräusch hörte, das ihr die feinen Haare im Nacken zu Berge stehen ließ.

Sehr langsam drehte sie den Kopf. Hinter ihr, keine zwei

Meter entfernt, standen zwei schwarzbraungefleckte Hunde. Wie so vieles auf Glory, waren auch sie groß, muskelbepackt und wirkten bösartig kraftvoll. Es waren Dobermänner, und sie schienen nicht erfreut, hier auf sie zu treffen.

Amanda wollte nicht nach Hilfe rufen. Selbst wenn die Hunde aufgrund solchen Schreiens nicht noch angriffslustiger würden – vor allem sollte keiner der großen – und zweifellos beherzten – Bewohner des Hauses sie hier vor Angst schlotternd finden.

Also zwang sie sich, sich zu entspannen und ließ sich auf die Knie nieder. »Hallo, ihr beiden«, sprach sie sie mit ruhiger Stimme an. »Freunde?«

Es dauerte fast zehn Minuten und beanspruchte die gesamte geduldige Gelassenheit, über die Amanda verfügte, aber sie mochte Hunde und das half ihr, sich auch mit diesen beiden gutzustellen. Ob es ihre Stimme, ihr Geruch oder ihre Haltung war, auf jeden Fall beschlossen die Hunde, sie zu akzeptieren.

Danach waren sie äußerst zutraulich, und schließlich mußte sie sogar einen von ihnen von ihrem Schoß drücken, bevor sie wieder auf die Beine kommen konnte. Beide Hunde trugen silberne Halsketten, und sie hielt inne, um die eingravierten Namen zu entziffern. »Ich hoffe, ihr beiden kennt die Geschichten nicht«, murmelte sie und zuckte zusammen, als sie sich fragte, ob ihr soeben ein Blick auf die dunklere – oder zumindest die finster-lausbubenhafte – Seite von einem der Hausbewohner offenbart worden war. Wem gehörten diese Hunde, und wer hatte ihnen diese Namen gegeben?

Amanda verschob diese Frage auf später, setzte ihren Weg nach unten fort, einen Hund zu jeder Seite. Sie blieb nur einmal stehen und streckte die Hand aus, um zärtlich über die alte Standuhr auf dem Treppenabsatz zu streichen, dann schüttelte sie leicht den Kopf und ging weiter.

Sie hatte gerade den polierten Boden der Eingangshalle erreicht, als Maggie im Flur zum hinteren Trakt des Hauses erschien und das Dreigespann erstaunt ansah.

»Hol mich der Teufel!« rief sie aus. »Sie haben sich mit diesen Rabauken angefreundet?«

»Ich hatte keine Wahl«, erwiderte Amanda mit einigem Nachdruck. »Sie standen auf einmal vor mir, oben im Korridor, als ich aus meinem Zimmer gekommen bin.«

Maggie runzelte die Stirn. »Sie sollten in Jesses Zimmer bleiben. Er wollte euch miteinander bekannt machen.«

Womit die Frage nach dem Besitzer der Hunde beantwortet war. »Vielleicht hat er sie rausgelassen?« erwog Amanda.

»Nein, das hätte er niemals getan. Außerdem ist er unten bei den Ställen und schaut sich ein paar neue Pferde an.« Maggie studierte die beiden Hunde, die so nahe zu beiden Seiten Amandas standen, daß deren Fingerspitzen durch ihre schimmernden, schwarzen Felle strichen, und sie schüttelte langsam den Kopf. »Ich habe noch nie erlebt, daß sie irgend jemanden außer Jesse mögen; den Rest von uns ertragen sie einfach.«

»Ich mag Hunde.«

»Zum Glück, wenn Sie mich fragen. Sie schauen sich um?«

»Hatte ich vor, ja. Wenn's recht ist?«

Mit einer hochgezogenen Augenbraue entgegnete Maggie: »Ich dachte, das hätte Jesse einigermaßen klargemacht. Sie können hier so ziemlich alles machen, was Sie wollen, Amanda ...« Und fügte schnell hinzu: »Im Park draußen ist es zu dieser Zeit besonders schön. Gehen Sie einfach geradeaus, den Flur entlang, und durch den Wintergarten hinaus – und schauen Sie sich unterwegs gut um.«

»Danke, werde ich machen.«

Sie gingen in der Eingangshalle aneinander vorbei, da Maggie auf dem Weg nach oben war. Aber als sie mit einem Fuß auf der untersten Stufe stand, rief die Haushälterin Amandas Namen.

»Ja?«

»Die Kette, die Sie da tragen. Christine hatte genauso eine.«

»Ja.« Amandas Stimme war bedächtig. »Die hatte sie.«

Maggie sah sie einen langen Augenblick an. »Behalten Sie die Hunde bei sich. Die werden auf Sie aufpassen.«

Amanda lief es kalt über den Rücken. »Auf mich aufpassen? Wovor sollte ich denn hier Angst haben?« fragte sie.

»Vor Schlangen.« Maggie lächelte. »Hüten Sie sich vor Schlangen. Nattern werden Ihnen nichts tun, aber die Mokassinschlangen sind giftig.« Dann stieg sie weiter die Treppe hinauf.

Amanda atmete tief durch und schaute zu den Hunden hinunter. »Also los, ihr beiden. Dann wollen wir uns Glory mal anschauen.

Der Bergpfad war eng und kurvenreich, und gelegentlich stellten umgestürzte Bäume, rostige Fässer und modrige Heuballen ungeschlachte, aber wirkungsvolle Hindernisse dar. Nur ein exzellenter Reiter mit einem bestens trainierten Pferd – oder aber einem mit selbstmörderischem Gehorsam – hätte sich auf diesen wilden Kurs wagen können und selbst dann nur in gemessenem Galopp.

Aber der wuchtige Rappe mit seinen bebenden Nüstern erklomm den Pfad wie eine Bergziege, nahm die Sprünge, ohne aus dem Tritt zu kommen, die Ohren flach an den Kopf gelegt, und dies in so gleichmäßigem Tempo, daß der Reiter auf seinem Rücken die Unebenheit des Wegs kaum bemerkte.

Es brauchte schon ein ungewöhnlich großes und kräftiges Pferd, um Sully überhaupt für längere Zeit zu tragen, vor allem bei höchstem Tempo auf gefährlichem Grund. Das war der Hauptgrund dafür, daß er es bereits vor seinem zwanzigsten Geburtstag aufgegeben hatte, an Wettbewerben teilzunehmen: Er war einfach zu groß und zu schwer, um den Pferden beim Sprungreiten eine reelle Chance zu lassen, obwohl dies die einzige Art zu reiten war, die er wirklich liebte.

Diese Art zu reiten. Und dieses Pferd war das einzige, das er im Moment besaß, das in der Lage war, ihn diesen Pfad hinaufzutragen.

Beau schwang sich über das letzte Hindernis hinweg, über einen Stoß Heuballen, aus dem Eichensetzlinge sprossen, und schüttelte wild die Mähne, als Sully die Zügel anzog und das Tempo zurücknahm. Schritt für Schritt gehorchte er dem geübten und geduldigen Griff seines Reiters, und als der Pfad sich wieder den Berg hinunter auf Glory zuwand, bewegte der Hengst sich in lässigem Trab. Sully wünschte, sein eigenes reizbares Temperament könne so leicht gezügelt werden. Nicht, daß die Hand, die ihn führte, die Zügel sonderlich locker gelassen hätte.

Natürlich nicht, Jesse hatte ohne Frage Übung darin, Gehorsam zu erzwingen. Das mußte man dem alten Mann lassen: Auch auf seine letzten Tage saß er noch fest im Sattel.

Automatisch lenkte Sully sein Pferd vom Hauptpfad weg und hielt einen Moment später auf einem Aussichtspunkt an, der von einem kleinen Granitvorsprung gebildet wurde. Von hier hatte man einen außergewöhnlichen Blick auf das unten liegende Tal und auf Glory. Sully erinnerte sich, wie damals im College einer seiner Freunde von dem Mädchen sitzengelassen wurde, mit dem er seit der Pubertät zusammen gewesen war. »Sie hat mir das Herz gebrochen«, hatte er dumpf gesagt. Einige der Jungs hatten gelacht, aber Sully nicht. Denn er wußte, wie es war, etwas so sehr zu lieben, daß es einem angst machte, der Verlust, oder nur die Aussicht es zu verlieren, könnte einen zum Krüppel machen. Er wußte es.

Glory erstrahlte in solcher Schönheit, daß der Anblick ihm die Brust auf beinahe unerträgliche Weise zusammenschnürte. Das Haus und der kleine Park, die sanft gewellten Hügel und Weiden, auf denen hier und da das glänzende Fell eines Pferdes aufschimmerte, die gepflegten Ställe, die auf einem Hügel auf der anderen Seite des Hauses aufgefächert standen, und dahinter der Trainingsplatz, den er selbst entworfen und beinahe völlig eigenhändig errichtet hatte. Es war mehr als nur ein Zuhause, es war seine Seele, sein Lebensnerv. Die Jahre, die er im College verbracht hatte, waren eine Qual gewesen, und er konnte es sich buchstäblich nicht vorstellen, irgendwo anders zu leben.

Sully bemerkte, wie Beau mit den Ohren zuckte, und er spürte, wie das Tier sich unbehaglich rührte, und erst dann war ihm bewußt, daß ihm ein Fluch über die Lippen gekommen war, auf dessen Bösartigkeit das Pferd instinktiv reagiert hatte. Er versuchte, sich zu entspannen und streckte die Hand aus, um den glänzenden, schwarzen Hals zu streicheln.

»Ruhig, Junge. Ganz ruhig.« Der nervöse Hengst wäre ohne weiteres in der Lage gewesen, sich von diesem Vorsprung hinunterzustürzen, dann würden sie beide am Fuß des Berges enden. Das würde ihn seiner Sorgen ein für allemal entledigen. Jawohl, Sir. Er wäre tot, und wenn auch Jesse endlich vor seinen Schöpfer träte, könnten Reece und Kate sich zusammentun und das Testament anfechten, das der Alte zweifellos zugunsten seiner lange verschollenen Amanda aufsetzen würde.

Sully tätschelte sein Pferd zärtlich und sah mit finsterer Miene über die friedvolle Schönheit Glorys.

Amanda. Aber war sie denn wirklich Amanda? Walker McLellan glaubte nicht daran, und obwohl er meistens, selbst für einen Anwalt, ein verdammt vorsichtiger Hundesohn war, hatte er Menschenkenntnis. Sie sah schon irgendwie passend aus, wenn sie auch nur halb so groß wie die meisten Daultons war, aber Sully war so wütend gewesen, als er sie angestarrt hatte, daß er sich an nicht viel mehr als ihr schwarzes Haar und ihre grauen Augen erinnern konnte.

Nicht, daß das etwas ausgemacht hätte. Das einzige, was zählte, war, ob Jesse diese Frau als Amanda anerkennen würde, und er hatte schon, bevor sie überhaupt angekommen war, verdammt klargemacht, daß er überzeugt war – selbst angesichts so mancher deutlicher Lücken in ihrer Geschichte und Walkers wiederholter Aufforderungen zur Skepsis –, daß sie seine Enkelin war.

Er wollte, daß seine teure Amanda wiederkäme, bevor er den Löffel abgab, und, bei Gott, er hatte vor, sie auch tatsächlich wiederzuhaben. Als Sully diesmal sprach, war es sanft, wie um sein nervöses Pferd nicht zu erschrecken, aber die Worte waren nicht weniger zornig »Du wirst mir Glory nicht wegnehmen. Eher fahren wir beide zur Hölle.«

3

Die Hunde machten keinerlei Anstalten, Amanda von der Seite zu weichen, während sie die Räume im hinteren Teil des Hauses betrachtete und sich langsam zurechtfand. Von Zeit zu Zeit streichelte sie sie, schenkte aber ihrer Umgebung weit mehr Aufmerksamkeit als den Hunden.

Der große vordere Salon, in dem sie Jesse und den anderen begegnet war, nahm den größten Teil der einen Seite des langgestreckten Vestibüls ein, während sich auf der anderen Seite ein verschlossener Raum befand (Jesses Arbeitszimmer hätte sie wetten mögen, und er fand es offenbar nötig, in seinem eigenen Haus die Türen abzusperren); ein weiterer Salon oder Gesellschaftszimmer, dessen Blickfang eine aufwendige Stereo- und Videoanlage war – das Feinste vom Feinsten selbstverständlich; ein kleines, schmuckes Schminkzimmer sowie ein großzügiger, aber formell gestalteter Speiseraum.

Gegenüber lag die Küche, wo sich Amanda zögerlich der großen, zaundürren Köchin von Glory vorstellte, einer Frau im mittleren Alter namens Earlene. Sie schälte gerade Kartoffeln, und auf Amandas schüchtern vorgebrachte Nachfrage erläuterte sie, es gäbe drei Hausmädchen, die jeden Tag die Hausarbeit erledigten und bis Mittag fertig seien.

»Immer?« fragte Amanda erstaunt.

»Aber sicher. Mr. Jesse kann es nicht ausstehen, über jemanden zu stolpern. Deswegen kommen Hauspersonal, Gärtner und Platzwarte immer schon in aller Frühe, damit sie ihre Arbeit bis Mittag erledigt haben. Außer mir natürlich. Aber das Kochen ist auch kein Problem. Ich könnte genausogut ganz allein in der Küche sein. Maggie hilft beim Auftragen und nach dem Essen beim Abspülen, und mehr Hilfe kann ich an den wenigsten Tagen gebrauchen.« Mit der reflexartigen Bewegung von jemandem, der dazu geboren ist, andere zu füttern, gab sie Amanda eine rohe Kartoffelscheibe.

Amanda, geistesabwesend auf der stärkehaltigen Leckerei herumkauend, sagte: »Dann muß ich also morgens schon früh aus dem Zimmer sein?«

»Um Himmels willen, wo denken Sie hin, Kindchen, Sie stehen auf, wann es Ihnen paßt. Die Mädchen machen zuerst das Erdgeschoß und die leerstehenden Zimmer im ersten Stock fertig, aber sie werden Sie nicht belästigen. Maggie hat sie schon richtig erzogen. Sie dürfen nicht mal einen Staubsauger anmachen, bevor Mr. Jesse nicht aufgestanden ist und gefrühstückt hat – meistens so gegen zehn. Lassen Sie einfach die Zimmertür offenstehen, wenn Sie gehen, dann kümmern sie sich schon um alles.«

»Hmmh. Und die Platzwarte erledigen ihre Arbeit auch am Morgen?«

»Ja. Gemäht wird natürlich zum Schluß – wenn alle schon auf sind. Sherman – das ist der Obergärtner – fragt immer bei mir oder Maggie nach, bloß um sicherzugehen. Mr. Jesse wäre gar nicht erfreut, wenn ihn eine von diesen Höllenmaschinen aufwecken würde.«

»Bestimmt nicht. Gibt es viele Gärtner hier?«

»Vier. Na ja, Luke ist eigentlich für den Pool verantwortlich, aber er hilft den anderen immer, wenn er seine Arbeit erledigt hat.«

»Es gibt einen Swimmingpool?«

Earlene schienen all die Fragen zwar etwas zu erheitern, aber nicht sonderlich zu verblüffen. »Mr. Jesse hat ihn vor ungefähr zehn Jahren anlegen lassen, kurz bevor ich angefangen habe, auf Glory zu arbeiten. Er ist da draußen, hinter dem Wintergarten.«

Amanda nahm noch eine Kartoffelscheibe an und schaute dann schuldbewußt nach unten, als einer der Hunde sich an ihr Bein lehnte und leise winselte. »Ich hätte sie wohl lieber davon abhalten sollen, hier hereinzukommen«, sagte sie zur Köchin.

»Die können im Haus herumgehen, wie es ihnen paßt.« Earlene konzentrierte sich wieder auf ihre Arbeit. »Sieht so aus, als hätten sie einen Narren an Ihnen gefressen. Das wird Mr. Jesse freuen, nehme ich an.«

»Sind das – scharfe Wachhunde?«

»Angeblich ganz einfache Wachhunde, was auch immer der Unterschied sein mag. Soviel ich weiß, würden sie so oder so jedem Fremden, der in ihr Revier eindringt, den Arm abreißen. Hübsche Namen hat er ihnen gegeben, finden Sie nicht?«

Aus der ruhigen Stimme war kein Sarkasmus herauszuhören, aber Amandas Antwort klang bitter. »Sehr reizend. Wollte er damit irgendwas Bestimmtes sagen, oder ging es ihm einfach nur darum, unvorsichtige Besucher in Todesangst zu versetzen?«

»Das müssen Sie schon Mr. Jesse selbst fragen.« Earlene hielt kurz inne, dann fügte sie bedächtig hinzu: »Er ist niemand, den man leicht durchschaut. Streng, sagen manche, aber zu mir war er immer fair.« Plötzlich wandte sie den Kopf und lächelte. »Aber ich kann natürlich auch alle seine Leibspeisen so machen, wie er sie am liebsten hat. Also sehe ich ihn meistens nur von seiner besten Seite.«

Amanda erwiderte das Lächeln. »Dann will ich nicht länger stören. Vielen Dank, Earlene. Los, ihr beiden – werfen wir einen Blick auf den Wintergarten und den Swimmingpool.«

Es waren nur noch einige Schritte durch den Korridor zum Wintergarten, einem großen Anbau, den man irgendwann in den letzten fünfzehn oder zwanzig Jahren über einer ehemals gefliesten Terrasse errichtet hatte. Die Decke war zur Hälfte aus Glas, um soviel Licht wie möglich hereinzulassen, wie auch die Wände fast zur Gänze aus französischen Fenstern bestanden, von denen man die meisten wie Türen öffnen konnte, und die Mischung aus weißen Korbstühlen und schwarzen schmiedeeisernen Möbeln hob sich auf eindrucksvolle Weise von einer atemberaubenden Fülle üppiger Pflanzen und Blumen ab, die aus dekorativen Tontöpfen und Weidenkörben herauswuchsen.

An das nördliche Ende des Haupthauses angefügt war der Wintergarten offensichtlich in der Absicht errichtet worden, einen Raum zu schaffen, der von morgens bis nachmittags ein möglichst angenehmer Aufenthaltsort wäre. Und nach dem schmiedeeisernen Tisch mit seiner Glasplatte zu schließen, der ohne weiteres sechs bis acht Leuten Platz bot, wurden offenbar zahllose Mahlzeiten hier draußen eingenommen.

Zumindest hoffte Amanda, daß dem so sei. Hier war es viel gemütlicher und weitaus weniger einschüchternd als im offiziellen Speisesaal am anderen Ende des Korridors. Einige der Feuertüren standen offen, und sie trat hinaus in den hellen Sonnenschein, ging über mehrere breite Stufen hinunter und fand den versprochenen Swimmingpool. Er lag vor ihr, ein stilvolles Oval, gesäumt von Keramikfliesen, die eine weitläufige Terrasse bildeten.

Begleitet von den Hunden, ging Amanda das geflieste Band am Beckenrand auf der Parkseite entlang, blieb schließlich stehen und sah sich um. Da sich das Haus auf einer leichten Anhöhe befand, fiel der Boden gleich hinter dem Swimmingpool sanft und kaum merklich ab, und sie konnte über den zwanglos angelegten kleinen Park bis hinüber zu den Stallungen sehen, die sich etwa eine Meile nordöstlich befanden. Hinter dem Park sah sie die sanft gewellten, grünen Weiden, die sich der Länge nach durch das riesige Tal erstreckten.

Das Land der Daultons. So weit sie sehen konnte und darüber hinaus war dies alles das Land der Daultons. Die Berge, die auf dieses Tal hinabschauten, gehörten den Daultons, das Tal dahinter ebenfalls und wahrscheinlich auch noch das nächste. Selbst die kleine Stadt, die zehn Meilen entfernt lag, hieß Daulton, nach der Familie, die sie mitgegründet hatte und von der sie lebte ...

Amanda kämpfte gegen ein plötzliches Gefühl der Panik an und sagte sich wütend, daß sie sich keinesfalls von diesen riesenhaften Menschen mit ihren energischen Charakteren und ihrer jederzeit verfügbaren Macht überwältigen lassen würde. *Auf gar keinen Fall.*

Die Panik ließ nach, wenn auch nur langsam, und Amanda beugte ihre verspannten Schultern systematisch, um sich zu entspannen. Sie tätschelte die winselnden Hunde, murmelte dann »Weiter, ihr beiden« und folgte einem ordentlichen Kiesweg hinunter in den kleinen Park. Er war, wie Maggie gesagt hatte, wunderhübsch mit einer Vielzahl von Blumen und Blüten. Hier und da standen Steinbänke, eine riesige Eiche in der nordwestlichen Ecke des Parks spendete den Pflanzen und Menschen reichlich Schatten, und die gewundenen Wege luden zu gemächlichen Spaziergängen ein.

Sie hatte nicht vorgehabt, sehr weit zu gehen, zumindest nicht heute, aber ihre Begleitung hatte andere Vorstellungen. Wann immer sie von dem Weg abweichen wollte, der eindeutig aus dem Park heraus und zu den entfernten Stallungen führte, legten die Hunde sehr nachdrücklich Widerspruch ein, indem sie aufjaulten und stehenblieben.

Zweifellos waren sie begierig darauf, wieder mit ihrem

Herrchen vereint zu sein, bestanden aber unerklärlicherweise auf ihre Begleitung, und obwohl Amanda sich noch nicht bereit dafür fühlte, sich den Ställen zu nähern, verspürte sie noch weniger den Drang, zu widersprechen. Wie Earlene war sich auch Amanda des Unterschieds zwischen einem scharfen Wachhund und einem, der nur darauf abgerichtet war, etwas zu beschützen, nicht völlig klar, und sie war nicht gewillt, ihre neue Kameraden zu verstimmen, nur um herauszufinden, wie sie reagieren würden.

»Schon gut, schon gut, wie ihr wollt. Aber wenn ihr zwei vorhabt, auch nur in die Nähe von einem Pferd zu kommen – ohne mich«, teilte sie ihnen voller Unbehagen mit.

Es war kein sonderlich langer oder anstrengender Spaziergang bis hinüber zu den Ställen, und da Amanda aus Gewohnheit bequeme Schuhe trug, machte sie sich keine Sorgen, daß ihre Absätze im Boden versinken würden, oder daß ihre Slippers Grasflecken bekämen. Statt dessen konzentrierte sie sich darauf, so gefaßt wie möglich zu erscheinen. Sie wußte, daß sie sich wappnen mußte. Schon unweit der Ställe trug der Wind den Geruch von Pferden herüber, und ihr Magen sandte sofort Übelkeitsgefühle aus.

Pferde. Warum ausgerechnet *Pferde?*

Der Weg führte zu den mittleren von vier einzelne Gebäuden, die in Fächerform beieinander standen, und sie war erleichtert, Jesse auf Anhieb zu entdecken, der am Zaun eines kleinen Übungsplatzes lehnte. Sie würde also keinen der Ställe betreten müssen – Gott sei Dank. Jesse beobachtete ein rotbraunes Pferd, das an einer langen Leine im Kreis um einen blonden großen Mann von derber Schönheit herumtrabte. Kate, ein weiteres Pferd am Zügel, stand daneben.

»Laß ihn wenden, Ben!« rief Jesse, dann sah er Amanda näher kommen. Ein unvermitteltes Lächeln hellte sein Gesicht auf, aber es verlosch ein wenig, als er die Hunde an ihrer Seite sah, und seine Stimme war ein Gemisch aus Güte und Tadel.

»Ich freue mich, daß du dich mit ihnen angefreundet hast, Darling, aber du hättest lieber abwarten sollen, bis ich euch miteinander bekannt gemacht hätte. Es ist gefährlich, sich abgerichteten Wachhunden zu nähern, wenn sie einen nicht kennen.«

Amanda zögerte, dann zuckte sie mit den Schultern und blieb ein paar Schritte vor ihm stehen. »Mir blieb gar keine Wahl, fürchte ich. Irgend jemand muß sie aus Versehen rausgelassen haben.«

Jesse runzelte die Stirn. »Kein Mensch in meinem Haushalt würde so etwas Idiotisches machen, Amanda.«

Sie zuckte noch einmal die Schultern, nicht willens, eine Affäre daraus zu machen. »Egal, es ist ja gutgegangen. Sie wollten unbedingt hierherkommen, also bin ich ihnen gefolgt.« Die Hunde tollten inzwischen um Jesse herum, offensichtlich glücklich, wieder bei ihm zu sein – was erstaunlich war, da er sie weder streichelte noch mit ihnen sprach. Amanda blickte an ihm vorbei zu Kate und nickte ihr einen Gruß zu, verhalten nur, angesichts der unnatürlichen Gelassenheit, die die Ältere ausstrahlte.

Kate nickte zurück, aber alles, was sie sagte, war: »Sie mögen Pferde nicht besonders, oder?«

»Blödsinn, natürlich mag sie Pferde«, blaffte Jesse, ohne seine Tochter eines Blickes zu würdigen.

Amanda, die gehofft hatte, ihre argwöhnischen Blicke in Richtung des Pferdes, das nur ein paar Meter entfernt im Kreis trabte, seien unentdeckt geblieben, brachte ein dünnes Lächeln zustande. »Ich fürchte, Jesse, das tue ich nicht. Tut mir leid, dich enttäuschen zu müssen.«

Ein Schatten senkte sich auf sein Gesicht. »Als Kind hast du Pferde geliebt. Und du hast nicht die geringste Angst gehabt – du bist auf jedes Pferd gestiegen, ganz egal, wie wild es war, und du bist überall hingeritten. Wir konnten dich fast nicht von den Ställen wegbringen.«

»Die Menschen ändern sich.« Sie wußte, daß das nur eine lahme Erwiderung war, aber es war die beste, die ihr einfiel.

»Ich bin sicher, das kommt wieder, wenn du erst …«

»Nein.« Amanda trat einen Schritt zurück, dann hielt sie inne, als sie merkte, daß er nicht vorhatte, sie einfach zu packen und auf das nächste Pferd zu setzen. »Nein, ich – ich mag Pferde nicht, Jesse. Wirklich. Ich glaube, ich gehe jetzt lieber zurück ins Haus.«

»Warte einen Moment, dann gehen wir gemeinsam.« Jesse war von ihren Gefühlen sichtlich enttäuscht, ließ aber nichts von der Verachtung erkennen, die er demonstrativ gezeigt hatte, als Reece seine mangelnde Leidenschaft für Pferde hatte durchscheinen lassen. Er beobachtete das Pferd auf dem Logierplatz noch ungefähr eine weitere Minute lang mit gespanntem Blick, dann nickte er. »Okay, Ben, das genügt!«

»Ich schätze, er könnte mit Sullys Gewicht fertig werden«, rief der Blonde zurück, als er das Pferd anhielt und die lange Leine einholte.

Jesse brummte. »Vielleicht.« Er wartete, bis der Blonde den Fuchs an den Zaun geführt hatte, dann stellte er sie einander vor. »Darling, das ist Ben Prescott, einer von unseren Trainern. Ben – meine Enkelin, Amanda.« Bei den letzten drei Worten schwang sein ganzer Stolz in der Stimme mit, und er lächelte überglücklich.

Amanda, die sich unwohl in ihrer Haut fühlte, auch weil sie sich der stillen Aufmerksamkeit Kates sehr wohl bewußt war, zwang sich zu einem Lächeln. »Hi, Ben.«

»Angenehm, Amanda«, antwortete er höflich. Er war ungefähr in ihrem Alter, vielleicht ein oder zwei Jahre älter, dachte sie, und es gefiel ihr, wie standhaft er ihrem Blick begegnete. Es gefiel ihr außerdem, daß er sich bei ihrem Zurückweichen vom Zaun – und vor dem Pferd – keine Verachtung anmerken ließ, ja, er schien es nicht einmal zur Kenntnis zu nehmen.

»Stell ihn fürs erste auf Sullys Koppel«, wies Jesse Ben an. »Die Braune muß zu Kathy, sie hat die leichteste Hand.«

»Gut. Ich kümmere mich drum.« Ben führte den Fuchs zu dem Gatter am gegenüberliegenden Ende des Platzes. Er nickte Kate zu, als er an ihr vorbeikam. »Ich bring die Braune in Stall vier, sobald ich den hier eingestellt habe«, sagte er.

»Mach dir keine Mühe, den nehme ich schon.«

Amanda sah Jesse an, dann Kate. »Sie kommen nicht mit zurück zum Haus?«

»Jetzt noch nicht.« Kate lächelte plötzlich. »Ich muß mich vorher noch um etwas kümmern.«

Amanda zögerte noch einen Augenblick, dann wandte sie sich von der älteren Frau ab und schloß sich Jesse auf dem Rückweg nach Glory an. Sie beide – und die Wachhunde, die er Bundy und Gacy genannt hatte, nach zwei von den heimtückischsten Mördern, die es je gegeben hatte.

Jedes der vier Stallgebäude hatte ein kleines Appartement, das ungefähr ein Viertel des Obergeschosses einnahm. Man konnte die Appartements entweder von außen über eine Treppe erreichen oder aber über eine zweite Treppe im Inneren der Ställe; jedes Zimmer war mit fließend Wasser und Stromanschluß versehen sowie mit allen anderen modernen Annehmlichkeiten – abgesehen von einer Klimaanlage. Jesses Ansicht nach hätte das die Pferde gestört.

Die Zimmer wurden nach Dienstalter und Wahl vergeben; die meisten der Trainer und Reiter zogen es vor, näher an der Stadt zu wohnen, aber einige fanden es angenehmer oder bequemer, auch den größten Teil ihrer Freizeit hier zu verbringen.

Das Appartement über Stall Nummer vier war dasjenige, zu dem Kate ging, nachdem sie die Braune in ihre Box im Erdgeschoß geführt hatte. Sie schlich sich zwar nicht hinein, aber sie paßte doch auf, daß niemand sie beobachtete, wie sie über die

Außentreppe stieg und das stille, ordentliche, kleine Zimmer betrat. Von unten aus dem Stall drangen Geräusche nach oben, das Wiehern und Schnauben von Pferden, ein gelegentliches Lachen oder Rufen von einem der Trainer oder der jungen Springreiter.

Sie brauchte nicht lange zu warten. Es war jetzt, am späteren Nachmittag, wohl kaum die beste Zeit, um ungestört zu bleiben, aber das interessierte Kate nicht. Sobald er das Appartement betrat, warf sie die Tür zu und fiel in seine Arme. Er roch nach Leder und Pferden und Sonne, kräftige, erdige Düfte, die ihr Blut in Wallung brachten und ihr Herz wild gegen die Rippen schlagen ließen.

Sein Mund preßte sich auf den ihren, und sie stöhnte, ihre Finger machten sich in fiebriger Hast an den Knöpfen ihrer Bluse zu schaffen. Sie spürte, wie er mit seiner eigenen Kleidung kämpfte, aber die Hitze zwischen den beiden steigerte sich so schnell zu einer Ekstase, daß es keiner schaffte, sich völlig zu entkleiden. Ihr BH, zwischen den Körbchen geöffnet, baumelte ihr von den Schultern, sie schaffte es zwar, sich den Slip auszuziehen, aber die Rockknöpfe waren widerspenstig, und das Kleidungsstück rutschte ihr über die Taille hoch, als er sie an die Wand stieß und ihre Beine mit den Knien auseinanderpreßte. Obwohl er es geschafft hatte, sich das Hemd auszuziehen, waren seine Jeans und Boxershorts nur soweit wie unbedingt nötig nach unten gezogen. Aber selbst im Würgegriff der Lust streifte er automatisch ein Kondom über; sie hatte ihre Wünsche in dieser Beziehung sehr, sehr nachhaltig klargestellt, und inzwischen war ihm die Übung in Fleisch und Blut übergegangen. Sich jeden Morgen beim Anziehen ein paar Kondome in die Tasche zu stecken, da es vielleicht zu einem Treffen mit Kate kommen könnte, war eine Routinehandlung wie das Anziehen der Socken.

»Ja«, flüsterte sie, als er seine Hände um sie schlang, um sie am Hintern zu fassen und anfing, sie hochzuheben. »Ja, Ben.«

Ihre Beine schlossen sich um ihn, packten ihn, und er stöhnte, als ihre heiße, schlüpfrige Seide sein brennendes Fleisch umhüllte.

Ihren Rücken gegen die Wand gestemmt, die Beine um seine Hüfte geschlungen, war er es, der den Großteil ihres Gewichts trug, und sie war keine kleine Frau. Aber er war stark und so sehr von seiner Lust gefangen, daß er die Anstrengung gar nicht wahrnahm, solange er sich wiegte und stieß. Rasend drängte sie ihn, ihre leise Stimme klang angestrengt und kehlig, als sie ihre Lust hervorstöhnte und winselte, und ihre Reaktionen waren beiden so vertraut, daß sie sich in völligem Gleichklang zum Orgasmus steigerten.

Als sie kamen, beinahe im selben Moment, geschah es mit den leicht gedämpften Schreien zweier Menschen, die sich der Notwendigkeit, ihr Tun so leise als möglich zu halten, unablässig bewußt waren.

Einige Augenblicke verharrten sie ineinander verschränkt, mit stoßweisem Atem und zitternden Körpern, aufrechtgehalten von Wand und Willenskraft. Doch zuletzt öffnete sie die Beine und glitt so über seine Schenkel nach unten, und er hielt sie, während die beide Körper sich voneinander lösten und ihre Füße – die immer noch in den ordentlichen und damenhaften Espadrilles steckten – wieder auf den Boden zurückfanden.

Ben sah sie an, als er von ihr zurücktrat. Ihr Haar war immer noch untadelig in den gewohnten französischen Zopf gebunden, ihre Miene gelassen wie immer, aber da war ein sinnlicher Hauch über ihren exquisiten Wangenknochen, ein schwerer, träger Ausdruck in ihren Augen, und ihr Mund war weicher und röter als sonst.

Er küßte sie langsam, begehrte sie jetzt sogar noch mehr als zuvor, was ebenfalls nichts Ungewöhnliches war; Kate zu haben, wenn es auch, weiß Gott, unbändig erregend und immer befriedigend war, schien sein Verlangen nach ihr jedesmal nur zu steigern, anstatt es zu sättigen. Aber an der entspannten Art, in der sie seinen Kuß erwiderte, konnte er ablesen, daß es heute bei einem Mal bleiben würde, und da er sich hütete, sie zu drängen, zog er sich zurück.

Er zog seine Jeans halbwegs wieder herauf, dann ging er ins Bad, um sich wieder in Ordnung zu bringen. Als er nach ein paar Minuten wieder herauskam, mit zugeknöpfter Jeans und einem feuchten Waschlappen in der Hand, hatte sie ihren BH wieder hergerichtet, beschäftigte sich mit ihrer Bluse und verhüllte ihm ihre prachtvollen Brüste. Er seufzte mit mehr als nur leisem Bedauern.

»Du hast es aber verdammt dringend gebraucht«, bemerkte er, während er sich bückte, um den Slip aufzuheben, den sie beiseite geworfen hatte.

»Du vielleicht nicht?« Ihre Stimme war eher trocken als abwehrend, und er grinste.

»Dauernd. Wir wissen beide, daß ich nicht genug kriegen kann. Und wenn du mit dem hochgezogenen Rock noch lange so rumstehst ...«

»Nein, ich muß zurück ins Haus.« Sie nahm ihm den feuchten Waschlappen aus der Hand und wusch sich mit der wählerischen Gewandtheit einer Katze, gab ihn wieder zurück, nahm ihren Slip und zog sich fertig an.

Er sah ihr zu und war fasziniert von ihrer Schönheit, noch mehr aber von ihrer Selbstbeherrschung. Von Anfang an war sie ihm gegenüber völlig unverstellt gewesen, fühlte sich in ihrer Haut gänzlich wohl und war an ihm lüstern interessiert, und Ben empfand das als erfrischende Abwechslung. Die anderen Frauen, die er gekannt hatte, schienen nach dem Sex immer entweder verschämt oder verängstigt zu sein, machten sich Gedanken, wie sie nackt aussahen, wie sie sich fühlten, wie man erwartete, daß sie fühlten – und wie *er* sich fühlte.

Nicht so Kate. Sie kam zu ihm, um mit ihm zu bumsen – schlicht und einfach. Er war nicht der erste gewesen, und er wußte verdammt gut, daß er nicht der letzte sein würde, und als er erst einmal die natürliche Sorge hinter sich gelassen hatte, es könne ihn seinen Job kosten, genoß er ihre häufigen Vereinigungen gerade so wie es auch jeder andere gesunde Dreißigjährige getan hätte. Das ging jetzt schon über sechs Monate so, und falls sie anfing, sich mit ihm zu langweilen, hatte er noch kein Anzeichen davon bemerkt.

»Es ist wegen Amanda, nicht wahr?« forschte er, während sie den Rock über den langen, geschmeidigen Beinen, die er so liebte, glattstrich. »Daß sie hier aufgetaucht ist, hat dich völlig durcheinander gebracht.«

»Glaubst du, ich komme nur zu dir, wenn es mir nicht gutgeht?« Ihre Stimme blieb ruhig, weit entfernt von dem heiseren Stöhnen, daß die Leidenschaft ihr entlockt hatte.

»Ich glaube, daß du *meistens* dann zu mir kommst, wenn es dir nicht gutgeht. Ich bin ein Glas warme Milch, Kate. Ich bin eine angenehmere Art, um sich nach einem harten Tag zu entspannen.«

Sie sah ihn merkwürdig an. »Und das macht dir gar nichts aus?«

Ben zuckte mit den Schultern. »Warum sollte es? Nach einem Besuch von dir schlafe ich auch viel besser. Hey, wenn es dir einfach darum gehen würde, daß du was zum Vorzeigen hast, irgendwas, was du in der Öffentlichkeit an der Hand halten kannst wie 'ne Tasche, dann könntest du deinen Arsch drauf verwetten, daß es mir was ausmachen würde. Das heißt, dann wär' ich weg. Ich bin kein Spielzeug. Und ich bin kein Gigolo, den man verhätschelt und bezahlt und zum Schoßhündchen von irgendeiner reichen Lady macht. Aber solange es dir darum geht, zwischen den Kissen – oder an die Wand gelehnt – Spaß zu haben, da müßt' ich ja komplett verrückt sein, wenn ich nein sage.«

Ihr Blick war immer noch nachdenklich, abwägend.

Automatisch überprüften ihre schlanken Finger, ob ihre

Bluse richtig zugeknöpft und in ihren Rock gesteckt war, daß der Rock fiel, wie er sollte. Ein schneller Griff versicherte ihr, daß ihre Frisur noch immer ordentlich zu einem Zopf gebunden war.

Jeder Millimeter Dame, dachte Ben. Aber sie hatte irgend etwas an sich, etwas, das über die Art, wie sie sich bewegte und kleidete, über die friedliche Schönheit ihres Gesichts und die kühle Intelligenz ihrer Stimme hinausging. Catherine Daulton war die Art von Frau, die ein Mann instinktiv respektierte – auch dann, wenn er ihr nach heißem Sex beim Anziehen zusah.

»Zum Teufel, du bist göttlich«, sagte er und schüttelte den Kopf.

Sie war plötzlich überrascht, und ein schwaches Lächeln huschte ihr über die Lippen. »Für eine alte Schachtel, wolltest du sagen?« Seinerseits ehrlich überrascht, sagte Ben: »Hat irgend jemand gesagt, daß du alt bist? Ich war's ganz bestimmt nicht. Was das angeht, ich weiß nicht mal, wie alt du eigentlich bist. Und was, zum Teufel, macht das schon für einen Unterschied, solange wir beide volljährig sind?«

»Überhaupt keinen Unterschied«, sagte sie nach einem Moment. »Gib mir ein paar Minuten, bevor du gehst; wir müssen uns ja nicht extra anstrengen, damit noch mehr Gerede aufkommt.«

»Meinst du über uns? Es gibt keins, Kate, zumindest nicht öffentlich. Falls du es noch nicht bemerkt haben solltest, die meisten Leute hier mögen dich.«

Darauf erwiderte sie nichts, aber Ben dachte, daß er sie ein weiteres Mal verblüfft hatte. Diesmal überraschte es ihn nicht. Er war kein Pyschologe, aber der mußte man auch nicht sein, um herauszufinden, warum es Kate überraschte, daß jemand sie gern hatte.

Schließlich war sie ihrem Vater scheißegal, und ob das irgend jemand wußte, kümmerte ihn genausowenig.

An der Tür drehte sie sich plötzlich um und schaute ihn an. »Komm heute nacht ins Haus.«

Ben wußte nur zu gut, daß das keine Einladung zum Abendessen war. »Du weißt, was ich davon halte, Katie.«

»Nenn mich nicht noch mal so«, unterbrach sie ihn. »Das habe ich dir schon mal gesagt.«

Das hatte sie ihm in der Tat bereits gesagt; in bezug auf ihren Namen war sie ebenso unnachgiebig wie in bezug auf Verhütungsmittel. Vielleicht, überlegte Ben, glaubte sie, daß die Verkleinerungsformel sie in irgendeiner Weise schmälere. Er wußte es nicht und hatte sie auch nicht danach gefragt.

Er nickte eine halbe Zustimmung und fuhr dann fort, über seinen Besuch im Haus zu sprechen. »Ganz abgesehen von dem Risiko, diesen blutrünstigen Kötern von Jesse über den Weg zu laufen, gefällt es mir einfach nicht, mich wie ein verdammter Einbrecher in dein Zimmer rein- und wieder rauszustehlen.«

»Würde es dich denn gar kein bißchen aufregen?«

»Ich brauche nirgendwo herum zu schleichen, um dich aufregend zu finden. Das ist wohl kaum der springende Punkt.«

»Ach? Und was ist der springende Punkt?«

Ben merkte, daß er immer noch den Waschlappen in der Hand hielt und warf ihn in Richtung Bad. »Wir wissen beide ganz genau, was der ist«, erklärte er ihr gequält. »Dir fehlt der Mut, Jesse das mit uns zu sagen, aber du wärst überglücklich, wenn er uns erwischen würde. Vielleicht würde er sich ja sogar zu einer Reaktion hinreißen lassen, was?«

»Halt's Maul.« Ihre Augen funkelten.

Ohne weiter darauf einzugehen, zuckte Ben einfach mit den Schultern. »Kate, ich arbeite für Jesse, und ich mag meinen Job. Wenn du glaubst, daß ich mich noch weiter aus dem Fenster hänge, an das du mich gezerrt hast, dann mußt du verrückt sein. Ich hänge so schon weit genug draußen.« Sie blieb einen Moment lang stumm, dann murmelte sie: »Du bist ein echter Hurensohn, Ben.«

»Allerdings.« Er grinste. »Aber ein geiler Hurensohn, und das wissen wir beide. Ich muß morgen eins von den neuen Pferden testen, also dachte ich mir, ich werde am Nachmittag über den nördlichen Pfad reiten, zum Wasserfall. Morgen gibt es keine Übungsritte, es dürfte dort also völlig einsam sein. Ruhig. Intim. Ungefähr um halb vier, habe ich mir gedacht. Falls du zufällig um diese Zeit Sebastian seinen Auslauf geben würdest ...«

»Vielleicht.« Sie holte tief Luft. »Vielleicht werde ich das.« Dann schlüpfte sie aus dem Zimmer.

Bens Lächeln erstarb, und er blieb lange Zeit bewegungslos stehen. Es wäre vielleicht netter gewesen, ihr die Wahrheit zu sagen, aber bis jetzt war er dazu nicht fähig gewesen. Er hatte nicht wirklich etwas dagegen einzuwenden, sich in ihr Schlafzimmer zu schleichen, und er hatte auch keine Angst, den Job zu verlieren, wenn Jesse das über sie herausfinden sollte.

Weil es Jesse nämlich schon wußte. Er hatte immer über Kates Männer Bescheid gewußt. Und es war ihm scheißegal.

Als sie ins Haus zurückgekehrt waren, sorgte ein Anruf dafür, daß Jesse sich in seinem Arbeitszimmer (sie hatte recht gehabt, es war dasjenige hinter der verschlossenen Tür, und Jesse trug den Schlüssel in der Tasche) um diverse Schriftstücke zu kümmern hatte, und so fand sich Amanda wieder mit den Hunden allein gelassen. Sie war etwas überrascht, daß sie bei ihr blieben, beschloß aber, es als etwas Gutes zu betrachten; von einem Wachhund beschützt zu werden, war dem Gegenteil jederzeit vorzuziehen. Sie waren umgänglich, blieben bei ihr, ohne ihr im Weg zu sein, und es schien ihnen zu genügen, wenn man sie ab und an tätschelte oder mit ihnen redete.

Sie schienen es nicht als Affront aufzufassen, daß sie sie mit »ihr beiden« anredete, anstatt sie beim Namen zu nennen.

Amanda, die immer noch versuchte, sich zurechtzufinden, fand den richtigen Korridor, der sie in den hinteren Trakt von

Glory brachte, und setzte ihren Erkundungsgang fort. Obgleich erst nach dem Haupthaus errichtet, war auch dieser Teil bereits mehr als hundert Jahre alt – und modernisiert wie das übrige Gebäude.

Im Erdgeschoß befand sich ein Salon – oder Gesellschaftsraum, oder Herrenzimmer, wie auch immer man es nannte – zusammen mit einem enorm großen Spielzimmer, das mit Billardtischen und Tischtennisplatten ausgestattet war, ebenso wie mit mehreren Flipperautomaten, die liebenswert altmodisch wirkten und eines Tages wohl ein Vermögen wert waren. Vom Spielzimmer gelangte man auf eine Veranda beim Swimmingpool. Dieser Trakt beherbergte auch eine Reihe von Gästesuiten, die jeweils aus Wohn-, Schlafzimmer und Bad bestanden, ausgesprochen abgeschieden und hübsch.

Amanda zögerte, als sie das hintere Ende des Trakts erreichte, wo eine Tür zum Park und eine enge, aber romantische Treppe ins Obergeschoß führte. Sie vermutete, daß sich im ersten Stock weitere Privatzimmer befanden, aber solange sie nicht wußte, ob sie bewohnt waren, ob Familienmitglieder oder Maggie dort schliefen, fühlte sie sich zu befangen, um ihre Erkundung weiter fortzusetzen.

Versonnen legte sie eine Hand auf den massigen, mit breiten Schnitzereien versehenen Endpfosten, und ihr Daumen rieb über die Auswölbungen und Reliefs, an denen der Zahn der Zeit deutliche Spuren hinterlassen hatte. Das gesamte Haus war beeindruckend, so sehr, daß es sie überwältigte …, daß es übermenschlich wurde. So lebte man heute einfach nicht mehr …

Sie war gerade dabei zurückzugehen, als das dumpfe Geräusch schwerer Schritte, die die Treppe herunterstiegen, sie erstarren ließ. Ein schneller Blick zeigte ihr, daß die Hunde ruhig waren und nur flüchtig interessiert nach oben schauten, was ihr bedeutete, daß sie denjenigen, der sich da näherte, nicht als Bedrohung empfanden.

Amanda wünschte, sie hätte dasselbe behaupten können.

Er blieb auf dem Treppenabsatz stehen, als er sie sah, und sein Gesicht verhärtete sich ein wenig. Das schwarze Haar noch immer feucht vom kürzlichen Duschen, war er jetzt in dunkler Hose und weißem Hemd ordentlicher gekleidet als bei ihrem ersten Zusammentreffen. Er krempelte die Hemdsärmel über gebräunte und kräftige Unterarme nach oben und blieb auf dem Absatz stehen, während er finster zu ihr herabschaute.

Dann ging er die restlichen Stufen hinunter, sagte kein Wort, bis er auf dem blankgewienerten Parkett wenige Schritte vor ihr stand. Er mißachtete die Hunde gänzlich, und sie betrachteten ihn mit aufmerksamen Gleichmut. »Sie sind also Amanda.« Seine Stimme war tief, eine Spur ungeduldig, besaß aber nicht annähernd die angeborene Schroffheit, die Jesses Ton auszustrahlen schien.

Sie nickte nur ein wenig. »Und Sie sind Sully.«

Ohne überhaupt erst zu versuchen, taktvoll zu sein, betrachtete er sie schnell aber gründlich von oben bis unten. »Na gut, Sie machen einen daultonschen Eindruck, wenn Sie auch nicht ganz so groß sind wie die meisten von uns«, bemerkte er etwas spöttisch. »Aber das macht Sie kaum zu Amanda Daulton. Ich bin sicher, Sie verzeihen mir, daß da noch ein paar nicht ausgeräumte Zweifel bestehen.«

Amanda war von seiner offensichtlich besseren Stimmung so erleichtert, daß sie sich von seinem Argwohn nicht mehr beunruhigen ließ. »Nein, ich habe nichts anderes erwartet«, erklärte sie ihm.

»Ach was?« Sullys Lächeln zeigte keine Spur von Humor. »Aber ich bin einer der wenigen, die es wagen, Zweifel anzumelden, nicht wahr? Der einzige – außer Walker, und der ist von Berufs wegen mißtrauisch. Kate ist so seelenruhig wie immer, Maggie verhält sich neutral, und Jesse ist schon felsenfest überzeugt, daß Sie seine geliebte Amanda sind. Und ich wette, mein Bruder nennt Sie schon Cousine, weil er es nicht wagen würde, sich Jesse zu widersetzen.«

Sie beschloß, nicht darauf einzugehen. Statt dessen sagte sie: »Hören Sie, ich möchte, daß Sie wissen, daß ich nicht ... zurückgekehrt bin, um irgend jemandem seinen Platz streitig zu machen.«

Er hob die Schultern, mehr als Zeichen seiner Skepsis denn seiner Gleichgültigkeit, und seine grauen Augen bekamen plötzlich eine unerbittliche Härte. »Aber sicher. Und aus welchem Grund sind Sie sonst gekommen?«

Das war eine Frage, die seltsamerweise bislang nur Walker McLellan gestellt hatte, und sie gab Sully dieselbe Antwort. »Weil ich nach dem Tod meiner Mutter meinen echten Namen herausgefunden habe und ich den Rest erfahren wollte. Wer bin ich, woher komme ich, wie ist meine Familie? Und warum hat meine Mutter beschlossen, ihren Mann und diesen Ort bei Nacht und Nebel zu verlassen – um nie mehr wieder zurückzukehren.«

Sully funkelte sie finster an. »Wieso sind Sie so sicher, daß Sie die Antwort auf die letzte Frage ausgerechnet hier bekommen werden? Sie ist tot, Brian ist tot, es ist zwanzig Jahre her. Wir haben nicht erfahren, was zwischen Christine und Brian vorgefallen ist, und da er ja schließlich nur ein paar Wochen später umgekommen ist, werden wir es wohl auch nie herausfinden.«

»Sie waren damals nicht viel älter als ich, wie wollen Sie sich an alles erinnern können, was Sie vielleicht gehört oder gesehen haben?«

»Ich war zwölf – und ich erinnere mich an vieles. Aber ich habe damals schon die meiste Zeit mit Pferden verbracht, und ich war oft auf Turnieren. Ich wußte nicht viel von dem, was die Erwachsenen vorhatten, und es hat mich auch nicht interessiert, aber in jedem Fall kann ich mich an nichts Ungewöhnliches erinnern, weder in jenem Sommer noch an jenem Tag.

Wie ich schon sagte – wir werden wahrscheinlich nie herausfinden, was wirklich geschehen ist.«

»Vielleicht haben Sie recht.« Amanda brachte ein Schulterzucken zustande und fragte sich, warum sie nicht glauben mochte, daß Sully diese Sommer vor zwanzig Jahren tatsächlich so gleichgültig gegenüberstand, wie er vorgab. Irgend etwas an seiner Stimme vielleicht, oder der zurückhaltende Blick in seinem ausdrucksstarken Gesicht. »Und trotzdem kann ich mehr über meine Familie herausfinden, als ich bisher wußte, wenn ich hier bin. Gönnen Sie mir das nicht?«

Sully lächelte ein weiteres humorloses Lächeln. »Ich mißgönne Ihnen überhaupt nichts – Amanda. Bis jetzt wenigstens. Im Gegenteil, wenn Sie es schaffen, den alten Herrn glücklich zu machen und ihn mir vom Leib zu halten, solange er noch am Leben ist, bin ich Ihnen sogar was schuldig.«

»Solange er noch am Leben ist?« Ganz plötzlich überkam sie ein merkwürdiges Gefühl. »Was soll das heißen? Er ist vielleicht alt, aber er sieht immer noch jung und kräftig aus.«

»Manche Leute sehen bis zum letzten Augenblick völlig gesund aus, habe ich mir sagen lassen«, erwiderte Sully und verengte die Augen, die er gespannt auf ihr Gesicht gerichtet hatte. »Also was denn, verlangen Sie nicht von mir, Ihnen abzunehmen, daß Sie es nicht wußten. Nach dem was Walker sagt, hat die letzte Frau, die behauptete Amanda zu sein, bis in jede Einzelheit Bescheid gewußt. Wir haben es zwar vor der Presse verheimlichen können, aber in der Gegend hier ist es ein offenes Geheimnis – und jemand, der über die Familie recherchiert, kann es ohne Probleme rausfinden?«

»Kann was rausfinden?«

»Daß Jesse Krebs hat. Die Ärzte geben ihm höchstens noch bis Weihnachten.«

Amanda war froh, daß sie eine Hand am Geländerpfosten hatte, denn für einen Moment verschwamm Sullys Gesicht vor ihren Augen.

»Sehr gut, ganz die Reaktion der liebenden Enkelin«, stellte Sully hämisch fest. Dann, einen Augenblick später und in gänzlich anderem Tonfall: »Hey, fehlt Ihnen was?«

Sie blinzelte und fühlte seine große Hand an ihrem Arm. War sie geschwankt? Aber die plötzliche und unerwartete Benommenheit ging vorüber, und mit einiger Mühe schaffte sie es, ihm fest in die Augen zu sehen. »Nein, alles in Ordnung. Mir geht es gut.«

Sully ließ ihren Arm los, trat zurück und betrachtete sie noch immer prüfend. »Sie wußten es wirklich nicht, stimmt's?«

»Nein.« Sie räusperte sich. »Nein, ich wußte es wirklich nicht.«

»Na ja ... dann tut es mir leid, daß Sie es auf diese Weise erfahren mußten.« Sully war kurz angebunden, schien es aber ernst zu meinen. Er zögerte, dann fuhr er fort: »Jesse spricht nicht gerne darüber, aber es ist ziemlich offensichtlich, daß er den Ärzten glaubt – dieses eine Mal. Er kämpft schon seit über zwei Jahren dagegen an, und am Anfang hat er geglaubt, er würde gewinnen. Aber das ist vorbei.«

»Und die Ärzte geben ihm noch ...?«

»Sechs Monate, wenn er Glück hat. Er könnte es vielleicht bis Weihnachten machen, aber davon geht keiner aus.«

»Verstehe.« Sie wollte darüber nachdenken, denn es bedeutete, daß die Dinge anders standen, daß die Zeit noch weit wichtiger geworden war, als sie angenommen hatte, aber ihre Gedanken waren verwirrt und es gelang ihr nicht, sie in geordnete Bahnen zu lenken.

Sully ließ seine Augen einen Moment auf ihr ruhen, dann schaute er kurz auf die Uhr. »Es ist schon nach fünf. Falls es Ihnen noch niemand gesagt haben sollte, wir treffen uns gewöhnlich vor dem Abendessen im vorderen Salon.«

Man hatte es ihr gesagt. Und sie wollte sich erst umziehen. *Eine Rüstung; ich wollte, ich könnte eine Rüstung überstreifen.*

Mit einem Nicken wandte sie sich wieder dem Korridor zu, der zum Haupthaus führte, begleitet von Sully und den beiden Hunden. Und obwohl sie die Wut, die sie heute bei Sully bereits so deutlich wahrgenommen hatte, jetzt nicht spüren konnte, hatte sie das Gefühl, daß er nicht nur weitaus gefährlicher, sondern auch wesentlich komplizierter war, als es die Hunde je sein konnten.

»Was suchen Sie hier drin?«

Amanda schaute schnell zur Tür von Jesses Arbeitszimmer und bemerkte, daß Walker McLellan sie genauestes beobachtete. Überrumpelt, sagte sie sich. »Ich bin aus meinem Zimmer gekommen und hier vorbeigegangen ... ich bin noch nie hier drin gewesen.« *Ich höre mich schuldig an. Zum Teufel mit diesem Mann.*

»Jesse sperrt dieses Zimmer normalerweise ab«, erklärte Walker ihr, und seine Stimme klang noch immer nicht sonderlich herzlich. Er betrat das große, mit Büchern vollgestellte Arbeitszimmer und trat zu ihr vor einen mit Marmor eingefaßten Kamin, über dessen Sims ein großes Ölgemälde hing.

Sie war sich seiner Nähe auf verstörende Weise bewußt und sagte sich, es läge nur daran, daß er weniger formell auftrat, als sie ihm bislang begegnet war, in dem weißen Hemd mit offenem Kragen und leger zurückgeschlagenen Ärmeln und den dunklen Hosen. Keine Krawatte, kein Jackett. Aber dasselbe verschlossene Gesicht mit seinen durchdringenden, grünen Augen, erinnerte sie sich. Derselbe mißtrauische Anwalt.

»Ich glaube nicht, daß er etwas dagegen hätte, daß ich hereingekommen bin«, sagte sie und versuchte, es nicht nach einer Verteidigung klingen zu lassen.

»Nein, wahrscheinlich nicht.«

Sie wich seinem Blick aus und betrachtete das Gemälde. Es war das hervorragend ausgeführte, erstaunlich lebensnahe und oftmals fotografierte Porträt von Brian Daulton, seiner

Frau Christine und einer dreijährigen Amanda, die mit großen Augen und süßem Lächeln in die Welt sah. Das kleine Messingschild am unteren Rand des Rahmens verkündete, daß es im Jahre 1969 gemalt worden war.

»Ich sehe meiner Mutter nicht sehr ähnlich«, sagte Amanda, entschlossen, ihm mit der Bemerkung zuvorzukommen.

Die Frau im Porträt, dunkelhaarig wie Amanda, war offensichtlich weitaus größer – wenn auch sehr schlank und zierlich, beinahe zerbrechlich. Eine goldene Bräune zierte ihre makellose Haut, wodurch ihre schwarzbewimperten, blaßblauen Augen noch lichter und eindrucksvoller erschienen, und ihr leise lächelnder Mund war ungewöhnlich üppig, deutlich erotisch.

Christine Daulton war ... *mehr,* als Amanda von sich selbst sagen konnte. Von den dreien auf dem Gemälde, so lebensnah sie auch alle wirkten, stach sie heraus, war sie vollständiger eingefangen als ihr Mann und ihr Kind. Wenn der Maler nicht völlig von ihr gefangen gewesen sein sollte, so war er doch mit Sicherheit fasziniert gewesen. Er hatte ihre Seele gemalt.

Temperamentvoll war sie, übersprühend vor Lebenslust, die Intensität strahlte förmlich von ihr aus, und es schien, als wolle sie sich im nächsten Augenblick bewegen, als würde sie auflachen oder den Betrachter mit einem schlanken Finger heranwinken. Sie war eine verführerische Frau; in den Bögen ihrer Augenbrauen steckte ein herausfordernder Witz, und in ihren geschwungenen Lippen lag verspielte Verlockung.

Sie sah nicht aus wie eine Mutter. Wie auch Glory, so war die Frau auf dem Gemälde prachtvoll und überwältigte den Betrachter auf seltsame Weise, und wenn sie auch keineswegs wollüstig war, umgab sie doch eine körperliche Sinnlichkeit, die augenfällig war, eine offenkundige Sexualität, die zu verhüllen weder sie noch der Maler die geringsten Anstalten machten.

Eine Frau, die man niemals vergessen würde, vor allem nicht der Mann, der sie je gekannt hatte.

»Sie war damals sehr schön«, sagte Walker leidenschaftslos. »Angeblich hat Brian sie nur ein einziges Mal angesehen, und schon um ihre Hand angehalten – und da war er kaum zwanzig, noch auf dem College.«

»Das dürfte Jesse nicht gerade gefreut haben«, äußerte Amanda, die beschloß nicht darauf einzugehen, ob er seine Aussage als stillschweigendes Einverständnis mit der ihren verstanden wissen wollte. »Ich meine, wenn sein einziger Sohn mit einer zwei Jahre älteren Kellnerin durchbrennt, die ja wohl kaum ... aus denselben Verhältnissen stammte.«

Walker zuckte die Achseln. »Ich nehme an, das haben Sie in einem der Zeitungsartikel über die Familie gelesen, oder in irgendeiner Illustrierten; es gab ja genug, leicht zugänglich. Dann wissen Sie auch, ganz gleich, wie wütend Jesse auch gewesen sein mag, alles in dem Moment vergeben und vergessen war, als Brian Christine heimbrachte. Ich kann mich zwar selbst nicht mehr daran erinnern, aber es heißt, sie hat die Männer, ohne sich im geringsten anzustrengen, völlig bezaubert. Und niemand hat je behauptet, daß Jesse weiblichen Reizen gegenüber immun gewesen wäre. Und zu ihrer Herkunft, nun, sie paßte offenbar bestens hierher.«

Sein Tonfall war derselbe träge, leidenschaftslose, an den sie sich gewöhnt hatte, aber jetzt empfand Amanda ihn urplötzlich als irritierend. Am Nachdenken, der Mann war ununterbrochen am *Überlegen.* Sein kühler Verstand unterzog jedes einzelne ihrer Worte einer Prüfung und mißtraute den allermeisten davon, während er selbst auf Distanz ging und sie mit leidenschaftslosem Interesse betrachtete, und das fing langsam an, ihr auf die Nerven zu gehen.

Amanda schaute gerade im richtigen Moment zu Walker, um seinen Blick aufzufangen, und bemerkte, daß er ihre herzförmige Diamantenkette betrachtet hatte – die nicht von der zu unterscheiden war, die Christine Daulton auf dem Porträt trug.

»Ja, es ist dieselbe«, sagte sie und hob eine Hand, um das kleine Herz kurz zu berühren. »Natürlich kann ich das nicht beweisen. Schließlich kann es ja sein, daß ich in einem der Zeitschriften- und Zeitungsartikel, die ich gelesen habe, eine Abbildung dieses Gemäldes gesehen habe, und dann wäre es kein Problem gewesen, mir eine passende Nachbildung machen zu lassen.«

»Ja«, antwortete er, unberührt von ihrem Spott, »das wäre möglich.«

Sie zwang sich, die Augen wieder von seinem distanzierten Blick abzuwenden und zurück auf das Gemälde zu richten, und diesmal konzentrierte sie sich auf Brian Daulton. Als das Gemälde angefertigt wurde, war er siebenundzwanzig Jahre alt, aber er wirkte deutlich älter. Dunkelhaarig, mit den grauen Augen, die praktisch alle Daultons hatten, war er mit seinen kaum einsachtzig doch ein ganzes Stück kleiner als die meisten, und er war eher drahtig als massig. Aber er hatte das Gesicht seines Vaters, ganz ohne Zweifel, und eine dramatische Schönheit, in der sich schon jetzt, seiner Jugend zum Trotz, die ersten Anzeichen eines ausschweifenden Lebenswandels zeigten.

»Hat er getrunken?« fragte Amanda plötzlich.

»Brian? Nur bei gesellschaftlichen Anlässen, glaube ich. Wenn Sie die ganzen Falten in seinem Gesicht meinen, die können Sie zu achtzig Prozent der Vererbung und zu zwanzig Prozent dem Leben in der prallen Sonne zuschreiben. Und seine Veranlagung hat wahrscheinlich auch noch ihr Teil dazu beigetragen.«

Amanda zögerte und sagte dann: »Bevor ich hierherkam, habe ich einiges über die Familie gelesen.« Sie blickte vorsichtig zu Walker hinüber, um festzustellen, daß er sie ansah, und sprach schnell weiter, bevor er sich auf dieses Eingeständnis gezielter Nachforschungen stürzen konnte. »Bei den Daultons neigen alle Männer zum Jähzorn, nicht wahr? Seit Jahrhunderten schon.«

»Angeblich.«

»Ich erinnere mich nicht daran, daß mein Vater jemals wütend war.«

»Nein?« Offenbar überlegte und verwarf Walker es, seinem Drang nachzugeben, eine – zweifellos skeptische – Bemerkung über ihr Erinnerungsvermögen zu machen, dann hob er die Schultern und fügte hinzu: »Er hatte keinen allzu schlechten Charakter, glaube ich.«

Amanda wollte ihn fast bitten, das ein bißchen näher auszuführen, beschloß aber, das Thema fallenzulassen. Statt dessen betrachtete sie das kleine Mädchen auf dem Gemälde, mit dem kurzen, schwarzen Haar, das in sorgfältigen Locken hochgesteckt und mit einem rosaroten Band geschmückt war, und ihre großen, grauen Augen voller Unschuld, und dieses herzige Lächeln.

So sicher, als hätte sie den Kopf gedreht und ihn angesehen, wußte sie, daß der großgewachsene Mann neben ihr ebenso das kleine Mädchen auf dem Gemälde betrachtete, und so sicher, als hätte er es ausgesprochen, wußte sie, was er dachte. Sie war nicht sonderlich überrascht, wie sie selbst auf die Zweifel, die schwer zwischen ihnen lasteten, einging.

»Die Menschen verändern sich so sehr vom Säugling, bis sie erwachsen sind. Und trotzdem sind Sie davon überzeugt, daß ich niemals dieses kleine Mädchen gewesen bin. Mein Haar ist jetzt glatt, nicht lockig wie auf dem Bild. Mein Mund ist nicht geschwungen. Und schauen Sie – liegen ihre Augen nicht ein ganz klein wenig höher als meine? Genau das denken Sie doch, Walker, oder etwa nicht?«

Nach einem langen Moment sagte er: »So ungefähr.«

Sie drehte sich ganz zu ihm um, blickte in sein hartes Gesicht und fragte sich, ob sie sich nicht irgendwann im Laufe des Tages eingebildet hatte, er hätte einen Funken Mitgefühl, eine Spur von Mitleid für sie gezeigt. Wenn es keine Einbildung gewesen war, dann handelte es sich zweifellos um eine flüchtige Gefühlsanwandlung. Ganz bewußt unternahm sie keinen Versuch, seinen Unglauben zu mildern. Statt dessen fragte sie in sanftem Ton: »Sollten wir uns nicht alle vor dem Essen im vorderen Salon versammeln?«

»Das ist hier so üblich«, entgegnete er ebenso sachlich wie sie.

Aber als er zurücktrat und ihr bedeutete, ihm voranzugehen, war sie überzeugt, Verärgerung in seinen Augen aufblitzen gesehen zu haben. Das war, entschied sie, der erste Sprung, den sein Harnisch der Unerschütterlichkeit erhalten hatte.

Jetzt mußte sie nur noch herausfinden, ob es etwas Gutes oder Schlechtes war, Walker McLellan zu verärgern, zu reizen oder sonstwie zu provozieren, solange er ihr gegenüber noch keine Gefühle empfand, sondern nur über sie nachdachte.

4

»Eine Party ist genau das richtige«, sagte Jesse mit Entschlossenheit nach dem Salat und vor dem Hauptgericht. »Wir müssen Amanda bei unseren Freunden und Nachbarn wieder einführen. Maggie, Kate, ihr kümmert euch um die Organisation. Samstag in acht Tagen.«

»Geht in Ordnung, Jesse«, sagte Kate.

»Es wird heißer«, sagte Maggie pragmatisch, während sie Earlene half, den zweiten Gang am offiziellen Eßtisch zu servieren. »Warum machen wir da nicht was Ungezwungenes, eine Grillparty zum Beispiel.«

»Mit japanischen Lampions am Swimmingpool?« schlug Reece vor.

»Ich habe ein Turnier«, sagte Sully.

Walker beobachtete Amanda, die ihm gegenüber links von Jesse saß. Die Vorstellung einer Party, um die Nachbarn kennenzulernen, sagte ihr überhaupt nicht zu, entschied er. Nicht, daß sie verstimmt oder eindeutig bestürzt gewesen wäre, aber in ihren Augen zeigte sich eine eindeutige Achtsamkeit, und ihre Miene wies einen Funken Unbehagen auf. »Jesse, vielleicht ...«, fing sie an, aber ihre sanfte Stimme wurde unbeabsichtigerweise völlig übertönt, als Jesse seinen jüngeren Enkel anfuhr.

»Es gibt überhaupt keinen Grund, warum du zu diesem Turnier gehen solltest – weder zu diesem noch zu irgendeinem anderen. Es ist ja schließlich nicht so, daß du selber im Sattel sitzen würdest.«

Sullys ohnehin schon kämpferische Miene verfinsterte sich noch weiter, und er warf seinem Großvater einen blitzenden Blick zu. »Ich habe diese Pferde trainiert, und ich werde, verdammt noch mal, dabei sein, wenn sie an den Start gehen. Es ist ein dreitägiger Wettkampf, zum Teufel – und zwei von meinen Reitern waren noch nie auf dem Parcours.«

»Na und. Dafür waren die anderen schon drauf. Und hör auf, Töne zu spucken, als wenn es um die Olympischen Spiele gehen würde. Es wird von einem *Grill-Restaurant* veranstaltet.« Jesse lachte höhnisch. »Das Preisgeld stinkt, und ...«

»Und es ist Wettkampferfahrung für Pferde und Reiter«, erinnerte Sully ihn barsch. »Ich muß dabeisein.«

»Nein, das mußt du nicht. Du mußt hier sein. Ist das klar?« Jesse wartete einen Augenblick ab, dann wiederholte er mit großem Nachdruck: »Ist das klar, Sully?«

Eine stumpfe Röte stieg in Sullys Gesicht, und in seinen grauen Augen tobte es. Aber er gab nach. »Ja«, murmelte er. »Ja, es ist klar.«

Niemand am Tisch sprach, bis Maggie, die mit dem Servieren fertig war, wieder auf ihren Platz schlüpfte. »Bei einem ganzen Dutzend neuer Pferden, die in diesem Sommer noch mit dem Training anfangen müssen, überrascht es mich, daß du überhaupt weg willst, Sully«, merkte sie nebenbei an. Ihr beiläufiger Ton war genau der richtige, um die Spannung am Tisch zu lösen und Sully einen unproblematischen Abgang zu ermöglichen.

Mit einem Lächeln in ihre Richtung – so schwach und kurz es auch war – meinte Sully: »Das ist wohl wahr.«

»Um wieder zurück zur Party zu kommen«, sagte Kate. »Die üblichen Leute, Jesse?«

Jesse nickte. »Es gibt Steaks. Und diese Band aus Nashville, die, die wir letztes Mal auch schon hatten.«

»Zwei Wochen sind ziemlich kurzfristig«, bemerkte Walker. »Und die Band hat an diesem Wochenende bestimmt schon ein anderes Engagement. Das wird teuer, Jesse.«

»Das spielt keine Rolle«, sagte der Mann, der eben eine kleine Reitveranstaltung lächerlich gemacht hatte, weil es dort nur ein bescheidenes Preisgeld zu gewinnen gab. Jesse, der sich jeder Inkonsequenz zutiefst bewußt war, lächelte Amanda an. »Du wirst unsere Freunde und Nachbarn mögen, Darling.«

»Ganz bestimmt«, murmelte sie.

Walker fragte sich, ob sie die Idee, ihm zu widersprechen, aufgegeben hatte, weil sie sich eines Besseren besonnen hatte, oder einfach deshalb, weil Sullys Versuch ihr sehr schnell die Vergeblichkeit eines Streits mit Jesse vor Augen geführt hatte. Er konnte es nicht sagen, und ihr Gesicht verriet nichts.

Es war ein hübsches Gesicht, daran bestand kein Zweifel. Auch wenn sie mit Kate am selben Tisch saß, konnte Amanda sich mehr als nur behaupten. Die zart gezeichneten und zierlichen Züge waren vielleicht nicht erkennbar die der Daultons, aber sie waren mit Sicherheit reizvoll. Nein. Schön. Und umgeben von all diesen großen, sonnengebräunten, vor Kraft strotzenden Menschen, erschien sie puppenhaft in ihrer blassen, edlen Schönheit. Auch das legere Frühlingskleid, das sie trug, war weich und umhüllte ihren Körper voller Zärtlichkeit.

An ihrem Geschmack gab es nichts auszusetzen, bis jetzt wenigstens.

Walker, der während des restlichen Essens über den Tisch hinweg die Augen nicht von ihr wandte, sah sie in kleinen Schlucken den Rotwein trinken, den Jesse ausgesucht hatte – um ihre Rückkehr zu feiern, hatte er gesagt –, und hörte mit halbem Ohr zu, wie Reece ihr erzählte, daß die Sommerfeste auf Glory berühmt waren, daß es im Jahr meistens vier oder fünf davon gab, und daß die Band aus Nashville wirklich gut war. Reece schien erpicht darauf, Sullys mürrisches Schweigen wiedergutzumachen; er behandelte seine »Cousine« so zuvorkommend und freundlich, wie es sich Jesse nur wünschen konnte.

»Reitest du eigentlich noch, Amanda?« fragte er, als so ziemlich alle mit dem Essen fertig waren.

»Nein, ich fürchte nicht.« Sie lächelte und ging nicht weiter darauf ein.

»Zu schade. Die einzige Möglichkeit, um ein paar von den schönen Ecken von Glory zu sehen, ist mit dem Pferd. Da gibt es zum Beispiel einen Bergpfad mit einem herrlichen Wasserfall.«

»Ich werde ihn mir auf jeden Fall ansehen«, versprach sie, »zu Fuß. Ich wandere gern.«

Sie hat sehr zierliche Hände, dachte Walker. Sie waren klein, mit langen, schlanken Fingern und gepflegten ovalen Nägeln. Die Hände, wenn auch anmutig, schienen keine Kraft zu besitzen. Wenn sie die eher ungestüme Kraft der Daultons ebenso geerbt hatte wie die grauen Augen, dann war ihr das zumindest nicht im geringsten anzusehen, entschied Walker – und bemerkte dann, wohin ihn seine ungezügelten Gedanken geführt hatten. Was um Himmels willen war nur mit ihm los. Es gab keinen Grund, heute abend mehr davon überzeugt zu sein, daß sie die wirkliche Amanda war, als zu irgendeinem früheren Moment dieses Tages oder der letzten Wochen. Weniger, um genau zu sein, nachdem sie selbst ungerührt die mangelnde Ähnlichkeit zwischen sich und Christine Daulton festgestellt hatte – und zwischen sich und dem kleinen Mädchen, das sie angeblich gewesen war.

Und die Tatsache, daß sie, nachdem sie auf das Fehlen jeglicher Ähnlichkeit hingewiesen hatte, nicht den kleinsten Versuch unternommen hatte, eine Erklärung für diese Veränderungen vorzubringen, machte es nur noch schlimmer. Es interessierte sie keinen Pfifferling, ob *er* ihr glaubte, überlegte Walker grimmig, denn nach der Art, in der sie auf Glory willkommen geheißen worden war, konnte sie ziemlich sicher sein, daß Jesse es tat.

Und was Jesse glaubte, war das einzige, was wirklich zählte.

»Der Weg nach King High ist ein schöner Spaziergang«, erzählte Kate in ihrer üblichen, gelassenen Stimme. »Es gibt da einen Bach mit einem Steg drüber und einen kleinen Pavillon. Und der Weg geradeaus durch das Tal ist auch sehr hübsch, wenn es Ihnen nicht zuviel ausmacht, über die Weide zu gehen.«

Sogar Kate akzeptiert sie.

Walker hörte sich selbst sagen: »Es macht ihr aber etwas aus. Sie hat Angst vor Pferden.« Und es überraschte ihn nur wenig festzustellen, daß er sich genauso mürrisch anhörte wie Sully, wenn er einen schlechten Tag hatte.

Amanda schien verblüfft, als sie ihn ansah, aber alles, was sie mit einer so stillen Würde erwiderte, daß sie seine Behauptung in eine ungerechtfertigte Anklage verwandelte, war: »Früher habe ich Pferde geliebt, ich weiß, aber mit ungefähr zwölf bin ich gestürzt. Schwer gestürzt. Und nein, ich habe für Pferde nichts mehr übrig. Es tut mir leid, Sie enttäuschen zu müssen.«

Walker kam sich vor wie ein Schwein, trotz der wütenden,

stummen Mahnungen, die er an sich selbst richtete, daß sie wahrscheinlich das Blaue vom Himmel herunterlügen würde. Selbstverständlich hatte sie sich wegen ihrer Angst vor Pferden irgendeine Ausrede einfallen lassen müssen, wo doch die echte Amanda sie geliebt hatte.

Jesse streckte den Arm aus, um ihre Hand zu tätscheln. »Das versteht jeder, Darling«, sagte er, und er klang erleichtert, daß ihre so Daulton-untypische Verunsicherung eine vernünftige Ursache hatte. »Ein schlimmer Sturz kann jeden aus der Fassung bringen. Und wer weiß? Jetzt, wo du wieder zu Hause und von Pferden umgeben bist, wirst du vielleicht im Handumdrehen wieder im Sattel sitzen.«

Sie schaute zweifelnd, aber sie lächelte ihn an.

»Vielleicht. Auf jeden Fall werde ich mich wohl ... eine Zeitlang von den Weiden fernhalten.«

»Es gibt auch so noch genügend Wanderwege«, erklärte Reece ihr gut gelaunt.

»Und ich habe eine Karte, auf der sie alle verzeichnet sind«, sagte Jesse und gab ihrer Hand einen letzten Klaps. »Erinnere mich nachher daran, sie dir zu bringen, Darling – sie ist im Arbeitszimmer.«

»Sind alle bereit für den Nachtisch?« erkundigte sich Maggie.

Kurz nach acht Uhr entschuldigte Amanda sich mit dem Hinweis, auf ihre Erschöpfung nach einem ziemlich ausgefüllten Tag und ließ die anderen im Salon zurück – alle übrigen außer Sully, der nach dem Abendessen verschwunden war, ohne mitzuteilen, wohin er zu gehen gedachte. Anstatt sofort ihr Zimmer aufzusuchen, schlüpfte Amanda zur vorderen Eingangstür hinaus und ging durch den Portikus, um sich an eine weiße Säule zu lehnen und ihren Blick über den gepflegten Rasen an der Auffahrt von Glory schweifen zu lassen.

Gegen Ende Mai war es abends immer noch einigermaßen

kühl, und obwohl die Sommerzeit dazu gedacht war, den Sonnenuntergang hinauszuzögern, schien sie früh unterzugehen, hier im Schatten der Berge; die Dämmerung war angebrochen. Die Luft war frisch, das Licht noch ausreichend, ohne zu blenden, und der volle Mond ging bereits auf. Ihr Kopf war ein Durcheinander von Gedanken, Fragen und Vermutungen – sie war wohl einfach zu erschöpft, um gerade jetzt alles ordnen zu können. *Schlaf erst einmal eine Nacht darüber,* dachte sie. *Morgen ist noch früh genug, um alles zu verstehen.*

Doch so matt sie sich auch fühlte, sie war zu aufgewühlt, um jetzt schon auf ihr Zimmer zu gehen.

Kaum zu glauben, daß sie erst seit ein paar Stunden auf Glory war. Es schien bereits viel länger zu sein. Und doch kam sie sich gleichzeitig vor wie eine völlig Fremde, war immer auf der Hut, nichts Falsches zu sagen, nichts Falsches zu tun. Und sie beobachteten sie alle so sehr, jeder einzelne von ihnen, mit Mienen, die das ganze Spektrum von Maggies Neutralität bis Sullys Feindseligkeit abdeckten.

Die größte Hürde lag bereits hinter ihr: Jesse. Er führte schon beinahe Freudentänze auf, wenn er sie nur sah, und sollte seine Überzeugung, daß sie seine Amanda war, wie sie scharfsinnig vermutete, mehr mit den Hoffnungen zu tun haben, die von seiner schwindenden Gesundheit ausgingen, als mit irgendeinem Beweis, den sie hatte vorweisen können –, egal, das Ergebnis war noch immer das, was wichtig war. Wenn nicht etwas ziemlich Ernstes passieren sollte, um seinen Glauben an sie zu erschüttern – wie zum Beispiel ein unzweifelhaft negativer Bescheid aus dem Labor, das den DNS-Test durchführte –, war es unwahrscheinlich, daß Jesse sich von irgend jemandes Zweifeln beeindrucken lassen würde.

Von Walker McLellans etwa.

Er hatte sich die Rolle des Beobachters in diesem kleinen Drama zugewiesen, und es war offensichtlich, daß er vorhatte, die weitere Entwicklung distanziert und aufmerksam zu verfolgen. Ganz der leidenschaftslose Anwalt, über jede persönliche Verstrickung und jede ungeordnete Empfindung haben.

Er hatte sie am intensivsten beobachtet, oft mit gefaßter, aber deutlich wahrnehmbarer Gereiztheit, und wenn es ihr auch größte Befriedigung bereitete, daß sie seine Gefühle ebenso wie sein logisches und analytisches Denkvermögen aus der Fassung gebracht hatte, so wurde diese Genugtuung doch durch sein entschiedenes Mißtrauen ihr gegenüber beeinträchtigt.

Amanda wurde durch das Öffnen der Tür hinter ihr abgelenkt, aber sie blickte nur kurz über die Schulter, um zu sehen, wie Walker durch den Portikus auf sie zukam.

»Ich sehe Ihr Auto gar nicht«, sagte sie, nur um irgend etwas zu sagen.

»Ich bin zu Fuß gekommen.« Er wies mit dem Kopf nach Westen, und als sie hinübersah, meinte sie, den Anfang eines Weges ausmachen zu können, der am Ende des Rasens begann und dann im Wald verschwand.

»Praktisch«, bemerkte sie.

»Und es hält fit.« Seine Stimme war wieder völlig gelassen. Da er offenbar nicht vorhatte zu gehen, suchte Amanda nach einem unverfänglichen Gesprächsthema. »Warum nimmt Sully eigentlich nicht an den Turnieren teil? Ist er nicht gut genug?«

»Wahrscheinlich ist er sogar der beste Reiter im ganzen Südosten«, teilte Walker ihr noch immer leidenschaftslos mit. »Aber er ist zu groß und schwer, um den allermeisten Pferden bei den Hindernissen noch eine faire Chance zu lassen. Also trainiert er sie bloß. Und andere Leute nehmen an den Wettkämpfen teil.«

»Wie ... ärgerlich«, sagte sie langsam. »Wenn man das, was man am meisten liebt, nur zum Teil machen kann.«

»Mitleid? Er haßt das, und es ist überflüssig. Das, was Sully am meisten liebt, ist Glory. Und solange er das hat, geht es ihm gut.«

»Aber er hat es doch nicht, oder? Ich meine …« *Verdammt, warum habe ich das jetzt sagen müssen?*

»Ich weiß, was Sie meinen.« Sein unpersönlicher Ton bekam eine boshafte Schärfe. »Nein, Glory gehört Jesse, und er kann es vergeben oder verderben wie immer er es für richtig hält, und das weiß jeder hier. Kate, Sully, Reece, sie sind alle hier aufgewachsen und haben alle ihr Leben diesem Ort verschrieben, und sie könnten sich allesamt draußen im Regen wiederfinden, ohne daß irgend jemand danach fragen würde. *Wenn* Jesse es so bestimmt. Und wenn er seine Wünsche erst einmal bekanntgegeben hat, dann gibt es mit Sicherheit keinen einzigen Richter im Staat, der sein Testament annullieren würde. War es das, was Sie wissen wollten?«

Amanda sah ihn einen Augenblick lang an, bevor sie antwortete, und es erschreckte ihn ein wenig, wie unsicher ihre Stimme klang. »Ich weiß, daß Sie mir das nicht glauben werden, aber ich will Glory nicht. Ich will weder das Geld, noch – noch irgend etwas von hier. Alles, was ich will, ist meine Vergangenheit – und meinen Name. Ist denn das wirklich zuviel verlangt?«

Walkers Lächeln war nicht erheitert. »Sie haben recht. Ich glaube Ihnen nicht.«

Sie war nicht überrascht, allenfalls darüber, daß diese glatte Aussage ihr einen unerwarteten Stich versetzte – wodurch? Schmerz? »Warum wollen Sie mir nicht glauben?« hörte sie sich fragen. »Warum muß Habgier unbedingt mein einziger Beweggrund sein?«

»Die am wenigsten unwahrscheinliche Erklärung stellt sich in aller Regel als die wahre heraus«, antwortete er trocken. »Und Habsucht ist eine außerordentlich wahrscheinliche. Ich kann Ihnen gar nicht aufzählen, wie viele völlig durchschnittliche vernunftbegabte und liebende Verwandte ich schon gesehen habe, die wegen des Testaments des Verstorbenen übereinander hergefallen sind. Während einer Testamentseröffnung keinen Einspruch zu hören, ist die Ausnahme, nicht die Regel.«

»Und trotzdem! Können Sie nicht akzeptieren, daß es für mich etwas Wichtigeres geben könnte als Geld?« Beunruhigt erkannte Amanda, daß die Meinung dieses argwöhnischen Anwalts über sie ihr mehr bedeutete, als ihrem Seelenfrieden lieb sein konnte – und wann war das nur passiert?

»Ich könnte es akzeptieren«, erklärte er ihr, noch immer so trocken wie Staub, »wenn Sie in allen anderen Fällen die Wahrheit gesagt hätten. Aber das haben Sie nicht – Amanda. Die Geschichte, die Sie vorzuweisen haben, ist voller Lücken, ihre Angaben über das, woran Sie sich vorgeblich erinnern, sind vage und ausweichend, und wie Sie die den letzten zwanzig Jahre verbracht haben, bleibt unserer Phantasie überlassen. Sie tauchen völlig unvermittelt und ohne große Erklärungen wieder auf, leiden alldem Anschein nach unter Gedächtnisverlust – und ... hier steht ein Vermögen auf dem Spiel. Soll ich fortfahren?«

»Nein.« Sie richtete den Blick auf die friedliche Szenerie vor ihnen und wünschte, sie könne ebenso ruhig sein. »Ich denke, Sie haben Ihre Ansichten durchaus deutlich gemacht.«

»Dann verstehen wir uns also. Ich glaube nicht, daß Sie Amanda Daulton sind, und sofern Sie nicht Beweise vorweisen können, die verdammt viel besser sind als das, was wir bis jetzt haben, wird sich diese Meinung auch nicht ändern.«

»In dem Fall«, sagte sie, »bin ich nur froh, daß Jesse hier das Sagen hat und nicht Sie. Sehr froh.«

»Seien Sie sich bloß nicht so sicher«, warnte er sie mit kaum wahrnehmbaren Biß in der ruhigen Stimme. »Wenn Sie wirklich glauben, daß Sully und Reece tatenlos zuschauen, während Sie Ihre Krallen nach Glory ausstrecken, dann waren Ihre Nachforschungen, was die Daultons angeht, ernstlich mangelhaft.«

Er ging ohne ein weiteres Wort mit großen Schritten über

den Rasen und entschwand ihrem Blick, während er auf den Weg nach Hause einbog.

Amanda blieb lange Zeit bewegungslos stehen und versuchte nicht, irgend etwas verstehen zu wollen. Aber ihr ermattetes Hirn bot ihr dennoch einen halbwegs überzeugenden Gedanken an, um darüber nachzugrübeln. Ganz ohne jeden Zweifel hatte sich Walker McLellan inzwischen eine Meinung über sie gebildet.

Und sie glaubte nicht, daß er sie sonderlich gern hatte.

»Passen Sie auf, daß Sie sich keinen Sonnenbrand holen«, riet Maggie, die stehenblieb, als sie vom hinteren Flügel des Hauses eine Abkürzung über die Veranda zum Haupttrakt nahm.

»Ich habe drei Schichten Sonnencreme aufgelegt, zwei davon wasserfest«, versprach Amanda, die ihre Badetasche neben einem Klubsessel am Swimmingpool absetzte. »Das mache ich genauso automatisch wie das Anziehen, glauben Sie mir; ich bekomme auch mit einem Dach über dem Kopf bei bedecktem Himmel schon einen Sonnenbrand. Aber ich schaue mir diesen Swimmingpool jetzt schon seit drei Tagen an und kann es einfach nicht mehr aushalten.«

Maggie lächelte. »Dann fangen Sie besser jetzt damit an als im Juli; vielleicht werden Sie dann ja ein bißchen widerstandsfähiger.«

»Vielleicht. Jesse hat gesagt, er hätte nach dem Frühstück noch in seinem Arbeitszimmer zu tun, also dachte ich mir, ich gehe ein wenig schwimmen. Da fällt mir ein, ist es eigentlich erlaubt, nachts hier zu schwimmen?«

»Erlaubt schon – aber machen Sie's nicht allein. Das Haus ist so groß, daß wir Sie vielleicht nicht hören würden, wenn Ihnen etwas zustößt.«

»Das hört sich nach einer vernünftigen Vorsichtsmaßnahme an«, pflichtete Amanda bei. »Und gehen die Hunde mit rein?«

Die Haushälterin warf einen Blick auf die beiden großen Dobermänner, die seit ihrer Ankunft Amandas ständige Begleiter geworden waren und die jetzt auf der anderen Seite des Sessels saßen und anscheinend gespannt darauf warteten, was Amanda wohl als nächstes täte.

»Könnte gut sein, daß sie heute mal hineingehen«, sagte Maggie. »Es ist zwar nicht ihre Gewohnheit, aber sie scheinen Ihnen nur äußerst ungern von der Seite zu weichen. Sie schlafen doch sogar schon vor Ihrer Tür, oder nicht?«

Amanda schaute etwas verdrossen auf ihre Hundefreunde. »Sie würden auch in meinem Zimmer schlafen, wenn ich sie lassen würde, wahrscheinlich sogar auf dem Bett. Aber ich glaube kaum, daß es das war, was Jesse wollte, als er sie sich zugelegt hat.«

»Nein, sie sollen nachts frei im Haus herumlaufen.«

»Das dachte ich mir auch.«

»Nicht, daß Jesse irgend etwas dagegen hätte, wenn Sie sie in das Zimmer ließen.«

Amanda lächelte. »Da bin ich mir gar nicht so sicher. Er ist ziemlich wütend auf mich; irgendwie kann ich sein geliebtes Schach einfach nicht lernen.«

»Machen Sie sich darüber bloß keine Sorgen. Der einzige in der Gegend, der eine anständige Partie mit ihm spielen kann, ist Walker, und das, obwohl er uns alle schon vor Jahren gezwungen hat, es zu lernen. Ich spiele zu vorhersehbar, sagt er. Sully ist zu leichtsinnig, und Reece zu vorsichtig – und meine arme Kate hat die unglückselige Angewohnheit, einfach schlecht zu spielen.«

Die arme Kate, allerdings. Es war offensichtlich, daß Jesse seine Tochter mit einer Gleichgültigkeit behandelte, die ihr schlimmer schien als Haß, und daß Kate das tragischerweise ebenso bewußt war wie allen anderen. »Na ja«, sagte Amanda, »wenigstens kann ich Bridge *und* Poker spielen, also bin ich keine völlige Enttäuschung.«

»Wenn Sie auch noch Klavier spielen könnten«, erwiderte Maggie, »wären Sie sogar perfekt.«

Amanda öffnete den Gürtel ihres Frottee-Bademantels, den sie von den Schultern gleiten und auf den Sessel fallen ließ. Sie schlüpfte aus ihren Sandalen. »Ich fürchte, das ist eins von den Dingen, die Mutter mir nie beigebracht hat.«

Sie trug einen einfachen, schwarzen Bikini, der gemessen an der üblichen Bademode eher züchtig war. Als Amanda an sich herabsah, wünschte sie sich, einmal so richtig sonnengebräunt zu sein. Sie hatte schon Selbstbräuner versucht, aber der hatte auf ihrer Haut eigenartig reagiert und eine Färbung wie bei einer Gelbsüchtigen verursacht – sich von der Sonne selbst bräunen zu lassen, stand überhaupt nicht zur Debatte.

Die Gewißheit, daß ihre Haut in den nächsten Jahren weitaus besser aussehen würde, gerade weil sie *nicht* andauernd der Sonne ausgesetzt war, tröstete sie kein bißchen; goldbraune Haut war einfach schön, und Amanda haßte es, so blaß und ... verletzlich auszusehen.

Und sie holte sich schnell blaue Flecken.

Als ihr plötzlich auffiel, daß Maggies Schweigen mindestens ein paar Augenblicke zu lange anhielt, sah Amanda die ältere Frau an und merkte sofort, daß sie etwas Falsches gesagt hatte. *O Gott, aber was?* Christine Daulton hatte Klavier gespielt, also ...

Maggie lächelte. »Vielleicht ist es sogar besser so«, sagte sie. »Ich finde, es gibt nichts Langweiligeres als Vollkommenheit. Bleiben Sie bei Ihrem ersten Sonnenbad nicht zu lange draußen, Amanda. »Keine Angst, das werde ich nicht.«

Die Haushälterin setzte ihren Weg über die Terrasse fort und schritt durch die geöffneten Türen des Wintergartens in das Haus, während Amanda die breiten Stufen in den Swimmingpool hineinstieg. Die Hunde waren einen Augenblick lang unentschlossen und offensichtlich geneigt, ihr ins kühle Wasser zu folgen, blieben aber doch am Beckenrand und zogen es vor, sie aufmerksam zu beobachten. Sie tauchte kurz unter und stieß mit entspannter Ruhe wieder an die Oberfläche.

Das Becken war zweifellos lang genug, um ein paar Runden zu schwimmen, und Amanda schwamm methodisch vor und zurück, und als ihre Muskeln aufgewärmt waren, wurden auch ihre Züge schneller und kraftvoller. Sie schwamm liebend gern und war eine gute Schwimmerin, daher bereitete die Anstrengung ihr uneingeschränktes Vergnügen.

Sie kühlte sich wieder ab, so wie sie sich aufgewärmt hatte, indem sie ein paar entspannte Runden zog und sich dann treiben ließ, das Gesicht der Sonne zugewandt und die Augen vor der Helligkeit verschlossen. Und sie grübelte. *Verdammt. Womit habe ich Maggie nur so aufgebracht? Und das ausgerechnet, als es schon so gut gelaufen ist!*

Sie war am Donnerstag hier angekommen, heute war Samstag, und es war weit entspannter verlaufen, als sie es zu hoffen gewagt hätte. Jesse war erpicht darauf, soviel Zeit wie möglich mit ihr zu verbringen, und in den gemeinsam verlebten Stunden hatte sie ihn ermuntert, über sein Zuhause zu erzählen, über die Daultons, über die lange Geschichte dieser Gegend – die er hervorragend kannte und sehr lebendig wiedergab.

Sie waren stundenlang über Fotoalben gesessen, die viele Jahrzehnte der Familiengeschichte der Daultons abdeckten, hatten Alben voller Zeitungsartikel und Reportagen durchgesehen, und die ganze Zeit hatte Jesse vom reichen Erbe der Daultons erzählt. Amanda war es nicht nur gelungen, mehr über diesen Ort und seine Bewohner zu erfahren als sie vorher schon wußte, sie hatte es auch geschafft, die prekären Themen auszuklammern.

Und was die anderen anging, so hatten sich am ersten Abend Verhaltensweisen offenbart, an denen sich seitdem nur wenig geändert hatte. Maggie war freundlich, aber distanziert; Kate war eher zurückhaltend, aber durchaus höflich, wenn sie sich trafen – was, sei es aus Zufall oder Absicht, nur selten der Fall war; Sully verbrachte soviel Zeit wie möglich mit seinen Pferden bei den Ställen, er tauchte nur zu den gemeinsamen Mahlzeiten auf, und seine Haltung Amanda gegenüber ließ sich am besten mit dem Wort gehässig umschreiben; und Reece war so herzig-nett zu ihr, daß sie ihm schon aus Prinzip mißtraute.

Und dann war da noch Walker. Bis jetzt war er jeden Abend zum Essen aufgetaucht, als geladener Gast, nahm sie an, wenngleich sie noch nicht gehört hatte, daß eine Einladung ausgesprochen wurde. Er hatte nicht aufgehört, sie zu beobachten und, wie sie vermutete, darauf zu warten, daß sie sich verriete, aber obwohl sie einigermaßen sicher war, gesehen zu haben, wie der Zorn mehr als einmal in seinen Augen aufblitzte, war es zwischen ihnen zu keinen weiteren Feindseligkeiten gekommen.

Sie vermutete, daß sie sich dafür glücklich schätzen konnte.

Zumindest war sie inzwischen mit dem Grundriß von Glory vertraut, gewöhnte sich langsam an die Art der Leute hier und nahm an, daß es langsam an der Zeit sei, nach den Antworten zu forschen, derentwegen sie hierhergekommen war. Schließlich wäre nächste Woche schon Anfang Juni – ihre zweite Woche hier.

Amanda zwang sich, die friedvolle Wiege des Swimmingpools zu verlassen, ließ sich zu den Stufen treiben und stieg auf die sonnengewärmten Fliesen, blieb kurz stehen, um sich das Wasser aus den Haaren zu streichen und griff nach dem Badetuch. Ihre Finger hatten es kaum berührt, als beide Hunde kurz aufknurrten und ein leiser, bewundernder Pfiff sie aufschreckte. Sie riß das Badetuch hoch, bevor sie sich schnell umdrehte, um ihrem Bewunderer entgegenzutreten.

Obwohl ihr Bikini nicht allzu freizügig war, fühlte sie sich auf beunruhigende Weise nackt und verletzlich – ein Gefühl, das noch gesteigert wurde, als sie den Mann erblickte, der sie aus kürzester Entfernung beobachtete. Sie war der Ansicht gewesen, daß alle Gärtner und Platzwarte ihre Arbeiten im hinteren Teil beendet hatten und jetzt mit dem Rasen auf der Frontseite von Glory beschäftigt wären, aber anscheinend hatte sie sich geirrt. Doch dann erkannte sie, daß dieser Mann kein Gärtner war. Er war vielleicht vierzig, mager und ziemlich gutaussehend, und obwohl er Freizeithosen und ein kurzärmeliges Jeanshemd trug, hatte er zugleich Reitstiefel an. Einer der Reiter oder Trainer also?

»Sie«, sagte er in einer tiefen, rauhen Stimme, »müssen Amanda sein.«

Sie fühlte die Hitze in ihr Gesicht steigen, und das hatte nichts mit der warmen Vormittagssonne zu tun. Seine blauen Augen hatten das Badetuch beiseite gewischt und den Bikini abgestreift, hatten sie mit einem einzigen schweifenden Blick entkleidet, und seine Stimme verriet eine so offenkundige, wollüstige Anerkennung, daß er sie ebensogut mit einsilbigen Worten und einem lüsternen Klaps auf den Hintern aufgefordert haben könnte, in sein Bett zu steigen. Amanda war in ihrem ganzen Leben noch keinem so eindeutig sexuellem Mann begegnet, und sie war bestürzt darüber, feststellen zu müssen, daß im selben Maße, in dem ihr Verstand und ihre Gefühle vor ihm zurückschreckten, ihr Körper auf ihn reagierte wie auf ein primitives fleischliches Signal, auf das zu gehorchen er programmiert war.

»Ja, ich bin Amanda.« Sie ließ das Badetuch fallen und nach einem Moment der Nacktheit streifte sie sich den Frottee-Bademantel über, von dem sie wünschte, er wäre länger und würde mehr verdecken. »Und Sie sind ...?«

»Victor. Victor Moore.« Seine Stimme klang immer noch rauh, anzüglich. »Ich bin verantwortlich für die Vermehrung hier auf Glory.«

Er sprach, erinnerte sie sich, von der Pferdezucht. Oder vielleicht auch nicht. »Verstehe.« Sie hatte ihre körperliche Reaktion auf ihn, zum Glück, ohne allzugroße Mühe unter Kontrolle gebracht; es war etwas Plötzliches, Instinktives gewesen, dachte sie, wie das Magenkribbeln beim Anblick einer Schlange oder Spinne.

»Ich bin hergekommen, um mit Jesse zu sprechen«, erklärte er, als ob sie danach gefragt hätte, und ging auf dem gefliesten Streifen auf sie zu. »Ich habe alles vorbereitet, um eine Einkaufstour durch ein paar andere Bundesstaaten zu unternehmen; deswegen war ich auch nicht hier, um die verlorene Enkeltochter zu begrüßen. Nur falls Sie sich gewundert haben.«

Amanda setzte sich in den Sessel und kramte in ihrer Badetasche nach der Sonnenbrille. »Ich hatte wohl angenommen, daß Sully die Pferde kauft«, sagte sie, mehr um überhaupt etwas zu sagen, denn aus echtem Interesse.

»Die Turnierpferde besorgt er. Und er ist natürlich verantwortlich für das Training. Aber ich kümmere mich um die Zuchttiere. Jesse hat die Angewohnheit, die Verantwortung aufzuteilen, wenn Sie verstehen.«

Sie verstand. Es war ihr bereits aufgefallen, daß Jesse Daulton dafür gesorgt hatte, daß niemand außer ihm große Macht auf Glory hatte. Ohne jeden Zweifel hätte Sully das Gestüt Daulton zur Gänze führen können, und zweifellos war auch Reece mehr zuzutrauen, als es seine Stellung als Junior-Vize der Daulton Industries vermuten ließ, aber Jesse war offensichtlich nicht gewillt, einem seiner Enkel soviel Macht zuzugestehen, daß er in der Lage gewesen wäre, nachhaltig in die Geschicke der Familie einzugreifen. Zumindest nicht, solange er selbst noch nicht unter der Erde lag.

»Ich muß schon sagen, Sie sind eine echte Bereicherung für die Familie«, bemerkte Victor, der sich auf einen Stuhl setzte, der ihrem Sessel ausgesprochen nahe war, und sie anlächelte.

Die Hunde ließen ihn nach dem ersten tiefen Knurren nicht aus den Augen, betrachteten ihn aber offenbar ohne Bosheit. »Sie sind zu gütig.« Amanda war froh über den Schutzschild, den die Sonnenbrille ihr bot und der ihr half, eine unbeteiligte Miene zu wahren. Die Hunde hielten sich mit ihrer Einschätzung vielleicht noch zurück, aber ihre Ansicht stand fest. Victor trug auf dem linken Unterarm eine Tätowierung – einen Hengst, der eine Stute besprang. In künstlerischer Hinsicht war sie beeindruckend gut ausgearbeitet. Sie war auch verstörend drastisch.

Victor, der sich der Ironie gänzlich unbewußt war – oder einfach nicht in der Lage war, sie zu akzeptieren –, nickte einfach nur. »Auf jeden Fall. Und es tut gut, zur Abwechslung mal eine zierliche Daulton zu treffen.«

Amanda fragte sich, ob er überzeugt war, daß sie wirklich war, für wen sie sich ausgab, oder ob er es einfach als das diplomatischere betrachtete, Jesses Verfügung zu diesem Thema zu akzeptieren. Aber daran war sie weniger interessiert, als an dem, was sich nach einer verbalen Ohrfeige an Kates Adresse angehört hatte.

»Ich wüßte nicht, warum irgend jemand die Kleinen den Großen vorziehen sollte«, erwiderte sie trocken. »Vor allem, wenn die Großen aussehen wie Kate.«

Victor lächelte und sagte, sehr sanft: »Jedem das Seine – und ich mag meine Damen lieber zierlich.«

So viel zu meinen Angelversuchen. Victor, dachte sie, würde einen Köder, den sie ihm auslegte, anknabbern, würde vielleicht sogar selbst einen Köder auswerfen, aber es schien ihr, daß er zu klug wäre, seine Position hier dadurch zu sabotieren, daß er öffentlich eine Daulton beleidigte, ganz gleich, was er auch von ihr halten mochte. Amanda wußte nicht, warum sie davon so überzeugt war, aber sie akzeptierte ihre Instinkte, die sich bereits mehr als einmal als verläßlich erwiesen hatten.

Sie war außerdem ausreichend überzeugt, daß Victor zwar zweideutige Bemerkungen offensichtlich auskostete und mit Sicherheit ein aktives Sexualleben genoß, es in ihrem Fall aber bei verbalen Annäherungsversuchen bewenden lassen würde, da seine Karriere andernfalls nur allzu schnell beendet sein könnte. Und daher brachten seine sinnliche Sprache und seine bewußt lüsternen Blicke sie weit weniger aus der Fassung, als das in einer anderen Situation wohl der Fall gewesen wäre. Ja, sie war sogar in der Lage, problemlos und ohne mit der Wimper zu zucken das Thema zu wechseln, ohne weiter auf die Verkündung seiner Vorlieben einzugehen.

Es gab schließlich niemals einen besseren Moment als jetzt, um mit der Suche nach den Antworten zu beginnen.

»Sind Sie eigentlich schon lange hier?«

»Seit über zwanzig Jahren. Ich war noch auf der High-School, als ich angefangen habe, für Jesse zu arbeiten, damals war ich Stallbursche und habe beim Training der Reitpferde mitgeholfen. Erinnern Sie sich denn gar nicht an mich, Amanda? Ich kann mich sehr wohl an Sie erinnern. Sie waren ein hageres, kleines Ding mit zerzausten Haaren und aufgeschürften Knien, und immer war Ihnen gerade ein Zahn ausgefallen. Sie haben sich die meiste Zeit unten bei den Ställen rumgetrieben, und wenn ich Sie wegscheuchen wollte, habe ich Sie einfach nur Mandy genannt. Das haben Sie gehaßt.«

»Das tue ich noch immer.« Sie sprach abwesend, aber er besaß jetzt ihre volle Aufmerksamkeit. »Waren Sie auch in jenem Sommer hier? In jener Nacht?«

»Erinnern Sie sich nicht daran?«

Sie schüttelte den Kopf. »An nichts Bestimmtes, nur an kleine Fetzen. Waren Sie hier?«

»Ich war hier.« Er schüttelte den Kopf ein wenig und runzelte die Stirn, dann sagte er plötzlich: »Aber an Matt erinnern sie sich doch.«

»An Matt?«

»Matt Darnell. Damals war er der Cheftrainer.«

Nun war es an Amanda, die Stirn zu runzeln, und sie hoffte, die Sonnenbrille würde das Ausmaß ihrer Verwirrung verbergen. »Ich nehme an, Kinder kümmern sich nicht allzusehr um die Erwachsenen in ihrer Umgebung«, bot sie an.

»Also, das finde ich jetzt ausgesprochen merkwürdig.« Sein Lächeln war jetzt anders, beinahe spöttisch. »Sie sollten sich nämlich an ihn erinnern können, wissen Sie. Das heißt, falls Sie tatsächlich Amanda Daulton sind.«

Mit einiger Mühe schaffte sie es, ihren Körper entspannt zu lassen, obwohl die Anspannung in jeden einzelnen Muskel kroch. »Ach ja? Sagen Sie, Victor, können Sie sich denn an jeden einzelnen Menschen erinnern, mit dem Sie es als Neunjähriger einmal zu tun hatten? Auch an die, die Sie kaum kannten?«

»Nein. Aber ich glaube, an einen Stiefvater könnte ich mich erinnern. Oder hat Christine ihn nach Brians Tod etwa nicht zu ihrem rechtmäßigen Ehemann gemacht?«

Das Sonnenlicht, das vom Swimmingpool reflektiert wurde, schien vor Amandas geschützten Augen so scharf und blendend zu tänzeln, daß es ihr schwindlig wurde. Sie hörte ihre Stimme, die unglaublich gefaßt war und von weit, weit her zu kommen schien. »Wovon reden Sie eigentlich?«

»Ich spreche von dem Verhältnis, das Ihre Mutter mit Matt Darnell hatte, Amanda. Das Verhältnis, das mit Sicherheit nicht zu Ende war, als sie von hier fortgegangen ist – weil er nämlich mitgekommen ist.«

Das Licht war so *hell.* Es tat ihr in den Augen weh. Es machte ihr Kopfschmerzen, und sie hatte Schwierigkeiten zu denken. »Sie irren sich«, hörte sie sich sagen. »Sie – wir sind allein fortgegangen in dieser Nacht. Nur wir beide.«

»Aber gewiß doch. Und daß Matt in derselben Nacht seine Sachen gepackt hat und verschwunden ist, war reiner Zufall. Hören Sie, ich weiß, daß Matt Christine geliebt hat, weil es nämlich schon peinlich war, so offensichtlich war es, und weil ich mehr als einmal gehört habe, wie er Christine anflehte, mit ihm durchzubrennen. Und ich weiß, daß sie es miteinander getrieben haben, weil sie es draußen in den Ställen machten. Zum Kuckuck, ich hab' sie nicht mal zwei Tage vorher dabei gesehen, in einer von den Sattelkammern, auf einem Stapel Pferdedecken. Und glauben Sie mir, das war nicht das erste Mal. Das ging schon seit Wochen so.«

Der Mann, der die ungeschönte Abbildung zweier kopulierender Pferde auf dem Arm trug, legte seine natürliche Derbheit jetzt ohne Umschweife an den Tag; für Amanda konnte es trotz ihrer Verwirrung keinen Zweifel daran geben, daß er es genoß, das ungeschminkte Bild des Ehebruchs vor ihr auszubreiten.

»Wenn er schon nicht mit ihr fortgegangen ist«, sagte Victor, »dann ist er ihr gefolgt, das ist so sicher wie das Amen in der Kirche.«

»Ich glaube Ihnen kein Wort«, sagte sie.

»Wie Sie wollen ... Amanda. Aber sie hatten ein Verhältnis miteinander. Wenn Sie Beweise wollen ...«

»Victor?«

Beide drehten sich um und sahen Maggie, die in der offenen Tür des Wintergartens stand. Es war nicht klar, ob sie den letzten Teil der Unterhaltung am Swimmingpool gehört hatte; ihr sonnengegerbtes Gesicht war ruhig, ihre Stimme verriet nichts.

»Jesse erwartet Sie«, teilte sie Victor mit.

Victor stand auf und sah kurz auf Amanda hinunter. »Es war mir ein Vergnügen, Amanda«, sagte er höflich.

Amanda erwiderte nichts. Sie sah einfach zu, wie er über die Fliesen zu Maggie ging und sie dann beide im Haus verschwanden. Eine lange Zeit blieb sie bewegungslos sitzen, aber als sie sich rührte, geschah das sehr schnell. Während sie aufstand, hob sie ihre Badetasche auf, schlüpfte in die Sandalen und trat ins Haus.

Als sie über die Treppe im hinteren Trakt des Hauses in den ersten Stock stieg und auf ihr Zimmer ging, war sie froh, niemandem zu begegnen. Die Zimmermädchen arbeiteten offenbar gerade in einem anderen Teil des Hauses, aber sie hatten Amandas Zimmer schon gesäubert; der Zitronenduft von Möbelpolitur lag in der Luft.

Amanda blieb nur kurz stehen, um die Tür zum Korridor zu schließen und abzusperren, dann ließ sie die Tasche fallen und holte ihr Gepäck aus dem Schrank. In weniger als einer Minute lag die Reisetasche geöffnet auf dem Bett, und sie hielt eines von Christines Tagebüchern in der Hand.

Sie erinnerte sich dunkel an die Stelle; sie befand sich in dem Tagebuch über Glory, aber sie brauchte einige Minuten um sie zu finden. Sie war kurz und vom dritten Juni.

Gestern nacht träumte ich, in einen Sturm geraten zu sein. Der Donner war so laut, daß er mir die Sinne raubte, und die Blitze waren so hell, daß sie mich blendeten, und ich wußte kaum noch, was ich tun sollte ... außer einen Unterschlupf zu suchen und zu warten, daß es vorüberginge. Ich fragte mich, ob der Sturm mich in die Enge treibt, oder ich mich in ihn flüchte.

An dem Eintrag war nichts sonderlich Bemerkenswertes, und Amanda hatte ihn erst merkwürdig gefunden, nachdem sie die Tagebücher zum dritten oder vierten Mal gelesen hatte. Es war merkwürdig, weil Christine Daulton bis zu diesem Datum in keinem ihrer Tagebücher einen Traum erwähnt hatte; nach diesem Tag, während der Zeit, die ihre letzten Wochen auf Glory sein sollten, sprach sie dagegen häufig über den Traum mit dem Sturm. Ein Traum über einen Sturm ... eine Metapher für ein Verhältnis? Amanda blättert langsam weiter, überflog die Einträge nach dem dritten Juni und hielt nur inne, wenn Schlüsselwörter ihre Aufmerksamkeit fesselten. *Der Wind peitschte auf mich ein, bis ich es kaum noch ertragen konnte ... der stürmische Regen prasselte auf meine Haut wie Na-*

deln aus Feuer ... der Donner schien durch meinen gesamten Körper zu hallen wie Herzschläge ... ich wurde vom Sturm mitgerissen ... vom Wind fortgetragen ... von seiner unbändigen Heftigkeit gefesselt, hilflos ... ich konnte nur nachgeben, mich unterwerfen, mich einer Macht hingeben, die größer war, als alle Kräfte, die mir zur Verfügung standen, um dagegen anzukämpfen ...

Hinter den lebhaften Beschreibungen, die ungewöhnlich für Christines sonstigen Stil waren, schlummerte eine eindeutige und auffallende Sinnlichkeit. Die Bilder, die sie beschwor, steckten voll von Empfindungen und von einer Art archaischer Wut und bildeten mit Sicherheit einen Sturm ab – möglicherweise aber auch die stürmische Intensität einer Affäre.

Amanda klappte das Tagebuch zu, saß auf dem Bett und starrte auf das Büchlein. Sie überlegte, wie auch früher schon, daß Heimlichkeit nicht möglich gewesen war. Keines der Tagebücher besaß Schlösser, und sie waren wahrscheinlich in einer Scheibtisch- oder Nachttischschublade aufbewahrt worden, wo sie für jedermann zugänglich waren. Und vielleicht auch gelesen wurden, dachte Amanda.

Hatte Christine Daulton, die die überwältigenden Gefühle einer heimlichen Affäre festhalten, aber sie zugleich vor neugierigen Augen verbergen wollte, ihre eigene Geheimsprache für die Tagebücher erfunden? Der immer wiederkehrende »Traum« eines ungezügelten Sturms als Metapher für leidenschaftliche Zusammenkünfte? Und falls dem so war, waren dann auch alle anderen unverständlichen Einträge auf diesen linierten Seiten Metaphern für heikle Themen und Vorkommnisse, die Christine geschickt vor neugierigen Blicken verborgen hatte?

In einigen Fällen war sie schonungslos gewesen, und Amanda war schon mit dem Bewußtsein hierhergekommen, daß Christine während dieser Jahre keine sonderlich glückliche Frau gewesen war. Sie hatte nicht versucht, die allgemeine Unzufriedenheit in ihrem Leben zu verschleiern und bemerkte in den Tagebüchern mehr als einmal – vor allem zu Beginn ihrer Ehe und dann wieder in jenem letzten Jahr –, daß sie sich als Mensch »völlig unnütz« vorkam und wünschte, sie hätte das College nicht abgebrochen. Und sie hatte ihre Ansichten über die Menschen, die sie kannte, in der Regel freimütig und – wie Amanda jetzt, da sie einigen von ihnen begegnet war – zumeist mit scharfsinniger Intuition aufgezeichnet.

Aber zwischen den offenen Einträgen lagen ganze Passagen eingestreut, die scheinbar mit unbestimmten, bewußtseinsstromartigen Ergüssen angefüllt waren, die wenig Sinn ergaben – außer natürlich, Christine Daulton hatte *tatsächlich* ihre innersten Gefühle, Gedanken und Erfahrungen hinter einem Schleier aus dunklen Andeutungen und Metaphern verborgen.

Was natürlich das Aussieben des Wichtigen vom Unbedeutenden kompliziert machen würde. Amanda schlug noch einmal das Tagebuch über Glory auf und wandte sich dem letzten Eintrag zu, der zwei Tage nach Christines Weggang datiert war.

Amanda hat den meisten Teil der Fahrt über geschlafen, armes Baby, hatte sie geschrieben. *Ich glaube, sie steht immer noch unter Schock. Aber wenigstens ist sie wohlbehalten weg von Glory. Zumindest wir beide sind das. Und wir können nie mehr zurück. Keiner von uns wird je wieder zurückkommen können.*

»Verdammt«, sagte Amanda ruhig in die Stille ihres Zimmers. »Und was jetzt?«

Es gab niemanden, der ihr eine Antwort hätte geben können. Sie legte das Tagebuch zurück und stellte den Koffer wieder in den Schrank. Sie duschte, um das Chlor vom Swimmingpool abzuwaschen, trocknete sich die Haare, die sie lässig mit einem Seidenschal zurückband, und schlüpfte in Jeans, eine kurzärmelige, beige Bluse und eine weite Jeansweste.

Während sie sich anzog, grübelte sie unablässig darüber nach, was Victor ihr gesagt hatte. Konnte sie ihm vertrauen? Oder, was der Sache vielleicht näherkam, sollte sie ihm mißtrauen? Was aber hatte er zu gewinnen, wenn er ihr vorlog, was angeblich vor zwanzig Jahren passiert war, vor allem, wenn die Hauptfiguren entweder nicht mehr hier oder aber schon tot waren? Nichts, soweit sie das beurteilen konnte. Und die Tagebucheinträge schienen, wenn sie schon keine ausdrücklichen Belege für eine Affäre lieferten, diese Möglichkeit doch zumindest nahezulegen.

Und warum schließlich auch nicht? Christine Daulton war 1975 in ihren Dreißigern und von ausgesprochen sinnlicher Natur gewesen, ganz gleich, wie ein kleines Mädchen das gesehen haben mochte. Ihre Ehe war, wie Amanda aus den Tagebüchern wußte, nicht ohne Probleme verlaufen, und Brian Daulton hatte seine Frau während der Sommermonate immer wieder für lange Zeit allein auf Glory zurückgelassen, während er sich dem Springreitzirkus durch die Südstaaten angeschlossen hatte.

Christine hatte Pferde mehr geduldet denn gemocht. Sie konnte zwar reiten, hatte das aber anscheinend nur selten getan; es würde nicht einer gewissen Ironie entbehren, sollte der Ort für ihre heimliche Affäre einer der »übelriechenden« Ställe gewesen sein, über die sie sich so oft beklagt hatte.

»Wenn Sie Beweise wollen ...«

Amanda fragte sich, welche Beweise Victor wohl gemeint haben konnte. Er hatte sich doch wohl nicht im Stall versteckt und die Liebenden heimlich photographiert? Aber andererseits, vielleicht hatte er das tatsächlich gemacht. Vielleicht, um sich selbst damit zu erregen, oder aber, weil er besser bezahlt werden wollte und der Ansicht war, eine kleine Erpressung sei das geeignetste Mittel, das durchzusetzen.

Aber vielleicht tat sie Victor auch unrecht.

Auf jeden Fall mußte sie mit ihm sprechen. Er wußte etwas,

oder glaubte zumindest, etwas zu wissen, über das, was in jenem Sommer wirklich vorgefallen war – und er hatte in dieser letzten Nacht möglicherweise etwas für sie Hilfreiches gesehen. Es war nicht mehr als eine vage Vermutung, aber Amanda mußte ihn zumindest fragen. Sie mußte herausfinden, was in dieser letzten Nacht passiert war; schließlich war das einer der Gründe, weswegen sie hierhergekommen war.

Amanda ging nach unten und traf im Vestibül Maggie, die auf einem Marmortisch die Post sortierte, und fragte sie, ob Victor noch im Haus sei.

»Nein, er ist gegangen«, antwortete die Haushälterin. »Nach Kentucky, zu einer Auktion für Zuchtstuten.«

»Wann wird er zurückkommen?«

Maggie zuckte die Achseln. »Wird mindestens eine Woche dauern, wahrscheinlich länger. Aber er hat ein Telefon im Transporter, wenn Sie unbedingt ...«

»Nein.« Amanda zauberte ein Lächeln hervor. »Es ist bloß ... na ja, er war hier, damals vor zwanzig Jahren, und ich dachte, er könnte mir vielleicht helfen, ein paar Lücken aufzufüllen.«

»War es das, worüber Sie beiden sich am Becken unterhalten haben? Ich dachte, er wollte Sie bloß anmachen.«

»Das auch«, erwiderte Amanda. »Ich hatte den Eindruck, daß das bei ihm nichts Außergewöhnliches ist.«

»So weit würde ich nicht gehen. Er macht nicht jede Frau an – bloß die unter fünfundsechzig. Aber sein Job hier ist ihm viel zu wichtig, als daß er irgendwelche Dummheiten begehen würde, Sie dürften also keine Schwierigkeiten mit ihm bekommen.«

Amanda nickte und fragte dann zögernd: »Maggie? Gibt es irgend etwas, das Sie mir über damals sagen können? Sie waren doch auch hier.«

Maggie hatte ihre Aufmerksamkeit wieder der Post zugewandt, die sie sortierte, und blickte nicht auf. »Ich war hier.

Aber wenn Sie mich fragen, ob ich weiß, warum Christine fortgegangen ist, lautet die Antwort nein. Sie machte in jenem Sommer denselben Eindruck wie immer.«

Nachdem sie einen Moment abgewartet hatte, sagte Amanda: »Sie und – und mein Vater hatten sich nicht gestritten?«

»Nicht mehr als sonst.«

»Ich kann mich an keinen Streit zwischen ihnen erinnern.«

Jetzt sah Maggie sie an. »Nein, natürlich nicht. Egal was für Fehler sie sonst gemacht hatten, Brian und Christine waren gute Eltern. Sie haben niemals in Ihrer Nähe gestritten. Offen gestanden, sie haben sich niemals gestritten, wenn irgendeiner von uns in der Nähe war.«

»Aber Sie wissen, daß sie Streit hatten«, sagte Amanda leise.

Jetzt sah Maggie sie an, den Mund zu einem kleinen Lächeln verzogen. »Dies ist ein großes Haus, mit dicken Wänden. Aber wenn man viel Zeit im selben Haus verbringt, lernt man eine Menge über die Leute, mit denen man zusammenlebt. Und ich lebe seit vierzig Jahren hier. Die Daultons waren schon immer krankhaft eifersüchtig auf ihre Frauen – manchmal bis zum Wahn. Brian war besessen von ihr, würde ich sagen. Unglücklicherweise war Christine ... ein wenig kokett. Sie mochte die Männer, und sie mochte es, wenn sie Männern gefiel. Und manchmal sorgte sie dafür, daß Brian sah, wie andere Männer sie beobachteten. So kam es mir zumindest vor.«

»Aber warum sollte sie so etwas tun?«

»Um ihn eifersüchtig zu machen, damit er sich um sie kümmert – wirklich, ich weiß es nicht. Es ist lange her, und damals habe ich nicht groß darüber nachgedacht. Es ging mich auch nichts an. Christine und ich standen uns nicht nahe, also hat sie mir auch nichts anvertraut. Ich hatte mit meinem eigenen Leben genug zu tun und habe sonst einfach ... nicht viel wahrgenommen. Niemand konnte wissen, daß dieser Sommer so wichtig werden würde, Amanda. Ich glaube, wenn wir es gewußt hätten, wären wir auch aufmerksamer gewesen. Aber wir wußten es nicht.« Sie zuckte mit den Achseln. »Tut mir leid, daß ich Ihnen nicht helfen kann.«

»Mir ebenfalls.« Amanda lächelte. »Aber ich habe auch überhaupt nicht angenommen, daß das eine leichte Aufgabe sein würde. Herauszufinden, was passiert ist, meine ich. Wie Sie schon am ersten Tag gesagt haben, zwanzig Jahre sind eine lange Zeit.«

Maggie nickte, dann gab sie Amanda einen Stapel Briefe. »Seien Sie doch so gut und bringen Sie die Jesse in sein Arbeitszimmer.«

»Um mir noch eine weitere Lektion in Sachen Schach erteilen zu lassen.«

»Das«, sagte Maggie, »wäre das Angebrachte.«

5

Amanda verbrachte die Stunde bis zum Mittagessen damit, sich einer weiteren Sachlektion hinzugeben und war erfolgreich genug, sich ein Lächeln von Jesse zu verdienen. Sie fragte sich, warum er sich die Mühe gab, ihr Stunden zu geben – oder warum er überhaupt spielte –, wo ihm doch nur noch so wenig Zeit blieb, aber sie nahm an, daß er sie unterrichtete, weil sie dadurch Zeit miteinander verbrachten. Und so war es auch – denn er war entschlossen, so normal wie nur irgend möglich zu leben.

Sie war sich noch nicht darüber im klaren, was sie Jesses Krankheit (von der er ihr bislang noch nichts mitgeteilt hatte) gegenüber empfand. Er war ihr noch immer sehr fremd, und das machte es ihr möglich, ihn weitgehend distanziert und emotionslos zu betrachten; Trauer hatte sich nicht daruntergemischt, noch nicht zumindest. Sie war sich nicht sicher, ob das je der Fall sein würde.

Jesse war, soweit sie das beurteilen konnte, kein sonderlich liebenswerter Mann. Er ignorierte seine Tochter und behandelte einen seiner Enkel mit schneidender Verachtung, den anderen mit unbarmherziger Autorität; seine Angestellten respektierten ihn zwar eindeutig und waren bedingungslos loyal zu ihm, aber für Amanda stand doch fest, daß sie, wenn überhaupt, nur wenig Sympathie für ihn hegten. Es machte allerdings nicht gerade den Anschein, als ob ihn das kümmerte, denn er unternahm keinerlei Anstrengungen, die Zuneigung seiner Umwelt zu gewinnen. Bei Amanda allerdings schien Jesse nichts unversucht zu lassen – wenn es auch schwer abzuschätzen war, wieviel Mühe ihn das kostete. Zumindest machte das die Zeit, die sie gemeinsam verbrachten, angenehm, vor allem, da er sie so eindeutig als seine Enkelin betrachtete.

Nach dem Mittagessen erwähnte Jesse beiläufig, er müsse in einer geschäftlichen Angelegenheit nach Asheville fahren – der einzigen Stadt von nennenswerter Größe in diesem Teil des Staates – und würde nicht vor dem frühen Abend zurück sein. Er lud sie nicht ein, ihn zu begleiten, und erst durch Maggies Erläuterungen beim Abschied wurde Amanda bewußt, daß die »geschäftliche Angelegenheit« die allwöchentliche Behandlung von Jesses Krankheit war, und daß er immer allein fuhr.

»Er haßt es, wenn jemand dabei ist«, erklärte die Haushälterin, nachdem der große Cadillac mit Jesse, der majestätisch auf dem Rücksitz thronte, außer Sicht war.

»Wahrscheinlich geht es ihm nach den Behandlungen immer ... ziemlich schlecht«, sagte Amanda, die sich an einige der Horrorgeschichten erinnerte, von denen sie gehört hatte. Sie stand neben Maggie im Portikus vor dem Haus, sah dem abfahrenden Wagen nach und empfand plötzlich tiefes Mitleid.

»*Ziemlich* schlecht«, antwortete Maggie. »Die Ärzte müssen die Tumoren inzwischen mit allem, was sie nur haben, bombardieren. Anders läßt sich der Krebs überhaupt nicht mehr zur Strecke bringen.«

Amanda sah die ältere Frau überrascht an. »Zur Strecke bringen? Aber ich dachte ... das heißt, Sully hat mir gesagt, er sei unheilbar.«

Jetzt war es an Maggie, ein überraschtes Gesicht zu machen – ein verärgertes sogar. »Unsinn. Da braucht er schon es mehr als ein paar Geschwüre, um Jesse unterzukriegen. Er wird schon wieder werden. Der kommt wieder auf die Beine.«

»Das hoffe ich natürlich auch«, sagte Amanda langsam.

Maggie lächelte ihr zu. »Oh, keine Bange. Sagten Sie nicht, daß Sie einen Spaziergang machen wollten, Amanda?«

»Das hatte ich mir vorgenommen. Ein bißchen die Gegend um das Haus herum erkunden.«

»Haben Sie eine Karte?«

Amanda klopfte auf die Gesäßtasche ihrer Jeans. »Jesse hat eine Kopie für mich gemacht. Keine Angst, ich verlauf mich schon nicht.«

»Bestimmt nicht, aber bleiben Sie immer auf den Pfaden und Wegen, und seien Sie auf der Hut vor Schlangen.«

Amanda dankte ihr mit einem Lächeln und wartete ab, bis Maggie zurück ins Haus gegangen war, bevor sie über die weiten Stufen zur Auffahrt hinunterging. Die Hunde waren wie üblich bei ihr, und wie üblich redete sie unterwegs mit ihnen.

»Also, wohin wollen wir gehen, ihr beiden?« Die Dobermänner schauten einfach nur zu ihr auf, aufgeschlossen, aber nicht sonderlich hilfreich. Es waren ruhige Tiere; sie hatte noch keinen von ihnen bellen hören. Amanda seufzte und blickte über den gepflegten Rasen auf den Anfang des Wegs, der nach King High führte, und schüttelte den Kopf. Nein. Dorthin nicht.

Der Karte nach war Glory von zahllosen Wegen und Pfaden durchzogen, die zumeist als Trainingsstrecken für jene Pferde dienten, die an Geländewettkämpfen teilnehmen sollten. Das beunruhigte sie ein wenig, aber da Pferde nicht gerade dafür bekannt waren, sich an Leute anzuschleichen, war sie sicher, daß ihr genügend Zeit bliebe, den Pfad zu verlassen, wenn tatsächlich ein paar von ihnen vorbeigaloppieren würden. Bestimmt.

»Nordwest«, entschied sie willkürlich, nachdem sie die Karte studiert hatte. »Auf dem Berg gibt's jede Menge Wege. Einverstanden, ihr beiden?«

Nachdem die Antwort der Hunde nur aus aufmerksamen Blicken bestand, machte sie sich energisch auf den Weg und atmete die Nachmittagsluft ein, die nach Geißblattbüschen roch und jetzt, Ende Mai, zwar noch nicht *richtig* heiß war, aber schon untrügliche Anzeichen der kommenden Hitze trug. Es wehte ein angenehmer Wind, gerade genug, um die Luft in Bewegung zu versetzen, und die Sonne schien grell. Amanda hatte keine Sonnenbrille dabei, in erster Linie, weil sie wußte, daß der größte Teil des Spaziergangs sie durch die Wälder führen würde. Daher kniff sie einfach die Augen ein bißchen zusammen, bis sie in den Schatten der hoch aufragenden Hartholzbäume trat.

Sie hatte keine Probleme, den Pfad zu finden, da er über die Jahre von den Hufen unzähliger Pferde ausgetreten war. Er wand sich zwischen den Bäumen, wurde hier und da von einer Art Barriere versperrt, einem Haufen umgestürzter Bäume etwa oder anderen künstlichen Hindernissen, so daß Amanda außen herumgehen mußte. Amüsiert stellte sie fest, daß die Hunde sich ihre Arbeit offenbar geteilt hatten; während einer sich nie mehr als ein paar Meter von ihr entfernte, raste der andere in einem Ausbruch reinster Energie davon, entschwand dem Blick, nur um ein paar Minuten später zurückzukommen und seinerseits die Stelle des Begleiters einzunehmen.

Amanda fragte sich, wovor sie sie wohl zu beschützen müssen glaubten, schüttelte den Gedanken aber wieder ab.

Der Weg stieg so sanft an, daß sie an einem felsigen Aussichtspunkt überrascht feststellte, wie hoch sie schon gestiegen war. Eine Lücke in den Bäumen gab den Blick frei auf das hinterste Ende des Hauses, auf ein kleines Stück vom Park und auf einen grünen Streifen Weidelandes, auf dem hier und dort grasende Pferde standen, und dahinter wiederum konnte sie in der Ferne das erste der vier Stallgebäude erkennen.

Außerdem konnte sie sehen, wie …

Amanda blinzelte, dann kniff sie die Augen zusammen und spähte angestrengter. Jetzt erkannte sie deutlicher die zwei Menschen im Park. Von jedem anderen Blickwinkel aus wären sie wahrscheinlich vor neugierigen Augen verborgen, da sie sich in einer kleinen, aber üppigen Laube befanden, die von hohen Hecken und einer langen, mit roten und weißen Rosen überwucherten Pergola gebildet wurde. Das Gras dort war sicherlich weich.

Zumindest hoffte Amanda das, denn es war selbst aus dieser Entfernung noch ziemlich klar, womit sie beschäftigt waren.

»Junge, Junge«, sagte sie im Plauderton zu einem der Hunde. »Ich fürchte, wenn die Katze fort ist, tanzen tatsächlich die Mäuse. Ich habe so den Eindruck, daß Jesse gar nicht damit einverstanden wäre, wenn er wüßte, daß sich diese Sachen in seinem Park abspielen. Vor allem am hellichten Tag.«

Und wer hätte das von Kate vermutet? Es konnte nur sie sein; dieses glänzende schwarze Haar machte selbst von hier noch einen prächtigen Eindruck, wenn auch die Art, wie es in zerzausten Strähnen über ihre Schultern hing, *äußerst* untypisch für sie war. Und außerdem hatte Amanda hier, von ihr selbst einmal abgesehen, noch keine Frau mit pechschwarzem Haar getroffen.

»Stille Wasser«, vertraute Amanda ihrem tierischen Begleiter an. »Die Leute überraschen einen doch immer wieder.« Sie fühlte sich ein bißchen erheitert und unerklärlich fröhlich.

Amanda, die nur geringe Schuldgefühle empfand, weil sie nicht sofort wegsah (schließlich konnte sie ja, wie sie sich versicherte, gar nichts wirklich Wichtiges sehen), betrachtete den Mann, mit dem Kate zusammen war. Den Mann, der nicht dunkelhaarig war und nichts Falkengleiches hatte, da war sie sich sicher. Er war vielmehr eindeutig blond. Und da seine breiten Schultern momentan nicht von einem Hemd bedeckt waren, konnte man leicht erkennen, daß er rundum gebräunt war.

Zugegeben, Amanda hatte sicherlich noch nicht jeden auf Glory gesehen, aber trotzdem ...

»Ich wette zwei zu eins«, sagte sie dem Hund, »daß ich weiß, wer das ist. Und wenn mir das mal nicht zwei ganz Gerissene sind; nichts haben sie sich neulich anmerken lassen. Und was meinst du, wieso hat Kate wohl heimlich was mit einem von den Trainern? Sie ist alt genug, um zu machen, was sie will, und ich bezweifle doch sehr, daß Jesse sich dafür interessiert, mit wem sie schläft. Versucht sie, ihren Ruf nicht zu schädigen, was glaubst du?«

Der Hund – Gacy; inzwischen konnte sie sie unterscheiden – schien zwar jedes ihrer Worte mit schmeichelhaftem Interesse zu verfolgen, steuerte aber seinerseits keinerlei Vermutungen bei. Einen Augenblick später kam Bundy zurück, und Gacy stürmte davon, um ein Dorngebüsch weiter oben auf dem Pfad zu untersuchen. Bundy setze sich neben Amanda hin und sah sie seltsam an. »Wenn du zu spät kommst«, sagte Amanda ihm streng, »dann verpaßt du eben auch das meiste.« Sie lachte ein bißchen über sich selbst, wandte sich vom Aussichtspunkt ab und ließ Kate und ihren Liebhaber in ihrem Versteck im Park zurück.

Ein höher gelegener Aussichtspunkt würde ihr zweifellos gestatten, den größten Teil Glorys unter sich ausgebreitet zu sehen; Amanda beschloß, so lange weiterzugehen, bis sie einen solchen Punkt gefunden hätte. Nicht, daß sie vorhatte, Ben und Kate nachzuspionieren – sie wollte Glory ganz einfach aus einem abgelegeneren und möglicherweise distanzierteren Blickwinkel betrachten.

Sie stieg weiter einen Pfad hinauf, der zunehmend steiler wurde, und blieb immer wieder stehen, um zu verschnaufen und sarkastisch über das Stadtleben nachzudenken, das die Sinne abstumpfte und die Beine allzusehr von Rädern abhängig werden ließ, wollte man sich fortbewegen.

Dieser Gedanke war ihr kaum in den Sinn gekommen, als Amanda bemerkte, daß sie und die Hunde nicht länger allein auf dem Pfad waren. Sie hörte das Geräusch von sich nähernden Hufen und fühlte das Beben unter ihren Füßen, lang bevor sie die Pferde sah, und hatte daher ausreichend Zeit, sich ein ganzes Stück weit vom Pfad zu entfernen. Die Reiter, die verletzlichen Köpfe von Sturzhelmen geschützt, in die Steigbügel gestemmt, lehnten sich weit vor, während die Pferde den steilen Pfad erklommen. Während sie sie unbemerkt von ihrem erhöhten Ort aus beobachtete, verspürte Amanda nur sachtes, unbeteiligtes Interesse. Die Reiter waren offensichtlich erfahren; zwei junge Frauen und ein junger Mann, eine der Frauen auf einem grauen Pferd in Front, gefolgt von den anderen beiden auf braunen. Hochkonzentrierte menschliche Gesichter und kraftvolle Muskeln, die sich unter schimmerndem Pferdefell bewegten. Die Aufschläge von Hufen und das Schnauben der Pferde, leises Klirren von Metall und Knirschen von Leder.

Dann, gerade als die Pferde hinter einer Kehre im Pfad verschwanden, drehte sich der Wind, und Amanda atmete den warmen, leicht modrigen Geruch von Pferden, Schweiß und Leder ein. Ihr Magen krampfte sich schmerzartig zusammen, und eine Benommenheit überfiel sie so schlagartig, daß sie wankte und nach einem jungen Baum greifen mußte, um nicht das Gleichgewicht zu verlieren. Sie hob eine zitternde Hand, um den kalten Schweiß von ihrer Oberlippe zu wischen, und ihr Atem schien ihr in den Ohren zu dröhnen.

»Es wird schlimmer«, murmelte sie und empfand diese Erkenntnis gleichermaßen als verwirrend und bedrohlich. Zu Anfang war es nicht so schlimm gewesen, aber nach dem dritten Tag auf Glory genügte schon ein launischer Windhauch, der von den Ställen oder den Weiden zu ihr herüberwehte, um sie schwankend und mit dem Brechreiz kämpfend zurückzulassen. Und letzte Nacht war sie aus einem Alptraum erwacht, von dem sie nicht mehr in Erinnerung behielt, als daß alles nach Pferden gerochen und sie Todesängste ausgestanden hatte.

Sie wußte nicht, was das zu bedeuten hatte, außer, daß beide dieser seltsamen Erfahrungen – ihre Reaktionen auf Pferde und auf den Alptraum – in ihr bestürzende Gefühle der Panik und Übelkeit hinterließen, und daß sie manchmal noch Stunden später den beinahe unbezähmbaren Drang verspürte, wegzulaufen, sich in Sicherheit zu bringen, bevor …

Bevor was? Amanda wußte es nicht, nicht mehr, als sie wußte, woher diese grauenhafte Furcht vor Pferden stammte. Sollte sie je von einem Pferd gestürzt oder sonstwie durch eines zu Schaden gekommen sein, so konnte sie sich zumindest nicht daran erinnern – unabhängig von der Lüge, die sie Jesse und den anderen aufgetischt hatte. Aber soweit sie sich an die Vergangenheit zurückerinnern konnte, hatte sie eine Furcht vor diesen Tieren, die nicht durch deren Anblick geweckt wurde – sondern durch den Geruch. Sie versuchte, die Empfindungen abzuschütteln, aber das war unmöglich – sie zitterte noch immer.

»Vergeßt den Blick auf Glory«, befahl sie den beiden Hunden und hörte das Zittern in ihrer Stimme. Es würde auch an einem anderen Tag noch Zeit sein, einen hübschen Aussichtspunkt zu finden. Sie tastete nach der Karte, die sie auf der Suche nach einem Weg studierte – irgendeinem Weg –, der sie von den Reitstrecken wegführen und schließlich zurück zum Haus bringen würde. Keine Minute später schlug Amanda, eng begleitet von beiden inzwischen eindeutig besorgten Hunden, eine andere Richtung ein und machte sich an den Abstieg.

»Wir müssen verrückt sein«, sagte Kate. »Unten im Gras wie ein paar Teenager ... Wo uns hier jeder finden könnte, das weißt du doch, oder nicht?«

»Gar niemand wird uns hier finden«, erwiderte Ben. »Die Gärtner haben für heute Feierabend, Maggie ist im Haus, und du hast gesagt, Amanda sei wandern gegangen. Die Reiter und die ganzen Trainer werden mindestens noch 'ne Stunde unterwegs ein, Sully ist mit dem Schmied in Stall eins, und Jesse kommt nicht vor Abend zurück. Und überhaupt – hier sind wir sicherer als an ein paar anderen Orten, wo wir schon waren.«

»Es gehört sich nicht. Und die Grasflecken werde ich nie wieder aus der Bluse kriegen«, sagte Kate, aber es hörte sich nicht an, als würde sie einem der beiden Punkte sonderliche Bedeutung beimessen. Sie streckte sich träge, wobei ihre unbekleideten Brüste sich hoben und ihr Bauch unterhalb ihrer Brust eine Mulde bildete.

Ben betrachtete sie mit reinem Vergnügen. »Du bist wunderschön, Katie.«

»Du sollst mich nicht so nennen«, antwortete sie sofort.

»Mir gefällt's.«

»Mir aber nicht.«

Wie üblich hatten sie sich nur teilweise ausgezogen. Ben trug immer noch seine Stiefel, und obwohl er seine Jeans wieder hochgezogen hatte, blieb sie offen. Sein Hemd, an dem inzwischen mindestens zwei Knöpfe fehlten, hatte er über eine dekorative Steinbank geworfen, die nicht weit von ihnen entfernt stand. Und Kate hatte ihren Rock wieder über die Schenkel zurückgeschoben, aber ihre Bluse stand immer noch offen.

Sie trug weder Slip noch BH, und als Ben das herausgefunden hatte, hatte es ihm gar nicht schnell genug gehen können, einen abgeschiedenen Winkel im Park zu finden. Er hatte gar nicht daran gedacht, wie nahe am Haus sie eigentlich waren – näher als je zuvor –, und jetzt, wo er darüber nachdachte, war es ihm auch egal.

Diese kleine Laube lag am Nachmittag zumeist im Schatten, aber es fiel noch genügend Sonnenlicht herein, um den Boden zu tüpfeln und Kates goldfarbene Haut mit verführerischen Schatten zu versehen. Er liebte es, sie anzusehen. Er wünschte nur, sie hätten die Zeit und einen Ort, an dem er sich an ihrer völligen Nacktheit sattsehen könnte.

Ein Bett wäre schön. Die ganze Nacht in einem Bett wäre noch schöner. Neben Kate aufzuwachen, dachte Ben, wäre das Schönste überhaupt. Er fragte sich, wie sie dann wohl auf ihn reagieren würde, schläfrig, ihr geschmeidiger Körper entspannt vom Schlaf. Und während er sich das fragte, übermannte ihn plötzlich das Verlangen, es wahr zu machen. Aber wie? Wie, wenn Kate ihre gemeinsame Zeit in Minuten portionierte?

»Warum können wir nicht miteinander schlafen?« hörte er sich fragen.

»Ich habe dich ins Haus eingeladen«, erinnerte sie ihn. »Du hast abgelehnt.«

»Du hättest mich nicht die ganze Nacht bleiben lassen.«

Ihr Schweigen signalisierte Zustimmung.

»Ich habe auch ein Bett, weißt du«, stellte Ben fest. »Ein vollkommen anständiges Bett in einem netten, ruhigen Zimmer. Warum haben wir dort noch nie die Nacht verbracht?«

»Ich bin zu alt, um mich im Morgengrauen nach Hause zu schleichen«, verkündete ihm Kate mit leichtem Tadel. Sie zog die Bluse zu, führte dann eine Hand an ihr Haar und wurde augenblicklich böse. »Was in aller Welt ...«

Ben kicherte in sich hinein und beugte sich dann zu ihr hinüber, um sie zu küssen. »Tut mir leid, aber ich liebe es, wenn du dein Haar offen trägst. Ich habe die Nadeln rausgenommen, weil ich sehen wollte, wie es sich bewegt, während du oben gewesen bist.« Ihr Haar hatte sich wahrscheinlich ganz schön bewegt, während sie oben war, überlegte Kate, denn sie war außerordentlich ... aktiv gewesen. Zu ihrer Überraschung spürte sie, wie ihre Wangen sich erhitzten; sie hatte gedacht, sie habe die Zeit des Errötens längst hinter sich gelassen, vor allem, was die Männer anging, und sicher hatte sie sich noch nie von irgend etwas aus der Fassung bringen lassen, was sie zusammen mit Ben gesagt oder getan hatte – aber in letzter Zeit schien er den Trick herauszuhaben, wie er sie verunsichern konnte.

»Verdammt«, murmelte sie, als sie sich aufsetzte und versuchte, ihr Haar mit den Fingern in etwas Frisurähnliches zu verwandeln. »Du weißt, daß ich keine Bürste dabeihabe. Und was Maggie denken wird ...«

»Sie ist nicht mehr dein Kindermädchen, Kate, und zwar schon seit Jahren nicht mehr.« Ben zog sie sanft wieder zu sich herunter und ließ die Finger mit eindeutigem Vergnügen durch ihr offenes Haar streichen.

Sie sagte sich, sie müsse jetzt erneut widersprechen oder aber gehen. Das war es – sie mußte gehen, mußte aufstehen und ihre Kleidung in Ordnung bringen und sich schnell und mit einem beiläufigen Gruß verabschieden, weil ihre Beziehung miteinander nun einmal so war.

Aber sie wollte nicht gehen. Nicht jetzt. Noch nicht. Es war ein wundervolles Gefühl, seine Hände auf ihr, diese besänftigende und doch seltsam anregende Berührung ihres Kopfes, und Kate wünschte, sie könne den ganzen Tag hier liegenbleiben. Er entblößte erneut ihre Brüste, schob den Stoff ihrer Bluse beiseite, um sie langsam zu streicheln und zu liebkosen, während sein Mund von ihrem mit so tiefen Küssen wieder Besitz ergriff, daß sie sich von ihnen verschlungen fühlte.

Es gab immer einen Moment, dann, wenn das Verlangen

nach ihm in ihr aufbrandete, an dem sich Kate merkwürdig unsicher fühlte. Bei anderen Männern war das nie aufgetaucht, dieses Gefühl der Verletzlichkeit, das eine Art gespenstische Panik war, und bei Ben hielt es nie lange genug an, als daß sie hätte versuchen können, es zu ergründen. Aber jedesmal, wenn sie sich dessen bewußt wurde, war sie davon zermürbt, daß sie dachte, *dies ist das letzte Mal.*

Bis zum nächsten Mal.

»Jetzt bin ich dran«, murmelte er an ihren Lippen, »die ganze Arbeit zu machen.« Er führte ihre Arme, bis sie ausgestreckt über ihrem Kopf im Gras lagen. »Nicht bewegen. Nur spüren.«

Kate spürte, und die Verletzlichkeit verschwand, als habe sie nie existiert. Verlangen, scharf und begierig, lief in ihrem gesamten Körper Sturm und errang einen Sieg auf ganzer Linie.

Sie stöhnte, als er anfing, sein Gesicht langsam an ihren Brüsten zu reiben, und die gänzlich verschiedenen Empfindungen, die seine weichen Lippen und die kaum merklichen Stoppeln seines Nachmittagsbarts verursachten, brachten sie um den Verstand. Mit geschlossenen Augen, halbnackt auf dem Gras ausgestreckt, gab Kate sich ihm vollständig hin.

Er kannte sie gut. Seine wissenden Finger erforschten und streichelten, spürten unbeirrbar die Stellen auf, an denen ihr Körper am sinnlichsten reagierte – vor allem die, die nur ein aufmerksamer Liebhaber auffinden konnte. Er wußte, wenn er seine Lippen unter ihrem linken Ohr vorbeistreifen ließ, würde ihr ganzer Körper vor Lust erzittern. Er wußte, daß die seidige Haut auf den Innenseiten ihrer Ellenbogen höchst empfindlich war, ebenso wie die untere Rundung jeder Brust und die Gegend um ihren Nabel. Er wußte, wenn er ihre Unterlippe sanft zwischen seinen Zähnen festhielt, würde sie einen kehligen Ton des Verlangens ausstoßen, und wenn er mit seiner Zunge das winzige Muttermal direkt unter ihrer linken

Brust berührte, würde sie nach Atem ringen, und wenn er mit den Fingerspitzen ihr Rückgrat bis ganz hinunter entlangfuhr, würde sie stöhnen und den Rücken wölben.

All das wußte Ben und er benutzte sein Wissen, um Kate zu erregen, bis sie wahnsinnig nach ihm war. Dann ging er weiter, reizte sie auf eine Art, wie er es noch nie zuvor getan hatte, dehnte jede Zärtlichkeit aus, bis sie sich vor Verlangen krümmte.

Als er ihrem heiseren Flehen endlich nachgab und sich zwischen ihre bebenden Schenkel senkte, hatte Ben sich so lange gerade an der Grenze gehalten, daß sein eigenes Verlangen ihn wild und ein wenig grob gemacht hatte. Ihre Leidenschaft war immer explosiv, aber diesmal war sie etwas Grimmiges, Archaisches.

Kate bemerkte den Unterschied, auch wenn sie nicht klar darüber nachdachte; ihr Körper war völlig von Empfindungen gefesselt, und ihr Verstand so aufgewühlt, als habe ein Orkan ihn durchtobt. Der Duft von Rosen lag schwer in der Luft, und sie hörte die Vögel zwitschern, und als sie endlich zum Höhepunkt kam, schrie sie unzusammenhängend auf und vergaß völlig, das Geräusch zu dämpfen. Ben schrie ebenfalls, sein kraftvoller Körper bebte vor Lust, und Kate klammerte sich an ihn mit dem plötzlichen verängstigten Bewußtsein, jede Kontrolle über die Situation verloren zu haben – und über sich selbst.

Ben bewegte sich schließlich als erster, streckte sich vorsichtig hoch und hob sich von ihr weg. Er küßte sie nicht, wie er es sonst in diesem Moment normalerweise tat, und sein Gesichtsausdruck war ungewöhnlich gespannt. Er blieb zwischen ihren Beinen auf den Knien, zog seine Jeans hoch und machte sie zu, während er Kate schweigend ansah. Ohne daß sie einen Grund dafür hätte angeben können, spürte Kate eine plötzliche Welle der Beklemmung. Das angenehm schlaffe Nachwehen des Orgasmus war viel zu kurz; sie mußte erschöpfte Muskeln zwingen, ihren Befehlen nachzukommen. Sie setzte sich schnell auf, rutschte im Gras ein wenig zurück, so daß etwas Abstand zwischen ihnen entstand und sie die Beine schließen konnte – und außerdem durch die Reibung ihr Rock wieder über Hüften und Schenkel nach unten gestreift wurde. Sie zog die Bluse über den Brüsten zusammen und knöpfte sie zu, dabei richtete sie ihre gesamte Konzentration auf diese Aufgabe.

»Kate.«

Er hatte ihre Haarnadeln verstreut, fiel ihr auf, und sie waren zweifellos im Gras verlorengegangen. Wie sollte sie jetzt bloß ihr Haar wieder hochstecken? Jeder, der sie so sah, würde sofort wissen ...«

»Kate, schau mich an.«

Das tat sie, aber sie sprach, bevor er etwas sagen konnte. »Wir werden uns eine Zeitlang nicht mehr sehen können«, sagte sie, als ob das völlig gleichgültig wäre. »Ich habe in nächster Zeit sehr viel zu tun.«

Ben sah nicht überrascht aus. »Ich bin dir zu nahe gekommen, nicht wahr, Kate?«

»Ich habe keine Ahnung, wovon du sprichst.« Aber ihre Verneigung kam zu rasch, zu hart, und Kate wußte es.

»Hast du es früher auch immer so gemacht?« Bens Stimme blieb merkwürdig flach. »Ein Geliebter kommt zu nah, fängt vielleicht an, dich anders anzusehen oder fragt, warum er die Nacht nicht mit dir verbringen kann, und schon machst du Schluß.«

»Ich habe nicht gesagt, daß ich Schluß mache. Ich habe nur ...«

»Du hast diesen Sommer nicht mehr zu tun als sonst auch.«

»Ich arbeite im Krankenhaus«, sagte sie. »Drei Nachmittage in der Woche. Und ich helfe mit, Spenden für den neuen Park zu sammeln und ...«

»Kate, ich habe nicht gesagt, daß du nichts zu tun hast, also sei nicht so abwehrend. Mit den wohltätigen Aufgaben und der Buchhaltung für Glory hast du eine Menge Arbeit. Das weiß ich. Aber seit mehr als sechs Monaten hattest du immer noch genug Zeit, um mich zu treffen.«

»Ich will jetzt mehr Zeit mit Jesse verbringen. Er ...«

»Er«, erklärte Ben ihr mit eisiger Härte, »will seine Zeit mit Amanda verbringen.«

Sie holte tief Luft, als dieser Hieb sie traf. »Ich habe schon mal gesagt, daß du ein Hurensohn bist, und ich hatte recht damit.«

»Weil ich die Wahrheit sage? Kate, wann wirst du endlich die Tatsache akzeptieren – die *Tatsache* –, daß sich zwischen dir und Jesse nichts ändern wird, ganz gleich, was du auch machst. Bis ins Grab wird er für dich nichts anderes empfinden als Gleichgültigkeit, und je eher du das begreifst, desto eher kannst du anfangen, dein eigenes Leben zu leben.«

»Ich habe mein eigenes Leben!«

»Du lebst Jesses Leben. Immer ganz die pflichtbewußte Tochter schleichst du hinter ihm her, ganz wild darauf, dich nützlich zu machen, alles zu tun, was er verlangt, aufmerksam und zurückhaltend und immer ein williges Opfer für Beschimpfungen, wenn ihm gerade mal danach ist, jemanden anzubrüllen. Du stehst in seinem Schatten und hoffst wider besseres Wissen, daß er dir einmal ein Lächeln oder ein nettes Wort zuwirft – aber das wird niemals passieren.«

Kate brachte ein Lachen zustande, aber es schmerzte in ihrer Kehle. »Wer hat dich denn zum Psychiater ernannt?«

»Ich bin kein Arzt. Aber ich habe am College einen Kurs in Psychologie gemacht. Mein Leben besteht nicht nur aus Pferden, wie du weißt – oder wissen würdest, wenn dir genug an mir liegen würde, um zu fragen.« Er sah sie unvermittelt an, als wäre er Psychiater und sie läge auf seiner Couch. »Du bist Daddys kleines Mädchen, und Daddy ist das völlig egal, Kate. Und wenn es da nicht einen kleinen, aber entscheidenden Unterschied gäbe, dann würdest du nicht anders enden als all die stereotypen Südstaaten-Jungfern aus den alten Büchern, die Daddy noch anbeten, wenn er schon lange tot ist, und die in einem Mausoleum hausen, das nur seinem Andenken geweiht ist.«

Durch Lippen, die so eng aufeinandergepreßt waren, daß sie sich taub anfühlten, fragte sie: »Welchen Unterschied?«

Er lächelte, ohne Vergnügen. »Du bist ungefähr so weit davon entfernt, jungfräulich zu sein, wie man als Frau nur sein kann.«

Problemlos packte Ben sie am Handgelenk, als sie ihm eine Ohrfeige geben wollte, und mit derselben unausweichlichen Kraft fesselte er ihre silbrig glitzernden Augen.

»Beleidigt, Kate? Das brauchst du nicht zu sein. Mir ist es völlig egal, wie viele Männer du gehabt hast. Es macht mir nicht mal was aus, daß du mich als Streß-Brecher benutzt, wenn es das ist, was du brauchst. Aber ich will verdammt sein, wenn ich untätig mitansehe, wie du mich zum Teufel schickst, bloß weil ich vielleicht mehr will, als du zu geben bereit bist. Ich habe dich mehr als einmal gewarnt – ich bin kein Spielzeug, Kate, ich bin ein Mann.«

Ihr Lachen hatte einen schneidenden Ton. »Du hast bekommen, was du wolltest, behaupte bloß, daß das nicht stimmt.«

»Natürlich habe ich das bekommen. Am Anfang. Jetzt will ich mehr.«

»Aha, ich verstehe.« Kates Lächeln war bitter. »Du willst nicht das Schoßhündchen einer reichen Frau sein, aber eine kleine Entschädigung für die … Überstunden würdest du dir schon gefallen lassen. Wieviel?«

Ben schleuderte ihre Hand mit einer angewiderten Geste von sich, das Gesicht plötzlich wutverzerrt. »Wenn du so etwas von mir glaubst, dann fahr zur Hölle, *Miss* Daulton.« Er stand auf und holte sein Hemd, das er sich zornig überstreifte. »Such dir einen neuen Hengst.«

»Vielleicht werde ich ja genau das tun«, fuhr sie ihn an.

»Tu dir meinetwegen keinen Zwang an. Aber wenn du versuchen solltest, Jesse zu bestrafen, indem du von Mann zu Mann springst, kannst du dir die Mühe sparen. Es ist ihm scheißegal, Kate.«

»Ich weiß nicht, wovon du sprichst«, erklärte sie mit einer Stimme, die Eiszapfen zerspringen lassen konnte.

»Nein? Dann werde ich es dir erklären. Jesse weiß alles über uns. Er hat über alle deine Männer Bescheid gewußt.«

Ihre Augen zuckten schockiert, ihr Zorn versickerte, als klaffe in ihrer Verteidigung ein riesiges Loch. »Nein – er hat nie gesagt ...«

»Kapier's endlich. Es ist ihm egal.« Bens Stimme blieb hart. Er stopfte sein Hemd mit fahrigen Bewegungen in die Jeans.

Kate schüttelte den Kopf. »Es würde ihn kümmern. Wenigstens wegen – wegen unseres guten Rufes«, ihre Stimme war kaum mehr als ein Flüstern.

Ben schüttelte mitleidig den Kopf. »Jesses guter Ruf ist unantastbar, ganz gleich, was der Rest von euch auch tut, und das weiß er. Abgesehen davon waren die Daultons immer bekannt dafür – Geliebte zu haben. Das hat er mir selbst gesagt, Kate. Er hat mir Glück mit dir gewünscht. Er hat gesagt, daß es bei keinem jemals lange gedauert hat. Er hat sogar gesagt, er würde überlegen, ob er es nicht ganz offiziell ins Aufgabengebiet der Trainer auf Glory aufnehmen sollte: hat zu jeder Zeit die Aufsicht über ein Dutzend Pferde und Reiter zu führen. Hat beide auf Rennen vorzubereiten. Hat für ein gutes Abschneiden zu sorgen. Hat Kate zu ficken.«

»Nein.«

»Das hat er gesagt. Und es ist ein wörtliches Zitat.«

»Ich glaube dir kein Wort«, sagte sie wie betäubt.

»O doch, das tust du. Weil du ihn nämlich genausogut sehen kannst wie wir alle, wenn du nur deine rosarote Brille abnimmst – und du weißt, daß er dazu fähig ist.« Kate sah Ben haßerfüllt an. »Geh mir aus den Augen. Hast du gehört? Geh weg und komm ja nicht wieder!«

»Mit Vergnügen.« Er ging an der mit Rosen überwucherten vorbei, bog um eine Ecke, die von der Laube gebildet wurde und verschwand, während sie im schattigen Gras saß und allein zurückblieb.

Sie saß auf dem Boden, die langen Beine auf eine Seite gelegt, den Rock heruntergezogen und geglättet, die Bluse ordentlich zugeknöpft und in den Rock geschoben, und als sie ein leises Winseln hörte, stellte Kate schockiert fest, daß es von ihr selbst stammte. Sie preßte die Finger fest auf die Lippen, in dem Versuch, den Schmerz zurückzuhalten und das Zittern unter Kontrolle zu bekommen und wenigstens die nötige Energie aufzubringen, um aufzustehen und die geschütztere Zuflucht ihres Zimmers aufzusuchen.

Gott, wie weh das tat. Es schmerzte, weil sie jedes schreckliche Wort, das Ben ihr entgegengeschleudert hatte, glaubte, weil sie wußte, daß es die Wahrheit war. Es schmerzte, weil das, was er ihr über Jesse gesagt hatte – was Jesse ihm gesagt hatte – der endgültige Verrat war, die unvorstellbar gefühllose Reaktion eines Vaters auf die Sexualität seiner Tochter. Es schmerzte, weil es ihren letzten zerbrechlichen Hoffnungsschimmer zerschmettert hatte, daß Jesse sie, allen Beweisen des Gegenteils zum Trotz, eben doch liebte.

Sie bedeutete ihm nichts. Weniger als nichts.

Ihr ganzer Körper schmerzte.

Kate zwang sich aufzustehen, und erst als sie auf schwankenden Füßen stand, lenkte sie ein weiterer Schock von ihren Qualen ab. Zum ersten Mal in ihrem Leben spürte sie die warme Feuchtigkeit männlichen Samens die Innenseite ihrer Schenkel hinabrinnen, und ihr wurde bewußt, daß Ben, während der zweiten, ungebändigten Vereinigung mit ihr, kein Kondom benutzt hatte.

Sie hätte dafür sorgen sollen, denn es war ebenso ihre Verantwortung wie seine – warum hatte sie es nicht getan? In zwanzig Jahren hatte sie nicht ein einziges Mal mit einem Mann so völlig die Kontrolle über sich selbst verloren, daß sie nicht hundertprozentig dafür gesorgt hätte, daß Verhütungsmittel verwendet wurden; sie hatte keine Lust, sich mit einer ungewollten Schwangerschaft herumschlagen zu müssen.

Und auch wenn sie sich im Augenblick wenig Sorgen machte, schwanger zu werden – sie nahm seit beinahe einem Jahr die Pille, um eine hormonelle Störung auszugleichen –, war sie von einem Mangel an Vorsicht von derart unbekanntem Ausmaß mehr als entsetzt. Warum hatte sie Ben nicht daran erinnert? Warum hatte sie es nicht einmal *bemerkt?* Und warum hatte Ben, der bis jetzt immer so sehr auf ihre Wünsche geachtet hatte, es diesmal vergessen?

Kate rieb sich gereizt die Stirn, machte dann den halbherzigen Versuch, ihr Haar zu glätten und sah an sich hinunter. Die Rückseite ihrer Bluse war wahrscheinlich ein einziger, riesiger Grasfleck, und bestimmt war das Zeug auch überall in ihren Haaren. Sie wußte, daß ihre Lippen geschwollen waren, weil sie heiß und empfindlich waren, und ihre Brüste waren schwer, sie schmerzten, waren sensibilisiert. Sie wußte, daß sie aussah, als komme sie gerade von ihrem Liebhaber.

»Du bist ungefähr so weit davon entfernt, jungfräulich zu sein, wie man als Frau nur sein kann.«

Billig, hatte er gemeint. Sie war billig. Sie hatte sich zu vielen Männern hingegeben, meist aus den falschen Beweggründen, und was sie von den verschiedenen, kurzen Beziehungen noch vorweisen konnte, war … nichts.

Ihr Leben raste mit schockierender Geschwindigkeit vorüber und was blieb ihr? Sie hatte keine Karriere, keine umfassenden Interessen, mit denen sie die Zeit verbringen konnte, keine Fähigkeiten, die sie vervollkommnen konnte. Sie hatte keinen Ehemann, kein Kind, kein eigenes Heim – denn Jesse würde Glory mit Sicherheit Amanda vermachen, oder, falls das nicht eintraf, dann einem der Männer, Sully wahrscheinlich. Aber wahrscheinlicher war natürlich, daß Amanda es bekäme, und selbst wenn die sich wünschen sollte, daß Kate bliebe, war das unmöglich.

Sie könnte sich ein eigenes Haus anschaffen, dachte Kate unbestimmt. Sie hatte ein Treuhandvermögen von der Mutter, die sie nie gekannt hatte, mehr als genug für ein Haus und für ein Leben. Aber das Haus wäre nicht Glory, und das Leben ... Was für ein Leben wäre das? Auch damit hatte Ben recht gehabt. Sie hatte kein eigenes Leben. Und wenn Jesse tot war, dann würde selbst das, das sie jetzt führte, mit ihm zu Grabe getragen werden.

Sie hatte ihr ganzes Leben lang versucht, ihren Vater dazuzubringen, sie zur Kenntnis zu nehmen, sie anzuerkennen – wenn schon nicht als die geliebte Tochter, so doch wenigstens als eigenständigen Menschen –, aber ganz gleich, was sie auch tat, ganz gleich, wieviel Mühe sie sich auch gab, es war nie genug gewesen. Es würde niemals genug sein.

Kate fühlte sich in diesem Augenblick unendlich allein, und die Qual war entsetzlich.

Walker sah zuerst den Hund und blieb stehen, um zu warten, bis das große schwarzbraun gefleckte Tier an ihm hochsprang. »Hallo, Bundy. Was machst du denn so weit weg von daheim?« Die Dobermänner, die für die Bewachung abgerichtet waren, blieben in aller Regel nahe bei Glory; er konnte sich nicht erinnern, ihnen schon einmal hier draußen begegnet zu sein.

Bundy blieb stehen, um sich kurz an seinen kleinen, spitzen Ohren kraulen zu lassen, wirbelte dann herum und raste ein paar Meter davon, ehe er wieder stehenblieb, um zu Walker zurückzuschauen und mit seinem Stummelschwanz zu wedeln. »Okay, Lassie«, sagte Walker, der sich darüber amüsierte, menschliche Intelligenz – oder doch wenigstens eine gewisse Absicht – im Verhalten eines Hundes erkennen zu wollen, »ich komme.«

Das tat er und erst als er oben auf einer Anhöhe stand und auf eine Lichtung hinabblickte, wurde Walker klar, daß er unbewußt damit gerechnet hatte, Amanda mit dem anderen Hund dort anzutreffen. Er hatte während der letzten paar Abende festgestellt, daß die beiden sich ihrer angenommen zu haben schienen, und Jesse hatte ihm stolz erzählt, daß Amanda ganz von selbst ihre Zuneigung gewonnen hätte.

Nach einem kurzen Zögern machte sich Walker daran, den sanften Hang zu ihr hinunterzusteigen. Sie hatte ihn nicht gesehen. Die Hände in den Hüften, studierte sie die Lichtung mit vor Erstaunen leicht zusammengekniffenen Augenbrauen.

»Das bleibt immer kahl«, sagte Walker.

Sie sprang auf und funkelte ihn an. »Verdammt noch mal, schleichen Sie sich doch nicht so von hinten an.«

Es war zum ersten Mal, seit sie sich begegnet waren, daß sie ihn ohne Argwohn im Blick ansah, und Walker war erstaunt, wie anders sie ihm schien. Lebhafter, lebendiger. Irgendwie jünger – aber vielleicht lag das auch an ihrer Jeans und der Art, wie sie ihre Haare mit einem bunten Seidenband hochgebunden hatte.

»Ich habe mich nicht angeschlichen«, erklärte ihr Walker, »Sie haben mich nur einfach nicht gehört.«

Amanda sah ihn, als er nur wenige Schritte vor ihr stehenblieb, scharf an. »Hängen Sie sich nächstes Mal eine Glocke um«, forderte sie.

Er überging den Vorschlag. »Diese Lichtungen«, sagte er mit einer beiläufigen Geste, »bleiben immer kahl.«

Mit einem Achselzucken ging sie auf den Themenwechsel ein. »Das ist schon die zweite, die ich heute sehe. Hat jemand den ganzen Platz hier gerodet?« fragte sie.

»Nein, hier wachsen überhaupt keine Bäume. Niemand

weiß, warum. Diese Lichtungen sind über die ganzen Berge verteilt.«

»Ein bißchen unheimlich«, merkte sie gedankenverloren an.

Walker zuckte mit den Achseln. »Dem Aberglauben nach sind die Lichtungen entstanden, als der Teufel durch die Berge spazierte; jeder Fußtritt führte zu einer kahlen Stelle. Und natürlich würde nichts, was auch nur halbwegs etwas auf sich hält, es wagen, im Fußabdruck des Teufels zu wachsen.«

»Definitiv unheimlich.« Sie hob den Blick auf die atemberaubende Landschaft, die sie umgab, und fügte hinzu, »Und ... beinahe ... glaubhaft. Ich möchte bloß wissen, warum.«

»Wahrscheinlich, weil es alte Berge sind und man ihnen das Alter ansieht. Sie standen schon hier, als die Erde noch jung war. Als das Unheimliche noch möglich war. Als vielleicht noch Riesen durch die Wälder streiften.« Er hielt inne und fügte dann an: »Saurier zum Beispiel.«

Amanda lächelte kurz. »Ich hatte für einen Moment den Eindruck, Sie würden Ihrer Phantasie freien Lauf lassen. Das sieht Ihnen so gar nicht ähnlich, Walker. Saurier, was?«

»Die hat es schließlich überall gegeben.«

Sie stieß ein Lachen aus und schüttelte den Kopf, ob aber angesichts seiner Antwort oder deshalb, weil er der Wissenschaft mehr Glauben schenkte als weniger bodenständigen Erklärungsversuchen, konnte er nicht sagen. »Was bringt Sie hier heraus?« fragte sie und sah sich dann stirnrunzelnd um. »Bin ich eigentlich immer noch auf dem Besitz der Daultons?«

»Das gehört alles den Daultons. Und ich bin hier, weil ich eben am Samstag öfters herkomme. Ich wandere gern. So wie Sie ja ganz offensichtlich auch.« Er zuckte die Schultern. »Manchmal reite ich, aber mein Pferd hat kürzlich ein Hufeisen verloren und ...«

Noch während seine Stimme verhallte, kam die argwöhnische Zurückhaltung zurück und verschattete ihre Augen. Sie ließ die Hände in die vorderen Taschen ihrer Jeans gleiten und sah ihn mit einem verhaltenen Lächeln an, in dem sich weit weniger gute Laune und Offenheit zeigte als noch vor wenigen Augenblicken.

»Ich habe mir Sie wohl noch nie auf einem Pferd vorgestellt, aber es scheint ja wirklich jeder hier zu reiten. Treten Sie auch bei Wettkämpfen an?«

»Nein, ich bin Sonntagsreiter«, klärte er sie auf, überrascht über das Gefühl des Bedauerns, das er empfand. »Ich bin gerade mal gut genug, um zu wissen, was ich im Sattel tun muß, und ich mach's aus reiner Freude. Ich habe ein altes, ausgemustertes Rennpferd, mit dem ich einen ruhigen, entspannten Ritt machen kann, wenn mich das Bedürfnis überkommt – was in letzter Zeit allerdings immer seltener der Fall ist. Wahrscheinlich hätte ich ihn schon vor Jahren verkauft, aber da er mit den Zuchtstuten auf der Weide steht, hat er genug Gesellschaft und Auslauf, auch wenn ich mich monatelang nicht um ihn kümmere«.

»Mit den Zuchtstuten?«

»Von Glory. Werdende Mütter fühlen sich in einer ruhigeren Umgebung offenbar viel wohler, und die Ställe und Koppeln auf Glory sind wegen der ganzen Geschäftigkeit doch ziemlich unruhig. Also haben Jesse und mein Vater schon vor Jahren, noch vor meiner Geburt, eine Vereinbarung getroffen. Jesse stellte das Geld zur Verfügung, um die alten Ställe auf King High wieder herzurichten und in Schuß zu halten – in denen waren nämlich seit Ewigkeiten bloß noch Kutschen untergestellt worden – und um neue Umzäunungen aufzurichten. Als Gegenleistung bekam er Weideland und Stallrechte für seine Zuchtstuten. Ich habe daheim den wunderbaren Anblick und die angenehmen Geräusche von Pferden um mich, ohne mich groß um die Tiere oder das Geld kümmern zu müssen, und sogar meine Weiden sind immer in allerbestem Zustand.«

»Und die Pferde haben einen ruhigen Ort zum Fohlen.«

»Genau. Der Tierarzt kommt regelmäßig vorbei, und ein paar Stallburschen kümmern sich darum, daß die Gebäude ordentlich gepflegt werden und passen auf die Stuten auf. Normalerweise reitet jeden zweiten Tag oder so einer von Jesses Leuten rüber, um nach dem Rechten zu sehen.«

»Victor?« vermutete sie.

»Manchmal. Sie haben ihn also schon kennengelernt?«

»Ja.« Sie führte das nicht weiter aus.

Walker sah sie nachdenklich an. »Er kann wirklich ausgezeichnet mit Pferden umgehen. Ist aber ein bißchen ungehobelt, was Menschen angeht.«

Amanda nickte zustimmend, aber ihr Blick war sogar noch zurückhaltender als vorher. Bevor er allerdings etwas dazu sagen konnte, winselten die Hunde ziemlich nachdrücklich, um die Aufmerksamkeit auf sich zu lenken.

»Es ist schon später, als ich gedacht hatte«, sagte Amanda und schaute auf die Uhr. »Fast Abendbrotzeit. Also gut, ihr beiden, gehen wir zurück zum Haus.«

Sie warf Walker einen beiläufigen Blick zu, bot aber keinen Abschiedsgruß an und redete sich ein, das sei der Grund dafür gewesen, daß er sich ihr anschloß, als sie sich von der Lichtung abwandte und auf einen Pfad zuging, der sie zum Haus zurückbringen würde.

»Jesse hat mir eine Kopie von der Karte gegeben«, sagte sie.

»Ach?«

»Ja. Damit ich – den Heimweg finde. Nur falls Sie sich gewundert haben.«

»Das habe ich nicht.« Walker gab keine Erklärung dafür an, daß er sie zurück nach Glory begleitete, weil er selbst keine hatte.

Sie warf ihm einen neuerlichen, flüchtigen Blick zu, dem er kühl begegnete, dann sagte sie etwas hastig: »Maggie warnt mich dauernd vor Schlangen, aber bis jetzt habe ich noch keine einzige gesehen.«

Er fragte sich, wie sie gerade auf dieses Thema gekommen sein mochte, beschloß aber, nicht nachzufragen.

»Mokassinschlangen können tödlich sein, aber es ist wahrscheinlicher, auf Kletternattern zu treffen, und die sind harmlos. Halten Sie einfach die Augen offen und passen Sie auf, wo Sie hintreten. Zu dieser Jahreszeit, wo alles grün ist, sind Mokassinschlangen ziemlich leicht zu erkennen, wegen der rötlichen Streifen, die sie tragen.«

Amanda nickte ernst. »Danke für den Hinweis. Ich schätze, ich sollte lieber Wanderstiefel tragen, wenn ich hier draußen unterwegs bin.«

Walker, der selbst Stiefel trug, sah zu ihren Turnschuhen hinunter und pflichtete ihr bei. »Ist sicherer – und wahrscheinlich auch besser für ihre Füße. Turnschuhe sind für glatte Oberflächen gedacht.« Mehrere Minuten gingen sie schweigend nebeneinander her, und der Pfad, dem sie folgten, wand sich in einem gleichmäßigen, aber geringen Gefälle zwischen hohen Bäumen talwärts, bis sie unvermittelt zu sprechen anfing.

»Ich weiß, daß Jesse Krebs hat.«

Er war nicht sonderlich erstaunt, weder über die Aussage noch über seine Unfähigkeit, aus ihrem gefaßten Gesichtsausdruck ablesen zu können, was sie empfand – ob sie dabei überhaupt etwas empfand. »Hat Maggie es Ihnen gesagt?«

»Sully.«

»Früher oder später mußte es einer von ihnen tun. Ich hatte deutlich das Gefühl, das Jesse nichts sagen würde.«

»Und warum nicht?«

»Weil er kein Mitleid will. Vor allem nicht von Ihnen.«

Sie verdaute das einen Moment lang schweigend und sagte dann: »Sully hat mir gesagt, daß ihm wahrscheinlich nicht einmal mehr Zeit bis Weihnachten bleiben würde.«

»Das ist es, was die Ärzte sagen«, sagte Walker gleichmütig.

»Weiß Maggie davon?«

»Sicher weiß sie das. Warum?«

Amanda schüttelte den Kopf. »Nur weil ich – ich glaube, sie will es nicht wahrhaben, sonst nichts.«

Walker zuckte die Achseln. »Wahrscheinlich nicht. Sie ist schon sehr lange auf Glory, schon seit Kates Geburt. Sie ist die einzige von uns, die wenigstens annähernd in Jesses Alter ist, und die beiden verstehen sich.«

»Aber Sie verstehen ihn doch auch, nicht wahr?«

Er beobachtete, wie die Hunde immer in Amandas Sichtweite im Zickzack über den Pfad rannten, dann blickte er sie kurz an. »Es geht so. Warum?«

»Das war einfach nur eine ziemlich unbedeutende Frage«, sagte sie nach einer Weile, die Stimme inzwischen so bedachtsam wie der Blick. »Sie brauchen sich nicht gleich daraufzustürzen, als ob ich versuchen würde, Ihnen irgendein Geheimnis zu entlocken.«

»Habe ich das? Tut mir leid. Nennen Sie es das Berufsrisiko.«

»Ich wünschte, das könnte ich. Aber wir wissen beide, daß es etwas anderes ist. Ich versuche nicht, Sie auszuquetschen, Walker, ich war einfach neugierig.«

»Ich habe schon gesagt, daß es mir leid tut.« Er fühlte eine Spannung, und sie waren sich der beiderseitigen Anwesenheit intensiv bewußt, was durch das gegenseitige Mißtrauen noch gesteigert zu werden schien. Er spürte ihre Gegenwart mit einem Mal so deutlich, daß er beinahe ihren Atem hören konnte.

»Das haben Sie allerdings.« Ihre Stimme war äußerst unverbindlich.

Wieder Schweigen, undurchdringlich diesmal. Walker gefiel es nicht, er sagte aber nichts, und sie gingen weiter. Schließlich kamen sie an einen kleinen Bach, und sie blieb stirnrunzelnd am Ufer stehen. Da von Natur oder Menschenhand große, flache Steine hier so angeordnet waren, daß ein leichter und gefahrloser Übergang möglich war, nahm er an, daß es etwas anderes war, was sie beschäftigte. »Was ist?« fragte er betont unbeteiligt.

»Das sieht aus, als wäre es ein neuer Bach – er hat sich fast überhaupt nicht in den Boden gegraben. Sind wir vorhin nicht durch ein älteres, ausgetrocknetes Bachbett gekommen?« fragte sie. Er nickte.

»Haben Biber den Bach umgeleitet, oder ...«

»Ab und zu machen sie so etwas, aber das hier liegt an einer Überschwemmung, die letztes Jahr plötzlich hereinbrach. Das ist im Frühling und im Frühsommer gar nicht so ungewöhnlich. Die Kraft des Sturzwassers führt dazu, daß gebrochene Äste und Gestrüpp den Bach aufstauen und umlenken. Die nächste Überschwemmung könnte ihn in eine ganz neue Richtung leiten – oder auch zurück in das alte Flußbett führen.«

»Ah ja?« Sie trat auf die flachen Steine und machte sich an die Überquerung.

»Sie sind sehr aufmerksam«, bemerkte er und folgte ihr.

»Einfach von Natur aus neugierig.« Sie blieb stehen. »Meistens jedenfalls. Ich habe die Angewohnheit, sehr viele Fragen zu stellen.«

»Das werde ich mir merken.«

Ihr Lächeln war kurz. »Ohne jede Frage.«

»Sie könnten mir durchaus entgegenkommen, wissen Sie«, schlug er ihr pikiert vor. »Wie wäre es zur Abwechslung mit ein paar Antworten, statt immer nur Fragen?«

Sie blieb stehen, als der Waldweg an der Wiese nahe des Waldes endete, und sah den Hunden zu, wie sie zur Rückseite des hinteren Anbaus davonrasten. Als hätte sie ihn nicht gehört, sagte sie: »Ich nehme an, die beiden wollen durch den Park zum Haus kommen. Von hier aus ist das auf jeden Fall der kürzere Weg.«

Walker packte ihren Arm, als sie sich daranmachte, den Hunden zu folgen. »Ende der Diskussion?« fragte er zynisch.

Sie sah einen Moment lang ausdruckslos zu ihm auf und befreite sich aus seiner Umklammerung. »Das möchte ich meinen. Ihnen entgegengekommen? Wo Sie sich noch nicht einmal zu der simplen Höflichkeit durchringen können, mich bei meinem Namen zu nennen? Warum um alles in der Welt sollte ich Ihnen irgend etwas erzählen?«

Sie ließ ihn einfach stehen, und er sagte sich, ihre Worte wären nicht mehr als ein schaler Rechtfertigungsversuch für ihre Heimlichtuerei, ihre Ausweichmanöver und die Weigerung, ihre Vergangenheit offenzulegen. Das sagte er sich einige Male, mit Nachdruck. Nicht *er* war es, der im Unrecht war, *sie* war es. Also warum fühlte er sich so angegriffen?

»Verdammt«, murmelte er und folgte ihr.

6

Amanda hatte nicht damit gerechnet, daß er ihr folgen würde, und als er sie am Rand des Parks erreichte, hatte sie keine Ahnung, wie sie reagieren sollte.

»Amanda, warten sie.«

»Sie kennen den Namen also doch«, staunte sie, schärfer als beabsichtigt.

Er versuchte nicht, sie anzuhalten, sondern ging auf dem breiten Hauptweg, der sich durch den Park wand und auf das Haus zuführte, neben ihr her.

»Ich habe ihn nicht vermieden«, erklärte er. »Nicht absichtlich wenigstens.«

»Um so schlimmer.«

»Verlangen Sie nicht Rechenschaft über mein Unterbewußtsein. Wir wissen beide, daß ich nicht davon überzeugt bin, daß Sie Amanda Daulton sind.«

Sie blieb stehen und starrte ihn an. »Und ich kann Ihnen nicht nachweisen, daß ich seit meiner Geburt auf den Namen

Amanda höre, genausowenig, wie ich Ihnen beweisen kann, daß ich eine geborene Daulton bin. Aber, verdammt noch mal, *mein Name ist Amanda.* Ich habe noch nie anders geheißen. Soviel zumindest müssen Sie mir zugestehen.«

Er sah sie einen Moment lang an, dann nickte er. »Also gut. Sie heißen Amanda.«

»Danke.«

Sie fragte sich, ob er es diesmal wirklich akzeptierte, schaffte es aber, ihre Stimme zum größten Teil von ihrem Sarkasmus freizuhalten. Sie folgte den ungeduldigen Hunden, die nie den Sichtkontakt zu ihr aufgaben und deshalb auch im Labyrinth des Parks nie weit vorausliefen. Sie war sich Walkers Anwesenheit neben sich nur allzu bewußt, und es war beunruhigend zu wissen, wie leicht er sie aus dem Gleichgewicht bringen konnte.

Maggie begrüßte sie an der Tür zum Wintergarten und teilte Amanda mit, daß sie sich jetzt um die Fütterung der Hunde kümmern würde. Die Dobermänner hatten zwar vollstes Vertrauen zu Amanda, da sie aber im Hinblick auf ihre Bewachungsaufgaben äußerst sorgfältig abgerichtet worden waren, nahmen sie nur von zwei Menschen Nahrung entgegen: Jesse und Maggie.

»Bleiben Sie zum Essen, Walker?« fragte sie.

»Bin ich denn eingeladen?« Er blickte Amanda an.

Amanda setzte sich auf das Fußende einer Rattan-Liege, zog sich das Tuch aus dem Haar und überlegte, ob sie sich hinter einem schützenden Schleier aus Haaren verbergen sollte. Sanft sagte sie: »Kate ist die Dame des Hauses auf Glory, nicht ich.«

Maggie blickte amüsiert von Amanda zu Walker und erklärte dem Anwalt dann: »Wir essen heute erst um sieben, weil Jesse erst spät zurückkommen wird. Es wäre uns ein Vergnügen.«

»Danke«, sagte er trocken.

Nachdem die Haushälterin die Hunde gerufen und den Wintergarten verlassen hatte, setzte Walker sich in einen schmiedeeisernen Stuhl nahe bei Amandas Liege und sah sie an.

»Da ich ja nun einmal nicht hierhergehöre, wie sollte ich da eine Einladung aussprechen können?«, bemerkte sie trocken.

»War das wirklich der Grund?«

Amanda richtete ihre Aufmerksamkeit einen Moment auf das Tuch, strich die Seide glatt und legte es locker zusammen. Aber er wartete mit der für ihn typischen Geduld auf eine Antwort, und sie ließ das Tuch schließlich neben sich auf die geblümten Kissen der Liege fallen und blickte in seine ruhigen Augen.

»Ob Sie es glauben oder nicht, das ist ziemlich genau der Grund. Jesse nimmt mich an, aber bei den anderen ist das noch nicht der Fall, und ich will nicht anmaßend sein.«

»Jesse wird heute abend nicht hier sein, um ... die Zügel fest in die Hand zu nehmen.«

Amanda hatte sich darüber bereits Gedanken gemacht und sie sah dem Abend nicht gerade freudestrahlend entgegen. Sie zuckte mit den Achseln. »Und Sie glauben, das Ergebnis könnte recht unter haltsam werden? Fein. Schauen Sie zu. Aber ich habe nicht vor, irgend jemanden herauszufordern.«

Walker erhob sich im selben Moment wie sie, folgte ihr aber nicht, als sie auf den Korridor zuging, und sprach erst, als sie die Tür erreicht hatte. »Amanda?«

Sie blieb stehen, um zu ihm zurückzuschauen.

»Falls Sie irgendeine Rüstung dabeihaben, sollten Sie sie heute abend lieber anlegen.« Seine Stimme war spöttisch.

»Danke für den Hinweis.« Sie verließ den Wintergarten und erhaschte einen Blick auf ihr angespanntes Gesicht in dem Spiegel, der dort, wo sie um die scharfe Ecke in den Korridor bog, an der Wand hing, und sie nahm sich vor, es nicht mehr zuzulassen, daß dieser Kerl ihr so zu Leibe rückte. Warum fühlte sie sich bloß immer so ... erregt, wenn er in der Nähe war?

Was sie jetzt tun mußte, und zwar schnell, war, sich eine Haltung gegenüber dem Anwalt zuzulegen, die aus völliger Gleichgültigkeit bestand. Das sollte eigentlich nicht allzu schwer sein, versicherte Amanda sich. Sie brauchte nicht mehr zu tun, als immer daran zu denken, warum sie überhaupt hier war. Das müßte genügen.

Sie war nicht weit gekommen, als ihr auffiel, daß sie ihr Seidentuch vergessen hatte, und weil es eines von ihren Lieblingstüchern war, wollte sie es nicht einfach so herumliegen lassen. Mit einem Seufzer und in der Hoffnung, daß Walker bereits weg wäre, kehrte sie um. Da sie fürchtet, ihm wieder zu begegnen, schaute sie in den Spiegel, bevor sie um die Ecke in den Wintergarten bog – sie hatte bereits festgestellt, daß es von diesem Winkel aus möglich war, einen Großteil des Wintergartens zu überblicken.

Walker war immer noch im Raum.

Amanda blieb stehen, beobachtete den Nichtsahnenden und kam sich wie eine Idiotin vor, weil sie zögerte, ihm gegenüberzutreten, es aber eben doch vermeiden wollte, zumindest so lange, bis sie ihre angestrebte gleichgültige Haltung einstudiert hätte. Er stand an der Rattan-Liege, auf der sie gesessen war, und hatte seinen brütenden Blick nach unten gerichtet.

Er sieht nicht gerade glücklich aus, überlegte sie, eigentlich sogar ein bißchen verbittert. Da bückte er sich und als er sich wieder aufrichtete, war ihr Tuch in seinen langen Fingern. Er faltete das längliche, seidene Rechteck mehrere Male mit ungeschickten Bewegungen, wobei seine Finger über das weiche Material strichen. Dann hob er es an sein Gesicht, strich das seidige Material vor und zurück über die Lippen. Hielt inne. Atmete langsam ein. Seine Lider wurden schwer, sinnlich. Ein Kiefermuskel spannte sich.

Dann fluchte er leise, ließ das Tuch auf die Liege fallen, drehte sich um und verließ den Raum.

Amanda lehnte sich mit der Schulter gegen die Wand und starrte auf das grelle Spiegelbild eines Wintergartens, in dem sich inzwischen keine störenden – und verstörenden – Anwälte mehr befanden. Sie hörte ihren ungleichmäßigen Atem. Ihre Knie waren weich, und das Herz schien überall in ihrem Körper zu schlagen. Als sie eine Hand an die Wange hob, spürte sie ihre heiße Haut. Und ihre Hand zitterte. Gleichgültigkeit.

»Und was jetzt?« flüsterte sie.

Zunächst schien es, als wären sowohl Amandas böse Vorahnungen als auch Walkers Warnung bezüglich des Abends unbegründet gewesen. Alle trafen sich aus alter Gewohnheit vor dem Essen im Salon, und wenn auch niemand viel zu sagen hatte, so enthielten die gelegentlichen Pausen doch wenig wahrnehmbare Spannung.

Walker saß neben Kate auf einem der Sofas und unterhielt sich mir ihr; sie schien angeregter als sonst – oder aber er war an diesem Abend ausgesprochen amüsant, entschied Amanda. Sie schienen sich auf jeden Fall sehr wohl miteinander zu fühlen. Da aber der Anwalt nur leise sprach, hatte sie keine Ahnung, worum es in dem Gespräch ging. Und was sie selbst anging, sie hörte zu, wie Reece mit äußerster Gewissenhaftigkeit über die Pflichten und Verantwortlichkeiten des Vizepräsidenten eines großen und expandierenden Unternehmens referierte und versuchte, einen interessierten Eindruck zu vermitteln, während sie sich bewußt war, daß Sully sie hämisch beobachtete.

Als Maggie kam, das Essen anzukündigen, war Amanda versucht, Müdigkeit vorzutäuschen und auf ihr Zimmer zu flüchten. Aber das konnte sie nicht machen. Das wäre feige gewesen. Und sie weigerte sich, Walker diese Befriedigung zu gönnen.

Jesses Platz am Kopf der Tafel blieb natürlich leer; die Idee, daß irgend jemand sonst dort sitzen könnte, dachte Amanda, war den anderen noch nicht einmal in den Sinn gekommen. Niemand saß je am Fußende der Tafel, da dieser Platz offenbar für Jesses seit langem verstorbene Frau Mary reserviert war. Also saßen die, die heute abend anwesend waren, zu beiden Seiten des langen Tisches aufgereiht – Amanda, Reece und Maggie auf der einen, während Walker, Kate und Sully die andere Seite einnahmen.

Amanda hörte sich während der Suppe und des größten Teils des Hauptgerichts weitere Ausführungen über Reece' Firma an, und war sich dabei weiterer spöttischer Blicke bewußt – diesmal von Walker. Sully und Maggie unterhielten sich über Pferde; Kate und Walker schien der Gesprächsstoff ausgegangen zu sein, ihre frühere Lebhaftigkeit war verschwunden und hatte einen leisen Hauch von Anspannung in ihrem hübschen Gesicht hinterlassen.

Als die Hunde von ihren Plätzen hinter Amandas Stuhl aufsprangen und dem Eingang des Hauses zurasten, wobei ihre Pfoten auf dem gebohnerten Holz klackten, brauchte sich niemand zu fragen, wohin sie wohl unterwegs waren und aus welchem Grund.

»Jesse ist wieder da«, sagte Maggie. Sie beugte sich vor, um an Reece vorbei zu Amanda zu sehen und fügte dann schnell hinzu: »Wenn es ihm gut genug geht, wird er hier reinkommen – wenn nicht, haben wir ihn in Ruhe zu lassen. Und kein Wort darüber, wo er gewesen ist.«

»Klar.« Amanda war dankbar für die Erklärung und nicht sonderlich überrascht über eine weitere von Jesses Anweisungen. Mindestens zweimal täglich schien sie irgendwo »Jesse sagt« oder »Jesse will es so« über alle möglichen Dinge zu hören. Sie fragte sich plötzlich, ob der nächste Herrscher – oder die nächste Herrscherin – über Glory eine ebenso umfassende Kontrolle über so viele Bereiche der Familie ausüben würde.

Einen Augenblick später betrat Jesse den Raum. Er sah sehr erschöpft aus, und seine Bewegungen wirkten steif – aber das kam wohl ebenso von der langen Autofahrt wie von der Behandlung. Er ging zum Kopf der Tafel, berührte Amandas Schulter und begrüßte sie mit einem Lächeln, während er den anderen zunickte. Er setzte sich nicht, sondern legte nur die Hände auf die Lehne seines Stuhls.

»Ich sage Earlene, daß sie dir dein Essen bringen soll«, sagte Maggie, die gerade dabei war, sich aus ihrem Stuhl zu erheben.

Jesse hielt sie auf. »Nein, ich habe keinen Hunger.« Er blickte den Tisch entlang, die silbergrauen Augen unergründlich. »Ich muß euch allen etwas sagen, und heute abend ist ein ebenso guter Zeitpunkt wie jeder andere.«

Amanda legte die Gabel ab und krampfte die Finger im Schoß zusammen. Sie hatte nie wirklich an Telepathie geglaubt, aber in diesem Moment war sie sich hundertprozentig sicher zu wissen, was Jesse sagen würde. Und sie bezweifelte, daß sie die einzige im Raum war, die mit der Gabe des Hellsehens ausgestattet war, denn die Spannung war plötzlich so stark, daß die Luft davon zu vibrieren schien.

»Jesse ...«, fing Walker an.

»Ich bin froh, daß Sie hier sind, Walker. Wenn Sie aufgegessen haben, kommen Sie doch bitte in mein Arbeitszimmer.«

»In Ordnung, aber ...«

»Ich möchte, daß alle Einzelheiten noch heute nacht ausgearbeitet sind.« Er sah mit einem dünnen Lächeln auf den Lippen den ganzen Tisch entlang. »Es gibt keinen Grund, es noch länger aufzuschieben, jetzt, wo Amanda heimgekommen ist. Ich habe beschlossen, mein Testament zu ändern.«

Amanda schloß kurz die Augen und als sie sie wieder aufmachte, hielt sie den Blick fest auf den Teller gerichtet. Sie wagte nicht, die anderen anzusehen. Sie fragte sich, ob wohl noch ein einziger von ihnen atmen würde.

»Jesse«, sagte Walker langsam, »ich würde meiner Aufgabe

nur schlecht gerecht werden, wenn ich Sie nicht dazu auffordern würde, das noch einmal genauestens zu überdenken.«

»Das habe ich bereits. Ich weiß, was ich tue, Walker, glauben Sie mir.« Er sah noch einmal den ganzen Tisch entlang, und sein Lächeln wurde bissig. »Ich weiß ganz genau, was ich tue.«

Sully stieß einen bösartigen Fluch aus, schob seinen Stuhl vom Tisch zurück und stürmte aus dem Zimmer. Jesse versuchte nicht, ihn zurückzurufen; er lachte nur kurz auf und sagte dann noch einmal zu Walker: »Wenn Sie aufgegessen haben«, und verließ dann seinerseits den Raum.

Es war lange still. Dann murmelte Walker: »Wenn ihr mich bitte entschuldigen würdet«, um Jesse in sein Arbeitszimmer zu folgen. Als nächstes ging Kate. »Verzeihung«, sagte sie sehr höflich, in ihrer üblichen, gelassenen Stimme, faltete die Serviette zusammen, und hatte es überhaupt nicht eilig.

Reece, der gar nichts gesagt hatte, kam ihr auf der Stelle hinterher, kreidebleich und starr.

Schließlich sah Amanda auf und wandte den Kopf zu Maggie. Sie konnte in der ungerührten Miene der Haushälterin nichts erkennen, aber sie kam nicht umhin, einen Stich zu fühlen, als Maggie ihren Stuhl zurückschob und das Speisezimmer wortlos verließ.

»Verdammt.« Amanda stieß ihren Teller von sich und stützte den Ellenbogen auf dem Tisch auf.

Earlene kam aus der Küche herein und schaute sich erstaunt um. »Ich habe Pfirsichpasteten zum Nachtisch gemacht«, sagte sie ein wenig betrübt. »Was war denn hier los?«

Amanda sah sie an und sagte verbittert: »Ein Hurrikan namens Jesse, das ist hier losgewesen.«

Walker schaute auf den Block voller juristischer Notizen, dann hob er den Blick, um zuzusehen, wie Jesse rastlos durch das Zimmer schritt.

»Haben Sie das?« fragte Jesse.

»Ich habe es.« Walker lehnte sich in dem großen Ledersessel hinter Jesses Schreibtisch zurück und seufzte. »Aber ich muß Ihnen noch einmal sagen, daß das keine gute Idee ist, Jesse. Könnten Sie nicht wenigstens das Ergebnis des DNS-Tests abwarten, bevor Sie das tun?«

»Nein. Ich brauche keinen Fremden, der in irgendwelche Reagenzgläser glotzt, um zu wissen, daß Amanda meine Enkelin ist.«

»Wenn Sie einfach nur abwarten könnten, bis ...«

Urplötzlich legte Jesse die Hände auf den Schreibtisch und beugte sich vor und funkelte Walker böse an. »Abwarten? Und wie lange, mein Junge? Bis zum Jüngsten Tag? Bis Sie endlich alles bis aufs letzte I-Tüpfelchen herausgefunden haben und sicher sind, daß auch ja jede Bestimmung in Ihren modrigen Gesetzesschwarten erfüllt ist?«

»Bis wir Gewißheit haben«, schnauzte Walker ihn an.

»Ich habe aber jetzt schon Gewißheit!« brüllte Jesse fast, dann zuckte er zusammen und schnappte schmerzverzerrt nach Luft. In ruhigerem Tonfall sagte er: »Walker, mir bleibt nicht mehr viel Zeit. Die Ärzte meinen ... bis Weihnachten, allerhöchstens. Wissen Sie, was das bedeutet? Ich streiche meine Lebenstage in roter Tinte aus, und es sind nicht mehr viele übrig.«

Walker nickte leicht und als er sprach, war seine Stimme wieder ruhig. »Das verstehe ich. Aber ich muß mir einfach Sorgen machen, Jesse – und zwar nicht nur, weil Sie Amanda so uneingeschränkt aufgenommen haben, obwohl es viel zu wenig Beweise gibt. Es geht auch um die ganzen übrigen Sachen.« Er wies auf den Notizblock.

»Wollen Sie vielleicht meine Urteilsfähigkeit in Frage stellen? Das ist ja ganz etwas Neues. Aber ich bin noch vollkommen bei Verstand, das kann ich Ihnen versichern.«

Walker sah zu, wie sich Jesse auf einen der Stühle vor dem Schreibtisch setzte. »Ich weiß, daß Ihr Verstand genausogut ist wie immer. Aber ich bin nicht überzeugt, daß Sie sich dies hier reiflich genug überlegt haben. An dem Vermächtnis für Maggie haben Sie nichts geändert, aber ... Sully, Reece, Kate – was werden die denken? Was werden sie empfinden?«

»Für die ist gesorgt«, sagte Jesse ausdruckslos.

»Sie werden verlieren, was ihnen am meisten bedeutet. Was Sie ihnen gelassen haben, sind nichts als Jobs, Jesse. Und ein bißchen Geld, ein kleines Stückchen Land und ein paar Anteile am Kapital für jeden. Sully kann weiterhin mit den Pferden arbeiten, aber sie werden ihm nicht gehören; Reece kann seinen Posten behalten, aber er hat keine wirkliche Macht in der Firma, und Sie haben dafür gesorgt, daß er die auch nie bekommen wird, und Kate ...«

»Sie hat Geld von ihrer Mutter«, sagte Jesse in barschem Ton. »Jede Menge. Sie kann fortgehen, wenn sie will. Oder vielleicht bittet Amanda sie ja, hierzubleiben.«

»Hören Sie sich doch selbst einmal zu«, schlug Walker vor, der seine Stimme nur mit Mühe ruhig hielt. »Hören Sie eigentlich, was Sie da sagen? Kate ist Ihre Tochter. Um Gottes willen, sie ist in diesem Haus zur Welt gekommen; und selbst wenn Amanda wirklich ist, wer sie zu sein vorgibt: es ist nicht ihr Geburtshaus. Sie hat als Kind ein paar Sommer hier verbracht, nicht ihr Leben. Sie hat Angst vor Pferden, und ich bin jederzeit bereit zu wetten, daß das, was sie über Mobiliar, Textilien oder irgendeine Art von Geschäft weiß, in einer Teetasse Platz hätte.«

»Es ist ihr Geburtsrecht«, sagte Jesse.

Walker hätte, frustriert von der Unfähigkeit des alten Mannes, etwas anderes zur Kenntnis zu nehmen als seine teure Amanda, beinahe lauthals geflucht. Dann sagte er: »Okay, dann bedenken Sie folgendes. Jedem einzelnen im Speisezimmer war klar, was Sie vorhatten, als Sie Ihre kleine Verlautbarung machten. Jeder weiß, daß Sie Amanda praktisch zur Alleinerbin machen wollen.«

»Und? Ich habe das Recht, mein Eigentum zu hinterlassen, wem ich will.

»Zweifellos. Aber Sie hinterlassen Amanda eine Unmenge von Verbitterung und Unmut, mit dem sie erst einmal fertig werden muß, Jesse. Vielleicht schaffen Sie es, Sully und Reece bei der Stange zu halten, und weiß Gott, Kate hat ohnehin nie versucht, gegen Sie aufzubegehren, aber was ist, wenn Sie erst nicht mehr sind? Glauben Sie denn ernsthaft, daß Amanda Ihnen dankbar sein wird, wenn sie vor Gericht gehen muß, weil dieses äußerst ungerechte Testament angefochten wird?«

Jesse schnaubte verächtlich. »Kein einziger Richter im ganzen Staat würde es wagen, mein Testament zu annullieren.«

Walker fiel ein, daß er Amanda tatsächlich exakt dasselbe gesagt hatte. »Wenn die Aufteilung des Besitzes auch nur annähernd gerecht wäre, würde ich Ihnen sofort beipflichten. Aber nehmen wir nur einmal für einen Moment an, daß das Ergebnis des DNS-Tests entweder nicht ganz schlüssig sein wird, oder aber den Verdacht eines ungerechtfertigten Anspruchs dringend nahelegt.«

»Das wird nicht passieren.«

»Es ist ohne weiteres möglich, daß das Ergebnis nicht schlüssig ist, selbst wenn sie *wirklich* Amanda ist, das wissen Sie ganz genau. Und was, wenn das der Fall ist? Kate, Reece und Sully könnten problemlos gegen den Nachlaß klagen, wenn sie sich auf mögliche Falschaussage und Betrug berufen. Und zum Teufel, dazu werde ich ihnen auch raten.«

»Sie ...«

»Ich bin der Anwalt der *Familie* Daulton«, sagte Walker gleichförmig. »Und ich werde die Interessen meiner Mandanten vertreten. Wenn Amanda nicht die ist, für die sie sich ausgibt, dann hat sie nicht den geringsten rechtmäßigen Anspruch auf irgendeinen Teil Ihres Nachlasses, und ganz bestimmt nicht auf den Löwenanteil. Dafür würde ich vor Gericht gehen. Der Richter könnte sich fragen, ob Sie nicht vielleicht doch kränker gewesen sind, als Sie dachten, Jesse, krank genug, um etwas zu sehen, was gar nicht da war. Ob Sie vielleicht einfach nur glauben wollten, daß sie Amanda war, weil Ihnen nicht mehr viel Zeit blieb.«

Der alte Mann war bleich, aber seine silbergrauen Augen funkelten wütend. »Hören Sie mir zu, Walker, hören Sie mir gut zu. Ich will, daß mein Testament umgeschrieben wird, und zwar genau so, wie ich es Ihnen diktiert habe, und ich gehe davon aus, daß es nicht wochenlang dauern wird, bis ich meine Unterschrift daruntersetzen kann. Und ich möchte Sie davon in Kenntnis setzen, daß ich mehrere Absichtserklärungen abfassen werde, die ich an ein paar einflußreiche Persönlichkeiten in diesem Staat schicken werde, in denen ich meine Gründe skizzieren werde, mein Eigentum so aufzuteilen, wie ich es getan habe, und in denen ich sie darauf vorbereiten werde, daß ein paar von meinen habgierigen Verwandten vorhaben könnten, mein Testament anzufechten – was mich außerordentlich verstimmt. Und ich werde diesen Briefen persönliche Telefonate folgen lassen, damit auch jedermann klar ist – und das auch vor Gericht beeiden kann –, daß ich sehr genau weiß, was ich tue. Außerdem habe ich vor, am nächsten Samstag auf Amandas Party mit Richter Harris und dem Sheriff und so vielen Freunden und Nachbarn wie nur irgend möglich zu reden, und zu jeder anderen Gelegenheit, die mir noch bleibt. Mit dem Bürgermeister, dem Stadtrat, den Ärzten und Schwestern in der Klinik in der Stadt – zum Teufel, sogar mit der Bibliothekarin.« Jesse rang nach Luft. »Und ich werde ihnen allen dasselbe sagen, Walker. Ich werde ihnen sagen, daß Amanda meine Enkeltochter ist, und zwar, *weil ich sage, daß sie es ist*. Ich werde ihnen sagen, daß es mich keinen Pfifferling schert, wenn es sich herausstellen sollte, daß das Blut in ihren Adern genetisch nicht eindeutig ist. Sie ist meine Enkelin. Und ich habe vor, ihr *mein* Eigentum zu vererben.«

»Jesse …«

»Und ich werde dafür sorgen, daß sie wissen, daß von Amandas Seite weder Betrug noch irgendwelche Falschaussagen vorliegen. Nicht um einen einzigen Cent hat sie mich gebeten, Walker, und ich glaube kaum, daß sie es in Zukunft tun wird. Sie hat nicht zugelassen, daß ich ihr ein Auto kaufe, so wie ich es eigentlich wollte – sogar als ich angeboten habe, ihr einen provisorischen Führerschein zu besorgen. Solange sie die Prüfung nicht gemacht hätte, hat sie gemeint, bräuchte sie kein Auto. Sie sagt, sie braucht kein Kundenkreditkonto in irgendeinem Laden in der Stadt, genausowenig wie ein Girokonto oder eine Kreditkarte von der Bank. Hört sich das vielleicht nach einem habgierigen Miststück an?«

»Das habe ich auch nie behauptet.«

Jesse überging die Erwiderung. »Also machen Sie nur weiter so, raten Sie den anderen, das Testament anzufechten. Viel Glück dabei. Aber inzwischen erwarte ich, es so bald als möglich zur Unterschrift vorgelegt zu bekommen.« Damit war die Unterredung beendet, und zwar endgültig.

Walker war sich der Tatsache, daß der alte Mann erschöpft war und wahrscheinlich Schmerzen hatte, ebenso bewußt, wie der, daß er für vernünftige Argumente einfach nicht zugänglich war, zumindest nicht heute abend. Vielleicht würde es später möglich sein, ihn die Ungerechtigkeit – und die Gefahren – seines Handelns erkennen zu lassen.

Vielleicht.

Walker verließ das Arbeitszimmer mit den zusammengefalteten Blättern seines Notizblocks in der Hand und machte sich auf den Weg zur Eingangstür. Er verspürte nicht gerade den dringenden Wunsch, im Augenblick jemanden zu sehen oder mit jemanden zu reden – und der Mensch, auf den er am allerwenigsten treffen wollte, war, wie könnte es anders sein, im Vestibül und gerade dabei, in den ersten Stock zu gehen.

»Walker?« fragte Amandas Stimme zaghaft.

Er blieb mitten im Raum stehen, starrte zu ihr hinüber und fragte sich, ob sein Gesicht wohl so verbissen aussah, wie es sich anfühlte. »Wenn Sie vorhaben zu feiern«, sagte er kalt, »vergessen Sie's. Sie haben noch lange nichts geerbt.«

»Ich wollte nicht, daß Jesse sein Testament ändert«, sagte sie.

»Aber sicher doch.«

Sie machte einen zögerlichen Schritt auf ihn zu, ihre Miene verdüstert, anscheinend gequält, und Walker verspürte ein ungewohntes Aufflammen der Wut.

Verdammt, sie sah so besorgt aus, so verflucht beunruhigt, und *wieso glaubte er, daß es echt war*?

»Er hat es doch nicht schon geändert, oder?« sagte sie. »Ich meine – es dauert doch, bis ...«

»Ich werde mich gleich am Montag früh dransetzen. Es ist eine sehr komplizierte Urkunde, egal ob mit oder ohne die Änderungen, also werde ich ein paar Tage, wahrscheinlich eine ganze Woche, brauchen, bis ich es aufgesetzt habe«, erläuterte Walker, und seine Stimme war rauh, daß ihm die Kehle schmerzte. »Und ich habe vor, inzwischen alles zu unternehmen, was in meiner Macht steht, um Jesse wieder zu Verstand zu bringen. Sie brauchen also gar nicht erst anfangen, das Geld zu zählen.«

Er wartete nicht auf eine Antwort, sondern ging einfach weiter durch das Vestibül und die Eingangstür. Er schlug sie nicht hinter sich zu, aber nur, weil er sich im allerletzten Augenblick noch zurückhalten konnte.

Die Daultons gehörten einer der örtlichen Baptistengemeinden an, aber wie Amanda feststellte, war Kate das einzige Familienmitglied, das sonntags regelmäßig den Gottesdienst besuchte. Jesse war in finanzieller Hinsicht großzügig und der erste, der spendete, wenn es darum ging, ein neues Dach oder einen neuen Bus anzuschaffen, aber er verspürte großen Widerwillen, sich etwas »vorpredigen zu lassen«, weshalb er den Gottesdiensten aus dem Wege ging; Reece ging zu Weihnachten und Ostern in die Kirche, was ihm offenbar als ausreichend erschien, um sich seinen Platz im Himmel zu sichern; Sully ging nie und suchte auch nie nach Ausreden dafür; und Maggie stand dem Thema Religion, was Amanda ziemlich überraschte, ausgesprochen skeptisch gegenüber.

Amanda erfuhr das alles während des sonntäglichen Frühstücks von Maggie, zu dem nur die beiden im hellen Wintergarten erschienen. Und obwohl Amanda sich seit dem Gespräch am Swimmingpool in Gegenwart der Haushälterin nicht recht wohl gefühlt hatte und keine Ahnung hatte, was Maggie über Jesses Ankündigung vom letzten Abend empfand, war ihr Auftreten so zurückhaltend wie zuvor.

»Jesse schläft noch«, erklärte die Haushälterin auf Amandas Nachfrage. »Kate ist schon weg; sie hilft vor dem Gottesdienst bei der kirchlichen Kinderbetreuung aus. Sully arbeitet mit einem von seinen jungen Pferden, und Reece schläft am Sonntag meistens lange aus. Aber wenn Sie zur Kirche wollen, Amanda, kann Austin sie jederzeit fahren.«

»Nein danke, das ist nicht nötig.« Amanda nippte am Kaffee und zuckte mit den Achseln. »Ich würde mir komisch vorkommen, wenn ich ganz allein hinginge.«

Maggie nickte verständnisvoll. »Es überrascht mich ein wenig, daß Pfarrer Bliss noch nicht auf einem von seinen Rundgängen hereingeschaut hat, um Sie zu begrüßen.«

»Bliss?«

»Es ist eine schwere Prüfung für ihn, aber den meisten Leuten sind schon vor Jahren die Witze über seine Glückseligkeit ausgegangen.« Amanda konnte sich ein Lächeln nicht verkneifen. »Ich kann mir gut vorstellen, daß es schwer ist. Ist er ein guter Prediger?«

»Auf Festen und bei seinen Besuchen predigt er gut«, sagte Maggie. »In der Kanzel habe ich ihn nie erlebt. Ich hatte nie viel übrig für die Religion. Zu viele allzu simple und tölpelhafte Erklärungen für die Launen des Schicksals.«

»Als da wären?« fragte Amanda neugierig.

»Ach ..., daß Schlimmes letztendlich doch immer passiert, um zum Guten zu führen. Aber wenn Unschuldige oder Kinder mißhandelt werden, dann gibt es daran nichts Gutes. Ich konnte nie glauben, daß das so wäre, also konnte ich nie an eine Religion glauben.« Maggie lächelte plötzlich.

»Allerdings bin ich als kleines Mädchen errettet und getauft worden.«

»Zur Sicherheit?«

»Es ist schwer, völlig atheistisch zu sein, nehme ich an. Haben Sie sich taufen lassen, Amanda?«

Amanda setzte die Tasse ab und lächelte verhalten. »Mutter wollte, daß ich meine eigene Entscheidung treffe. Als ich sechzehn war, habe ich sie getroffen.«

Maggie fragte nicht, wie die Entscheidung ausgefallen war; sie nickte nur und wechselte das Thema, indem sie, während sie zu Ende frühstückten, über die Gästeliste für die Party am folgenden Samstag plauderten. Wie es schien, würden alle, die im County irgend etwas zu sagen hatten, dabeisein, da sie zweifellos darauf brannten, Amanda in Augenschein zu nehmen und zu entscheiden, ob sie eine Hochstaplerin sei oder nicht.

Nicht, daß Maggie es exakt mit diesen Worten ausgedrückt hätte. »Sie sind das Aufregendste, was es in der Gegend zu betratschen gibt, seit man den letzten Pfarrer mit der Frau von einem der Diakone im Bett erwischt hat«, sagte sie.

»Ich werde mein Bestes geben, niemanden zu enttäuschen«, meinte Amanda, die leicht zusammenzuckte.

»Das werden Sie nicht. Außerdem haben natürlich in der Stadt schon eine ganze Menge Leute einen Blick auf Sie werfen können, bevor Walker Sie hier rausgebracht hat, diese Art Neugier ist bei den meisten also schon befriedigt. Sie werden uns selbstverständlich genauso beobachten wie Sie, und Sie werden eine Menge – oft taktloser – Fragen beantworten müssen.«

Amanda nickte. »Damit habe ich gerechnet.«

»Es sollte aber trotzdem eine gute Party werden«, sagte Maggie beruhigend. »Die Leute hier sind in aller Regel freundlich. Ungefähr die Hälfte der Frauen werden Nachspeisen mitbringen, hauptsächlich Kuchen, wir haben kein großes Volksfest im County, deswegen haben die besten Köchinnen in der Gegend außer auf Parties keine Möglichkeit, gegeneinander anzutreten. Es ist schon seit etlichen Jahren eine stillschweigende Tradition.«

Amanda mußte unwillkürlich schmunzeln. »Wird Jesse ein blaues Band verleihen?«

»Ganz so weit geht es nicht, aber es wird jede Menge Diskussionen darüber geben, wer den besten Kuchen gebacken hat, glauben Sie mir. Es hat schon Diskussionen gegeben, die in Feindseligkeiten ausgeartet sind. Höchst amüsant. Übrigens – wenn Sie niemanden verletzen wollen, probieren Sie von allem. Alle anderen werden das auch tun, und man wird mit Sicherheit darauf achten, was Sie zu sich nehmen.«

»Dabei hab' ich's überhaupt nicht mit Süßigkeiten«, seufzte Amanda. »Ich liebe die meisten Beeren- und Pfirsichkuchen, aber alles andere läßt mich ziemlich kalt.«

»Na, da haben Sie aber Glück – Sharon Melton macht immer einen Blaubeerkuchen, für den man sterben könnte, und Earlenes Pfirsichkuchen ist einfach göttlich. Und was den Rest angeht, probieren Sie einfach und machen Sie ein beeindrucktes Gesicht. Sie sind so ein zartes Ding, daß sowieso niemand erwarten wird, daß Sie viel essen.«

»Man muß Gott auch für die Krümel danken – wenn Sie das Wortspiel verzeihen.«

Maggie lächelte. »Es könnte schlimmer sein. Wenn Jesse sich für eine Country-Grill-Party entschieden hätte, würde jeder mindestens zwei Gerichte mitbringen, und Sie würden bis über beide Ohren in allen möglichen Arten von Aufläufen stecken.«

»Wie reizend.«

»Da können Sie ruhig entsetzt sein. Letzten Sommer gab es einen Wettbewerb, wer den umwerfendsten Brokkoliauflauf macht. Es war ein extrem *grüner* Sommer.«

»So ein Mist aber auch – zu schade, daß ich das verpaßt habe.«

Maggie lachte und redete dann beiläufig weiter über die Leute, die zur Party kommen würden. Amanda hörte jetzt nicht mehr mit ungeteilter Aufmerksamkeit zu, da sie die beunruhigende Gewißheit empfand, daß Maggie ihr nicht mehr so unparteiisch gegenüberstand wie zu Beginn. Amanda war überzeugt davon, daß die Haushälterin sie, unabhängig von der Plauderei und ihrer vorgeblichen Akzeptanz, anders ansah; ihr Blick war gespannter – argwöhnisch? –, und sie wirkte auf unaufdringliche Weise auf der Hut.

Aber warum? Weil Jesse scine Absicht, das Testament abzuändern, bekanntgegeben hatte? Nein; Amanda hatte die kaum merkliche Veränderung im Verhalten der Haushälterin ihr gegenüber schon zuvor wahrgenommen. Weil Amanda bei ihrem kurzen Gespräch am Swimmingpool beiläufig erwähnt hatte, daß ihre Mutter ihr das Klavierspielen nicht beigebracht hätte? *Was hat es mit dem Klavier bloß auf sich, verdammt?*

Amanda wußte es nicht und wagte nicht, danach zu fragen. Da sie beunruhigt, aber im Augenblick nicht in der Lage war, das Problem anzugehen, zwang sie sich, Maggie zuzuhören und ihr gefaßt zu antworten. Und trotzdem war es am Ende des Frühstücks, daß ihre gesamte Aufmerksamkeit gefesselt wurde.

»Jesse erzählte mir gestern nacht, daß er sich wünscht, Sie würden den heutigen Nachmittag mit ihm verbringen«, sagte Maggie. »Ich glaube, er will damit anfangen, Sie mit den Familieangelegenheit vertraut zu machen.«

Amanda nickte halb. »Ich habe nicht gewollt, daß er sein Testament ändert, Maggie. Deshalb bin ich nicht zurückgekommen.«

»Früher oder später mußte es so kommen.« Maggies Stimme war leidenschaftslos. »Es ist kein Geheimnis, daß er mit Reece' Geschäftssinn nicht gerade glücklich ist, und Sully interessiert sich sowieso für nichts anderes als seine Pferde.«

»Und was ist mit Kate? Schließlich ist sie seine Tochter.«

Mit einer Miene, aus der jeder Ausdruck gelöscht war, sagte Maggie: »Jesse zufolge war es Kate, die Mary umgebracht hat.«

»Und er hatte mit der Schwangerschaft seiner Frau überhaupt nichts zu tun?« hakte Amanda nach, von dieser Ungerechtigkeit wie vor den Kopf geschlagen.

»Sollte man eigentlich annehmen.« Maggie zuckte mit den Achseln. »Als er sie verloren hatte, mußte er einfach irgend jemandem die Schuld dafür geben, und er gehört nicht zu denen, die sich selbst anklagen. Wenn es auch nicht ihre Schuld war, so war Kate doch die Ursache. Es ist jetzt vierzig Jahre her, und seine Einstellung ist zementiert. Zumindest duldet er Kate inzwischen; als sie noch ein Kind war, konnte er es nicht ertragen, sie in seiner Nähe zu haben. Ich kam als ihre Amme hierher, wissen Sie das?«

»Ja.«

»Anfangs war es eine einsame Stellung. Jesse war vor Schmerz fast wahnsinnig und wollte nicht das geringste mit dem Kind zu tun haben. Adrian war fünfzehn, Brian keine dreizehn. Nachdem Mary tot war, war niemand mehr da, der sich um den Haushalt gekümmert hätte, also habe ich getan, was ich konnte. Als Kate in die Schule kam, war ich hier zu Hause. Jesse gefiel die Art, wie ich mich um die Sachen kümmerte und bat mich zu bleiben.«

»Sie müssen noch sehr jung gewesen sein, als sie hierherkamen«, sagte Amanda.

»Gerade mal einundzwanzig.« Maggie lächelte. »Damals herrschten noch andere Sitten; man erwartete noch nicht, daß Kinderschwestern ein Diplom in Säuglingspflege hatten – es genügte, wenn sie wußten, was sie taten. Ich komme aus einer großen Familie, die meisten meiner Geschwister sind jünger, das war genug. Duncan McLellan – Walkers Vater – hat mich angestellt; Jesse war nicht in der Verfassung, Entscheidungen zu treffen.«

Amanda zögerte und sagte dann: »Dann sind Sie also die einzige Mutter, die Kate je hatte.«

»Ich habe sie großgezogen, aber sie hat mich nie als Mutter betrachtet, nicht, seit sie alt genug war, um zu verstehen, daß ihre eigene Mutter gestorben war. Ich glaube«, fügte Maggie gleichgültig hinzu, »wenn sie überhaupt für jemanden so empfunden hat, dann war es Christine. Kate war erst sieben oder acht, in dem Sommer, in dem Brian Christine zum ersten Mal hierhergebracht hat – und es hat noch mal vier Jahre gedauert, bis Sie auf die Welt kamen. Christine mochte Kinder. Wahrscheinlich war es ganz natürlich, daß Kate sich zu ihr hingezogen fühlte.«

Amanda schüttelte ein wenig den Kopf. »Ich ... kann mich kaum an Kate erinnern.«

Wieder sprach Maggie voller Gleichgültigkeit. »Jesse bestand darauf, daß sie jeden Sommer einige Wochen in einem Ferienlager verbrachte, deswegen haben Sie sie nicht allzuoft gesehen. Er wollte sie in ein Internat schicken, aber das konnte ich ihm ausreden. Wie gesagt – sie war fast erwachsen, bevor er ihre Anwesenheit ertragen konnte.«

»Das ist ... grausam«, sagte Amanda leise. »Und so ungerecht.«

»Jesse hat Kate gegeben, was er konnte«, sagte Maggie, die ihn standhaft verteidigte. »Es hat ihr nie an irgend etwas gefehlt – und er hat nie die Hand gegen sie erhoben.«

Amanda wollte einwenden, daß auch seelische Vernachlässigung eine Form von Mißhandlung wäre, machte aber keine weitere Bemerkung mehr zu diesem Thema. »Ich habe noch gar kein Gemälde von Mary gesehen. Gibt es überhaupt eines?« sagte sie statt dessen.

»Ja. In seinem Schlafzimmer.« Maggie entschuldigte sich, stand auf und machte sich, ihren Teller in der Hand, auf den Weg zur Küche.

Während sie ihr nachblickte, dämmerte es Amanda ganz plötzlich, daß Maggie Jesse liebte und das wahrscheinlich schon seit sehr, sehr langer Zeit.

Die Behandlung hatte Jesse sichtlich erschöpft, und Amanda gelang es, den gemeinsamen Nachmittag im Arbeitszimmer zu verschieben, weil sie zu unruhig sei, um einen so schönen Tag im Haus zu verbringen. Sie mußte seiner offenkundigen Enttäuschung ihre gesamte Hartnäckigkeit entgegensetzen und wurde durch ihre spätere Entdeckung, daß Jesse sich, auf Maggies Drängen hin, zu einem Mittagsschlaf zurückgezogen hatte, wieder entlohnt.

Amanda wußte, daß das nur eine Gnadenfrist war – keine Begnadigung. Sie würde Jesse gegenübertreten müssen, und darüber war sie keineswegs glücklich. Er würde sie nicht verstehen und er würde nicht erfreut sein, wenn sie ihm sagte, was sie empfand.

Das schlimmste von allem war, daß sie keineswegs sicher war, ob es ihr gelingen würde, ihn zu überzeugen, egal was sie auch sagen würde. Und das bedeutete, daß sie auf Drohungen würde ausweichen müssen – und Jesse war nicht der Mann, den man ohne reifliche Überlegung und große Sorgfalt in die Ecke drängen sollte.

Während sie nach dem Mittagessen mit den beiden Hunden durch den Park streifte, wälzte Amanda das Problem in Gedanken. Jesses Ankündigung war so plötzlich gekommen, daß sie nicht im geringsten darauf vorbereitet war; sie war sich einigermaßen sicher gewesen, daß er plante, sein Testament zu ändern, nur nicht schon so bald, und daß er es vor allen verkündet hatte, brachte sie in eine unmögliche Position.

Nicht, daß er sich darüber Gedanken gemacht hätte, natürlich nicht. Wie es auch völlig ausgeschlossen war, daß irgend jemand in *seinem* Haus die Dummheit haben könnte, an jenem ersten Tag die Hunde loszulassen – auch wenn außer Zweifel stand, daß das geschehen war –, so war es ebensowenig denkbar, daß ein Mitglied seiner Familie es wagen würde, sich seinen Wünschen zu widersetzen. Selbst dann, wenn er entschlossen war, sie zu enterben. Das war Jesses wunder Punkt, dachte Amanda. Er war von seiner eigenen Unbesiegbarkeit so maßlos überzeugt, daß es ihm einfach nicht in den Sinn kam, daß er mit seiner Absichtserklärung eine einladende Zielscheibe auf Amandas Brust geheftet hatte.

Amanda hatte keine Illusionen. Es stand eine höllische Menge Geld auf dem Spiel, ganz abgesehen von der schieren Pracht, die Glory darstellte, und es waren schon Menschen für weit weniger ermordet worden. Welch aufmunternder Gedanke. Sie kannte keinen von diesen Leuten gut genug, um auch nur ahnen zu können, ob einer von ihnen sich vielleicht dazu hinreißen lassen würde zu töten – aber sie hatte den Eindruck, daß Jesse unbestreitbar sein Bestes gab, irgend jemanden in dieser Richtung tätig werden zu lassen.

Und es würde wenig helfen, ihrerseits zu verkünden, daß sie noch nicht einmal an einem Erbteil Interesse hatte, weil ihr sowieso niemand glauben würde – vor allem nicht, solange Jesse mit allem Eifer damit beschäftigt war, sein Testament zu ändern. Die unablässig vergehende Zeit zerrann ihr nunmehr zwischen den Fingern, und sie war den Antworten, um derentwillen sie hierhergekommen war, kein Stückchen näher gekommen. Und jetzt konnte sie nicht nur einfach aufmerksam auf günstige Gelegenheiten warten; diese Möglichkeit hatte Jesse ihr nachhaltig versperrt.

Ein paar Tage, hatte Walker gesagt, vielleicht eine Woche. Sie konnte sich darauf verlassen, daß er die Prozedur so lange herauszögern würde, wie er nur konnte, aber letztendlich würde Jesses neues Testament zur Unterschrift bereitliegen. Und wenn Amanda es nicht schaffen würde, ihn zur Einsicht zu bringen – was dann?

Ihre vorgeschützte Nervosität war keine Lüge gewesen, und der müßige Spaziergang half auch nicht weiter. Amanda beschloß, schwimmen zu gehen und lenkte die Schritte zurück zum Haus, um ihren Bikini anzuziehen. Wieder unten am Swimmingpool, traf sie auf Kate, und Amanda zögerte kurz, bevor sie ihre Tasche neben einer Liege absetzte, die nur ein paar Schritte von derjenigen entfernt stand, auf die Kate Bademantel und Handtuch gelegt hatte.

Kate wirkte in ihrem einteiligen, schwarzen Badeanzug geschmeidig und anmutig, und Amanda sah der Älteren zu, wie sie zügig ihre Runden schwamm, während sie selbst aus dem Bademantel schlüpfte und eine weitere Schicht Sonnenschutzcreme auftrug.

Als sie fertig war, stieg Kate über die Stufen aus dem Wasser, und Amanda sagte mit aufrichtiger Bewunderung: »Sie sehen phantastisch aus.«

Kate hielt einen Augenblick inne. Sie ließ ihren Blick über Amanda streifen und sah dann mit eigenartiger Miene in das Gesicht der jüngeren Frau. Sie wirkte überrascht von Amandas Äußerung, doch war rasch wieder die übliche Gelassenheit auf ihren makellosen Zügen. Sie ging über die Fliesen zu ihrer Liege und hob ihr Handtuch auf. »Danke. Gutes Erbmaterial.«

»Und ein aktives Leben. Offensichtlich schwimmen Sie gern. Und Sie reiten viel, nicht wahr?«

»Ein paarmal in der Woche, meistens.« Kate setzte sich auf die Liege und trocknete ihre goldbraunen Arme, während sie Amanda ansah. Die silbrig-grauen Augen, die sie von Jesse geerbt hatte, verrieten nichts.

Amanda lächelte. »Ich wünschte, ich hätte eine andere Einstellung zu Pferden. Nachdem ich mir die Gegend gestern zu Fuß angesehen habe, weiß ich erst, wie groß Glory wirklich ist. Zu Pferd könnte ich mehr davon sehen.«

»Wahrscheinlich.«

Amanda setzte ihre Sonnenbrille auf und machte einen weiteren Anlauf. »Diese Party, die Jesse am Samstag haben will – da kommt bestimmt eine Menge zusätzlicher Arbeit auf Sie und Maggie zu.«

»Wir haben immer Parties im Sommer.«

»Trotzdem, wenn ich irgendwie helfen kann ...«

»Ich glaube«, sagte Kate höflich, »Sie haben bereits genug getan.«

Es folgte eine lang anhaltende Pause, dann seufzte Amanda. »Kate, mir ist klar, daß Sie keinen vernünftigen Grund haben zu glauben, daß ich wirklich bin, wer ich zu sein behaupte, aber ...«

»Ich weiß genau, wer Sie sind.« Kates Stimme war plötzlich ausdruckslos. In ihren Augen funkelte ein seltsames kleines Lächeln. »Und ich weiß, daß Sie gekommen sind, um diese Familie zu vernichten.«

»Das ist nicht wahr. Kate, bitte ...«

Die ältere Frau erhob sich und legte den Bademantel an, dann ließ sie ihre Füße in ein Paar Badesandalen gleiten. Ihr Gesichtsausdruck war kalt, obwohl ihre Augen noch immer funkelten. »Bitte was? Bitte haben Sie Verständnis? Das glaube ich kaum. Wie sollte ich, wenn ich doch wünsche, Sie wären niemals hier aufgetaucht? Alles wäre besser, wenn Sie nicht gekommen wären, ich weiß, daß es besser wäre.«

»Wenn es Jesses Testament ist, das Sie so erbost ...«, fing Amanda an, wurde aber von einem kurzen Lachen Kates zum Schweigen gebracht.

»Sein Testament? Das interessiert mich nicht. Alles, was mich interessiert – alles, was ich mir jemals gewünscht habe ...«

Sie brach ab und kämpfte sichtlich um ihre Fassung. Dann sagte sie ruhig: »Sie haben ja keine Ahnung, was Sie angerichtet haben.« Sie hob ihr Handtuch auf und ging ins Haus.

»Wir dürfen es nicht zulassen«, sagte Reece.

Sully, der ein nervöses, junges Pferd striegelte, sah seinen Bruder an. »Nicht so laut.«

Reece schnaufte, wenn auch nur leise; das leicht erregbare Stutenfohlen hatte bereits nach ihm ausgeschlagen, als er einfach nur an ihm vorbeigegangen war, und die Art, wie es ihn jetzt beäugte, machte ihn nachhaltig vorsichtig. Er verfügte nicht über Sullys angeborenes Talent, Pferde zuzureiten – wenn überhaupt, dann das Gegenteil; er schien sie ebenso unruhig zu machen wie sie ihn. »Und was schlägst du vor, wie wir ihn daran hindern sollen?« fragte Sully.

»Es muß einfach einen Weg geben, wie wir es schaffen können. Du weißt so gut wie ich, daß er vorhat, unseren Anteil zu kürzen, wahrscheinlich sogar ganz auf Null zu setzen.« Reece machte nervöse Schritte, hielt aber gehörigen Abstand zu dem jungen Pferd. Er stand im Türstock zur Sattelkammer, nestelte am Zaumzeug herum, das an einem Haken hing, und fuhr geistesabwesend mit einem Finger über ein staubiges Regalbrett voller Bürsten. Sully ließ die Bürste, die er benutzt hatte, in einen Eimer fallen und sah seinen älteren Bruder an, während eine Hand noch immer das Pferd streichelte. »Er könnte genausogut alles einem Pflegeheim für altersschwache Katzen vermachen, und wir könnten überhaupt nichts dagegen tun. Und außerdem, wenn es dich so sehr überrascht, daß er vorhat, Amanda als Erbin einzusetzen, dann ist alles, was ich dazu sagen kann: mich nicht.«

»Und es stört dich überhaupt nicht? Laß den Quatsch, Sully. Ich bin's, klar? Ich weiß, wie sehr du Glory haben willst. Und auch wenn du glaubst, du könntest es ertragen, wenn sie hier das Kommando hat, was ist, wenn sie beschließt, zu verkaufen? Du könntest dir weder das Haus noch die Ställe leisten, genausowenig wie ich den Rest. Wir könnten beide auf unseren Ärschen hocken und zuschauen, wie sich hier ein Haufen Fremder rumtreibt.«

»Sie würde Glory nicht verkaufen. Niemand würde das.«

Reece stieß ein kurzes Lachen aus. »Bloß, weil du glaubst, daß Glory der Mittelpunkt der Welt ist, heißt das nicht, daß alle anderen derselben Meinung sind. Selbst wenn sie die echte Amanda ist, ist sie diesem Ort seit zwanzig Jahren nicht mehr nahe gekommen – und ich bezweifle ernsthaft, daß Christine flammende Empfehlungen ausgesprochen hat. Für unsere geliebte *Cousine* ist das hier nicht mehr als eine reichlich sprudelnde Geldquelle.«

Sully griff nach einer anderen Bürste und fuhr fort, das Pferd zu striegeln, und seine sanften Hände und seine leise Stimme standen in krassem Gegensatz zu dem finsteren Blick in seinem rauhen Gesicht. »Das glaube ich einfach nicht. Nicht, wenn sie auch nur ein Tropfen Daultonblut in ihren Adern hat.«

»Ach ja, und ich sage dir, den hat sie nicht.«

»Das wird der DNS-Test zeigen.«

Reece zuckte die Schultern. »Vielleicht – vielleicht aber auch nicht. Wie du dich vielleicht erinnerst, hat man uns vorgewarnt, daß der Test nicht eindeutig ausfallen könnte, ganz egal, wer sie ist. Und falls du es nicht bemerkt haben solltest, der alte Herr wartet das Ergebnis gar nicht erst ab. Er ändert sein Testament jetzt.«

»Der Handel ist noch nicht perfekt, noch nicht. Walker wird den Papierkram in jedem Fall so lange rauszögern, wie er nur kann; ihm gefällt die ganze Geschichte genausowenig wie uns.«

»Und in der Zwischenzeit – was passiert da? Sollen wir darauf warten, daß die Vorsehung eingreift und die süße Amanda ins Stolpern bringt und die Treppen hinunterstürzen läßt?«

»Sehr witzig.«

»Also was? Jesse hat seine Meinung nicht ein einziges Mal geändert, seit er damals bei der Watergate-Affäre von Anfang an auf Nixons Seite stand. Und da hat er seine Ansichten auch erst geändert, als der schon längst zurückgetreten war. Und er wird seine Meinung über sie, oder sein Testament, auch nicht ändern, nicht, wenn er nicht einen verdammt guten Beweis hat, daß sie eine waschechte Hochstaplerin ist. Und in dem Moment, in dem er das Testament unterzeichnet, ist das Spiel für uns sowieso gelaufen. Ich hab' dir ja gesagt, was ich gestern abend vor Jesses Arbeitszimmer gehört habe; das Testament gerichtlich aufheben zu lassen, wird so gut wie unmöglich sein, wenn er diese ganzen verfluchten Briefe schreibt und erst mit allem und jedem im ganzen County geredet hat.«

»Mir ist noch nie jemand untergekommen, der es geschafft hätte, Jesse am Reden zu hindern«, sagte Sully wenig amüsiert. »Und es ist strafbar, die Post abzufangen.«

»Bleib ernst. Wir müssen etwas unternehmen.«

Sully, der mit dem Striegeln fertig war, zog das junge Pferd schweigend in die Box und ging dann an Reece vorbei in die Sattelkammer, um den Bürsteneimer wegzustellen.

»Los, sag schon was«, befahl Reece ärgerlich.

»Was soll ich denn schon groß sagen, zum Kuckuck noch mal?« Sully war nicht weniger verärgert. »Ich weiß verdammt genau, daß *ich* Jesse nicht dazu bringen kann, seine Meinung zu ändern, und ich habe ernstliche Zweifel, daß du es schaffst. Also? Wenn du irgendwelche brillanten Vorschläge hast, würde ich sie mir liebend gern anhören.«

»Vielleicht sollten wir das Problem von einer ganz anderen Seite her angehen«, sagte Reece. »Wenn wir Jesses Meinung nicht ändern können, müssen wir uns eben auf Amanda konzentrieren.«

»Und sie höflich bitten, das Erbe von Glory und dem Betrieb nicht anzutreten?«

»Sei nicht dumm. Wir müssen einen Weg finden, zu beweisen, daß sie eine Lügnerin und Betrügerin ist.«

»Wir wissen nicht, ob sie das ist«, merkte Sully trocken an.

»Jetzt mach aber mal halblang – du glaubst doch wohl nicht im Ernst, daß sie die echte Amanda ist? Sie taucht einfach nach zwanzig Jahren aus dem Nichts auf, und zwar günstigerweise gerade bevor der alte Herr seinen Platz am Roulettetisch freimacht und seine Chips einlöst. Um Himmels willen, schau sie dir doch an. Es gibt im ganzen Stammbaum nicht einen einzigen Daulton, der kleiner als einsfünfundsiebzig war, Männer wie Frauen. Die blasse Haut hat sie nicht von den Daultons, und Christine wurde schon braun, wenn man die Sonne nur *erwähnte.*«

»Daran kann ich mich nicht erinnern«, sagte Sully.

»Aber ich. Abgesehen davon kann man es deutlich in dem Gemälde und auf den ganzen Fotos, die Jesse hat, sehen. Nein, mein Herr, unsere kleine Thronanwärterin ist nicht die, die sie zu sein behauptet.«

»Das kannst du nicht wissen, Reece.«

»Kann ich nicht? Ist dir eigentlich aufgefallen, daß sie Linkshänderin ist?«

Sully runzelte die Stirn. »Nein, aber was ist damit?«

»Amanda war Rechtshänderin.«

Die Falten gruben sich tiefer in Sullys Stirn. »Bist du sicher?«

»Absolut.«

»Und es ist niemandem außer dir aufgefallen?«

Reece zuckte mit den Schultern. »Offenbar hat niemand dran gedacht – wahrscheinlich, weil sich alle auf die sogenannte Wissenschaftlichkeit von dem DNS-Test verlassen. Ich kann mich auch nur deshalb dran erinnern, weil es in jenem Sommer viel regnete und Amanda ständig in irgendeinem entfernten Winkel war, um Pferde zu den Ställen zurückzuführen. Mit der rechten Hand.«

»Dann geh und erzähl's Jesse.«

»Um mir anzuhören, wie er mich als Lügner hinstellt? Es ist kein Beweis, und bei meinem Glück wird sich sowieso niemand daran erinnern können, weil es einfach schon so verdammt lange her ist. Aber *ich* kann mich daran erinnern und ich weiß, daß sie ein falscher Fünfziger ist. Und wenn sie diesen Punkt übersehen hat, dann heißt das, daß es noch weitere geben muß. Alles, was wir tun müssen, ist, sie zu finden.«

»Selbst wenn wir das schaffen sollten, wie kommst du drauf, daß Jesse das kümmert?« Sullys Stimme war ungeduldig. »Ihm rennt die Zeit davon und er will Amanda so sehr zurückhaben, daß sie wahrscheinlich ohne Probleme alles, womit wir ankommen würden, irgendwie erklären könnte. Und wenn du dich offen gegen Jesse stellst, bist du schlechter dran als jetzt. Wenn du mich fragst, laß es gut sein, Reece. Stell Jesse nicht vor die Wahl. Am Ende verlierst nur du.«

»Ich hab' mir nicht die ganzen Jahre lang den Arsch aufgerissen, um es Jesse rechtzumachen, bloß damit ich jetzt seelenruhig zusehen muß, wie mir alles durch die Lappen geht«, erklärte Reece. »Wenn du dir nicht die Mühe machen willst, es wenigstens zu versuchen, dann mach ich's halt allein. Ich werde alles unternehmen, was nötig ist, um meine Interessen zu wahren.«

Sully folgte seinem Bruder aus der Sattelkammer zum Ende des Stallgebäudes und blieb dort eine Weile stehen, um Reece nachzusehen, wie er mit großen Schritten zum Haus zurückging. Dann wandte er sich mit einem Fluch auf den Lippen Stall drei zu und versuchte, seine Gedanken auf das Fohlen zu lenken, das als nächstes auf seiner heutigen Aufgabenliste stand.

Er blickte nicht zurück und sah deshalb auch nicht, wie Ben Prescott die letzten Stufen von seinem Appartement im Obergeschoß hinunterstieg und ihm nachschaute.

Jesse telefonierte gerade, als Amanda am späten Nachmittag in sein Arbeitszimmer kam. Sie reagierte auf sein sofortiges Lächeln und die Finger, die sie heranwinkten, indem sie die Tür hinter sich schloß und vor das Gemälde von Brian, Christine und Amanda Daulton trat, um es genau zu betrachten.

Eine wundervolle, kleine Familie. Aber, wie es aussah, keine vollkommene. Christine war die meiste Zeit ihrer Ehe nicht zur Ruhe gekommen und hatte in diesem letzten Sommer möglicherweise Ehebruch begangen; Brian schien seine Frau vernachlässigt und gleichzeitig mit krankhafter Eifersucht bewacht zu haben.

Und was Amanda anging, ... was konnte ein Kind schon wissen? Daß die Betten weich, das Essen gut und die Eltern immer da waren. Daß Glühwürmchen nach dem Tod leuchteten. Daß der Sommer einen bestimmen Geruch hatte, daß der Donner einem nicht weh tun konnte, und daß neue Schuhe knarzten, wenn man damit lief. Daß es keinen Buntstift gab, mit dem man die Farbe eines klaren Sommerhimmels ganz richtig wiedergeben konnte. Daß Schmetterlinge sich auf deinen Finger setzen, wenn du nur ganz, ganz stillhältst, und daß neugeborene Fohlen lustig herumstaksen. Daß man Flußkrebse fangen konnte, indem man sie dazu brachte, rückwärts in ein Einmachglas zu flitzen. Daß Alpträume nicht wirklich waren, auch, wenn sie sich so anfühlten. »Sie war eine willensstarke Frau, deine Mutter«, sagte Jesse.

Amanda drehte sich um, um ihn anzusehen. »Dann bin ich wohl ganz die Mama. Ich habe auch einen Dickschädel.«

»Es hätte mich sehr überrascht, wenn es anders wäre, Darling.«

Sie ging quer durch das Zimmer und setzte sich mit sehr ernstem Gesicht auf einen Stuhl vor dem Schreibtisch. »Wir müssen miteinander reden, Jesse.«

»Worüber denn?«

»Über dein Testament.«

7

»Sie hat«, sagte Sully, »den ganzen Abend lang keinen einzigen falschen Schritt getan.«

»Das habe ich bemerkt.« Walker ließ seinen Blick über die geflieste Terrasse streifen, dorthin, wo Amanda stand und sich mit Reverend Bliss unterhielt. Der gute Reverend war wie üblich darauf erpicht, eine arme Seele zu retten – unabhängig davon, ob sie der Rettung bedurfte oder nicht –, und sie war höflich, voll gesetzter Aufmerksamkeit, hielt ein antialkoholisches Getränk in der Hand, und ihr schlichtes Sommerkleid schmeichelte ihr nicht nur, es war auch äußerst sittsam.

Ihr glänzendes, schwarzes Haar war zu leichten Locken gekämmt und wurde durch eines der Seidentücher, die sie bevorzugte, aus ihrem Gesicht gehalten. Diese winzige Änderung in ihrem Äußeren ließ sie dem kleinen Mädchen auf dem Gemälde auf gespenstische Weise ähneln – aber das, dachte Walker, hatte sie natürlich beabsichtigt.

»Ja, ich habe bemerkt, daß es dir aufgefallen ist.«

Walker blickte kurz in Sullys leicht spöttische, graue Augen und fragte: »Bilde ich mir das nur ein, oder gibt es da ein paar Spannungen zwischen ihr und Jesse?«

Sully ging mit einem Achselzucken auf das Ablenkungsmanöver ein. »Es stimmt, du bist die ganze letzte Woche nicht hier gewesen.«

»Jesse hat mich unter einem Berg von Papierkram für dieses Erschließungsgeschäft begraben.« Nicht zum ersten Mal fragte sich Walker, ob man ihn beschäftigt und aus dem Weg geräumt hatte, damit Jesse sich nicht mit ihm über das geänderte Testament streiten mußte. »Was war los?«

»Schwer zu sagen.« Sully nahm einen Schluck von seinem Drink und sah brütend zu, wie Amanda durch Maggie von Prediger Bliss erlöst wurde, als die sie mitnahm, um den eben angekommenen Bürgermeister und seine Frau zu begrüßen. »Ich habe keinen von beiden irgend etwas sagen hören, und es hat keinen offenen Streit gegeben. Das sieht Jesse *überhaupt* nicht ähnlich.«

»Das kannst du laut sagen.«

Sully zuckte noch einmal mit den Schultern. »Ich schätze, unsere kleine Amanda hat es geschafft, Jesse irgendwie in die Ecke zu drängen. Ich habe keine Ahnung, um was es geht, aber er ist so frustriert, daß er kaum noch geradeaus schauen kann.«

Walker runzelte die Stirn. »Das klingt aber unwahrscheinlich.«

»Zugegeben, aber das ist es, was ich vermute. Soweit ich das beurteilen kann, versucht er dauernd, sie irgendwie ... zu etwas zu überreden, und sie weigert sich zu tun, was er von ihr verlangt. Die ganze Woche über ist er durchs Haus getrampelt und hat alle anderen wütend angefunkelt, während sie sich abseits gehalten hat und ihm aus dem Weg gegangen ist. Um die Wahrheit zu sagen, sie ist allen aus dem Weg gegangen.«

»Wie meinst du das?«

»Genau so, wie ich es sage. Es war eine ziemlich anstrengende Woche für Amanda, schätze ich. Nicht nur, daß Jesse stinksauer auf sie ist, Kate hat jedesmal, wenn Amanda in ihre Nähe kommt, einen absolut eiskalten Blick, und Maggie reißt sich auch nicht gerade ein Bein aus, um freundlich zu sein.«

»Ich stelle fest«, kommentierte Walker, »daß du selbst eine ganze Menge bemerkt hast.«

Sullys Lächeln war hämisch. »Ich bin die ganze Woche über zwischen dem Haus und den Ställen hin und her gerannt. Was glaubst du, an wem der Alte wohl seine Wut ausgelassen hat? Gestern hat er mich ins Haus gerufen, bloß, um eine halbe Stunde lang rumzubrüllen, warum der Zaun um den Übungsplatz in diesem Jahr noch nicht gestrichen wurde. Und dreimal darfst du raten, wer die Breitseite abkriegte, als Victor angerufen hat, um Bescheid zu geben, daß er sich verspäten würde.«

Walker sah ihn nachdenklich an. Die beiden Männer standen an einem langen Tisch am Rand der Terrasse, auf dem ein Nachspeisenbuffet angerichtet war, und niemand war in ihrer Nähe. Es war Sully gewesen, der auf Walker zugegangen war, offensichtlich, weil er ihm etwas mitzuteilen hatte, aber es war so gar nicht seine Art, sich darüber zu beschweren, wie sein Großvater ihn behandelte, und Walker vermutete, daß Sully noch etwas anderes auf dem Herzen hatte – und daß er erst damit herausrücken würde, wenn er dafür bereit wäre, nicht eine Sekunde früher.

Die Party dauerte inzwischen schon über zwei Stunden; Fackeln, die hier und da aufgestellt waren, hellten nicht nur die Dämmerung auf, sondern wehrten auch lästige Insekten ab, die Gäste hatten jetzt auch den Rasen in Besitz genommen und sich bis in den Park verteilt und viele versuchten, dem Nachtisch dadurch Platz zu verschaffen, daß sie die dicken Steaks und das gegrillte Gemüse, die sie zuvor verdrückt hatten, träge wieder wegspazierten. Ein Hauch von Rauch und walnussigem Geruch gegrillten Fleisches hing noch immer in der windstillen Luft, zusammen mit den appetitanregenden Düften frischgebackener Kuchen, Torten und Fruchtpasteten.

Einige Gäste saßen noch an den Tischen, die überall auf der Terrasse standen, und unterhielten sich in kleinen Gruppen oder hörten einfach auf die angenehm gedämpften Klänge der Band aus Nashville. Gedämpft deshalb, weil Jesse laute Musik verabscheute und die Band deshalb auf einem Podest weit an der Seite postiert und ihr die Benutzung von Verstärkern verboten hatte. Dies sei kein Konzert, hatte er ihnen erklärt; sie hätten die Unterhaltungen seiner Gäste nicht zu ersticken oder erwartungsvoll nach Applaus zu heischen.

Die Bandmitglieder, die nicht nur großzügig bezahlt, sondern auch üppigst untergebracht waren, hatten sich nicht beschwert, und die Gäste schätzten es offensichtlich, sich unterhalten zu können, ohne schreien zu müssen. Einige tanzten sogar zu den langsameren Stücken und verwandelten so das geflieste Areal um den Swimmingpool in eine Tanzfläche.

Und was den Ehrengast anging, hatte der seine Rolle in der Tat bis zur Perfektion erfüllt. Als Amanda an Jesses Seite die Gäste begrüßt hatte, war sie freundlich gewesen, ohne überströmend zu sein, und sie fügte sich Jesse auf charmante, nicht im geringsten übertriebene Weise, und Walker hatte mehrere Leute sagen hören, wie sehr sie doch (noch immer) dem kleinen Mädchen auf dem berühmten Bild ähnele und wie wundervoll es doch für Jesse sei, daß er endlich seine geliebte Enkelin wiedergefunden habe. Was die Bewohner von Daulton anging, war Amanda Daulton heimgekehrt.

Und Amanda schien sich in ihrer Umgebung uneingeschränkt wohl zu fühlen. Sie behandelte alle liebenswürdig und zuvorkommend, schien schmeichelhaft interessiert an allem, was ihr jemand zu sagen hatte, und zeigte ein heiteres, gewinnendes Wesen, das jeden, der mit ihr sprach, entzückte. Langsam bekam sie sogar einen ausgesprochenen Südstaaten-Akzent.

Für Walker war sie eine gute Schauspielerin.

Einzig deshalb, dachte er, weil er die beiden so genau beobachtet hatte, war ihm die geringfügige Spannung zwischen ihr und Jesse aufgefallen. Sie war nicht offenkundig, aber sie war da. Und mindestens zweimal hatte er gesehen, wie Jesse etwas zu Amanda sagte, das mit einem langsamen Kopfschütteln beantwortet wurde, einer Reaktion, die Jesse eindeutig mißfiel.

Walker wußte nicht, worum es ging, aber es bereitete ihm akutes Unbehagen.

In diesem Moment kam Kate am Nachspeisetisch vorbei, um sicherzugehen, daß Teller, Gabeln und Servietten auch wirklich bereitlägen. Sie erledigte ihre vielen großen und kleinen Pflichten mit einer Hingabe selbst bei Kleinigkeiten, die sie zur exzellenten Gastgeberin machte. Wenn sie Amandas Anwesenheit und deren Platz im Rampenlicht verstimmte, so ließ sie es sich zumindest nicht anmerken, und von der Kälte, auf die Sully angespielt hatte, war nichts zu spüren.

»Niemand ißt Nachtisch«, sagte sie zu Walker, ganz die gute Hausfrau, die sich sorgt, ihre Gäste könnten vielleicht nicht völlig zufriedengestellt sein.

»Das kommt schon noch. Den werden wir schon essen. Aber die Steaks waren einfach zu riesig.«

Sie schnitt eine kleine Grimasse. »Also gut, aber sag Sharon um Himmels willen, daß ihr Blaubeerkuchen ein Gedicht ist; sie hat ein neues Rezept ausprobiert, und *ich* kann nicht kosten, wegen meiner Allergie.«

»Ich hasse Blaubeerkuchen«, erinnerte Walker sie.

»Wirklich? Aber ja, natürlich. Ich möchte bloß wissen, wie ich das vergessen konnte. Sully, kannst du ...«

»Ich«, sagte Sully, »hasse Kuchen. Punkt.«

»Mußt du eigentlich so unausstehlich sein?« fragte sie ihn ein bißchen enttäuscht. »Warum forderst du nicht Niki Rush zum Tanz auf? Sie schaut dir schon den ganzen Abend lang hinterher.« Regungslos und ungerührt sagte Sully: »Tanzen hasse ich auch. Vor allem mit erwachsenen Frauen, die glauben, ihren Namen auf besonders putzige Weise schreiben zu müssen.«

Kate verdrehte die Augen und ging dann weiter, anscheinend, um vollgestopfte Gäste zum Nachtisch zu treiben.

»Hat sie abgenommen?« fragte Walker Sully.

»Wahrscheinlich. Wie gesagt – die letzten beiden Wochen waren nicht gerade lustig, für keinen von uns, und diese Woche war noch schlimmer. Ist Jesses Testament soweit?«

Walker schaute ihn an. »Noch nicht ganz. Die Festplatte vom Computer hat den Geist aufgegeben, dadurch hat sich die Sache verzögert.«

»Nützliches Ding, so ein Computer.«

»Wenn er funktioniert.«

»Manchmal auch, wenn er's nicht tut.« Sully zuckte die Schultern und fügte dann unvermittelt an: »Er hat mich rausgestrichen, stimmt's?«

»Du weißt, daß ich darauf nicht antworten darf.«

Sully verzog den Mund. »Du bist schon ein verdammt verschwiegener Hund, oder?«

»Das ist mein Beruf, Sully.«

»Sicher.« Sully stellte sein Glas auf dem Nachspeisentisch ab und murmelte: »Ich glaube, ich war lange genug hier, um den Alten zufriedenzustellen.« Er machte ein paar Schritte auf das Haus zu, dann blieb er stehen und sah Walker an.

»Übrigens«, sagte er, »Reece behauptet, vor zwanzig Jahren wäre Amanda noch Rechtshänderin gewesen.«

Walker starrte ihn an.

Sully lächelte. »Interessant, was? Bis dann, Walker.«

»Damals gab es die Klinik noch nicht; Jesse hat das Geld dafür vor ungefähr fünfzehn Jahren bereitgestellt – davor hat der Arzt seine Praxis in einem Haus auf der Main Street gehabt«, erläuterte Dr. Helen Chantry. »Und ich war sozusagen noch kaum trocken hinter den Ohren. Ausgebildet und guten Willens, aber ohne jede Erfahrung. 1974 hatte sich der alte Doc Summer gerade zur Ruhe gesetzt, und ich habe Ende Januar die Praxis übernommen.«

Amanda nickte. »Dann sind sie ... Als mein Vater starb, hat man Sie da gerufen?«

»Nun – ja.« Scharfsinnige, dunkle Augen studierten Amanda einen Augenblick, dann sagte Dr. Chantry unpersönlich: »Es gab nichts, was ich für ihn hätte tun können. Der Sturz hat ihm das Genick gebrochen.«

»Und er war so ein guter Reiter«, murmelte Amanda.

»Selbst olympiareife Reiter fallen bisweilen vom Pferd; Brian Daulton ist von seinem gestürzt. Unglücklicherweise waren der Winkel und die Geschwindigkeit, mit der er auf den Zaun prallte, genau so, daß der Sturz, bei dem er sich ansonsten nur ein paar Schrammen geholt hätte, tödlich endete. Er war auf der Stelle tot.« Amanda schwieg einen Moment, hörte mit einem Ohr der Band zu und ließ ihren Blick über die kleinen Tische auf der Terrasse schweifen, von denen die meisten mit Gästen besetzt waren, die von den verschiedenen Nachspeisen kosteten. Einige beschürzte Hausmädchen liefen umher, leerten Aschenbecher und füllten Gläser nach, und drei Paare tanzten entspannt am Swimmingpool. »Es tut mir leid«, sagte Dr. Chantry.

Amanda sah sie an und lächelte. »Nein, ich habe gefragt. Außerdem – es ist zwanzig Jahre her, und ich kann mich kaum an ihn erinnern. Ich war nur neugierig, weil ... na ja, weil in den Zeitungsausschnitten über den Unfall stand, daß er starb, weil er versucht hatte, mit einem jungen Pferd über ein unbezwingbares Hindernis zu springen. Das hört sich wohl kaum nach einem Reiter an, der fit für die Olympischen Spiele ist, nicht wahr?«

»Nein, aber die Leute begehen manchmal eben Dummheiten – vor allem, wenn sie nicht ganz bei sich sind.«

Die Ärztin sagte nicht, daß Christines überstürzte Abreise nur wenige Wochen vor diesem Tag Brian Daulton ohne weiteres dazu hatte verleiten können, etwas Dummes zu tun. Sie brauchte es auch nicht zu sagen.

»Wahrscheinlich.« Amanda zögerte. »Erinnern Sie sich an meine Mutter?«

Helen Chantry, die ungefähr in Christine Daultons Alter war, nickte. »Allerdings nur von gesellschaftlichen Ereignissen her – nicht beruflich. Sie ist nie mit einem gesundheitlichen Problem zu mir gekommen.«

Amanda zögerte noch einmal, dann sagte sie, »Frau Doktor ...«

»Helen.«

»Also gut, Helen. Danke. Haben Sie ... irgendeine Vorstellung, warum meine Mutter so überstürzt fortgegangen sein könnte?«

»Jesse hat mir gesagt, daß es Dinge gibt, an die Sie sich nicht erinnern, aber – hat sie es Ihnen denn später niemals erzählt?«

»Nein.«

»Merkwürdig.« Helen betrachtete sie nachdenklich. »Ich wünschte, ich könnte Ihnen helfen, Amanda, aber ich kenne die Antwort beim besten Willen nicht. Wie gesagt, ich kannte Ihre Mutter nur oberflächlich. Wir waren nicht befreundet. Ich glaube nicht, daß sie überhaupt irgendwelche Freundinnen hatte. Sie war keine Frau für Frauen, wenn Sie wissen, was ich meine.«

Langsam sagte Amanda: »Sie sah sehr gut aus. Sie wirkte anziehend auf Männer. Ist es das, was Sie sagen wollten?«

Helen lächelte. »So einigermaßen. Allerdings wirkte sie nicht einfach anziehend auf Männer, Amanda, sie hat sie fasziniert. Vielleicht sogar ... gefesselt. Was auch immer sie an sich hatte, es hat einen ziemlichen Wirbel verursacht, und ich glaube nicht, daß das wirklich Absicht war, daß sie es unter Kontrolle hatte. Ich kann mich an mehr als einen glücklich verheirateten und völlig vernünftigen Mann erinnern, der ihr mit glasigem Blick nachstarrte, wenn sie auf offener Straße an ihm vorbeiging. Es war richtiggehend unheimlich.«

»Später war sie anders.« Amanda schob verwirrt einen kleinen Teller mit ein paar Löffeln voll übriggebliebener Pfirsichpastete und Apfelkuchen von sich weg. Sie hatte noch ein halbes Dutzend Nachspeisen zu kosten, aber sie wollte noch ein paar Minuten warten, bevor sie es angehen würde. »Wie meinen Sie das?« fragte Helen. Amanda entsann sich ihrer abschweifenden Gedanken. »Ach, sie beherrschte sich, nehme ich an. Sie war in keiner Weise mehr aufreizend. Verschlossen. Sehr still.«

Neugierig fragte Helen: »Sagen Sie ruhig, daß mich das

nichts angeht, wenn Sie wollen, aber – hat sie denn nie wieder geheiratet?«

»Soweit ich weiß hat sie, nachdem wir von hier fortgegangen sind, sogar nie wieder irgend etwas mit einem Mann gehabt.« Oder doch nicht? *Was ist mit Matt Darnell?* »In den ersten Jahren kann ich mir da natürlich nicht so sicher sein, Kinder bemerken so etwas ja oft überhaupt nicht, aber ich glaube, als ich älter war, wäre es mir aufgefallen. Mit Sicherheit.«

Was auch immer Helen darauf zu sagen gehabt hätte, ging für den Augenblick unter, da Jesse sie von einem benachbarten Tisch zu sich rief, um einen kleinen medizinischen Streit zu schlichten.

»Die Stimme unseres Herrn«, sagte sie lächelnd zu Amanda. Amanda stand zusammen mit der älteren Frau auf. »Na gut, ich muß mich sowieso wieder den Nachspeisen zuwenden. Da wären noch Erdbeer, Blaubeer und ungefähr vier andere Beerenkuchen, von denen ich noch kosten muß.«

Helen kicherte. »Ich sehe, Sie sind vorgewarnt.«

»Gründlich. Ich habe mir ein ausgetüfteltes System aus Eselsbrücken einfallen lassen, bloß um sicherzugehen, daß ich mich auch ja daran erinnern kann, wer welche Nachspeise gemacht hat. Ich will ja schließlich niemandem zu nahetreten.«

»Wenn Sie das schaffen, dann stellen wir Sie bei der nächsten Wahl als Bürgermeisterkandidatin auf.«

Amanda lächelte noch, als sie an den Nachspeisentisch ging. Sie hatte insgeheim gehofft, daß der Großteil der verbleibenden Kuchen bereits verspeist worden wäre, aber es war von jedem noch so viel vorhanden, daß es entweder für eine großzügigere Portion oder aber mehrere Kostproben ausreichte. Mit einem Seufzer nahm sie einen sauberen Teller und machte sich daran, winzige Eckchen abzuschneiden.

Erdbeer kam von Mavis Sisk, die rote Haare hatte, Blaubeer stammte von Sharon Melton, die Topas-Ohrringe und ein blaues Band im Haar trug. Amy Bliss, die Gattin des Predigers, hatte Himbeer beigesteuert (aus unerfindlichen Gründen hatte Amanda keinerlei Schwierigkeiten, diese beiden ohne zusätzliche Hilfestellung einander zuzuordnen). Und ein wunderbarer Holunderkuchen gehörte zu einer ausgesprochen entzückenden älteren Dame mit schneeweißem Haar namens Holly Lamb. Holunder – Holly; das war nicht gerade perfekt, aber für Amanda genügte es. »Wollen Sie das alles essen?«

Amanda schaute zu Walker McLellan auf und spürte, wie sich ihre gute Laune in Luft auflöste. Sie spürte auch, wie ihr Herz einen Schlag lang aussetzte. Sie war sich seiner Anwesenheit den ganzen Abend über bewußt gewesen, war sich bewußt gewesen, von ihm beobachtet zu werden. Ihr war klar, daß er früher oder später auf sie zukommen würde – zweifellos mit einer neuerlichen Anschuldigung oder aber mit einer leicht abgewandelten bekannten.

Ihre Erinnerung an das letzte Zusammentreffen, an sein kaltes Gesicht und seine rauhe Stimme, ließ sie das Rückgrat versteifen und das Kinn nach vorn recken – und das war auch gut so. Sie fühlte sich beunruhigend verletzlich und konnte jede nur erdenkliche Unterstützung gebrauchen. Er war wütend; sie konnte es nicht sehen, aber sie spürte es.

»Ich muß kosten«, sagte sie und versuchte heiter zu klingen. »Ich möchte auf gar keinen Fall die Gefühle der Damen verletzen.«

»Ihr Akzent wird stärker«, sagte er.

»Sie haben ihn einfach schon eine Zeitlang nicht mehr gehört.« Amanda wünschte, sie könnte die Bemerkung zurücknehmen und ärgerte sich über sich selbst, weil sie ihn wissen ließ, daß ihr seine Abwesenheit während der letzten Tage aufgefallen war.

»Ich war beschäftigt«, sagte er. »Warum fragen Sie mich nicht, wie's mit dem Testament aussieht?«

»Vielleicht interessiert mich das Testament überhaupt nicht.«

»Oder vielleicht genügt es Ihnen auch einfach abzuwarten – jetzt, wo Sie wissen, daß es nur eine Frage der Zeit ist, bis alles Ihnen gehört.«

Amanda wollte sich wegdrehen, hielt aber inne, als sie spürte, wie seine Hand nach ihrem Arm griff. »Lassen Sie mich los, Walker«, forderte sie ihn gefaßt auf.

»Eine Frage noch.«

»Lassen Sie mich los.« Sie war froh, daß die Musik der Band verhinderte, daß man ihnen zuhören konnte, aber sie war sich nur allzu bewußt, daß mehr als ein Paar Augen neugierig auf ihnen ruhten. *Das* hätte ihr gerade noch gefehlt – eine Szene mit dem Familienanwalt der Daultons. Einen absichtlich langen Moment hatte er ihren Arm und Blick fest in seiner Gewalt, dann ließ er den Arm los. »Es ist eine einfache Frage. Sie sind Linkshänderin, nicht wahr?«

»Ja.«

»Amanda Daulton«, sagte er, »war Rechtshänderin.«

Sie lächelte. »Es überrascht mich, daß Sie das Thema erst jetzt ansprechen. Hatten Sie es nicht auf Ihrer Checkliste mit den besonderen Merkmalen? Schwarzes Haar, graue Augen, Blutgruppe AB Positiv – rechtshändig.«

»Nein, ich hatte es nicht auf meiner Liste.« Seine Stimme klang gepreßt.

»Könnte es sein, daß Sie nicht gewissenhaft genug sind, Herr Berater?« Amanda ging zurück an ihren Tisch, der jetzt, da die Ärztin gegangen war, leer war, und versuchte gute Miene zu machen, den Zusehern zuliebe. Denn von denen gab es reichlich. Sie stellte ihren Teller ab, aber bevor sie sich setzen konnte, war Walker schon da und hielt sie bei der Hand.

»Tanzen Sie mit mir«, sagte er kurz angebunden.

Das war das letzte, was Amanda wollte, aber bei so vielen Leuten, die zusahen, konnte sie nicht zurückweichen oder protestieren – und das wußte er auch, zum Teufel mit ihm. Er führte sie zum gefliesten Bereich um den Swimmingpool, wo sich schon mehrere Paare in einem langsamen, reichlich erotischen Rhythmus wiegten, und zog sie fest in seine Arme.

Sie war ihm noch nie so nahe gewesen und ihr war dies atemberaubend bewußt. Sein Körper war fester, als sie erwartet hätte, seine Arme stärker und, erstaunlicherweise, auch besitzergreifend. Er roch nach etwas Scharfem, Würzigem, einem Rasierwasser, das nach Wald duftete, und nach Pfeifenrauch, dachte sie, obwohl sie ihn noch nie eine Pfeife hatte rauchen sehen. Es war eine angenehme Mischung.

Zu angenehm.

Er bewegte sich geschmeidig zur Musik, führte sie leicht. Er sah zu ihr herab; wie immer konnte sie es spüren. Sie hob ihrerseits den Blick, widerwillig nur und erst, als sie glaubte, sie könne ihre Gedanken vor ihm verbergen.

»Sie hatten genug Bedenkzeit«, erklärte er, immer noch mit schroffer Stimme. »Also raus damit. Wie konnte aus dem rechtshändigen Mädchen eine linkshändige Frau werden?«

»Sind Sie denn so sicher, daß ich darauf eine Antwort habe?«

»Ich zähle darauf.«

Amanda wunderte sich über diese Erwiderung, von der jedes Wort abgehackt herauskam, gab ihm aber dennoch die gewünschte Antwort. »Einige Jahre nachdem wir von hier fortgegangen sind, habe ich mir den rechten Arm gebrochen. Es dauerte lang, bis er wieder verheilt war. Auch die Nerven hatten gelitten. Ich mußte mir die Linkshändigkeit erarbeiten. Auch heute noch ist mein rechter Arm der schwächere.«

»War das etwa derselbe Unfall, der auch Ihre Angst vor Pferden ausgelöst hat?« fragte Walker spöttisch.

Sie überging den Hohn. »Nein. Die Wahrheit ist, ich bin vom Baum gefallen.«

»Wie unvorsichtig von Ihnen.«

Amanda behielt mit Mühe die Fassung. »Nicht wahr? Und das alles nur, weil ich in ein Vogelnest hineinschauen wollte. Das sich prompt als leer erwies, wer hätte das gedacht. Und so trug ich einen gebrochenen Arm und eine Gehirnerschütterung davon.«

Er nickte, aber das war die Geste eines Mannes, der nichts anderes bekommen hatte, als das, was er erwartet hatte, und der daher keineswegs überrascht war. »Ausgezeichnet. Einfach, aber voller farbiger Details. Glaubhaft. Und ich wette, wenn ich mich mit Helen unterhielte, würde sie mir sagen, daß so etwas medizinisch jederzeit möglich ist.«

Der Rhythmus der Musik wurde jetzt noch langsamer, und Amanda mußte gegen ein plötzliches Verlangen ankämpfen, sich von ihm loszureißen. Sie haßte es, von ihm gehalten zu werden, wenn er sie so ansah, wenn seine Stimme auf sie eindrang und seine Augen sie verachteten. Sie haßte es.

»Es ist die Wahrheit«, sagte sie.

»Sie würden die Wahrheit nicht mal erkennen, wenn Sie darüber stolpern«, erklärte ihr Walker.

Amanda spürte ein heißes Pochen hinter den Augen. *O Gott, bitte keine Migräne.* Aber bei ihrem Glück würde es genau das sein. Sie hatte in ihrem Leben erst ein paar gehabt, aber die waren denkwürdig gewesen. Sie wurden gewöhnlich durch Streß ausgelöst. Im Augenblick war sie äußerst gestreßt.

In diesem Moment hörte die Musik mit einem Tusch auf, und Amanda zog sich von Walker mit mehr Eile als Eleganz zurück, da sie sich jetzt keine Gedanken mehr darüber machte, wie das auf die Beobachter wirken würde. Sie ging an ihren Tisch zurück, auf dem die verschiedenen Kuchenstücke immer noch darauf warteten, gekostet zu werden, und sie war sicher, daß sie, wenn er ihr folgen sollte und weiterhin auf sie einhackte, ihm den Kuchen auf den Schoß kippen würde.

Er folgte ihr nicht sofort, aber er kam bald nach und brachte etwas zu trinken mit. Wein.

»Nein, danke«, sagte sie höflich und probierte den Erdbeerkuchen. Er war gut, sehr gut sogar. »Ich trinke nicht.« Der Blaubeerkuchen war sogar noch besser, und der Holunderkuchen war außerordentlich.

»Damit Sie einen klaren Kopf behalten?« fragte er höhnisch und setzte sich mit der Miene eines Mannes, der in absehbarer Zukunft nirgendwo hingehen würde, auf den Stuhl neben dem ihren. »Wenn Sie es sagen.«

Amy Bliss, dachte Amanda, hatte hoffentlich Talente, die höher entwickelt waren als das Kuchenbacken, denn ihr Himbeerkuchen war lausig. Selbstverständlich würde Amanda ihr das nicht ins Gesicht sagen – was aber konnte sie sagen? Daß die Kruste krustig war?

»Amanda, hören Sie auf, in dem Kuchen rumzustochern und sehen Sie mich an.«

»Ich stochere nicht, ich probiere.« *Wenigstens hat er meinen Namen benutzt.* Es war so unendlich schwer, diesen Mann dazuzubringen, ihren Namen zu nennen. Man hätte meinen sollen, er fürchte gevierteilt zu werden.

Das Pochen war immer noch da, hinter den Augen, und jetzt bemerkte sie auch ein Brennen, ein Prickeln, das sich über ihren ganzen Körper ausbreitete. Ihre Zunge fühlte sich merkwürdig an, beinahe ... taub. Und ihr wurde übel. O Gott, was, wenn ihr von Amy Bliss' furchtbarem Himbeerkuchen schlecht würde? Das wäre einfach großartig, wäre das. *Diese* Reaktion würde sich schwerlich als Kompliment auslegen lassen.

»Amanda ...«

Sie stand unvermittelt auf und trug ihren Teller zum Nachspeisentisch. Auf halbem Weg nahm die Übelkeit zu, und ein Schwindel überkam sie. Sie brachte die letzten paar Schritte zuwege, stellte den Teller mit einem Scheppern ab, dann ging sie ein Stück hinter den Tisch, wo ein Büschel Azaleen am äußeren Rand der Terrasse zusammengedrängt stand.

Sie mußte weg von all diesen Leuten. Und etwas, woran man sich festhalten konnte, wäre hilfreich, denn ihre Beine fühlten sich verdammt wacklig an. Zu wacklig, um sich weiterhin so zu bewegen, wie sie eigentlich sollten.

»*Amanda.*«

Alles verschwamm ihr vor Augen, und eine eisige Vorahnung der Todesangst berührte Amanda. Das war doch nicht mehr normal oder? Mund und Kehle fühlten sich taub an, und die Übelkeit krampfte sich um sie. Mit einem hilflosen, kleinen Seufzen beugte sie sich vornüber und übergab sich mit großer Heftigkeit in die Azaleen.

Starke Hände hielten ihre Schultern, während sie unter Krämpfen würgte, und als sie sich endlich von allem befreit hatte, was sie in ihrem gesamten Leben jemals zu sich genommen hatte, richtete er sie sanft auf und hielt sie, so daß sie sich gegen ihn zurücklehnen konnte. Sie spürte seine Hand auf ihrer Stirn, zärtlich und besänftigend kühl. Es war, bemerkte sie undeutlich, sehr still. Die Band spielte nicht mehr. Irgendwo hinter ihr starrten die Gäste sie offenbar voll entsetztem Unglauben an. Selbst die Grillen waren verstummt.

»O mein Gott«, flüsterte sie.

»Es ist alles in Ordnung.« Walkers Stimme war leise, ruhig. »Nur ein bißchen viel von allem, mehr nicht. Mich eingeschlossen.« Er ließ seine Hand über ihre Wange streichen.

Amanda spürte, wie flammende Panik die Verlegenheit in die Flucht schlug – sie hatte das Gefühl, als berührten seine Finger jemand anderes Haut, nicht die ihre. Ihr Gesicht war taub. Immer noch war alles verschwommen, und sie hatte das Gefühl – sie war sicher –, daß ihr das Atmen schwerer fiel.

»Walker, ich …« Ein plötzlicher Schmerz schnitt ihr durch den Leib, und sie schrie auf.

»Amanda?«

Sie konnte ihm nicht antworten. Was mit ihr geschah, war beängstigend, und sie hatte keine Kontrolle darüber. Sie meinte, ihre Beine wären nicht mehr länger unter ihr, meinte, daß sie für einen Augenblick in Walkers besorgte Augen blickte und versuchte ihm etwas schrecklich Wichtiges mitzuteilen.

Aber dann wurde alles duster, und sie fühlte sich, als ob all ihre Kraft aus ihr herausfließen würde. Eine furchtbare, erdrückende Last lag auf ihrer Brust und bestrafte sie für jeden kostbaren Atemzug. Und dann schwappte eine schwarze Welle über sie hinweg, und eine Kälte durchströmte sie, als wären ihre Adern mit Eiswasser gefüllt.

Es war so kalt.

»Was ist los?«

»Ich weiß es auch nicht, verdammt, Helen ...«

»Sie kann nicht richtig atmen. Halten Sie sie ein bißchen aufrecht. Maggie, meine Tasche –, oh, danke. Ihr Puls ist schwach, viel zu langsam. Warten Sie, ich ... o Gott, ihr Blutdruck fällt wie ein nasser Sack.«

»So tun Sie doch was!«

»Bringen Sie sie ins Haus. Schnell.«

Amanda nahm ihre Umgebung auf einer gewissen Bewußtseinsebene durchaus noch wahr. Menschen. Bewegung. Laute. Sie hörte das gedämpfte Donnern von Jesses Stimme, rauh und fordernd wie immer. Sie hörte das ungewohnte Geräusch von Walkers träger, gedehnter Stimme, die plötzlich scharf und befehlend klang. Sie hörte die erst seit kurzem bekannte Stimme Helens, klar und kundig.

Sie driftete immer weiter davon. Ihr war kalt, so kalt, daß sie meinte, es würde ihr nie wieder warm werden, und für eine lange Zeit schmerzte das Atmen. Häßliche Dinge wurden mit ihr gemacht, und sie konnte weder die Willenskraft noch die Stimme aufbringen, ihnen zu sagen, daß sie damit aufhören sollten. Nadeln stachen sie, und widerliche Flüssigkeiten wurden ihr die Kehle hinuntergepreßt, dann folgte ein weiterer elender Anfall des Erbrechens, und sie weinte leise, haßte ihre

Hilflosigkeit, während die Stimmen versuchten, sie zu beruhigen.

Maggies Stimme. Die von Kate. Jesses Stimme, immer wieder die von Jesse. Und Walkers Stimme, obwohl sie sich anders anhörte. Helen, die ihr sagte, daß alles gut werden würde. Ab und zu eine unbekannte Stimme.

Warum konnten sie sie nicht einfach in Ruhe lassen, einfach weggehen und sie in Frieden sterben lassen?

»Wir sollten sie lieber aus meinem Zimmer raus- und hier reinlassen, bevor sie die Wände einreißen.«

»Die Ärztin ...«

»Ich übernehme die Verantwortung. Sie wissen, daß etwas nicht stimmt, und sie werden keine Ruhe geben, bis sie hier bei ihr sind.« Schließlich wurde ihr ein bißchen wärmer, und auch die erdrückende Last auf ihrer Brust ließ nach. Es wurde besser. Sie hatte nicht mehr diese panische Angst, diese Furcht, weil ihr Körper ihr nicht mehr gehorchte. Ihr Herz hatte aufgehört, in ihrem Inneren auf und ab zu springen, und der Schmerz ließ nach. Worauf auch immer sie liegen mochte, kreiselte nicht länger durch das Zimmer. Sie fühlte sich einfach sehr schwach, sehr erschöpft und wollte nur noch schlafen.

»Mindestens noch ein Dutzend, sagt Helen. Unterschiedlich schwer, aber keine so ernstlich wie die von Amanda. An die Party wird man sich noch eine ganze Weile erinnern, Jesse.«

»Woran zum Teufel kann das bloß gelegen haben? War vielleicht das Fleisch verdorben?«

»J. T. hat Proben von praktisch allem zur Analyse geschickt, nur für den Fall, daß wir es hier mit einem größeren Problem zu tun haben, aber Helen meint, es waren Tollkirschen.«

»Was?«

»Ja. Sharon Melton hat ihre Blaubeeren an einem Stand am Straßenrand gekauft, und wie es aussieht, waren ein paar Tollkirschen dabei Sie sind nur schwer zu entdecken ...«

»... wenn man nicht genau hinschaut. Und das hat Sharon nicht getan. Sie ist natürlich völlig entsetzt.« Walker sprach nur leise, da Amandas Zimmertür offenstand, und sie zwar tief und fest zu schlafen schien, er sie aber keinesfalls aufschrecken wollte.

Jesse stand gegen den Türpfosten gelehnt, den Blick fest auf die reglose Gestalt auf dem großen, altertümlichen Bett gerichtet. Er hatte die unmittelbare Umgebung von Amandas Zimmer seit mehr als zwölf Stunden nicht verlassen; es war jetzt beinahe Mittag, und er hatte die ganze letzte Nacht über nicht geschlafen.

»Sie wird wieder, Jesse.«

Der ältere Mann sah Walker mit Augen aus flammendem Silber an. »Sie haben gehört, was Helen sagte. Wenn Amanda nicht so schnell schlecht geworden wäre und sie das Zeug nicht erbrochen hätte, hätte sie sterben können.«

»Aber sie wird nicht sterben. Wahrscheinlich wird sie irgendwann im Lauf der nächsten Stunden aufwachen, und morgen früh wird sie dann schon wieder auf den Beinen sein, als wäre nichts passiert.«

»Als wäre nichts passiert.« Jesse richtete den Blick wieder auf das Bett, wo zu beiden Seiten von Amandas Beinen ein Dobermann-Wachhund still dalag. Eine Infusionsflasche hing von einem Metallständer neben dem Bett herunter, durch die eine Flüssigkeit in ihren Körper tropfte, um zu ersetzen, was sie verloren hatte, und den Elektrolythaushalt wieder zu stabilisieren.

»Und es gab nichts, was Sie hätten tun können, um es zu verhindern«, erinnerte Walker ihn nicht zum ersten Mal. »Es war ein dummer Unfall, Jesse. Man hat Tollkirschen schon früher für Blaubeeren gehalten, und es wird wahrscheinlich wieder passieren.«

Jesse nickte, aber er schien mit seinen Gedanken weit entfernt zu sein. »Wenn ich sie noch einmal verloren hätte ... Ich war wütend auf sie, Walker, wußten Sie das?«

»Mir war klar, daß es Spannungen gab.«

»Wußten Sie auch, warum?«

»Nein.«

Jesse sah ihn mit einem verzerrten Lächeln an. »Ich habe Ihnen doch gesagt, daß sie nichts von mir haben wollte, nicht wahr?«

Walker nickte. »Soll das heißen, sie …«

»Sie will gar nichts. *Gar nichts.* Sie will Glory nicht. Es ist einfach nicht zu fassen.«

»Was soll das heißen, sie will es nicht?«

»Das soll heißen, daß sie sich vor meinem Schreibtisch in einen Stuhl gesetzt hat und mir ins Gesicht gesagt hat, daß *sie Glory ein für allemal verlassen würde,* wenn ich ein neues Testament unterzeichne, das ihr das Haus oder das Geschäft vermacht. Sie hat gesagt, falls ich glauben sollte, ich könnte damit durchkommen, heimlich ein anderes Testament zu unterzeichnen, dann würde sie, sobald ich tot wäre, eine Schenkungsurkunde aufsetzen lassen und das gesamte Vermächtnis an Kate, Sully und Reece überschreiben.«

»Und das haben Sie ihr geglaubt?«

»Es ist ihr todernst. Ich habe die ganze Woche lang versucht, sie dazu zu bringen, ihre Meinung zu ändern, aber sie ist keinen Millimeter weit von ihrer Position abgewichen. Sie hat gesagt, sie hofft, daß Glory immer ein Platz sein wird, den sie besuchen kann, aber daß es niemals ihr Zuhause werden könnte, nicht so wie für uns.«

Walker sah Jesse an und er wußte nur zu gut, daß die Wut die Kränkung nur verdeckte; der alte Mann würde nie verstehen können, wie irgend jemand – von einem gebürtigen Daulton ganz zu schweigen – Glory nicht für den wundervollsten Flecken auf der ganzen Welt halten konnte. Aber er war immer bereit, Stärke zu respektieren, und es war klar, daß Amanda sich mit ihrer Entschlossenheit seine Hochachtung erworben hatte.

Und was Walker anging, der war baff. »Das verstehe ich einfach nicht«, sagte er langsam. »Was führt sie da bloß im Schilde?«

»Ist Ihnen eigentlich schon mal in den Sinn gekommen, daß sie ja vielleicht, nur mal so angenommen, auch gar nichts im Schilde führen könnte? Für einen jungen Mann sind Sie viel zu zynisch, Walker. Zum Teufel, Sie sind sogar für einen Anwalt zu zynisch.« Jesse, der auf einmal sehr erschöpft aussah, seufzte und sagte dann: »Ich glaube, ich werde mich eine Weile hinlegen. Aber ...«

»Die Schwester wird sofort kommen und Bescheid sagen, sobald Amanda aufwacht«, sagte Walker und blickte in das Zimmer, von wo ihm die Krankenschwester, die am Bett saß (unnötigerweise, wie Helen gesagt hatte, aber Jesse hatte darauf bestanden), zunickte.

Jesse machte sich daran, sich umzudrehen, hielt aber dann inne. »Tun Sie mir einen Gefallen, Walker. Sagen Sie den anderen, daß – zumindest vorläufig – mein ursprüngliches Testament gültig ist.«

»Wie Sie wollen.« Ganz allein am Eingang zu Amandas Zimmer, betrachtete Walker die stille, reglose Gestalt, die in dem großen Bett so winzig wirkte, und das ungewohnte Gefühl der Verwirrung steigerte sich noch. Fragen und Mutmaßungen taumelten durch sein Hirn.

So vieles stimmte nicht. Sie war zu klein und zierlich, Linkshänderin statt Rechtshänderin, und sie war viel zu argwöhnisch und heimlichtuerisch für eine Frau, die heimgekommen war. Es gab Dinge, an die sie sich erinnern müßte und es nicht tat. Geheimnisse lagen in ihren Augen, und zu vieles in ihrer Geschichte blieb ungesagt, zu viele Fragen blieben unbeantwortet.

Aber trotzdem ... so vieles war richtig, oder könnte es zumindest sein. Der Teint, die Blutgruppe, Teile ihres Wissens, eine gelegentliche »Erinnerung«. Armbrüche *konnten* Nervenschäden verursachen, vermutete Walker, daher konnte sich wohl notgedrungen auch der Gebrauch der Hände ändern. Ein Erbgut, das eine Vielzahl von großen und massigen Daultons hervorgebracht hatte, würde zumindest auch eine kleine und zierliche zustande bringen können. Und vielleicht ... nur vielleicht ... gehörte Habgier ja tatsächlich nicht zu den Gründen, derentwillen sie hier war.

Walker blieb noch einen Moment lang zögernd in der Tür stehen und erinnerte sich an jenen entsetzlichen ersten Augenblick letzte Nacht, als ihm bewußt wurde, daß ihr weit mehr fehlte als einfach die Nerven. Als sie erschlafft gegen ihn zurücksank, und er sie auffing, als sie ihn einen kurzen Moment lang mit den gänzlich schutzlosen Augen eines verängstigten Kindes angesehen hatte.

Andere entsetzliche Momente sollten in rasender Folge hinzukommen. Die kalte Blässe ihres Schocks. Das mühsame Ringen nach Atem und das rasante Fallen des Blutdrucks. Der ungleichmäßige Herzschlag und das leise Stöhnen, das ihre Schmerzen verriet, und die wirklich, wirklich schrecklichen Augenblicke, während sie sich in Krämpfen wand.

Wie Jesse, so hatte auch Walker nicht geschlafen, und wie Jesse war er nicht weit von Amandas Zimmer gewichen.

Es war eine hektische, sorgenerfüllte Nacht gewesen, und er war zu erschöpft, um sich jetzt über seine Gedanken klar zu werden, das wußte er. Zu erschöpft, um überhaupt noch zu denken. Das mußte es sein, was mit ihm nicht stimmte, denn warum sonst wohl sollte es ihm die Brust zusammenschnüren, wann immer er sie ansah? Warum sonst sollte er wohl so unwillig sein, sich auch nur bis ins Erdgeschoß von ihr zu entfernen? Er wollte auf der Bettkante sitzen und warten, bis sie die Augen aufschlüge, bis sie zu ihm spräche.

Er wollte beruhigt sein.

Das war natürlich absurd. Helen hatte gesagt, daß Amanda wieder gesund werden würde, und Helen war eine gute Ärztin, die wußte, wovon sie sprach. Also würde Amanda gesund werden. Und es gab keinen Grund, hier unter dem sanften Blick der Schwester zu stehen und auf Amanda zu starren, solange sie noch schlief.

»Ich bin unten«, sagte er der Schwester.

Mrs. Styles nickte gelassen. »Ja, Sir. Sie kommt schon wieder in Ordnung, Sir.«

Mit dem unbehaglichen Gefühl, die Schwester werde ihm gleich sagen, daß auch er wieder in Ordnung kommen werde, ließ Walker die Türschwelle schließlich hinter sich und ging ins Erdgeschoß, um eine unerwartete Verlautbarung abzugeben.

Amanda schlug plötzlich die Augen auf. Sie sah zu dem Baldachin über ihrem Bett, roter Samt, mit einer Borte eingefaßt. Die Borte schien einen kurzen Moment lang zu tanzen.

»Dann sind Sie also aufgewacht.«

Es war ein Fehler, den Kopf so schnell zur Seite zu drehen; es fühlte sich an, als würde ein Dutzend Hämmer zugleich niederfahren. Amanda schloß die Augen, um sie dann wieder zu öffnen und zu sehen, wie eine Krankenschwester von ihrem Stuhl aufstand und zu ihr kam.

Ein zweifaches, tiefes Knurren erklang, und Amanda drehte den schmerzenden Kopf verwirrt wieder zur Seite, dann hob sie ihn ein wenig und entdeckte Bundy und Gacy zu beiden Seiten ihrer Beine auf dem Bett ausgestreckt.

»Was denn, das hatten wir doch alles schon«, sagte die Schwester streng zu den Hunden. »Ich bin hier, um ihr zu helfen, nicht um ihr weh zu tun. Also seid still, alle beide.«

Amanda brachte den rechten Arm unter der Decke hervor und langte hinunter, um die Hunde zu streicheln. »Es ist alles in Ordnung, ihr beiden.« War das wirklich ihre Stimme? So … so schwach?

»Nur ein kleines bißchen hochheben«, sagte die Schwester

und ließ ihre Hände unter Amandas Rücken gleiten, hob sie mit geübter Fürsorglichkeit hoch und steckte gewandt ein zusätzliches Kissen hinter Kopf und Schultern. »Es wird Ihnen noch einen Moment lang schwindlig sein, aber das geht vorbei.«

Als sich das Zimmer zu drehen aufgehört hatte, öffnete Amanda vorsichtig wieder die Augen. Soweit, so gut. Sie sah auf ihren rechten Arm, in dem eine Infusionsnadel steckte. Was um alles in der Welt …? Dann kam langsam alles zurück. Die Party. Ein Meer von zumeist freundlichen Gesichtern. Ein bißchen nachhakendes Fragen, aber nichts, womit sie nicht fertig geworden wäre. Das Gefühl, sich zu entspannen – zu früh, wie sich gezeigt hatte. Der gereizte Zusammenstoß mit Walker. Die plötzliche Welle der Übelkeit, hinter der mehr steckte – ganz offensichtlich mehr steckte –, als ein lausiges Stückchen Kuchen.

»Die Nadel kann später raus, Miss Daulton. Ich bin Mrs. Styles; ich arbeite in Dr. Chantrys Klinik in der Stadt.«

Amanda sah sie an. »Ich – ich verstehe. Ich kann mich nicht recht erinnern … das heißt, was ist eigentlich passiert?«

»Nur ein dummer Unfall.« Die Schwester schüttelte den Kopf. »Jemand hat Tollkirschen für Blaubeeren gehalten und in einem Kuchen gebacken. Sie sind furchtbar giftig, wissen Sie, und es ist gar nicht so leicht, die beiden auseinanderzuhalten; in dieser Gegend wachsen im Sommer beide wild, und beide sind dieses Jahr schon früh reif geworden. Einem Dutzend anderer Leute ist von diesem Kuchen ebenfalls übel geworden.« Sie mußte plötzlich lächeln. »Man möchte gar nicht glauben, daß von einem einzigen kleinen Kuchen mehr als ein Dutzend Leute was abbekommen, was?«

»Kostproben.« Amanda zauberte ihrerseits ein wehmütiges Lächeln hervor. »Wir haben alle von den Nachspeisen nur gekostet. Deswegen hat niemand ein normal großes Stück abbekommen.«

»Ach so. Das würde es natürlich erklären.«

Amanda rutschte ein Stückchen und wünschte, die Kopfschmerzen würden aufhören. Eine Nachwirkung der giftigen Beeren, nahm sie an. Oder der nackten Gewalt, mit der ihr Körper auf das Gift reagiert hatte.

»Es wird Ihnen bald wieder bessergehen«, versicherte Mrs. Styles ihr. »Dr. Chantry wird in einer Stunde oder so hier sein, um nach Ihnen zu sehen, und ich bin sicher, danach geht es Ihnen schon wieder so gut, daß Sie eine leichte Mahlzeit zu sich nehmen können.«

Da ihr Magen sich bei dem Gedanken an Essen kaum zusammenkrampfte, dachte Amanda, sie könnte den Mut aufbringen, den Versuch zu wagen; sie war unerwartet hungrig. Mit einem Seufzer sagte sie: »Ich nehme an, ich habe ganz ordentlich Eindruck auf die Nachbarn gemacht.«

Mrs. Styles erkannte ganz offensichtlich die Demütigung hinter dieser Aussage, denn sie tätschelte Amandas Arm und sagte tröstend: »Wenn ich Sie wäre, würde ich mir darüber keine grauen Haare wachsen lassen, Miss Daulton. Sie waren alle nur besorgt, weil es überhaupt passieren konnte. Wissen Sie, Dr. Chantry hat mir erzählt, daß die übrigen Gäste so besorgt waren, als Mr. McLellan Sie ins Haus getragen hat, daß kein einziger vor Mitternacht gegangen ist, bis endlich klar war, daß sie wieder gesund werden würden.«

»Das war … sehr nett von ihnen.«

Die Schwester lächelte ihr zu. »Fühlen Sie sich kräftig genug, um Besuch zu empfangen? Mr. Jesse war außer sich; er wollte gerufen werden, sobald sie wieder wach sind.«

Amanda nickte und sah zu, wie Mrs. Styles aus dem Zimmer hastete. Als sie mit den beiden wachsamen Hunden allein war, sah sie sie an, und ihre freie Hand streichelte noch immer über glänzendes schwarzes Fell und samtige Schnauzen. Zwei klare, braune Augenpaare erwiderten ihren Blick.

»Mich getragen«, murmelte sie.

»Also, ich würde sagen, Sie hatten ganz schön Glück«, meinte Helen Chantry, als sie den kleinen schwarzen Arztkoffer schloß und sich auf die Kante von Amandas Bett setzte. »Sie haben das meiste von dem Zeug von allein aus ihrem Körper bekommen.«

»Bitte«, sagte Amanda, »erinnern Sie mich nicht daran.« Die zwei Frauen waren allein im Zimmer; Jesse hatte auf Helens Bitte hin die beiden Hunde mitgenommen, und Mrs. Styles war unten, wo sie die Zubereitung einer schonenden Mahlzeit für Amanda überwachte.

Helen lächelte. »Ziemlich peinlich, nehme ich an, aber es war das Beste, was Ihnen passieren konnte, Amanda. Das Gift war nur so kurz in Ihrem Magen, daß nicht viel davon in den Kreislauf gelangen konnte. Um ehrlich zu sein, diese Reaktion war die schnellste und heftigste, die ich je gesehen habe – und ich habe in all den Jahren schon eine Menge Tollkirschenvergiftungen erlebt.«

Amanda rieb sich über den rechten Arm, wo sich jetzt dort, wo die Infusionsnadel gesteckt hatte, nur noch ein unauffälliges Heftpflaster befand. »Die Schwester hat gesagt, ... andere mußten sich auch übergeben?«

»Ja, aber das war erst Stunden nachdem Ihr Zustand wieder stabil war. Ich hatte alle Hände voll zu tun, gestern nacht, das kann ich Ihnen sagen. Aber die meisten übrigen Reaktionen waren ziemlich harmlos; wir hatten wirklich großes Glück, daß niemand eine tödliche Dosis abbekommen hat.« Helen lächelte plötzlich. »Übrigens – vielleicht tröstet es Sie zu wissen, daß jeder, der ein Stück von diesem Kuchen genommen hatte, ein Brechmittel bekam. Ich wollte auf keinen Fall irgendwelche Risiken eingehen.«

»Hoffentlich mußte Jesse nicht auch ...«

»Nein, er hat kein Stückchen von dem Kuchen gegessen. Offen gestanden waren Sie und Maggie die einzigen Bewohner von Glory, die davon probiert haben. Die meisten anderen unglücklichen Opfer waren Gäste.« Helen lachte in sich hinein. »Und als sie erst kapiert hatten, was ich vorhatte, haben einige versucht zu leugnen, von dem Kuchen gegessen zu haben. Amy Bliss hat steif und fest behauptet, keinen Krümel davon gegessen zu haben – bis zu dem Augenblick, wo ihr ganz ohne meine Hilfe schlecht wurde.«

»Das hört sich an, als ob *Sie* letzte Nacht ziemlich beliebt gewesen wären.«

»Ganz ohne jede Frage.«

Amanda konnte sich ein Lächeln nicht verkneifen. »Ich dachte, es wäre Amys furchtbarer Himbeerkuchen gewesen, von dem mir übel wurde.«

»Mit der Meinung waren Sie nicht allein. Ein paar Leute haben sogar offen gesagt, sie würden hoffen, daß sie das von ihrem irregeleiteten Drang zu backen heilen würde. Allerdings ...«

Amanda sagte langsam, »Wissen Sie, ... irgendwie erinnere ich mich wieder an alles, jetzt, wo ich Zeit hatte, darüber nachzudenken. Das heißt, meine Augen waren zu und ich konnte nicht sprechen, aber ich habe das meiste von dem, was um mich herum passierte, gehört. Ich glaube, ich könnte sogar ein paar von den Gesprächen wörtlich zitieren.«

»Das ist interessant.« Helens Miene verdüsterte sich.

»Warum?«

»Nun ... es ist nicht die Reaktion, die für den Grad von Tollkirschenvergiftung, den Sie erreicht hatten, typisch ist; zu dieser Zeit hätten Sie eigentlich völlig bewußtlos sein müssen. Außerdem ging Ihr Puls sehr langsam.«

»Ich verstehe nicht ganz.«

Helen zögerte, dann sagte sie: »Der Verlauf einer Tollkirschenvergiftung gleicht dem der Digitalisvergiftung. Sie hatten die meisten Symptome: Übelkeit, Erbrechen, Krämpfe, Schock. Aber so, wie ihr Blutdruck gefallen ist ... Als es angefangen hat, war Ihnen da schwindlig?«

»Ja.«

»Stechende Kopfschmerzen?«

»Ich hatte Kopfschmerzen, kurz bevor mir schlecht wurde. Aber es war mehr ein dumpfes Dröhnen. Ich dachte, ich bekomme Migräne. Dann war da ein ... ein brennendes, prickelndes Gefühl, das mir durch den ganzen Körper gefahren ist. Meine Zunge hat sich komisch angefühlt, taub.« Amanda runzelte die Stirn, als sie sich konzentrierte. »Dann kamen Schwindel und Übelkeit, verschwommener Blick. Danach wurde mir schlecht, fürchterlich schlecht. Die Taubheit in meinem Mund hat sich über das ganze Gesicht ausgebreitet; das war es, was mir wirklich angst gemacht hat. Und dann konnte ich immer schlechter sehen, es wurde dunkel und ich wußte, daß das nicht einfach ein verdorbener Kuchen war.«

»Hatten Sie Atembeschwerden?«

Amanda nickte. »Es war entsetzlich.«

»Schmerzen in der Brust?«

»Ich glaube ... ja, da waren welche. Um ehrlich zu sein, mir hat alles weh getan. Mein Magen hat sich noch zusammengekrampft, nachdem ich mich übergeben hatte, und danach ...«

»Was war danach?«

»Mir war kalt. Furchtbar kalt.« Amanda sah das ernste Gesicht der Ärztin an, und verspürte eine andere Kälte.

»Und – was bedeutet das alles?«

Helen war einen Moment lang still und runzelte die Stirn, dann sagte sie mit Bedacht: »Die Behandlung für die meisten Vergiftungen ist ziemlich konsequent; das Zeug muß aus dem Körper raus soweit irgend möglich, danach behandelt man die Symptome. Das war, was ich in Ihrem Fall gemacht habe. Ich hatte eigentlich gar keine Zeit, um darüber nachzudenken. Aber jetzt, wo Sie mir sagen können, welche Empfindungen Sie hatten ... Amanda, die meisten dieser Symptome treten bei einer gewöhnlichen Tollkirschenvergiftung nicht auf.«

»Aber wobei treten sie denn auf?«

Helen zögerte wieder. »Wenn ich nicht vor sechs Wochen einen Kurs in Toxikologie abgeschlossen hätte, könnte ich es wahrscheinlich nicht sagen; es gibt so viele verschiedene Gifte.«

»Aber Sie haben einen bestimmten Verdacht?«

»Es könnte so gut wie alles sein. Aber die Taubheit und der Verlust der Sehkraft, der niedrige Blutdruck und der langsame Puls, die Atembeschwerden und vor allem die Kälte ... Es könnte Eisenhut gewesen sein. Aus dem Stegreif fällt mir nichts anderes ein, das diese Symptome hätte hervorrufen können. Und wenn es wirklich Eisenhut war, dann dürfte es wohl kaum aus Versehen in den Kuchen gekommen sein.«

Amanda antwortete einen langen Moment gar nichts und als sie es tat, war ihre Stimme ruhig. »Wir stellen hier Spekulationen an, obwohl wir unmöglich etwas sicher wissen können. Es sind doch Proben ins Labor geschickt worden, nicht wahr?«

»Das übliche Vorgehen, nur für den Fall, daß wir es mit Botulismus oder sonst einer Form von Lebensmittelvergiftung zu tun haben.« Helen schüttelte den Kopf. »Aber alle Labors versinken unter Bergen von Arbeit; deshalb dauert auch Ihr DNS-Test so lange. Es könnte Wochen dauern, bevor wir das Ergebnis bekommen.« Sie hielt inne. »Außer natürlich, ich weise J. T. daraufhin, daß ich den Verdacht einer vorsätzlichen Vergiftung habe. Als Sheriff könnte er verlangen, daß die Laboruntersuchungen beschleunigt werden.«

Amanda schüttelte sofort den Kopf, noch bevor Helen ausgeredet hatte. »Ich hatte einfach eine ungewöhnliche Reaktion auf die Tollkirschen. Das ist doch möglich, oder? Wenn nicht gar wahrscheinlich?«

»Möglich, meinetwegen. Wahrscheinlich? Das glaube ich weniger.«

»Sie haben doch gesagt, es ist niemandem so schlecht geworden wie mir, aber über ein Dutzend Leute haben von dem Kuchen gegessen. Also ...«

Helen schüttelte den Kopf. »Die Symptome der anderen haben eindeutig zu einer Tollkirschenvergiftung gepaßt. Und das kann ich mir nicht erklären – es sei denn, Sie hätten noch etwas dazu bekommen. Es sei denn, man hätte Ihrem Stück noch etwas hinzugefügt, nachdem Sie es abgeschnitten hatten und bevor Sie es aßen. Wäre das möglich? Was ich meine, ist, hätte irgend jemand die Möglichkeit gehabt, etwas auf Ihren Teller zu schmuggeln, ohne daß Sie es gesehen hätten?«

Amanda erinnerte sich, daß sie den Teller auf dem Tisch abgestellt hatte, um dann mit Walker auf die Tanzfläche zu gehen. Sie konnte sich nicht daran erinnern, während des Tanzes auch nur einen Blick zurück zum Tisch geworfen zu haben, und sie hatte keine Ahnung, wer mit einer Prise – was hatte Helen gesagt? Eisenhut? – daran hätte vorbeigehen können. So ziemlich jeder käme in Frage. Walker war tatsächlich der einzige, den sie ausschließen konnte – natürlich nur für den Fall, daß wirklich jemand versucht hatte, sie vorsätzlich auf diese Weise zu vergiften.

»Amanda ...«

»Helen, es war ein Unfall, mehr nicht. Nur ein Unfall.«

Amanda setzte dem skeptischen Blick der älteren Frau ihren eigenen, entschlossenen Gesichtsausdruck entgegen. »Solange das Gegenteil nicht bewiesen ist, ist es das, was es war.«

»Und ich nehme an«, sagte Helen, »Sie würden es begrüßen, wenn ich die ganze Geschichte für mich behielte?«

»Ich würde es begrüßen. Es würde nur alle aufregen – vor allem Jesse.«

»Das gefällt mir überhaupt nicht.«

Amanda zögerte, dann sagte sie, »Helen, gestern mag es für irgend jemanden einen Grund gegeben haben – mich loswerden zu wollen. Heute nicht mehr. Ich habe Jesse klargemacht, daß ich nichts von dem hier erben will, und heute hat er mir gesagt, daß er meinem Wunsch nachkommt und sein Testament nicht zu meinen Gunsten abändern wird. Die anderen wissen inzwischen Bescheid.«

»Es gefällt mir trotzdem nicht«, beharrte Helen. »Wenn wir nichts unternehmen, könnte jemand glauben, er käme mit einem Anschlag auf Sie durch.«

»Und was, wenn wir etwas unternehmen – wenn wir es an die große Glocke hängen und behaupten, ich sei vorsätzlich vergiftet worden – und dann stellt sich heraus, daß wir uns geirrt haben? Die Familie steht ohnehin schon unter Druck.«

»Sie könnten ein paar Wochen fortgehen«, schlug Helen vor. »Bis wir Genaueres wissen. Sozusagen den Anreiz entziehen.«

Amanda schüttelte den Kopf. »Nein, das kann ich nicht.«

Helen sah sie leidenschaftslos an. »Weil das Ergebnis des DNS-Tests es Ihnen unmöglich machen würde zurückzukommen?«

Amanda brachte ein Lächeln zuwege, auch wenn es sich ein wenig gequält anfühlte. »Waren nicht Sie es, die mir als erste sagte, ich könne literweise Daultonblut in mir haben, und das Ergebnis könnte sich trotzdem als nicht eindeutig erweisen?«

»Doch. Und ich habe Ihnen auch gesagt, daß der Test es mit an Sicherheit grenzender Wahrscheinlichkeit offenlegen würde, wenn Sie kein Daultonblut haben.«

»Ich hätte gedacht, Sie würden mir glauben, daß ich eine Daulton bin.«

»Das tue ich. Offen gestanden – ich bin mir sicher, daß Sie es sind.«

Amanda blickte etwas argwöhnisch in Helens ernstes Gesicht. »Wie kommt es, daß sich das trotz der zustimmenden Worte nur nach einer eingeschränkten Bejahung anhört?«

Helen lächelte ein wenig. »Meine Meinung zählt nicht viel, nicht wahr? Der springende Punkt ist, daß Jesse Sie akzeptiert und sie zu einer Bedrohung für jeden macht, der es auf irgendeinen Teil seines Erbes abgesehen hat – vor allem auf Glory. Warum gehen Sie nicht für ein paar Wochen fort von hier, Amanda?«

»Ich kann nicht. Jesse bleibt nicht mehr viel Zeit. Und ... ich glaube, wenn ich diese Chance verpasse herauszufinden, was vor zwanzig Jahren passiert ist, werde ich nie wieder eine bekommen.«

»Warum nicht?«

»Ich weiß es nicht – es ist nur ein Gefühl. Ich muß hierbleiben, ich muß jetzt hier sein.« Sie schüttelte den Kopf. »Abgesehen davon ziehen wir beide voreilige Schlüsse. Es war wahrscheinlich bloß ein einfacher Unfall, und ich hatte eine ungewöhnliche Reaktion. Mehr nicht.«

»Wenn ich in meinem Leben eines gelernt habe, Amanda, dann, daß nichts so einfach ist, wie es scheint. Solange Jesse am Leben ist, *kann* er sein Testament zu Ihren Gunsten abändern. Wir wissen alle, daß er das will. Wir wissen alle, daß er in der Regel auch bekommt, was er will.«

»Das ist bei mir nicht anders«, klärte Amanda sie auf.

Nach einem Augenblick sagte Helen: »Als Walker Sie wegen der Blutprobe in die Klinik brachte, war mir sofort klar, daß Sie eine intelligente Frau sind. Enttäuschen Sie mich nicht, Amanda. Passen Sie auf.«

Amanda konnte zur Antwort nur nicken. Aber als sie wieder allein in ihrem Zimmer war und ihr Kopf immer noch schmerzte, mußte sie sich fragen, ob sie denn überhaupt einen einzigen Funken Intelligenz besaß.

8

Spät in dieser Nacht wurde sie vom Donner geweckt, und der Lärm fuhr mit einem Rumoren und Tosen über sie hinweg, als würde die Welt entzweigerissen. Nach einem Moment der Verwirrung lag Amanda da, und Blitze reinen Lichts erhellten das Zimmer, und sie horchte auf Regen und Donner und streichelte die Hunde – die, wie Amanda sich eingeredet hatte, für diese eine Nacht auf ihrem Bett schliefen.

Es war der erste Sturm, seit sie vor beinahe zwei Wochen hierhergekommen war. Es war ein ruhiger Frühling gewesen, lautete die übereinstimmende Meinung, und der Sommer würde daher mit Sicherheit heftig werden.

Amanda hatte keine wirkliche Angst vor Stürmen, aber sie hatten sie immer schon ruhelos und schreckhaft gemacht. Und sie hatte den ganzen Tag über im Bett gelegen, woran sie nicht gewöhnt war, daher war die Ruhelosigkeit sogar noch stärker als sonst. Die Uhr zeigte nach Mitternacht an, und niemand mußte ihr sagen, daß für eine ganze Weile an Schlaf nicht mehr zu denken war.

Sie setzte sich auf und schlug die Bettdecke zurück, dabei bewegte sie sich vorsichtig, um auch ja sicherzugehen, daß es nicht noch ein Nachwirken des Schwindels gab. Aber als sie neben dem Bett stand, fühlte sie sich klar im Kopf und fest auf den Beinen, und das war eine Erleichterung. Sic schlüpftc in ein Paar flauschige Hausschuhe, nahm ihren Morgenmantel vom Stuhl und verließ, von den Hunden begleitet, ihr Zimmer.

Der Korridor im Obergeschoß war dunkel, aber nicht finster und wurde von einer Reihe abgedunkelter Lampen aufgehellt. Amanda bewegte sich leise; sie machte sich eigentlich keine besonderen Gedanken darüber, jemanden zu wecken, da sich zwischen ihrem Zimmer und der Haupttreppe keine bewohnten Schlafzimmer befanden, aber nach all dem Trubel der letzten Nacht, wollte sie auch ganz sichergehen, die anderen nicht zu stören.

Sie hielt am Treppenende inne, während die Hunde die teppichbespannten Stufen hinunterliefen, dann wandte sie den Kopf, als sie eine Bewegung hörte.

Am anderen Ende des Korridors, an dem sich das Elternschlafzimmer befand und wo die hintere Stiege zum rückwärtigen Trakt des Haupthauses hinunterführte, war unter Jesses

Tür ein fahles Licht zu erkennen. Es war keine Lampe in der Nähe, aber Maggie war leicht zu sehen, da sie ein luftiges, weißes Nachthemd trug. Sie öffnete Jesses Tür und schlüpfte hinein. Kurz darauf erlosch das fahle Licht im Innern des Zimmers.

Nach einem Augenblick der Überraschung sagte Amanda zu sich selbst, *warum denn auch nicht?* Vielleicht ging es um Sex, vielleicht einfach um Trost. Wenn es Trost war, den die beiden teilten, wen sollte das wundern? All seiner Stärke und seiner autokratischen Gewohnheiten zum Trotz war Jesse ein Mensch, der mit seiner eigenen Sterblichkeit konfrontiert war, und in solchen Momenten können selbst die Starken das Bedürfnis verspüren, sich an jemanden anzulehnen, sei es auch noch so flüchtig, noch so heimlich. Und wenn es Sex war ... nun, warum nicht?

Jesse war seit vierzig Jahren Witwer und wenn er ein typischer Daulton war, dann spielte Sex eine wichtige – um nicht zu sagen, lebenswichtige – Rolle in seinem Leben. Nach dem zu schließen, was Amanda gelesen hatte, waren die männlichen Daultons bis an ihr Grab sexuell aktiv – mehrere hatten noch in ihren Achtzigern Kinder gezeugt – und angesichts der kraftvollen Energie, die er selbst in diesen letzten Monaten seines Lebens noch ausstrahlte, war es nur wahrscheinlich, daß Jesse Sex ebenso genoß wie all die anderen Annehmlichkeiten des Lebens auch.

Maggie war als ungebundene, junge Frau in seinen Haushalt eingetreten, sie war zweifellos attraktiv gewesen und hatte sich wahrscheinlich schon früh in Jesse – der damals erst fünfunddreißig und ohne Zweifel auf der Höhe seiner Vitalität gewesen war – verliebt; er hatte gerade erst seine geliebte Frau verloren und es war gut möglich, daß er irgendwann die Arme nach ihr ausgestreckt hatte, weil er das Bedürfnis nach Trost hatte – oder eben einfach nur nach Sex.

Mit einem leichten Stirnrunzeln folgte Amanda den Hunden die düstere Treppe hinunter. Sie mußte sich unwillkürlich fragen, ob Maggie je gehofft hatte, Jesse würde sie heiraten. Sicher hatte sie das; einer Frau ihrer Generation mußte die Aussicht, ihr Leben lang die Geliebte zu bleiben, unvorstellbar gewesen sein, vor allem zu einer Zeit und in einem Teil des Landes, wo derartiges, wenn es öffentlich bekannt war, auf harsche Mißbilligung stieß. Aber aller Wahrscheinlichkeit nach, dachte Amanda, hatte Maggie nie angenommen, die Beziehung könne über so viele Jahre andauern. Bestimmt hatte sie die Heirat immer erwartet und schließlich, und womöglich erst vor kurzem, in einem plötzlichen Schock der Erkenntnis gesehen, wie viele Jahrzehnte schon hinter ihr lagen.

Jesse war dabei zu sterben ... und Maggie würde nie seine Frau sein.

Ich phantasiere. Ich weiß nichts von alldem.

Aber wenn sie recht hatte, dachte Amanda, dann war es, zumindest auf den ersten Blick, ein weiterer Minuspunkt für Jesse. Eine Frau so viele Jahre in seinem Haus zu halten, erst als Amme für sein Kind und dann als seine Haushälterin, sie für diese Dienste zu bezahlen, und all diese Zeit zu seinen eigenen, selbstsüchtigen Bedingungen das Bett mit ihr zu teilen, war ... es war schlechterdings mittelalterlich.

Amanda blieb auf dem Treppenabsatz stehen, während ein Blitz die alte Standuhr erhellte. Sie sah die Uhr an, ohne sie wirklich wahrzunehmen, dann schüttelte sie den Kopf und ging weiter.

Natürlich ging sie das alles nichts an. Maggie war immerhin eine erwachsene Frau, die jederzeit gehen konnte; sie war schließlich keine Sklavin oder Fronarbeiterin. Und außerdem konnte Amanda ja gar nicht wissen, ob sie mit alldem überhaupt recht hatte. Nach allem was sie wußte, konnte es genausogut Maggie sein, die die Ehe verachtete und es vorzog, ohne rechtliche Bindung zu leben, während Jesse derjenige war, der eine solche wünschte.

Abgesehen davon natürlich, daß Jesse in der Regel bekam, was er wollte.

Diese Gedanken und Spekulationen verflüchtigten sich, als Amanda die Küche erreichte. Das Licht war an, aber sie war dennoch ein wenig überrascht, als sie Kate sah, die mit einem Becher an dem kleinen Holztisch saß. Die Ältere trug einen seidenen Morgenmantel über dem Nachthemd, und ihr Haar ergoß sich lose über ihre Schultern. Sie wirkte jünger und eigentümlich verletzlich.

»Tut mir leid«, sagte Amanda, als sie und die Hunde gleich hinter der Tür stehenblieben. »Ich wußte nicht, daß noch jemand wach ist.«

Kate schüttelte den Kopf ein wenig. »Ich hasse Stürme«, sagte sie. »Ich habe gehofft, ein Kräutertee würde mich entspannen.« Sie lächelte kurz. »Es funktioniert nicht.«

Amanda wartete, bis der dröhnende Donner abschwoll. »Ich sehne mich auch nicht gerade sehr nach Gewittern.« Sie holte sich ein Glas aus dem Wandschrank und ging zum Kühlschrank, um sich Milch einzuschenken; Helen hatte ihr die Anweisung gegeben, sich noch ein bis zwei Tage an reizloses Essen und Trinken zu halten, und in jedem Fall hoffte sie, daß es ihr helfen würde, wieder einzuschlafen.

Sie zögerte und fragte sich, ob Kate allein sein wollte, aber als die Ältere eine vage Handbewegung machte, setzte sie sich an die andere Seite des Tisches.

Interessant, dachte sie. Kate hatte sie seit Tagen kaltgestellt.

»Es geht Ihnen offensichtlich wieder besser«, sagte Kate.

Amanda nickte. »Wesentlich.« Sie nippte an der Milch und wartete etwas argwöhnisch ab.

Kate sah den Becher an, den sie in ihren langen Fingern hielt. »Es tut mir leid«, sagte sie dann, »was auf der Party passiert ist.«

»Es war nicht Ihr Fehler«, erwiderte Amanda unbestimmt.

»Trotzdem tut es mir leid.« Kate schwieg einen Moment. Dann fuhr sie unbeholfen fort: »Es tut mir alles leid, Amanda. Wie ich mich benommen habe, meine ich.«

Dann hast du dir also Sorgen um Jesses Testament gemacht. Entweder das, oder ... Oder hatte es sie womöglich schockiert zu sehen, was eine Prise Gift tatsächlich anrichten konnte? In jedem Fall hatte es den Anschein, als ob Kate Frieden schließen wollte.

Amanda zauberte ein entwaffnendes Lächeln hervor. »Kate, ich bin eine Fremde für Sie. Mehr noch, ich bin eine Fremde, die – ohne bösen Willen, das müssen Sie mir glauben – zwischen Sie und Ihren Vater getreten ist. Wenn Sie die Wahrheit wissen wollen, ich bin erstaunt, wie höflich Sie waren.«

Kate sah sie einen Augenblick lang an, dann sagte sie unter offenkundigen Schwierigkeiten: »Sie sind nicht zwischen uns getreten. Ich wollte glauben, daß das so war. Habe versucht, das zu glauben. Aber«, sie schüttelte den Kopf, »es wäre nicht anders gewesen, wenn Sie nicht hierhergekommen wären, nicht für mich. Und vielleicht ist es an der Zeit, daß ich das akzeptiere.«

Amanda wußte nicht, was sie sagen sollte, aber sie machte einen zaghaften Versuch. »Ich habe eine Freundin, die in einer sehr schlimmen Umgebung aufgewachsen ist. Ihr Vater hätte nie Kinder haben dürfen. Er hat sie nicht körperlich mißbraucht, aber nichts, was sie in ihrem ganzen Leben je getan hat, war ihm gut genug. Sie ist in dem Glauben groß geworden, sie sei wertlos. Erst als er gestorben war, und sie sich nicht mehr durch seine Augen wahrnahm, fing sie an, sich so zu sehen, wie sie wirklich war. Es dauerte lange, bis die Wunden, die er ihr zugefügt hatte, verheilt waren, aber sie sind verheilt.«

Kate riskierte ein kleines Lächeln. »Wir sind alle so sehr ... an unsere Väter gebunden, nicht wahr?«

»Ob wir es wollen oder nicht.« Amanda erwiderte das Lächeln. Sie horchte auf ein Donnergrollen. »Ich habe eigentlich gar keine deutlichen Erinnerungen an meinen Vater.«

»Brian war Jesse sehr ähnlich«, sagte Kate über ihren Bruder.

»Wirklich?«

»O ja.«

Amanda wartete ein wenig angespannt ab und ihre Geduld wurde belohnt, als Kate in versonnenem Ton fortfuhr.

»Ich nehme an, es wäre erstaunlich gewesen, wenn er Jesse nicht sehr ähnlich geworden wäre; Jesse ermunterte ihn zu glauben, daß das, was er dachte und wollte, wichtiger war als die Gedanken, Ansichten und Bedürfnisse von jedermann sonst. Und er hatte den Charakter und den Stolz der Daultons, und das machte natürlich alles nur noch schlimmer, machte ihn noch – arroganter.

Er war dreizehn Jahre älter als ich. Als ich in die Schule kam, war er schon ein olympiareifer Reiter, der eine Berühmtheit in seiner Disziplin war. Damals ist er viel geritten, das ganze Jahr über, daher war er nicht oft zu Hause. Aber wenn er daheim war, dann – ließ er seine Anwesenheit spüren. Wie gesagt, er ist verzogen worden. Jesse gab ihm alles, was er wollte, und er mußte sich nie seinen Lebensunterhalt verdienen. Aber zu mir war er auf seine Art nett. Vielleicht tat ich ihm leid.«

»Oder vielleicht«, schlug Amanda vor, »hat er dich gemocht.«

Kate lächelte. »Vielleicht.«

»Du warst erst – wie alt – sieben oder acht, als er meine Mutter mit nach Glory brachte?«

»Sieben. Ich kann mich noch erinnern, daß ich dachte, Christine wäre die schönste Frau auf der Welt.«

Amanda wartete einen Augenblick, dann sagte sie: »Ich erinnere mich dunkel, daß sie – daß wir – ein Zuhause in Kentucky hatten. Da bin ich die meiste Zeit des Jahres zur Schule gegangen.«

»Das war Christines Idee«, sagte Kate. »Vielleicht hat sie sogar darauf bestanden, nur damit sie für sich wären, und sie Brian zumindest ein paar Monate im Jahr von seinen Turnieren abhalten konnte – ich weiß es nicht. Aber ich weiß, daß Jesse das Haus für Brian gekauft *und* ihn in diese Ausrüstungsläden eingesetzt hat, nur weil Christine wollte, daß sie ein eigenes Heim hätten. Aber Jesse bestand darauf, daß sie von Frühling bis Herbst hier wohnten, und weil Brian reiten wollte und das Ansehen genoß, das es mit sich brachte, wenn er für Glory an den Start ging, war er mehr als bereit dazu. Christine war ... weniger enthusiastisch.«

»Ich weiß, daß sie in der Regel nicht mitging, wenn er mit dem Rennzirkus unterwegs war.«

»Nein, sie ist hiergeblieben. Im Rückblick nehme ich an, daß sie sich die meiste Zeit über ziemlich gelangweilt hat, aber damals machte es den Anschein, als hätte sie genug zu tun. Sie liebte den Park. Sie hat viel gelesen. Und sie ist ein bißchen geritten, auch wenn das nicht gerade ihre Lieblingsbeschäftigung war. Außerdem hat sie viel Zeit mit mir verbracht.«

»Maggie hat so etwas erwähnt.«

»Christine war sehr nett zu mir, vor allem in den ersten paar Jahren.« Kate zögerte, dann sagte sie: »Während ihres zweiten Sommers hier habe ich sogar einmal mit angehört, wie sie sich meinetwegen mit Jesse gestritten hat. Sie hat ihn ein Ungeheuer genannt, weil er mich ignorierte.«

»Was ist danach passiert?« fragte Amanda voller Neugier.

Kates Lächeln war nur kurz. »Danach bin ich jeden Sommer für ein paar Wochen in ein Ferienlager gefahren, bis ich achtzehn war. Manchmal in zwei oder drei verschiedene Lager.«

Amanda zuckte zusammen. Jesses Art, mit Kritik umzugehen, war, vorsichtig ausgedrückt, vielsagend. »Ich bin sicher, Mutter hat nicht gewollt ...«

»Ich weiß. Ich habe ihr auch nie die Schuld gegeben.«

Es folgte eine kurze Stille, während beide Frauen den abklingenden Geräuschen des Sturmes lauschten und in kleinen Schlucken ihre Getränke zu sich nahmen. Amanda schreckte davor zurück, zu tief in sie zu dringen, vor allem, da dies das erste Mal war, daß Kate offen zu ihr war, aber sie war sich des Verstreichens der Zeit zu sehr bewußt, als daß sie die Gelegenheit nicht beim Schopf gepackt hätte.

»Kate, ... du warst doch in jenem Sommer hier. Und in der Nacht, in der meine Mutter fortging.«

»Ich war hier.« Kates Miene verfinsterte sich ein wenig, als sie auf ihren Becher Tee hinabsah.

»Weißt du, warum sie ging?«

Draußen grollte der Donner eines Sturmes, der von seiner eigenen Gewalt ausgezehrt war. Kate hob den Blick und sah Amanda mit tiefem Ernst an. »Nein«, sagte sie. »Ich habe keine Ahnung, warum sie gegangen ist.«

Wie schon bei Sully hatte Amanda auch diesmal den Eindruck, daß Kate log. Aber noch bevor sie überhaupt entscheiden konnte, ob es klug wäre, nachzuhaken, redete Kate ruhig weiter.

»Ist es denn wirklich so wichtig, diese Frage zu beantworten, Amanda? Es ist schließlich schon so lange her. Brian und Christine sind tot, und zu wissen, welcher – ach, letzte Schlag, nehme ich an – das Ende ihrer Ehe bedeutete, kann doch heute nicht mehr von Bedeutung sein, oder?«

»Für mich ist es wichtig.«

»Aber warum?« Kate schüttelte den Kopf. »Du warst ein kleines Mädchen; egal, was passiert ist, es hatte ganz eindeutig nichts mit dir zu tun. Falls du dir Vorwürfe machst, meine ich.«

Amanda runzelte die Stirn. »Weißt du, es ist komisch ... das habe ich nie. Mir Vorwürfe gemacht, meine ich. Ich weiß, daß Kinder das oft machen, aber ich habe es nie getan. Es ist ganz einfach so daß ich wissen muß, was geschehen ist. Es war alles so ... abrupt, das Fortgehen.«

Kate zögerte, dann seufzte sie. »Eigentlich nicht. Sie war nicht glücklich, Amanda, und wir alle wußten das. Jesse war zumindest zum Teil mit Schuld, was er natürlich nie zugeben würde. Aber er bestand darauf, daß sie beinahe die Hälfte jeden Jahres hier verbrachten, und er dachte, es wäre schon in Ordnung für Christine, hier festzusitzen, während ihr Mann unterwegs war, um einem Sport nachzugehen, für den sie nichts übrig hatte. Das setzte eine Ehe, die ohnehin von Anfang an nicht sonderlich stabil war, einem enormen zusätzlichen Druck aus.«

»Aber hat Jesse denn nicht gesehen, was passierte?« fragte Amanda. »Hat es mein Vater nicht getan?«

Kate lächelt ein wenig dünn. »Ich sagte bereits, daß sie sich sehr ähnlich waren. Keiner von ihnen hat geglaubt, daß sie gehen würde, was auch passieren würde. Sie liebte Glory, das wußten beide. Du warst glücklich hier, und dein Glück war ihr wichtig. Und mit Brian verheiratet, war Christine eine Daulton. Man erwartete, daß sie sich dem Leben und den Wünschen ihres Gatten unterwarf.«

Amanda blickte finster drein. »Das ist doch – absurd.«

»Oh, gewiß«, sagte Kate, die offenbar bemerkt hatte, daß *absurd* den Vorzug vor einem weniger höflichen Ausdruck erhalten hatte. »Aber du darfst nicht vergessen, wie sehr sich die Welt in den letzten dreißig Jahren verändert hat. Sie haben Zweiundsechzig geheiratet; die sexuelle Revolution fing gerade erst an, und was die meisten Leute betraf, war die Frauenbewegung nicht mehr als ein Aufflackern in ein paar hoffnungsvollen Augen. Die Daultons waren schlimmer als die meisten Männer, aber darin, was sie von ihren Frauen erwarteten, unterschieden sie sich kaum von den anderen.«

»Trotzdem.«

»Ja – trotzdem.« Kate schüttelte fragend den Kopf. »Sie hatten wirklich keine gute Entschuldigung, nicht wahr? Man sollte glauben, daß gebildete und vorgeblich weltläufige Männer – selbst damals – hätten sehen können, was kommen würde, hätten erkennen müssen, daß die Frauen sich ändern. Aber dies hier ist in vielerlei Hinsicht ein abgeschiedener Ort, und die Leute pflegen sich an das zu halten, was sie kennen. Die jüngeren ändern sich natürlich, aber die älteren leben, grob geschätzt, immer noch in den fünfziger Jahren.«

Amanda trank ihre Milch aus, saß da und drehte das Glas langsam, geistesabwesend zwischen den Fingern. »Du bist also fest davon überzeugt, daß es nur eine Frage der Zeit war, bis meine Mutter von hier fortging?«

»Ich fürchte, ja. Ich weiß, daß sie versucht hat, Brian zu erklären, daß sie unglücklich war, aber entweder hat er ihr nicht zugehört, oder er war der Ansicht, daß das nur eine vorübergehende Laune war.«

Da sie an die Affäre dachte, die Christine möglicherweise in den Wochen, bevor sie von Glory fortlief, gehabt hatte, sagte Amanda vorsichtig: »Aber in diesem letzten Sommer war sie nicht so unglücklich. Ich glaube, ich erinnere mich, daß sie glücklicher war. Stimmt das?«

Kate sah sie einen Augenblick lang an. »Ich glaube nicht. Wenn überhaupt, dann war sie angespannter als je zuvor. Ich glaube, sie hat es versucht. Sie ist in diesem Sommer mehr geritten als sonst und sie sprach davon, sich an der örtlichen Volkshochschule für Sommerkurse einzuschreiben. Aber sie war sehr nervös. Direkt aufbrausend.«

Amanda lächelte. »Na ja, mein Gedächtnis spielt mir schon die ganze Zeit Streiche. Und ich war auch erst neun.«

»Es ist kein Wunder, daß dir der Sommer so wichtig war«, sagte Kate, »aber es ist wirklich schon lange her, Amanda. Vielleicht wäre es das Beste, wenn du es einfach auf sich beruhen lassen würdest.« Sie stand auf und trug ihren Becher zur Spüle. »Jetzt, wo der Sturm vorbei ist, werde ich wohl wieder ins Bett gehen. Gute Nacht.«

»Gute Nacht, Kate.« Amanda blieb noch eine Weile, nachdem die Ältere gegangen war, am Tisch sitzen. Sie glaubte nicht, daß Kate alles erzählt hatte, was sie von diesem letzten Sommer wußte, aber zumindest hatte sie ihr ein bißchen mehr Informationen über Brian und Christine Daulton gegeben. Und endlich taute auch Kates eisige Einstellung offenkundig auf.

Aber Amanda wäre weit froher gewesen, wenn dieses Tauwetter eingesetzt hätte, *bevor* sie das Stück Blaubeerkuchen gegessen hatte.

Kate ließ die Zügel lockerer, und Sebastian, der gut trainiert und mit ihren Befehlen vertraut war, da sie ihn schon seit mehr als zehn Jahren ritt, verlangsamte seine Gangart gehorsam zu einem leichten Schritt. Es war angenehm auf dem Pfad, die Luft war so früh an diesem Montagvormittag, noch voll von der kühlen Feuchtigkeit des Morgens, und das Gewitter der vorigen Nacht hatte eine Frische hinterlassen, die den ganzen Lärm und das Wüten beinahe wettmachte.

Das ist einfach lächerlich. Ich sollte das wirklich nicht machen.

Wahrscheinlich wäre er sowieso nicht am Wasserfall. Nur weil er hier heraufgeritten war … Und *falls* er da wäre, welche Reaktion erwartete sie eigentlich von ihm?

Die harten Worte, die Ben ihr vor mehr als einer Woche entgegengeschleudert hatte, schmerzten tief in ihr noch immer. Stunden nachdem er sie im Park allein gelassen hatte, war sie noch immer sicher gewesen, ihn zu hassen. Aber dann hatte Jesse am selben Abend angekündigt, sein Testament zu ändern, und plötzlich hatte Kate das Gefühl, ihre ganze Welt sei auf Sand gebaut.

Es war nicht besser geworden.

Das einzige in ihrem Leben, was nie Schwierigkeiten bereitet hatte, war Sex. Das war natürlich auch der Grund, warum sie sich so nach Ben sehnte. Er ließ sie alles andere vergessen.

Er gab ihr das Gefühl, eine Frau zu sein, die etwas wert war, eine Frau, die einem Mann etwas bedeutete – wenn auch nur als Bettgefährtin.

Oder wenigstens konnte er ihr das geben, wenn er wollte. Kate war mehr als nur ein wenig über sich erstaunt, angesichts dieses Drangs, ihre Beziehung zu Ben wieder zu kitten. Schließlich standen ja auch andere Männer zur Verfügung, die Sex zu schätzen wußten. Warum suchte sie sich nicht einen neuen Geliebten? Kate war nicht eitel, aber es war wirklich nie schwierig gewesen, willige Liebhaber zu finden, und sie nahm nicht an, daß es diesmal anders sein würde. Warum also tat sie es nicht?

Sie hatte nie zugelassen, daß sie einem Mann so nahegekommen war, daß sein Verlust ihr wehtun konnte – oder sie auch nur berührte. Tatsächlich wußte sie selten mehr von ihren Geliebten, als welche Fähigkeiten sie besaßen und wie sich ihre Körper an dem ihren anfühlten. Sie hatte nie mehr wissen wollen. Sie waren Namen gewesen, die mit Gesichtern und geschickten Händen und männlichen Körpern verbunden waren. Es waren nie wirklich Individuen für sie gewesen. Sie hatte sich nie dafür interessiert, was sie dachten und fühlten, sondern nur für die körperlichen Empfindungen, die sie an ihren Leibern hervorrufen konnte, und die jene in ihrem stimulieren konnten.

Sie hatte nie zugelassen, daß Sex … persönlich wurde. Aber Ben … Etwas war mit Ben passiert. Etwas, das ihr angst machte und sie doch unwiderstehlich anzog. Ben hatte die Macht, sie genauso einfach zu verletzen, wie er sie befriedigte. Ben hatte entdeckt, wo sie am verwundbarsten war und nie gezögert, dort zuzuschlagen, wenn sie ihn beleidigt, wenn sie ihn verletzt hatte.

Es war nicht einfach gewesen, das zu akzeptieren, dieses Verlangen nach Ben. Nicht nach einem Männerkörper oder nach zwei gewandten Händen oder der einfachen Erlösung und Wohltat eines Orgasmus. Nach *Ben*. Danach, zu spüren, wie seine Muskeln sich unter ihren Händen bewegten, nach seinem seidigen Haar, das zwischen ihren Fingern durchglitt, und nach seinen harten Hüften zwischen ihren Schenkeln. Nach dem Klang seiner Stimme, heiser vor Begierde, und danach, wie er ihren Namen flüsterte, und nach seinem kehligen Stöhnen der Befriedigung. Nach seinen Augen, die in einem verstehenden Lächeln zu ihr herabglänzten und sie vor Sehnsucht brennen ließen ...

Was sie fühlte, war tiefer gegangen als einfache Begierde. Es war jetzt zu einer Art von Macht geworden, etwas, das eigene Kraft und einen eigenen Willen hatte, das ihren Körper folterte und ihre Gedanken ausfüllte, bis ihr nichts anderes mehr wirklich schien. Sie hatte versucht, dem zu widerstehen, sich zu sagen, es sei nichts weiter als eine vorübergehende Verrücktheit. Tagelang war sie den Ställen ferngeblieben, war sie jeder Möglichkeit, auf Ben zu stoßen, aus dem Weg gegangen, und hatte sich immer wieder versichert, sie würde ihn nicht vermissen.

Nicht im geringsten.

Und so ... ritt sie jetzt, am Montagmorgen, nicht lange nach Sonnenaufgang, den nördlichen Pfad entlang zum Wasserfall. Weil Ben eines seiner jungen Pferde ein bißchen eher hier heraufgeritten hatte. Sie folgte ihm also, angespannt und mit gereizten Augen, nach einer im wahrsten Sinne schlaflosen Nacht und dem einsamen, gewittergestützten und zaghaften Friedensschluß mit Amanda – über den sie sich immer noch sehr unsicher war.

Mit herzlich wenig, was ihr noch zur Verteidigung dienen konnte, war sie also hier.

Kate wäre beinahe umgekehrt, als sie sich dieser furchtbaren Tatsache bewußt wurde; ihr Pferd, das auf sie eingestimmt war, blieb tatsächlich mitten im Pfad stehen. Aber sie hob die Zügel. »Nein. Weiter.« Und Sebastian trabte gehorsam weiter.

Eine langgezogene Kurve des Pfades brachte sie zu einer Lichtung, wo einer der zahlreichen Bäche von Glorys Ländereien als Wasserfall über die steile Flanke des Berges herunterkam und in einem felsigen Becken landete. Das Rauschen des Wassers hallte durch die morgendliche Stille, war aber dennoch friedvoll.

Kate hörte und sah es nicht wirklich. Alles, was sie sah, war Ben.

Er war von seinem Jungpferd abgestiegen, hatte es an einen Baum gebunden und den Gurt gelöst, offensichtlich, um ihm nach dem langen Anstieg über den Nordpfad etwas Ruhe zu gönnen. Dann hatte er sich auf einen breiten, abgeflachten Findling am Rande des Beckens gesetzt und blickte brütend auf den Wasserfall.

Kate sah ihn voller Verlangen an. Er trug wie üblich Jeans anstatt der Reithosen und abgeschabte, kniehohe, schwarze Reitstiefel. Der oberste Knopf seines Hemdes stand offen, die langen Ärmel waren über die gebräunten Unterarme hochgekrempelt. Sein blondes Haar fiel dick und ein wenig ungebändigt in die Stirn. Sie liebte sein Haar. Es war wie Seide.

Sie hätte Gott weiß wie lange auf ihrem ruhigen Pferd sitzenbleiben und ihn einfach nur anstarren können, aber Bens Jungpferd begrüßte eben eifrig Sebastian, und das durchdringende Wiehern ließ Ben schnell den Kopf wenden. Er sah sie an, ohne überrascht zu sein. Ohne, dachte sie, überhaupt irgend etwas zu sein, zumindest nichts, was sie hätte sehen können. Seine Miene war verschlossen, verriet nichts. Seine Augen waren ausdruckslos und spiegelten allein das Licht des Morgens wider.

Kate zögerte einen Augenblick verunsichert, verteufelt verunsichert. Was, wenn sie abstiege, ihr Pferd festbände und zu ihm hinüberginge – und er auf sein Pferd steigen und davonreiten würde? Was, wenn er sie gar nicht beachten würde? Das wäre schlimmer, wenn er sie ignorierte, denn er wußte nur zu gut, wie tief es sie verletzte, nicht beachtet zu werden. Es wäre ihr tausendmal lieber, wenn er ihr etwas Grausames sagen würde oder sie auslachte, wegen ihres verzweifelten, erbärmlichen Bedürfnisses nach ihm. Viel lieber.

So zu ihm zu kommen. Ihm *hinterherzulaufen,* um Himmels willen.

Sie haßte es. Gott, wie sie es haßte.

Kate versicherte sich ihrer Entschlossenheit, war sich aber eines inneren Bebens bewußt, als sie abstieg und Sebastian neben Bens Pferd festband. Langsam ging sie über die Lichtung, ganz ähnlich gekleidet wie er, wenn auch mit Breeches statt Jeans und mit einer blaßblauen Bluse. Das Haar hing ihr, gänzlich untypisch, offen über die Schultern, und nur eine saloppe Spange hielt es aus dem Gesicht zurück.

Ben beobachtete ihr Näherkommen schweigend.

Sie hätte gerne etwas Ungezwungenes, Bedeutungsloses gesagt. Sie sollte einfach so tun, als habe ihr letztes Zusammentreffen im Park nicht so geendet, wie es zu Ende gegangen war – oder als sei es ihr gleichgültig, wie es geendet hatte. Das war es, was sie vorgehabt hatte. Schließlich hatten sie nur Sex miteinander, sonst gar nichts, und daher kamen Gefühle auch gar nicht erst auf.

»War noch etwas, Kate?«

Sie wollte ihn schlagen.

»Du hast nicht vor, es mir leichtzumachen, oder?« fragte sie herrisch, mit plötzlichem Groll.

»Dir was leichtzumachen?«

»Das. Auf diese Weise zu dir zu kommen.«

Ben wandte sich ihr ein bißchen mehr zu und schlang die Arme locker um die angewinkelten Knie. Sein Gesichtsausdruck gab noch immer nichts preis. »Ist es das, was du tust? Zu mir kommen? Warum solltest du so etwas wohl tun wollen? Ich hatte den Eindruck, es wäre aus zwischen uns.«

»Das ist es auch!« Aber sie bewegte sich nicht, kehrte ihm nicht den Rücken zu.

Ben sah sie an und wartete. Geduldig.

»Du bist ein Hurensohn, Ben.«

Er lächelte ein wenig. »Und du wiederholst dich, Kate.«

»Ich hasse dich.«

»Du wiederholst dich immer noch.«

»Du hattest kein Recht, das zu – zu sagen, was du gesagt hast.«

»Welchen Teil? Als ich fragte, warum ich nicht die ganze Nacht bei dir bleiben kann? Als ich sagte, daß ich mehr will? Oder als ich dir gesagt habe, daß es Jesse nicht kümmert, mit wie vielen Männern du schläfst?«

»Alles. Du – du hattest kein Recht dazu.«

»Dann ist es endgültig aus.« Sein Blick verhärtete sich. »Ich sage es dir zum allerletzten Mal, Kate, ich bin kein Spielzeug. Ich bin seit mehr als sechs Monaten dein Geliebter. Das verleiht mir gewisse Rechte. Es verleiht mir das Recht, hin und wieder in deinem Bett zu schlafen und zu erwarten, daß du in meinem schläfst. Es verleiht mir das Recht, in der Öffentlichkeit neben dir zu gehen. Es verleiht mir das Recht zu verlangen, daß du mich wie einen Menschen behandelst. Und es verleiht mir das Recht, dir die Wahrheit zu sagen, auch wenn du sie nicht hören willst.«

Sie schüttelte etwas matt den Kopf. »Es ist zuviel, um das du mich bittest.«

»Ich bitte dich nicht, Kate. Ich stelle Forderungen. Von jetzt an sind wir für alle ein Paar – oder wir sind gar nichts.«

Kate zog die Schultern zurück. »Und was ist dann? Wenn – wenn ich ja sage?«

»Dann haben wir eine normale, gesunde Beziehung. Wir lernen uns kennen. Wir verbringen Zeit miteinander, angezogen. Vielleicht gehen wir sogar gemeinsam essen und ins Kino. Aber es wird nicht mehr einfach *nur* Sex sein. Nie wieder.«

»Das kann ich nicht«, erklärte sie verstört.

»Dann geh.« Sein Blick blieb hart, sein Gesicht teilnahmslos. »Steig auf dein Pferd und verschwinde von hier. Geh und such dir ein Spielzeug.«

Sie hatte vor, sich abzuwenden. Wollte es.

Konnte es nicht.

Ihre Schultern fielen herab und Kate spürte, wie heiße Tränen in ihren Augen brannten. »Zum Teufel mit dir«, sagte sie. »Fahr zur Hölle, Ben.«

Sie sah nicht, wie er sich bewegte, aber plötzlich war er da, seine Arme umfingen sie, und sie hörte, wie ihr ein kleiner Seufzer unbeschreiblicher Erleichterung entfuhr. Aber das konnte ihr inzwischen auch nicht mehr peinlich sein.

»Himmel, du bist vielleicht stur«, murmelte er und gab ihr einen ungebändigten Kuß. »Ich warte schon seit Tagen.«

Sie spürte, wie seine Finger durch ihr Haar wühlten und hätte beinahe geschnurrt. »Du hättest zu mir kommen können.«

»Nein. Du mußtest zu mir kommen. Du warst am Zug.« Er küßte sie wieder, dann legte er seine Hände um ihr Gesicht und sah sie mit Augen an, die nichts Ausdrucksloses mehr hatten, mit Augen, die voller Leben waren. »Katie, es tut mir leid, daß ich dir das mit Jesse auf diese Weise gesagt habe. Du mußtest es erfahren – aber nicht so.«

»Vielleicht war es genau die Art, auf die ich es hören mußte.« Sie strich mit einem Finger über seine Unterlippe, fasziniert von ihrer Beschaffenheit. Etwas so Weiches an einem so harten Mann, sie war beeindruckt. Sie war in seinen Bann gezogen. »Was du gesagt hast, war so – so ungeschminkt, daß ich mir nichts mehr vormachen konnte. Ich mußte ihm in die Augen schauen. Jesse ist nicht für mich da. Er war nie für mich da.«

»Du kommst auch ohne Jesse zurecht«, versicherte Ben ihr heiser. »Du bist vollkommen, ohne ihn.«

Sie küßte ihn unvermittelt. »Es tut mir leid, daß ich dir weh getan habe. Ich habe nie wirklich geglaubt, daß du Geld willst.«

»Ich will nur dich«, sagte er. »Gott steh mir bei. Das sieht mir ähnlich, mich in eine Frau zu verknallen, die einen noch mehr um den Verstand bringt, als das verzwickteste Geduldsspiel. Ich muß völlig danebenstehen.«

»Ich bin zu alt für dich«, flüsterte sie.

»Sei still. Dummkopf. Ich liebe dich.«

Kate wußte nicht, was sie auf diese erstaunliche Enthüllung geantwortet hätte, hätte er ihr die Gelegenheit gegeben, irgend etwas zu antworten. Aber das tat er nicht. Sie wurde von Armen, die stark genug waren, selbst eine große Frau ohne Anstrengung zu tragen, aufgehoben, und fand sich einen Augenblick später auf einem hinreichend gemütlichen Bett aus Gras im Sonnenschein nahe des Beckens wieder.

Wenn es auch kein sonderlich abgeschiedener Ort war (die Reiter pflegten den Pfad ein- bis zweimal am Tag zu benutzen) und ihnen nicht viel Zeit bliebe, wenn sich jemand näherte, so war das doch kein Grund, daß sie einfach beiseite geschoben hätten, was nötig war, um sich zu lieben. Es war nichts, was ausgesprochen wurde, es war etwas, was beide wußten.

Zum ersten Mal wurde ihr Verlangen von Vergnügtheit und einer Art Verspieltheit gezügelt, die ihnen nicht vertraut war. Und sie ließen sich Zeit. Jeder Kuß und jede Berührung wurde ausgedehnt, war gespannt vor Lust und doch träge, süß. Hartnäckige Knöpfe und Reißverschlüsse ließen sie kichern, und das umständliche Ausziehen der enganliegenden Reitstiefel führte zu lautstarkem Gelächter. Als sie schließlich nackt beieinander im vormittäglichen Sonnenschein lagen, verflogen Vergnügtheit und Verspieltheit gleichermaßen. Wie immer zwischen ihnen, explodierte die Lust zu machtvoll, um noch beherrscht werden zu können. In dieser Beziehung kannten die beiden sich sehr, sehr gut. Da war kein Zurückhalten, kein Fragen, kein Unbehagen. Da war nur Leidenschaft.

»Wir werden noch einen Sonnenbrand kriegen«, sagte Kate müßig.

»Keiner von uns verbrennt sich jemals«, erwiderte Ben. Er fuhr mit einer Hand ihre Hüfte hinunter und rieb zärtlich über ihren Oberschenkel. Der lag auf seinem Schenkel, und sie kuschelte sich eng an seine Seite. »Aber wir könnten in eine peinliche Situation kommen«, fügte er trocken hinzu. »Für diesen Pfad ist heute vormittag noch ein Trainingslauf angesetzt.«

Sie hob den Kopf und sah zu ihm hinunter. »Wie hübsch.«

Er lächelte, da sie keinerlei Anstalten machte aufzubrechen und sagte dann: »Ich habe es schon wieder vergessen.«

Ihr war klar, daß er damit sagen wollte, daß er vergessen hatte, ein Kondom überzustreifen. Kate war sehr ernst. »Hast du es denn letztes Mal vergessen? Im Park? Ich war mir nicht sicher.«

Ben zögerte, dann schüttelte er den Kopf. »Ich weiß es nicht. Vielleicht. Vielleicht habe ich zugelassen, daß ich es vergesse, weil du immer so vehement darauf beharrt hast. Vielleicht wollte ich, daß es wenigstens dieses eine Mal anders ist, mit uns.«

Sie berührte sein Gesicht. »Vielleicht ist das der Grund, warum ich es auch vergessen habe.«

»Trotzdem – es war unvorsichtig von uns.«

»Ich weiß. Aber ich nehme die Pille, also müssen wir uns keine Sorgen darüber machen. Und wir sind beide gesund.«

Sein Arm schloß sich bestätigend um sie. »Vollkommen gesund. Möchtest du Kinder haben, Katie?«

Sie war von dieser unerwarteten Frage ein wenig verblüfft, aber sie antwortete ernsthaft. »Ich weiß nicht. Es ist ... ohnehin schon ein bißchen spät für mich. Ich bin vierzig, Ben.«

»Dummkopf«, sagte er, wie vorher. »Heutzutage bekommen Frauen auch mit fünfzig noch Kinder. Was macht das schon aus, solange man nur bereit ist, Mutter zu sein.«

»Ich weiß nicht, ob ich das bin.«

Er lächelte und zog ihren Kopf herunter, so daß er ihr einen kurzen Kuß geben konnte. »Ich weiß auch nicht, ob ich bereit bin, Vater zu werden. Aber es lohnt sich, darüber nachzudenken.«

Vorsichtig fragte sie: »Bewegen wir uns denn ... in diese Richtung?«

»Es lohnt sich, darüber nachzudenken«, wiederholte er.

Sie schwieg einen Moment lang und sah ihn einfach nur an, dann sagte sie unsicher: »Ich werde einige Zeit brauchen, um mich daran zu gewöhnen.«

Ben war belustigt. »Ein richtiges Liebespaar zu sein?«

»Ja.«

»Mach dir keine Sorgen – ich werde dir Zeit lassen. Ich werde nicht darauf bestehen, daß wir heute nacht in deinem Bett schlafen, oder daß du mich morgen zum Abendessen einlädst.« Er wischte eine Strähne glänzenden, schwarzen Haares aus ihrem Gesicht und wurde sehr ernst. »Du bist am Zug. Es ist dein Zuhause, Katie, deine Familie. Wenn du es langsam angehen willst, fein. Wir reiten gemeinsam zurück. Wir werden gemeinsam die Pferde striegeln und miteinander reden und nicht so tun, als ob wir im Grunde Fremde wären, wenn jemand zusieht. Und morgen werden wir, wenn du willst, miteinander ausreiten. Wir könnten einen Picknickkorb mitnehmen. Und vielleicht können wir ja am Wochenende schon miteinander ins Kino gehen.«

»Wirst du denn wirklich soviel Geduld haben?« fragte sie.

»Eine Zeitlang zumindest.« Ben lächelte sie an. »Solange wir nur wissen – du und ich –, daß wir zusammen sind, kann ich jederzeit abwarten, bis die anderen es merken.«

Kate beugte sich zu ihm hinunter, um ihn anhaltend zu küssen. Sie lächelte ein wenig, war zufriedener als je und doch noch immer ein wenig beunruhigt. Er war so nah, ließ ihr so überhaupt keine Abwehr, und das war beängstigend.

Er hatte gesagt, daß er sie liebte.

»Ben …«

»Werd jetzt bitte nicht panisch.«

»Nein. Nein, keine Sorge. Aber ich muß dir sagen – ich weiß nicht, was ich wirklich empfinde. Für dich.«

»Das macht nichts. Denn ich weiß es.«

»Du weißt es? Du weißt, was ich für dich empfinde?«

»Ja.«

Kate sah ihn plötzlich argwöhnisch an. »Und zwar?«

»Du liebst mich.«

Sie ärgerte sich langsam. »Ach was?«

»Natürlich.« Bens Lächeln wurde breiter. »Ich nenne dich schon die ganze Zeit Katie, und du hast kein einziges Mal protestiert. Wenn das nicht Liebe ist, dann aber zumindest etwas verdammt Ähnliches.«

Nach einem Augenblick merkte Kate, wie sie lächelte.

»Und jetzt glaube ich, ist es an der Zeit, daß wir uns anziehen. Dem vibrierenden Boden nach zu urteilen, schätze ich, daß wir Besuch bekommen«, sagte Ben beiläufig.

»Ach, wie *nett* …«

Sie waren – fast – wieder angezogen, als die vier Reiter ihre Pferde rasch am Wasserfall vorbeitraben ließen. Die Reiter hielten nicht an, sondern hoben nur in eiligem Gruß die Hand, als sie vorüberritten und falls sie gesehen haben sollten, wie Ben seinen Stiefel anzog, verrieten ihre unbeteiligten Mienen deutlich, daß sie dachten, er habe ihn nur ausgezogen, um einen Kiesel oder etwas Ähnliches herauszuschütteln. Und falls einer von ihnen ein oder zwei Grashalme in Kates zerwühltem Haar bemerkt haben sollte, so war beides offenbar nicht der Rede wert.

»Taktvolle Leute«, bemerkte Ben, der mit seinem Stiefel kämpfte. »O Gott, ich glaube, ich werde rot«, sagte Kate verblüfft.

Er grinste sie an.

Wenig später ritten Kate und Ben hinunter zu den Ställen.

Der Pfad war gerade breit genug, daß sie nebeneinander reiten konnten, und sie redeten angeregt über nichts Besonderes – auch das etwas völlig Neues für beide. Erst als sie schon beinahe im Tal angekommen waren, stellte Ben eine nüchterne Frage. »Wie steht's eigentlich zwischen dir und Amanda?«

»Unentschieden. Glaube ich.« Sie seufzte. »Du weißt, was auf der Party passiert ist?«

»Weiß ich, ja.« Ben sah sie nachdenklich an. »Gibt es einen Zusammenhang zwischen beidem?«

»Gewissermaßen. Es ging ihr so schlecht. Sie hätte sterben können. Während der ganzen Stunden, in denen wir nicht wußten, ob sie durchkommt, war alles, woran ich denken konnte, wie ungerecht ich ihr gegenüber gewesen bin. Ich meine ... es ist schließlich nicht ihre Schuld, daß Jesse ... na ja, daß er mich behandelt, wie er es nun mal tut. Das hat er schließlich schon gemacht, bevor sie hierherkam. Ihre Anwesenheit hat daran nichts geändert. Und ich konnte ihr einfach nicht länger die Schuld geben.«

»Also habt ihr Frieden geschlossen?«

»Ich habe es versucht. Wir werden sehen.«

»War sie zugänglich?«

Kate nickte. »Ich glaube schon. Etwas argwöhnisch – aber das ist kaum verwunderlich.«

Nach einem Moment der Stille sagte Ben langsam: »Katie, glaubst du, daß sie die echte Amanda Daulton ist?«

Kate antwortete nicht sofort, aber als sie es tat, war ihr Ton bestimmt. »Ja, das glaube ich.«

»Woher die Gewißheit?« fragte er neugierig.

Allerdings, woher eigentlich. Kate zögerte, sie war es nicht gewohnt, auch nur in Betracht zu ziehen, etwas über sich und ihre Familie an Außenstehende preiszugeben. Aber dann fiel ihr ein, daß Ben kein Außenstehender war. Nicht mehr. Sie sah ihn an, nahm die Wärme und das kluge Verständnis seines Blickes auf, und glaubte zu spüren, wie eine Last, die sie eine lange, lange Zeit getragen hatte, ihr unbeschwert von den Schultern glitt.

Während ihre Pferde langsam neben dem Zaun über den Talboden auf die Ställe zutrotteten, erklärte sie Ben, warum sie so sicher war, daß Amanda heimgekehrt war.

Während der Tage nach der Party blieb Amanda kaum etwas anderes übrig, als beunruhigt zu sein. Unabhängig von der Zuversicht, die sie Helen gegenüber geäußert hatte, war ihr sehr wohl die Möglichkeit bewußt, daß jemand auf Glory versucht hatte, sie loszuwerden, und daß es, selbst wenn dieser Jemand seine Pläne, angesichts Jesses Meinungsänderung in bezug auf das Testament, zunächst auf Eis gelegt haben sollte, keinerlei Garantie für Amandas Sicherheit gab.

Wie Helen so klarsichtig deutlich gemacht hatte, solange Jesse am Leben war, bestand zumindest die Möglichkeit, daß er seine Meinung noch einmal änderte und Amanda als Alleinerbin einsetzte. Und es war ebensogut möglich, daß irgend jemand im Haus keine Lust hatte, untätig herumzusitzen und darauf zu warten, daß dieser Fall eintreten würde.

Die erste Woche nach der Party war Amanda von dieser Aussicht fast gelähmt. In den panischeren Momenten war sie versucht abzureisen, aber jedesmal erinnerte sie sich daran, was auf dem Spiel stand. Sie war überzeugt, wenn Jesse erst einmal nicht mehr wäre, würde sich alles auf Glory ändern, und dann würden die Chancen, herauszufinden, was vor zwanzig Jahren passiert war, drastisch sinken.

Nein, sie mußte bleiben. Und das hieß, ihr blieb nichts anderes übrig, als außerordentlich vorsichtig zu sein. Nach dem mutmaßlich vergifteten Kuchen zu schließen schien festzustehen, daß eher ein Unfall, denn ein brutaler Mord geplant gewesen war – das heißt natürlich, falls etwas geplant gewesen war – und das wiederum deutete darauf hin, daß ein offener Anschlag auf sie eher unwahrscheinlich war. Sie konnte nicht glauben, daß irgend jemand verzweifelt genug war, das zu riskieren, zumindest jetzt noch nicht. Alles, wovor sie auf der Hut sein mußte, schärfte sie sich ein, waren Unfälle aller Art.

Aber als die Tage vergingen, ließ auch Amandas Besorgnis langsam nach. Das Leben auf Glory ging seinen gewohnten Gang, und soweit sie das beurteilen konnte, zeigte niemand das geringste Interesse daran, sie zu beseitigen. Maggie war zuvorkommend und schien wieder unparteiisch gegenüber Amanda eingestellt zu sein; Kate, die aufgetaut war, behandelte sie richtiggehend freundschaftlich; Reece war über Jesses Meinungsumschwung, was das Testament anging, so offensichtlich erleichtert, daß er jeden anstrahlte; und selbst Sully schien besserer Laune zu sein.

Walker hatte seine Gewohnheit, praktisch jeden Abend auf Glory zu essen, wiederaufgenommen. Außer in beiläufigen und bedeutungslosen Worten sprach er nicht zu Amanda, aber er beobachtete sie. Er beobachtete sie eingehend. Er erwähnte den Abend der Party mit keinem Wort, und er schien meilenweit entfernt von dem Mann, der sie in seinen Armen getragen hatte. Er war einer Erwähnung der Party noch am nächsten, als er, ohne besonderen Ausdruck in der Stimme, sagte, er habe Helen befragt, inwieweit eine Armverletzung die Rechts- oder Linkshändigkeit eines Menschen beeinflussen könne.

»Und was hat sie gesagt?« fragte Amanda. Sie waren die letzten, die das Eßzimmer betraten, blieben unter der Tür stehen und sprachen leise.

»Sie sagt, es wäre möglich.«

»Enttäuscht, Walker?« fragte Amanda gedehnt.

Sein Kiefer spannte sich an, und etwas Heißes flackerte in seinen grünen Augen auf. »Irgendwann einmal«, verkündete er, »werde ich Ihnen eine Frage stellen, auf die Sie sich keine Antwort zurechtgelegt haben.«

Amanda, die gespürt hatte, daß Jesses Blick auf ihnen ruhte, blieb noch einen Augenblick länger auf der Schwelle stehen, um leichtherzig zu Walker hinaufzulächeln. »Darauf würde ich nicht wetten«, riet sie ihm zuckersüß und ging an ihren Platz bei Tisch.

»Stimmt etwas nicht?«

»Nicht im geringsten, Jesse. Nicht im geringsten.«

Danach hatte Walker seine Anmerkungen einigermaßen neutral formuliert. Aber er beobachtete sie. Er beobachtete sie ganz eindeutig.

Jesse war selbstverständlich wieder ganz der alte. Seit er sich erst von dem Schock erholt hatte, sie beinahe verloren zu haben, hatte er mindestens zweimal versucht, sie zu überreden, ihre Meinung zu ändern, was die Vererbung von Glory betraf.

»Aber du hast ein natürliches Anrecht auf diesen Besitz, Amanda!«

»Das einzige, worauf ich ein natürliches Anrecht habe, ist mein Name; alles andere muß ich mir verdienen. Und ich habe nichts getan, womit ich mir einen Teil von Glory verdient hätte.«

»Aber ...«

»Schachmatt.«

Jesse starrte auf das Brett und machte ein finsteres Gesicht.

»Den Zug habe ich dir nicht beigebracht.«

»O doch, das hast du«, murmelte sie und lächelte ihn an.

Er hatte dann mit einem kurzen Lachen aufgegeben, aber nicht seine Absicht, sie zu überreden. Das einzig Gute daran, dachte Amanda, war, daß Jesse das Thema nie ansprach, wenn sie nicht allein waren. Es entsprach ganz seinem Wesen, daß er kein Publikum haben wollte, wenn er sich nicht sicher war, daß er eine Auseinandersetzung gewinnen würde.

Also waren die anderen, so hoffte sie, sich im unklaren darüber, daß er noch immer erpicht darauf war, ihr den Großteil seines Vermächtnisses zu hinterlassen. Obwohl natürlich niemand im Haus, der den alten Herrn auch nur ein wenig kannte, irgendwelche Zweifel daran hegen konnte, daß der Kampf noch lange nicht ausgestanden war.

Aber inzwischen verlief alles friedlich, und Amanda fing langsam an sich zu fragen, ob sie sich nicht ohne jeden Grund geängstigt hatte. Vorsätzlich vergiftet?

Wahrscheinlich nicht. Wahrscheinlich hatte sie einfach eine ungewöhnlich schwere Reaktion auf Tollkirschen gezeigt, die versehentlich in einem Blaubeerkuchen mitgebacken worden waren.

Wahrscheinlich.

Der Juni, der mit dem Sanftmut eines Lammes angebrochen war, wurde gegen Mitte des Monats bedeutend härter. Es wurde heiß. Es wurde sehr heiß. Beinahe jeden Nachmittag und Abend grollte der Donner, und obwohl die zumeist trockenen Stürme zornig durch die Berge hallten und den Nachthimmel mit den schillernden Netzen lebhafter Blitze durchzogen, blieb Glory gänzlich unberührt von dieser Gewalt.

Nur die Hitze.

Amanda war etwas länger als drei Wochen hier, als die starke Hitze einsetzte, und sie erinnerte sich bald daran, daß Glory sich zwar über die Berge und Vorgebirge erstreckte, dies aber dennoch ganz und gar der Süden war. Ein Süden, in dem die langen Tage sehr heiß und sehr grell und merkwürdig bewegungslos waren. Ein Süden, in dem die Nachttemperaturen bei über fünfundzwanzig Grad lagen und es kaum einen Hauch von Wind gab.

Das Haus, am Morgen zwar vergleichsweise kühl, heizte sich den Tag über rasant auf, und bei Einbruch der Nacht war vor allem das Obergeschoß ungemütlich stickig. Amanda kam mit der Hitze und der fehlenden Klimaanlage auf Glory ziemlich gut zurecht, aber sie hatte Schwierigkeiten zu schlafen und wachte während der schwülen Nächte oft auf. Manchmal ließ sie die französischen Türen zu ihrem abgetrennten Balkon offenstehen und zog einen einzelnen Moskito (sie waren, wegen der harten Arbeit, die Gärtner und Landschaftspfleger geleistet hatten, nicht sehr zahlreich) der Stickigkeit eines geschlossenen Zimmers vor.

Sie konnte natürlich nicht schlafen, solange diese Türen offenstanden – abgesehen von der Unsicherheit, ob Feinde in der Nähe wären, hatten sie lange Jahre des Lebens in der Stadt zu argwöhnisch für solch offenherziges Vertrauen werden lassen – aber zumindest war das elende Wachliegen auf diese Weise etwas erträglicher. Und es gab ein paar Nächte, in denen sie Shorts und ein T-Shirt anzog, nach draußen schlüpfte und über die Weide oder durch den Park ging, bis sie glaubte, einschlafen zu können.

Wie sie schnell feststellte, waren die Hunde nie erfreut darüber, wenn sie das Haus verließ. Sie waren inzwischen wieder vor die Zimmertür verbannt, um dort ihren Bewachungsaufgaben nachkommen zu können, und sie neigten dazu, sofort zu winseln, wenn sie hörten (und sie hörten es jedesmal), wie Amanda auf ihren Balkon zuging – also gewöhnte sie sich an, die Hunde regelmäßig hereinzulassen und sie mit sich nach draußen zu nehmen, um nicht zu riskieren, daß sie irgend jemand anderen weckten. Sie fühlte sich ohnehin wohler, wenn die beiden bei ihr waren, und wußte, daß die kurzen Spaziergänge im Freien die Hunde nicht von ihrer Bewachung abhielten.

Die Spaziergänge halfen allerdings nicht sonderlich dabei, ihre wachsende Besorgnis zu mindern.

Es war eine drückend schwüle Nacht – eigentlich bereits Freitagmorgen, denn es war schon nach Mitternacht –, als Amanda einem Drang nachgab, dessen sie sich seit Tagen bewußt war, und den sie ebensolange zu unterdrücken versuchte.

In der Dunkelheit ihres Zimmers entledigte sie sich ihres Nachthemds, zog schnell eine dünne Bluse und Shorts an und ließ ihre Füße in ein Paar Segeltuchschuhe gleiten.

»Still«, schärfte sie den Hunden ein, die angefangen hatten, vor ihrer Tür zu wimmern. »Heute bleibt ihr da. Verstanden? Dageblieben.«

Aus dem Wimmern wurde Stille.

Ausreichend überzeugt, daß sie sich an ihre gelegentlichen einsamen Spaziergänge gewöhnt hatten, trat Amanda auf ihren Balkon hinaus, ließ die Türen hinter sich offenstehen und ging dann hinunter auf die Weide.

Ohne zu zögern ging sie auf den Weg zu, der nach King High führte.

9

Wahrscheinlich werde ich auf eine Schlange treten.

Dieser Gedanke, wenn er auch einige Nerven kostete, reichte nicht aus, um Amanda aufzuhalten. Sie ging weiter, den Weg entlang, der durch den Wald nach Westen führte.

Es war ein schmaler Weg, ganz offensichtlich eher ein Fußweg als ein Pfad, den die Pferde benutzten. Er schlängelte sich links um diesen Baum, rechts um jenen, vorbei an verblühten Azaleensträuchern und den Geißblattgebüschen mit ihrem süßlichen Geruch. Der Weg schlang sich in einer Kurve beinahe vollständig um einen riesigen Granitbrocken herum, bevor er wieder geradeaus führte, um dann einen felsigen Hang hinaufzusteigen.

Bloß ein geruhsamer Abendspaziergang zum Abkühlen.

Zweifellos war es im Wald kühler, aber Amanda blieb, als sie oben am Hang angekommen war, stehen, um wieder zu Atem zu kommen und dachte gereizt an jene Leute, die auf dem Land mit der Ansicht groß geworden waren, daß jeder Fußmarsch von weniger als zehn Meilen ein harmloser Spaziergang sein müsse. Kein Wunder, daß Walker so gut in Form war; dieser kleine Spaziergang reichte aus, um einen Marathonläufer in Form zu bringen. Sie langte nach oben, um ihr Haar aus dem Nacken zu streichen und seufzte.

Warum mache ich das? Es ist lächerlich.

Es war lächerlich, sagte sie sich, während sie weiterging. Wenn sie King High sehen wollte, warum ging sie dann nicht bei Tageslicht hinüber, wenn man es auch wirklich sehen konnte? Und wenn sie etwas anderes sehen wollte, nun ja …

»Amanda, du bist ein Dummkopf«, erläuterte sie einer wilden Rose, die an einem Ahorn heraufwuchs.

Ja, das war sie.

Eine Kurve des Wegs brachte sie plötzlich an einen trägen Bach, über den ein schmaler Steg führte. Sie ging bis zur Mitte, wo sie einen Moment stehenblieb und auf das Wasser hinunterschaute. Hier im Wald drang nur wenig Mondschein nach unten, und so war das Wasser eine dunkle Masse, die sich schwerfällig voranwälzte.

Amanda zitterte, ohne zu wissen, warum und brachte den Rest des Stegs hastig hinter sich.

Nur ein paar Meter dahinter, ganz in der Nähe des Wegs, auf mehreren aufgeworfenen Wurzeln einer Rieseneiche balancierend, wurde die Silhouette eines stabilen, achteckigen Pavillons sichtbar. Amanda wich nicht vom Weg ab, um ihn zu untersuchen; sie blieb nur ein paar Augenblicke lang stehen, um die kleine Holzkonstruktion zu betrachten. An zwei Innenseiten der mit einem Ziergitter versehenen, halbhohen Wände waren offenbar Sitzbänke eingebaut; es gab vier von diesen eigenständigen, halbhohen Wänden, und ihre Zwischenräume bildeten offene Eingänge, der Boden der Konstruktion war, wie alles übrige auch, aus Holz. Als sie den Kopf wandte, um weiter den Weg entlang zu schauen, konnte Amanda gerade noch sehen, wie hinter den Bäumen etwas Weißes aufblitzte. Sie wußte, daß sie bereits in der Nähe von King High war – aber es schien doch ein merkwürdiger Ort zu sein, um einen Pavillon zu errichten, so weit weg vom Haus.

Merkwürdig – aber nett. Sie mußte lächeln.

Sie ging weiter, bis der Wald abrupt am Rande eines gepflegten Rasens aufhörte. King High. Im Mondschein gebadet. Es paßte, auf seine ganz eigene Art, in jeder Einzelheit ebenso perfekt in seine Umgebung wie Glory. Es überwältigte die Sinne nicht, sondern beruhigte sie auf gewisse Weise; es schritt nicht aus, um den Ankömmling beherzt in Empfang zu nehmen, es winkte ihn vielmehr elegant heran; es bäumte sich nicht in einem herrischen Ruf nach Beachtung auf, sondern wartete vielmehr still darauf, zur Kenntnis genommen zu werden. Amanda verspürte eine äußerst seltsame Empfindung, als sie so dastand und es betrachtete, eine Art von Zutraulichkeit, die sie bei Glory noch nie gefühlt hatte. Das große, zweieinhalbgeschossige Haus war vom gleichen Typus wie viele, die weiter im Süden zu finden waren, mit großzügigen Galerien, die das Obergeschoß an der Front- und Rückseite säumten und Loggien mit Ziegelböden im Erdgeschoß; die Galerien besaßen an jedem Ende flankierende Treppen. Jedes der Zimmer im Obergeschoß hatte einen eigenen Zugang zur Galerie, wo ausladende Ventilatoren an der Decke sich träge drehten, um die Luft in Bewegung zu halten, und weiße Korbstühle bequeme Sitzgelegenheiten boten.

Es war längst nicht mehr der übliche Baustil, und Galerien sah man in diesen modernen, von Klimaanlagen geprägten Zeiten seltener als Hühnerzäune, aber das Design kam sowohl den jahrhundertealten Eichen entgegen, die das Haus umstanden, als auch der schwülen Hitze der Sommer in Carolina.

Amanda hatte nicht vorgehabt, noch näher zu kommen, als sie den Waldrand erreicht hatte, doch sie stellte fest, daß sie ohne zu zögern weiterging, über das feuchte, weiche Gras des gepflegten Rasens und bis unter die riesige Eiche zwischen Wald und Haus. Sie konnte die schwere Süße des Geißblatts jetzt deutlicher riechen, und hier und da flimmerten Glühwürmchen auf, aber ihre Aufmerksamkeit war gänzlich auf das Haus gerichtet, das den Namen King High trug, nach dem Pokerblatt, das der Familie McLellan einen Teil des Daultonschen Besitzes eingebracht hatte. Es war ein großes Haus, viel zu groß für nur einen lakonischen Anwalt. Einen Klotz am Bein hatte Walker es genannt – aber es schien offensichtlich, daß er nicht beabsichtigte, sich von dieser Last zu befreien. Und entweder lag ihm weit mehr daran, als er zeigte, oder aber er war sich seiner Verantwortung sehr bewußt, denn Haus und Grundstück waren anscheinend in allerbester Verfassung, was einen unermeßlichen Aufwand an Zeit und Geld bedeuten mußte.

Sie blieb plötzlich stehen und hatte den Blick auf das ihr am nächsten liegende Ende der Galerie im Obergeschoß gerichtet. Ein Streichholz flammte auf und erhellte sein harsches Gesicht während er aus dem Schatten trat und auf das Geländer zuging. Er steckte sich eine Pfeife an, aber sein Blick reichte über die Tätigkeit hinaus. Selbst bei diesem Abstand wußte sie, wohin er sah. Er schaute sie an. Er sah sie, wußte, daß sie da war. Und er wollte, daß sie wußte, daß er sie beobachtete, daß er wartete. Instinktiv wußte sie, daß er ihr die Chance zum Rückzug gab, die Chance, die sorgfältige, beiderseitige Distanz zu wahren, und daß er, wenn sie jetzt ginge, kein Wort darüber verlieren würde, sie gesehen zu haben.

Ebenso, wie er kein Wort darüber verloren hatte, wie er sie fürsorglich gehalten hatte, als ihr übel war und sie sich unter Schmerzen wand. Kein Wort, daß er sie auf Händen getragen hatte.

Alles würde weitergehen wie bisher.

Amanda blieb einen Augenblick lang stehen und sah zu, bis seine Pfeife angezündet war, bis das Zündholz erlosch. Dann holte sie tief Luft und ging weiter.

An der Treppe angekommen, stieg sie stetig hinauf, und als

sie im hellen Mondlicht oben angekommen war und über den soliden Boden der Galerie auf ihn zuging, konnte sie ihn deutlich erkennen. Er trug weder Hemd noch Schuhe, nur eine Jeans, lehnte mit einer Schulter an einer der Säulen und rauchte systematisch seine Pfeife, während er ihr Näherkommen betrachtete.

Abwartend.

Wie immer war er kühl, die attraktiven Gesichtszüge ausdruckslos, wie er es sich antrainiert hatte. Sie wußte, wäre mehr Licht vorhanden gewesen, hätte sie sehen können, daß seine Augen wie üblich verschleiert waren, seine Gedanken verhüllten und nicht einmal eine Andeutung machten, was er gerade empfinden mochte. Außer wenn sie ihn verärgerte. Dann brannten die grünen Augen. Er glaubte nicht, daß sie Amanda Daulton war, und sie bezweifelte, daß er sich ohne eindeutige, wissenschaftliche Beweise überzeugen ließe. Aber heute nacht interessierte sie das nicht. Heute nacht sollte es keine Rolle spielen, wer sie war oder nicht war.

Sollte es keine Rolle für sie spielen.

Und es sollte, in allererster Linie, keine Rolle für ihn spielen.

Sie zwang sich, an ihm vorbeizublicken, wo hinter geöffneten französischen Türen die Matratze eines Einzelbetts oder einer Bettcouch auf den Boden der Galerie gelegt worden war, einfach von einem weißen Laken bedeckt. Wie viele andere auch, verbrachte er die heißesten Nächte offenbar draußen auf der Galerie, wo die Ventilatoren die Nachtluft bewegten und zumindest erträglich werden ließen. Kein Wunder, daß er mit Jesses Verbot von Klimaanlagen so gut zurechtkam, dachte sie; er hatte sich wohl in seinem eigenen Haus schon daran gewöhnt, auf sie zu verzichten. Aber sie fragte trotzdem nach. Es schien ein guter Anfang für ein Gespräch zu sein, von dem sie das Gefühl hatte, es würde schwierig werden.

»Keine Klimaanlage?«

Er schüttelte den Kopf, wobei eine Hand den Pfeifenkopf

umschloß und die andere auf dem Geländer neben ihm ruhte. Zwischen trägen Zügen sagte er mit der ihm eigenen Ruhe, »Keine Klimaanlage. Wie will irgend jemand den Wechsel der Jahreszeiten genießen, der dauernd in einer thermostatgeregelten Atmosphäre weggesperrt ist? Ich mag den Sommer. Ich mag es, wie er aussieht, wie er sich anhört, wie er riecht, wie er sich anfühlt. Und es macht mir nichts aus zu schwitzen.«

Sein Pfeifenrauch schwebte mit reichem, süßem Aroma zu ihr herüber, und Amanda atmete ihn, ohne darauf zu achten, ein. Auch ihn konnte sie riechen, die Seife vom kürzlichen Duschen, die sich über den Moschusgeruch des Mannes gelegt hatte. Es gefiel ihr. »In der Stadt gewöhnt man sich daran, die meiste Zeit über eingesperrt zu sein. Eigentlich ist es sogar die einzige Art, auf die es sich überhaupt aushalten läßt, wegen der schmutzigen Luft und dem Lärm. Aber hier draußen … ist es wie in einer anderen Welt.«

»In einer neuen Welt? Oder in einer, in die Sie zurückgekommen sind?«

Sie merkte, wie sie lächelte, keineswegs überrascht. »Sie hören einfach nie damit auf, nicht wahr? Immer nachfragen, forschen, abwägen. Wozu machen Sie sich eigentlich die ganze Mühe, Walker? Sie glauben sowieso kein Wort von dem, was ich sage.«

»Vielleicht hoffe ich einfach, daß Sie irgendwann etwas sagen, was mich davon überzeugt, daß Sie diejenige sind, für die Sie sich ausgeben.« Er nahm die Pfeife aus dem Mund und betrachtete sie kurz, dann legte er sie vorsichtig auf dem Geländer ab.

Amanda wartete, bis er ihr wieder in die Augen schaute, dann sagte sie überlegt: »Ist es denn wirklich wichtig, wer ich bin?«

»Sie wissen verdammt genau, daß es das ist. Von der Erbschaft mal ganz abgesehen, hat Jesse es einfach verdient, daß seine wirkliche Enkelin …«

»Nein, das habe ich nicht gemeint. Ich spreche nicht von den anderen und dem, was sie denken oder glauben. Was ich gemeint habe, war, ist es wichtig für uns? Genau jetzt, wo niemand sonst da ist. Niemand, der zuschaut oder zuhört. Wenn Sie mich ansehen, in dem Moment, kümmert es Sie dann wirklich, ob ich Amanda Daulton bin oder nicht? Tut es das, Walker?«

»Spielt es denn eine Rolle, ob es mich kümmert?«

»Beantworten Sie nie eine Frage mit einer Gegenfrage.«

Er zuckte mit den Schultern. »Also gut. Es ist nach Mitternacht, und gerade ist eine wunderschöne Frau in mein Schlafzimmer gekommen – gewissermaßen. Und in einer gewissen geistigen Verfassung würde es wahrscheinlich keine Rolle spielen, wer sie ist.«

»So auf der Hut«, murmelte Amanda. »Geben Sie Ihre Dekkung jemals auf, Walker?«

Anstatt darauf zu antworten, sagte Walker: »Es ist verteufelt heiß, und ich bin nicht in der Stimmung, irgendwelche Spielchen zu spielen.«

»Habe ich denn irgend etwas von Spielchen gesagt?«

»Sie sind hier. Warum sind Sie gekommen, Amanda?«

»Ich konnte nicht einschlafen. Ich dachte, ein kleiner Spaziergang wird mir guttun.«

»Ein kleiner, meilenweiter Spaziergang? Durch den Wald?« Seine Stimme wurde spöttisch. »Gelangweilt, Amanda? Auf der Suche nach einem bißchen Aufregung? Nach Boston muß Ihnen diese Gegend schließlich vorkommen wie der Arsch der Welt, und ich kann mir gut vorstellen, daß es ziemlich ermüdend ist, dauernd die süße, kleine Amanda für Jesse zu spielen. Und da die meisten Männer in der Gegend ja angeblich mit Ihnen verwandt sind, dürfte es ja wohl eines der vordringlichsten Anliegen für Sie sein, jemanden fürs Bett zu finden, mit dem Sie nicht Inzucht begehen würden.«

Es war nicht seine Art, grausam zu sein, und einen Moment

lang machte es ihr diese Attacke unmöglich, überhaupt etwas zu antworten. Aber schließlich holte sie kurz Luft und zog sich, um die Fassung zu bewahren, ihrerseits auf glatten Hohn zurück. »Sie sind wirklich ein Bastard, nicht wahr? Ich weiß bloß noch nicht, ob Sie mich ums Verrecken nicht ausstehen können, oder ob Sie bloß wollen, daß ich das glaube.«

»Ich spiele keine Spielchen.«

»Quatsch. Wir spielen alle. Und Sie und ich, wir spielen dieses Spielchen hier schon seit dem Tag, an dem ich in Ihr Büro gekommen bin.«

»Ich spiele kein Spiel. Ich will die Wahrheit.«

»Die Wahrheit?« Sie brachte ein Lachen zustande, und das Geräusch hörte sich tatsächlich amüsiert an. »Was soll denn, bitteschön, die Wahrheit damit zu tun haben?«

»Alles.«

Sie schüttelte den Kopf. »Das würden Sie vielleicht gerne glauben, aber Sie wissen es besser, Walker. Ich habe Ihnen vorhin eine Frage gestellt und ich erwarte eine aufrichtige Antwort. Ist es in diesem Augenblick, genau jetzt, wirklich wichtig, ob ich Amanda Daulton bin?«

»Nein.« Das wurde ihm beinahe zwanghaft entrissen, und Walker spürte, wie die Spannung in seinem Inneren sich höher und höher aufstaute.

Zum Teufel mit ihr. *Zum Teufel* mit ihr.

Amanda lachte nicht, sie lächelte nicht einmal; sie sagte nur ruhig: »Sie würden wahrscheinlich eher einer Kobra vertrauen, die sich vor Ihnen aufrichtet, aber das ändert nichts, nicht wahr? Sie wollen mich, Walker. Und das wissen wir beide.«

»Egal, was ich vielleicht will oder nicht will, ich bin alt genug, um deswegen nicht die Nerven zu verlieren.« Seine Stimme war rauh und schmerzte ihm in der Kehle. Sie hatte sein Verlangen zum Vorschein gebracht, hatte es offen und nackt zwischen ihnen ausgebreitet, und er wußte zwar, daß er sie dazu aufgestachelt hatte, aber dieses Wissen half ihm nicht im geringsten.

»Sind Sie das? Aber was, wenn ich es nicht bin?«

Er rührte sich nicht. Er blieb reglos und auf der Hut.

»Wovon sprechen Sie, Amanda?«

»Immer nur der Anwalt«, murmelte sie. »Alles muß bis ins Letzte ausformuliert sein. Aber ich dachte, Sie wüßten schon längst, warum ich gekommen bin. Hatten Sie das nicht gesagt? Haben Sie nicht gesagt, ich müßte mich langweilen und wäre auf der Suche nach jemandem fürs Bett? Zumindest sinngemäß.«

»Amanda ...«

Sie schnitt ihm das Wort ab, ihre Stimme war nicht länger ruhig, sondern flach und sarkastisch. »Ich bin fast nur von Verwandten umgeben, und dieser Sommer fängt schon an ... schwül zu werden. Die Nächte sind so lang. Und so heiß. Was kann ein Mädchen da schon tun? Oh, ich nehme an, ich könnte warten, bis Victor zurückkommt, schließlich hat er ja sein Interesse schon angedeutet, aber wirklich, ich möchte lieber nicht schuld sein, sein aufgeblasenes Ego noch weiter aufzublähen, und abgesehen davon sind Männer, die sich für die größten Liebhaber halten, das mit Sicherheit nie.«

Er spürte, wie sich in seinem Inneren etwas bewegte, langsam und massiv und unaufhaltsam, und fragte sich dunkel, ob sie wohl irgendeine Vorstellung davon hatte, was diese Nacht entfesseln würde. »Reine Zeitverschwendung, sonst nichts.«

»Schlimmer. Ich habe den Eindruck, daß Victor ein paar unschöne Angewohnheiten hat, was Sex angeht, da gehe ich seiner Vorstellung von Spaß doch lieber gleich aus dem Weg.«

»Bliebe also nur noch ich.«

Sie lächelte. »Natürlich. Warum bringen wir diesen kleinen Auftritt also nicht einfach zu Ende? Dann kann der Vorhang in aller Form fallen.«

Auch wenn er sich vom Sturm seiner eigenen Gefühle nicht

befreien konnte, überkam Walker die plötzliche Erkenntnis, daß es ihm unzweifelhaft gelungen war, ihre kühle Fassade zum Einsturz zu bringen. Sie war zornentbrannt, definitiv gekränkt und möglicherweise verletzt. Ihr Lächeln war strahlend und falsch, die Stimme so süßlich spöttisch, daß sie sich überschlug, und sie zitterte sichtlich. Bevor er noch etwas sagen konnte, redete sie in diesem einschmeichelnden, höhnischen Ton weiter.

»Warum mache ich es Ihnen eigentlich nicht ein bißchen leichter? Was ich Ihnen sagen werde, ist, daß Sie der einzige interessante und verfügbare Hengst in der unmittelbaren Umgebung sind, und ich deshalb heute nacht hierherspaziert bin, um mich flachlegen zu lassen. Und dann, während ich erwartungsvoll ausharre, können Sie mich in Stücke reißen, indem Sie Ihrer Verachtung und Ihrem Ekel Ausdruck verleihen und mir erzählen, was für eine Hure ich bin. Und wenn Ihnen das nicht ein schönes Gefühl der Überlegenheit verleiht, dann können Sie ja gelegentlich noch ein paar Beleidigungen einstreuen, darüber, daß mir, was Sie angeht, jegliche Attraktivität und Begehrenswürdigkeit abgeht.«

»Amanda ...«

»Ja, machen Sie nur weiter, Walker. Das ist es doch, wozu Sie ausgebildet sind – den Gegner mit allen nötigen Mitteln schwächen, oder nicht? Wenn Sie die Situation auf eine andere Weise nicht unter Kontrolle kriegen können, dann greifen Sie einfach zurück auf das Altbewährte, demütigen Sie mich, entwürdigen Sie mich. Das wird mir eine Lehre sein. Und ich werde ganz bestimmt nicht wieder herspazieren, um mich flachlegen zu lassen – ganz gleich, wie heiß die Nächte noch werden.«

»Amanda, warte.« Er machte einen Schritt nach vorn und packte ihren Arm, als sie sich gerade abwandte. Sie blieb bewegungslos stehen, und Augen, so durchdringend wie die einer Katze in der Dunkelheit, funkelten ihn an.

»Scher dich zum Teufel.« Sie riß ihren Arm aus seiner Umklammerung und rannte auf die Treppe zu.

Walker zögerte nur einen Augenblick, dann fluchte er und lief ihr nach. Er holte sie unter der großen Eiche zwischen Haus und Wald ein und war sich des weichen, feuchten Grases unter seinen nackten Füßen kaum bewußt. Als er diesmal ihren Arm ergriff, machte sie ein bösartiges Geräusch und versuchte, ihm die andere Hand ins Gesicht zu krallen, aber er packte ihr Handgelenk, bevor ihre Nägel seine Wange berührten.

»Amanda, es tut mir leid«, sagte er barsch. Ihr Handgelenk war in seiner Hand schockierend klein, und er wurde sich unvermittelt und überwältigend bewußt, wie wehrlos sie in der Umklammerung irgendeinen Mannes war.

Sie wurde ruhig, aber ihre Stimme triefte vor Verachtung. »Nein, das tut es dir nicht. Und mir genausowenig. Es ist eine Erleichterung, daß ich endlich weiß, woran ich mit dir bin. Mir war klar, daß du glaubst, daß ich eine Lügnerin bin – aber jetzt weiß ich auch, was du sonst noch von mir hältst.«

»Du weißt, daß ich dich will.« Seine Hände faßten an ihre Schultern, und als er sie ein wenig schüttelte, war er sich bewußt, daß seine Selbstkontrolle in tausend Stücke brach und er unfähig war, etwas dagegen zu unternehmen. Sie hatten die Barrieren zwischen sich niedergerissen, alle Barrieren, und das einzige, was ihnen noch blieb, war die Wahrheit. Diese Wahrheit. »Du hattest recht damit, und das wissen wir alle beide. Recht damit, daß es keine Rolle spielt, wer du bist.«

Sie stieß nach seinen Händen. »Laß mich los ...«

»Nein, nicht, bis du mich angehört hast. Ich habe diese Situation *nicht* im Griff, und es *macht* mich wahnsinnig – und deshalb wollte ich dir weh tun. Und deshalb werde ich wahrscheinlich auch wieder versuchen, dir weh zu tun.« Seine Finger griffen fester zu, gruben sich in ihre Schultern. Er wollte das nicht sagen, aber die ungeschminkten Worte brachen aus ihm hervor, schnell und scharf vor Dringlichkeit.

O Gott, warum konnte er bloß nicht damit aufhören?

»Ich denke immerzu an dich, jeden Tag und jede Nacht, im Büro und vor Gericht und hier und auf Glory, bis ich halb wahnsinnig davon bin. Himmel, ich bin wahnsinnig. Ich kann nicht schlafen, weil ich träume, daß ich dich habe und dann wache ich so frustriert auf, daß ich wie ein Tier im Käfig in meinem Zimmer auf und ab gehen muß.«

Er schüttelte sie noch einmal, und seine zornige Stimme schlug auf sie ein wie eine Peitsche. »Verstehst du jetzt? *Brauchen* ist ein schwaches Wort, um zu beschreiben, was ich für dich empfinde, und *Begehren* kommt noch nicht einmal in die Nähe. Ich bin besessen, verdammt noch mal, so voll von dir, daß für nichts anderes mehr Platz ist.«

Sie starrte zu ihm hoch, einen Moment lang ruhig, aber dann bewegte sie sich wieder, versuchte, sich von ihm loszureißen. »Hör auf damit – laß mich los, Walker!«

Er lachte rauh. »Nicht das, was du erwartest hast, wie? Zu intensiv, zu unromantisch, zu plötzlich – zu viel. Aber auch das macht nichts, nicht wahr? Denn du willst mich auch, Amanda. Deshalb bist du heute hierhergekommen.«

Sie war wieder ruhig, und ihre weiten, verfinsterten Augen waren starr auf sein Gesicht gerichtet. Sie benetzte ihre Lippen mit einer Geste, die mehr nervös als provozierend war. »Ich – ich weiß nicht ... Ich habe mir nicht vorgenommen, heute hierherzukommen, nicht den ganzen Weg bis zum Haus, ich bin einfach nur losgegangen, den Weg entlang, und als ich dich gesehen habe, habe ich ...«

»Da hast du eine gesittete Unterhaltung erwartet, gefolgt von ein wenig züchtigem Schmusen?«

Diesmal brachte sie sein schroffer Hohn nicht mehr aus der Fassung, da sie ganz von seiner bestürzenden Wandlung ergriffen war. Es erstaunte sie, daß der geschmeidige, kühle und eher leidenschaftslose Mann der letzten Wochen in seinem Inneren solche unbezähmbaren, dunklen, aufwühlenden Gefühle verborgen hatte, und sie wußte nicht recht, was sie von ihm halten sollte. Er hatte recht – sie hatte nicht weiter gedacht, als an Küsse und eine mögliche Affäre, oder etwas in der Art – hatte nicht zugelassen, daß sie darüber hinaus dachte – und das war völlig zahm, im Vergleich zu dem besessenen Verlangen, das er gerade so ungestüm beschrieben hatte.

Er hatte auch recht damit zu glauben, daß das nicht war, was sie wollte. Nicht jetzt. Mit den sich überstürzenden Schwierigkeiten, von denen ihr Leben momentan strotzte, den verschiedenen An- und Verspannungen, den Unterströmungen und Rätseln, war das letzte, auf das sie es angelegt hätte, etwas – *irgend etwas* – was mehr von ihr verlangte, als sie zu geben bereit war.

»Es spielt keine Rolle, was ich erwartet habe«, brachte sie gefaßt hervor, sich seiner Nähe sehr bewußt, seiner unerwartet kräftigen Brust und Arme und der Art, in der seine Finger ihre Schultern in starken, ruhelosen Bewegungen massierten, die er selbst wahrscheinlich gar nicht bemerkte. »Dir gefallen deine Gefühle nicht, und ich habe nicht die seelische Kraft, mit irgend etwas zu Rande zu kommen«, sie zauberte ein verzerrtes Lächeln hervor, »was komplizierter ist, als mich flachlegen zu lassen.«

»Dann werde ich mich also damit zufrieden geben müssen, nicht wahr?«

Selbst in der Dunkelheit war sein Gesichtsausdruck fast beängstigend in seiner Intensität, und Amanda verspürte einen seltsamen inneren Ruck, als wären alle ihre Sinne Opfer einer tiefgreifenden, beinahe archaischen Erschütterung geworden. Sie wollte zurückweichen – nein, *zurückrennen* –, aber sie konnte sich nicht bewegen. Ihr Herz trommelte, und plötzlich wurde das Atmen schwer, und tief in ihrem Inneren war eine Hitze, die sie nie zuvor verspürt hatte.

»Nein.« Sie schluckte tief, unfähig auch nur den Blick von ihm zu wenden. »Ich kann nicht. Du willst zu viel. Du …«

Er beugte in einer unvermittelten Bewegung den Kopf, sein Mund bedeckte begierig den ihren, und Amanda vergaß, was sie hatte sagen wollen. Ihre Hände lagen auf seiner nackten Brust, Fingerspitzen erforschten dichtes, weiches Haar und die feste Haut. Er fühlte sich nicht wie ein Mann an, der seine Tage im Anzug hinter einem Schreibtisch verbrachte. Er fühlte sich wie ein Bauarbeiter oder ein Viehzüchter an, wie ein Mann, der in den unerbittlichen, täglichen Kämpfen ums Überleben seine Muskeln gebrauchte. Und er war heiß, heißer als die Nacht, seine Haut brannte, als könne sie kaum das Feuer eindämmen, das in ihm wütete. Ihr Unterleib schmiegte sich aus eigenem Antrieb an den seinen, und der Schock seiner Erregtheit ließ eine weitere Hitzewelle durch sie fluten. Sie wußte, daß sie seine Küsse erwiderte, ihr Mund so ungezähmt und von blindem Zwang gedrängt wie seiner, und dieses beinahe tierische Verlangen kam so machtvoll und unerwartet, daß ihr schwindelte.

Dann riß Walker den Kopf empor, und ihre Lippen fühlten sich geschwollen an und pochten, von seinem Ungestüm fast aufgeschürft, und er holte tief Luft, mit einem Geräusch, das sich eher wie ein Knurren anhörte. »Ich brauche dich.« Seine Stimme krächzte. »*Brauche* dich. Ich dachte, es geht vorbei, aber das tat es nicht, es wurde nur immer schlimmer.«

Amanda starrte zu ihm empor, wie hypnotisiert. Sie erkannte, daß sie sich hätte zurückziehen können, hätte er nur das lüsterne, aber kontrollierte Begehren dargeboten, das sie zuvor an ihm gesehen und gespürt hatte, und das sie verstanden hatte. Eine ausschließlich körperliche Leidenschaft, die die Gefühle nur beiläufig und die Seele überhaupt nicht berührte. Davor hätte sie sich zurückziehen können, oder sie hätte ohne Besorgnis bleiben und in gegenseitigem Einverständnis, die Lust um ihrer selbst willen auskostend, annehmen können, was er ihr anbot. Das wäre zivilisiert gewesen.

An dem hier war nichts Zivilisiertes. Sein Verlangen war

wie eine Sturzflut über einen Damm hinweggebrochen und hatte sie in einen brennenden Strom geschwemmt, den sie nicht kontrollieren konnte, und während sie von den ungebändigten Fluten mitgerissen wurde, war das sichere Wissen, daß er in derselben Weise überwältigt war, unendlich verführerisch. Sie hatte nie zuvor das Gefühl gehabt, für einen Mann so *notwendig* zu sein.

»Verdammt noch mal, Amanda.« Er umfaßte ihr Gesicht mit Händen und küßte sie noch einmal, sein Mund so hart und glühend wie seine Stimme. »Sag jetzt entweder ja, oder sag mir noch einmal, daß ich mich zum Teufel scheren soll, aber laß mich nicht noch länger auf irgendeine Art von Antwort warten.«

In ihrem Kopf mahnte flüsternd die Vernunft, nicht ganz so schnell zu sein, über die Sache nachzudenken und erst abzuschätzen, was es sie kosten würde, ihm zu erlauben, sie verwundbar zu sehen, aber alles rationelle Denken wurde von ungezügelter Emotion überschwemmt. Erschüttert hörte sie, wie ihr ein sinnliches, kleines Winseln entschlüpfte, eine Reaktion auf ihn und ihr eigenes, brennendes Verlangen, und ihre Hände glitten langsam um ihn herum, bis sich ihre Fingernägel in die bebenden Muskeln seines Rückens gruben. Die Spitzen ihrer Brüste, die unter der zarten Baumwolle ihrer Bluse bereits sichtlich erregt waren, berührten seine Brust.

Walker hielt den Atem an. »Ja?« forderte er heiser.

»Ja.« Sie war sich gar nicht wirklich sicher, daß sie es sagen würde, bis das Wort hervorbrach, aber als er sie mit diesem überwältigenden, unstillbaren Hunger noch einmal küßte, löste sich die Ungewißheit in einer Sturmflut aus Empfindungen auf.

Seine Finger glitten ihre Kehle hinunter und folgten den schmalen Aufschlägen ihrer Bluse, bis zum ersten Knopf. Bevor Amanda ihm zu Hilfe eilen konnte, war ihre Bluse schon geschickt geöffnet und über ihre Arme heruntergezogen, so daß sich ihr Rücken wölbte und ihre nackten Brüste fest gegen seinen Oberkörper strichen. Er stöhnte auf, seine Zähne und Zunge spielten in lüsternen Bissen und verlockenden Berührungen mit ihren Lippen und sie waren auf wildere Weise erregend als es einfache Küsse je sein konnten, und seine Hände glitten ihren Rücken hinunter, um sie an sich zu ziehen. Er war in Bewegung, rieb sich gegen ihre anschwellenden Brüste.

Amanda hörte sich seufzen, fühlte ihre Brüste schmerzen und ihre Brustwarzen brennen, spürte, wie das unaufschiebbare Verlangen in ihr so schnell wie ein Wahn, der von ihr Besitz ergriff, aufstieg. Wild und verzückt fing sie seine Unterlippe mit den Zähnen, und das tiefe Geräusch, das er zur Antwort gab, war ein Knurren, in dem sich beider Atem vermischte. Seine Hände lagen am Gummiband ihrer Shorts, die sie über die Hüften nach unten schoben, und erst als sie das feuchte Gras unter ihren nackten Füßer. spürte, bemerkte sie, daß er sie auch ihrer Schuhe entledigt hatte. Sie griff nach dem Reißverschluß seiner Jeans, und ihre Finger waren vor Ungeduld ungeschickt, aber doch noch in der Lage, die Laschc anzuheben und den Verschluß nach unten zu ziehen. Als sie nach ihm greifen wollte, faßte er sie bei der Hand, und seine Stimme war heiser.

»Nicht. Wenn du mich berührst, werde ich ...«

»Beeil dich«, flüsterte sie, nicht länger überrascht von ihrem eigenen unwiderstehlichen Drang, ihn zu haben.

Walker schauderte und ließ einen weiteren, kehligen Laut erklingen, aber dann zog er Jeans und Boxershorts herab und stieß sie mit den Füßen beiseite, so wie auch Amanda ihre Shorts aus dem Weg geworfen hatte. Er zog sie zu Boden, drückte ihren Rücken auf das vom Tau benetzte Gras, und sie stöhnte, als sie merkte, daß er sie von ihrem Slip befreite, indem er ihn ganz einfach zerriß.

»Ich kann nicht warten«, murmelte er, während eine schwere Hand über ihre Brüste und ihren Bauch rieb, bevor sie hinunterstrich, um sich zwischen ihre bebenden Schenkel zu schmiegen und ihren Hügel zu umfassen.

Amanda wimmerte, ihre Hüften hoben sich begierig, als lange Finger sie erkundeten und streichelten. Sie war erfüllt von einem Brennen, einem Schmerzen, einer Leere, wie sie es nie zuvor gefühlt hatte. Nichts anderes war noch wichtig, nichts zählte mehr, außer ihn in sich zu fühlen. »Warte nicht«, forderte sie ihn auf, die heisere Stimme seltsam gebrochen.

»Ich muß. Ich muß mich zurückhalten. O Gott, ich verzehre mich fast, vor Verlangen nach dir ...«

Sein Mund war auf ihrer Brust, und er ließ sie seine Zähne und Zunge spüren, als er mit kräftigem Saugen ihre Brustwarzen reizte. Sein Hunger war so machtvoll, daß er seine Liebkosungen grausam, primitiv werden ließ, und er ihr beinahe weh tat. Aber gerade das Fehlen jeder Kontrolle war erregend, war Beweis für die Tiefe seines Bedürfnisses, und Amanda fühlte sich befreit, sich gehenzulassen, ihre eigene Leidenschaft zu genießen, ohne irgend etwas zurückzuhalten.

Sie zog wie besessen an seinen Schultern, ihr Körper wölbte sich vom nassen Untergrund empor, während sein Mund und seine Finger sie weiter und weiter trieben, so weit, daß es beängstigend war. Dann glitt sein Mund heiß über ihren bebenden Bauch, tiefer, und sie stieß einen tiefen Schrei der Lust aus, als seine Zunge den empfindlichsten, empfindungsreichsten Punkt ihres Körpers streichelte.

Sie kämpfte darum, den Atem anzuhalten, stillzubleiben, aber sie hatte keine Kontrolle mehr über sich. War sie sich anfangs noch der Düfte des Grases, des Geißblatts, seiner Seife bewußt gewesen, hatte sie noch die schwüle Hitze der Nacht wahrgenommen, die Geräusche der Zikaden und das ferne Donnergrollen in den Bergen, ihrer beider Atem, so konzentrierten sich jetzt alle ihre Sinne auf einen einzigen Punkt, bis sie sich nichts anderem mehr bewußt war als ihm und den tobenden Bedürfnissen ihres eigenen Körpers.

»Walker … ich halte es nicht mehr aus … bitte …«

Er bewegte sich mit unerträglicher Langsamkeit wieder über ihren zitternden Körper hinauf, sein Mund streichelte die seidige Haut auf ihrem Bauch, ihren Brüsten, ihrem Hals. Seine Hüften drückten ihre Schenkel weiter auseinander, seine Erektion strich gegen sie, und Amanda stöhnte.

»*Zum Teufel* mit dir …«

»Ganz ruhig«, murmelte er, doch er schien sich selbst Anweisungen zu geben, denn jede seiner Bewegungen, jede seiner Liebkosungen hielt schmerzlich lange an. Als er den Kopf hob, war sein Gesicht angespannt, seine Augen glitzerten über sie hinab mit dem beinahe blinden Ausdruck wildester Lust. »Ich wollte, … daß es lange dauert, … aber …«

Amanda spürte ihn, hart und nachdrücklich, und sie gab einen erstickten, leisen Ton von sich, als ihr Körper ihn endlich aufnahm. Für sie hatte es lange gedauert, und sein langsames Eindringen raubte ihr den letzten Atem, der ihr noch verblieben war. Sie öffnete sich ihm, fast schmerzhaft ausgestreckt, hielt ihn fest gepackt. Sie war voll von ihm, so voll, und dann zog er sich plötzlich zurück und stieß nur ein einziges Mal fest zu, und sie krümmte sich mit einem Schluchzen, denn sie hatte noch nie etwas so ungezügelt Vollkommenes erlebt.«

»Himmel …« Er ächzte kehlig und beugte sich herunter, als müsse er tiefer in sie eindringen, gab einen rauhen, archaischen Laut von sich, während sie stöhnte und seinen Rücken mit ihren Fingernägeln zerkratzte. »Ich muß jetzt …«

»Ja, Walker, bitte«, flehte sie und ihre Beine hoben sich und umklammerten verzweifelt seine Hüften.

Seine Unterarme schoben sich unter ihren Rücken, seine Hände packten ihre Schultern und die schweren Stöße, tief und fest, wurden schneller, bis er nur noch ungezähmte Bestie war, die dem uralten Trieb folgte, seine Partnerin zu besitzen. Amanda fühlte sich besessen, auf eine urtümliche Weise genommen, mit nichts vergleichbar, was sie je erlebt hatte. Ihre

Hüften hoben sich, begierig, ihn zu empfangen, ihre Hände rasten in dem wahnsinnigen Verlangen, zu berühren, zu erforschen, zu halten, über seine gespannten Rückenmuskeln, und ihr Leib erzitterte unter dem Ansturm seiner Besitzergreifung.

Ohne Vorwarnung brach die Spannung, die sich in ihr aufgetürmt hatte auf, und Amanda schrie auf, als Welle um Welle pulsierender Lust durch sie und über sie hinwegströmte. Er stöhnte und stieß weiter in sie, hielt sie unter sich fest und weigerte sich, zuzulassen, daß sie sich ihm entzog. Benommen, alle Sinne durchwühlt, spürte sie ihren Körper seinem Drängen gehorchen, als neuerliche Spannung sich rasch und gewaltig in ihr auftürmte, und als sie diesmal den Höhepunkt erreichte, war die Erlösung so vernichtend, daß ihr Lustschrei gänzlich stumm blieb. Noch immer bebend, spürte sie seine ruckweisen Bewegungen und hörte den heiseren Schrei, als wäre er ihm tief aus der Brust gerissen worden. Dann ergoß er seinen Samen in sie, und sein Gewicht lastete schwer auf ihr, als er sie zurück auf den Boden drückte.

Amanda wußte nicht, wieviel Zeit vergangen war, aber langsam wurde sie sich ihrer Umgebung wieder bewußt. Unter ihr war das Gras dicht genug, um ein leidlich bequemes Bett zu schaffen, und sie spürte die Feuchtigkeit des Taus jetzt nicht mehr – wahrscheinlich weil sowohl ihr Körper als auch seiner naß vom Schweiß waren. Nicht, daß ihr das etwas ausgemacht hätte. Die Luft war heiß und windstill, schwül, und als sie die Augen aufschlug sah sie, wie hoch in den ausladenden Ästen der alten Eiche die Glühwürmchen aufflackerten. Sie konnte die Grillen hören und, gedämpft, das Grollen des Donners. Sie konnte ihren immer noch ungleichmäßigen Atem hören und den seinen.

Walker hob den Kopf und stützte sich auf den Ellenbogen. In seine schönen Gesichtszüge hatte sich ein undefinierbar männlicher Ausdruck der Befriedigung eingegraben, nicht aber der des Triumphes, ganz, als hätte er begriffen, daß dies mehr eine Stundung denn eine Erfüllung gewesen war. Er küßte sie, langsam und eingehend, dann hob er wieder den Kopf.

»Das war … bemerkenswert«, sagte er mit tiefer, aber sachlicher Stimme.

Da sie wußte, wie sinnlos jeder Versuch wäre, ihre überwältigten Gefühle zu verbergen, sagte sie einfach: »Ich glaube, ich würde ein anderes Wort nehmen. Vielleicht … Wahnsinn.«

»Habe ich dir weh getan?«

»Nein.« Sie ließ ihre Handflächen langsam über seinen Rücken gleiten und erinnerte sich, wie sie mehr als einmal hineingegraben hatte. »Aber ich glaube, ich habe dich blutig gekratzt.«

Er lachte in einem trägen Laut der Belustigung. »Ich glaube nicht, daß du bis unter die Haut gekommen bist.«

Amanda legte keinen Protest ein, als er sich von ihr erhob und sich an ihrer Seite entspannte, aber als er eine Hand auf ihr ruhen ließ, genau unter ihren Brüsten, war sie auf geheimnisvolle Weise froh, daß er sich nicht gänzlich von ihr zurückzog. Sie sollte sich unwohl fühlen, so nackt hier zu liegen, überlegte sie, aber obwohl sie milde erstaunt über sich selbst war, daß sie im Freien, unter einem Baum in einer mondhellen Nacht Sex gehabt hatte, war es ihr nicht peinlich.

Eine leichte Brise kam auf, die über ihren feuchten Körper strich, ihn abkühlte und die fiebernde Haut trocknete. Es fühlte sich wundervoll an. Sie wollte sich nicht rühren.

Walker hob sich neben ihr auf seinen Ellenbogen, sah einen Augenblick lang auf sie herab und fing dann an, ihre Brüste mit trägem Interesse zu streicheln, zu kneten, zu heben und zu formen. Es war, als müsse er sie berühren, als wäre sein Verlangen nur kurzzeitig gestillt, nicht aber wirklich befriedigt worden.

»Ich finde, du hast einen vollkommenen Körper«, sagte er ihr, immer noch beiläufig. Sie schaute ihn an und spürte, wie ihr Puls schneller wurde und ihre Haut auf die Liebkosungen reagierte, und sie hoffte, ihre Stimme würde nicht zittern, als sie zur Antwort murmelte: »Danke. Gute Anlagen, nehme ich an.« Seine Hand hielt inne, und Amanda fluchte still über sich, weil sie ihn daran erinnert hatte. Weil sie sie beide erinnert hatte.

Dann streichelte er sie wieder, seine Finger fuhren Kurven nach und untersuchten ihre Brustwarzen, die langsam fester wurden. »Du hast erstaunliche Rundungen für so ein kleines Ding«, murmelte er. »Dem Gemälde nach zu schließen, hatte deine Mutter die nicht.«

Wenn sie denn deine Mutter war, natürlich.

Er brauchte es gar nicht auszusprechen, und Amanda spürte, wie sie sich anspannte. Mit einiger Mühe schaffte sie es, ihre Stimme davon freizuhalten. »Nein, sie hat sich immer darüber beklagt, daß sie die Figur eines Kindes hatte. Immer wenn sie einen BH für mich gekauft hat, hat sie gesagt, daß es sie fürchterlich deprimiert, daß meine ein Körbchen größer waren als ihre.«

Walker zog zärtlich an einer steifen Brustwarze, dann beugte er sich herüber und ließ seine Zunge in einer kurzen, aber wild erregenden Zärtlichkeit darüberfliegen. Als er den Kopf hob, lächelte er. »Hübsches Detail.«

Da sie verdammt gut wußte, daß er nicht ihre Brüste meinte, stieß sie seine Hand beiseite, setzte sich auf und suchte nach ihren Kleidern.

Er setzte sich ebenfalls auf, griff nach ihren Schultern, um sie festzuhalten. »Also gut, es tut mir leid.«

Jetzt fühlte Amanda sich ungemütlich nackt, und das gefiel ihr gar nicht. Sie bewegte die Schultern ruckhaft, um seinem Griff zu entkommen, zog die Knie vor die Brust und schlang die Arme darum. »Wir wissen beide, daß das nicht stimmt, also laß das«, sagte sie gereizt. »Es ist sowieso nicht wichtig.«

»Mir ist es wichtig, auch wenn es dir egal ist«, erklärte er ihr mit ausdrucksloser Stimme. »Es tut mir aufrichtig leid, Amanda. Ich will nicht, daß mein ... Mißtrauen zunichte macht, was zwischen uns ist.«

Das überraschte sie eigentlich nicht und als sie lachte, schwang Ironie in ihrer Stimme mit. »Was zwischen uns ist? Du meinst daß wir miteinander geschlafen haben? Um Himmels willen, ihr Männer verdrängt doch wirklich jeden Zweifel und ignoriert jeden vernünftigen Gedanken, den ihr im Kopf habt, bloß damit ihr jemanden ins Bett kriegt.«

»Wirf mich nicht einfach so in einen Topf mit den anderen.« Er lächelte ein wenig, eher erheitert als beleidigt. »Ich verdränge nichts und ignoriere auch nichts und ich gehe mit Sicherheit nicht davon aus, daß du mit mir schläfst, bloß damit ich keine weiteren Fragen stelle; nachdem Jesse schon längst überzeugt ist, spielt meine Meinung ja sowieso kaum noch eine Rolle. Ob ich davon überzeugt bin, daß du Amanda Daulton bist? Nein. Aber das ist, wie du ja bereits vorhin deutlich gemacht hast, ebenfalls kaum von Bedeutung. Ich will *dich,* gleichgültig wer oder was auch immer du bist, und wenn du das nach der letzten Stunde immer noch nicht glaubst, dann muß mit einem von uns beiden irgend etwas nicht stimmen.«

Amanda sagte einen Augenblick lang nichts und rang im stillen um die Entscheidung, die sie jetzt treffen mußte. Sie konnte ihre Kleidungsstücke einsammeln und mit dem, was sie an Würde noch aufbringen konnte, fortgehen und sich weigern, angesichts seines Mißtrauens eine sexuelle Beziehung zu ihm zu haben, oder aber sie konnte seine Vermutungen als etwas betrachten, das unabhängig von der explosiven Leidenschaft zwischen ihnen existierte und nicht zulassen, daß es etwas beendete, was versprach, die Affäre ihres Lebens zu werden.

»Amanda?«

Sie holte Luft. »Du mußt mir etwas versprechen.«

Mit dem natürlichen Argwohn eines Anwalts fragte er: »Und zwar?«

»Ich will, daß du mir versprichst, daß immer, wenn wir uns auf diese Art treffen, die Frage, ob ich Amanda Daulton bin oder nicht, tabu ist. Kein Thema. Keine vertrackten, kleinen Fragen und kein Nachbohren. Keine Andeutungen oder Fallen, die mich kalt erwischen sollen. Keine Ausnahmen.«

Er nickte auf der Stelle. »Gut, du hast mein Wort – wenn wir uns auf diese Art treffen. Aber für alle anderen Gelegenheiten kann ich das nicht versprechen.«

»Ich habe auch nicht erwartet, daß du das tust.« Sie sah ihn etwas argwöhnisch an. »Na gut, das dürfte ja noch ganz interessant werden.«

»In diesem Punkt sind wir definitiv einer Meinung.« Er beugte sich zu ihr hinüber, um sie zu küssen, und seine Hände schoben sanft ihre Knie nach unten, so daß er ihre Brüste wieder streicheln konnte.

Amanda wußte nicht, ob sie auf sich selbst böse sein sollte oder auf ihn, weil er in der Lage war, die Spannung des Zorns so schnell und vollkommen in eine gänzlich andere Art von Spannung zu verwandeln. Zum zweiten Mal in dieser Nacht hatte er sie zuerst wütend gemacht und war jetzt dabei, sie zu verführen.

»Du bist zum Verrücktwerden«, erklärte sie ihm, als er sie wieder zu Boden drückte.

»Aber du willst mich genausosehr wie ich dich.« Seine Lippen suchten sich ihren Weg über ihren Hals hinunter zu den Brüsten. »Oder etwa nicht?«

»Ja, verdammt.« Sie schnappte nach Luft und ihre Augen schlossen sich, denn Wellen der Lust ließen sie schwindlig werden. Die Empfindungen, die er hervorrief, waren so überwältigend und wurden so schnell immer intensiver, daß sie sie beängstigt hätten, hätte er ihr die Möglichkeit gelassen, zu überlegen. Aber das tat er nicht. Wie befriedigt ihre letzte Vereinigung ihn auch zurückgelassen haben mochte, es war deutlich, daß sein Verlangen nach ihr keinen Funken weniger kraftvoll war als das erste Mal. Wie das ihre.

»Ich bin so froh«, murmelte er an ihre Haut. Dann seufzte er leise, und da war eine Spur traurigen Humors in seiner Stimme, als er anfügte: »Wenn das nicht auf Gegenseitigkeit beruhen würde, ich glaube, ich würde mich umbringen.«

Sie fuhr mit ihren Fingern durch sein dichtes Haar, die Augen noch immer geschlossen, während sie die wonnigen Empfindungen aufsog, die sein Mund an ihrer Brust verursachte. Heiser sagte sie: »Sei still, Walker.«

Das war er.

Ihr Slip bestand nur noch aus Stoffetzen. Mit einem Kopfschütteln stopfte Amanda ihn in die Tasche ihrer Shorts. Sie zog die Shorts an und hob dabei ihren Hintern in die Höhe, ohne aufzustehen. Sie schüttelte die Bluse aus und schlüpfte hinein, wobei sie feststellte, daß zwei Knöpfe fehlten.

»Hast du vor, auch in Zukunft so grob mit meinen Sachen umzugehen?« fragte sie ihn.

Walker, der sich widerwillig auf die Füße gestellt hatte und sich seiner Jeans wieder angenommen hatte, kicherte in sich hinein und streckte die Hand nach ihr aus, um sie zu sich hochzuziehen. »Wahrscheinlich. Aber nicht absichtlich, verstehst du, es ist halt bloß so, daß sie mir im Weg sind.«

»Hmm.« Amanda sah einen Moment lang an ihrer Bluse hinunter, dann seufzte sie und knüpfte die Enden in einem losen Knoten unter der Brust zusammen. Sie erwartete nicht, auf dem Weg zurück nach Glory jemanden zu treffen, aber falls zufällig jemand auf der Suche nach Abkühlung durch die Nacht streifen sollte, wäre sie zumindest anständig bekleidet, und die fehlenden Knöpfe würden niemandem auffallen.

»Du könntest hierbleiben«, schlug Walker vor.

Sie sah zu ihm hoch und fragte sich, ob es wohl bei Tageslicht leichter gewesen wäre, seinen Gesichtsausdruck zu entschlüsseln. Der rücksichtslose, leidenschaftliche Liebhaber, der er noch vor ein paar Minuten gewesen war, hatte sich wieder in seine trügerische Haut zurückgezogen, war wieder kühl und träge.

»Nein«, sagte sie. »Ich muß zurück. In ein paar Stunden wird es hell.«

»Und wenn die Sonne aufgeht, mußt du schließlich wohlbehütet in deinem eigenen Bettchen liegen?«

Amanda zögerte nur einen Augenblick, bevor sie absichtsvoll sagte: »Selbstverständlich. Schließlich würde es mir ja meine ganze Süße-kleine-Amanda-Vorstellung kaputtmachen, wenn bekannt würde, daß ich die Nacht damit zugebracht habe, unter einer Eiche in deinem Garten Unzucht zu treiben.«

»Was macht dich so sicher, daß ich es nicht überall herumerzähle?« fragte er mit derselben Absichtlichkeit.

Sie fragte sich, warum sie so sicher war, daß er das nicht täte. »Ach, ich weiß nicht. Weil du mehr willst, als eine Nacht?«

Ein widerstrebendes Lachen entrang sich ihm. »Ich schätze, die Antwort ist auch nicht schlechter als jede andere. Du hast überhaupt keine Illusionen, nicht wahr, Amanda?«

»Nicht viele.« Sie fand ihre Schuhe und zog sie an, dann schaute sie wieder zu ihm auf, als er näher trat. »Nur falls es dich interessiert, ich habe nicht vor, das hier sonderlich geheim zu halten. Ich glaube nur einfach nicht, daß es eine gute Idee wäre, jetzt gleich damit herauszuplatzen. Ich bin immer noch eine Kuriosität in dieser Gegend und in jedem Fall noch in der Probezeit, solange alle noch dabei sind, sich ihre Meinung über mich zu bilden, und ich würde ihnen im Augenblick nicht gerne noch mehr Stoff zum Nachdenken liefern. Abgesehen davon – soweit ich mich erinnere, neigen Kleinstädte dazu, gewisse Sünden nicht zu vergeben.«

»Das tun sie allerdings«, pflichtete er nach einem kurzen Zögern bei. »Also lassen wir sie spekulieren, ohne Beweise zu liefern?«

»Ich denke schon.«

»Was ist mit der Familie? Mit Jesse?«

Nun war es an Amanda zu zögern. »Warum improvisieren wir nicht einfach?«

Er nickte halb, dann streckte er die Hand aus und kämmte mit seinen Fingern ein paarmal langsam durch ihr Haar. »Du hast Gras in den Haaren.«

Amanda war sich einigermaßen sicher, daß sie auch an anderen Stellen Gras hätte und daß niemand, der einen genaueren Blick auf sie werfen könnte, daran zweifeln würde, daß sie die letzten paar Stunden mit sehr sinnlichen Vergnügungen zugebracht hatte. Ihre Lippen fühlten sich heiß und geschwollen an, ihre Kleidung war ernstlich zerknittert (von den fehlenden Knöpfen ganz zu schweigen), und sie hatte den unschönen Verdacht, daß er in seiner Leidenschaft zumindest eine Reihe von leichten blauen Flecken auf ihrem Hals hinterlassen hatte. Aber sie blieb stumm und hielt unter einer Berührung still, die in allererster Linie den Eindruck einer Liebkosung machte.

»Wir waren unvorsichtig«, murmelte er, und seine Finger strichen langsam über ihre Kopfhaut.

Auch diesmal hätte sie ein drastischeres Wort gewählt. *Bescheuert* bot sich an. Aber sie antwortete ihm sanft und geradeheraus. »Ich nehme seit ein paar Jahren die Pille, weil meine Periode unregelmäßig ist. Und was irgendwelche anderen ... Gefahren ... angeht, da solltest du der erste sein, der weiß, daß ich ein einwandfreies Gesundheitszeugnis habe. Soweit ich mich erinnere, ist die erste Blutprobe, die du verlangt hast, so lange gewogen, vermessen und analysiert worden, bis praktisch nichts mehr davon übrig war.«

Walker nickte langsam. Die Blutprobe war auf sein Drängen hin gemacht worden, sie war der notwendige erste Schritt, sollte die Rechtmäßigkeit des Anspruchs auf das Daultonsche Erbe erbracht werden, und sie hatte auf elegante Weise vor über einem Jahr zumindest eine Frau als Betrügerin entlarvt, ganz einfach weil sie die falsche Blutgruppe hatte.

Diese Frau hier allerdings hatte die richtige.

Walker sagte, »Die Blutprobe ist ganz normal untersucht worden. Untersucht nach bekannten Infektionskrankheiten. Ohne Befund. HIV-Test – Ergebnis negativ.« Er hielt inne, aber da sie nichts sagte, fügte er hinzu, »Ich habe vor ein paar Monaten einen Routine-Check machen lassen. Du brauchst dir keine Sorgen zu machen.«

»Ich weiß.«

Er sah sie neugierig an. »Wie das?«

Amanda lächelte. »Wenn ich irgend etwas von dir weiß, Walker, dann, daß du ein gewissenhafter Mensch bist. Ein sehr gewissenhafter Mensch.«

Er blickte zur Seite, auf das plattgedrückte Gras ihres Bettes unter freiem Himmel und war versucht, ihrem Urteil zu widersprechen. Ein gewissenhafter Mann, wollte er sagen, hätte sich kaum unter einer Eiche voller Wollust einer Frau hingegeben, der gegenüber er bestenfalls nagende Zweifel hegte, der er schlimmstenfalls aber mit offenem Mißtrauen begegnete. Und da er schon unklug genug war, es doch zu tun, würde es die Situation auch kaum wesentlich verschlimmern, wenn er – mit unvermindertem Verlangen – einer Wiederholung in allernächster Zukunft entgegenfieberte.

Indem er dieses Wissen beiseite schob, neigte Walker den Kopf und küßte sie, ohne den geringsten Versuch zu unternehmen, sein Verlangen vor ihr zu verbergen. Es hätte ohnehin keinen Sinn gehabt, denn sie erwiderte den Kuß auf der Stelle und das war, als würde man Benzin ins Feuer gießen. Er wollte sie wieder zu Boden ziehen und sich in ihr verlieren. Er begehrte sie so intensiv und so unwiderstehlich, daß es schien, als habe sein Drang ein eigenes Leben, das nur ganz am Rande noch seiner Kontrolle unterstand. Ihr Mund war so unendlich erotisch, weich und warm und süß …

Es schien, als könne er sie nicht loslassen, als könne er seine Hände nicht von ihr nehmen und zusehen, wie sie von ihm ging. *Herrgott, hör auf, dich zum Trottel zu machen, und laß sie gehen!* Mit Mühe schaffte er es, den Kopf zu heben und sie freizugeben, aber als er seine Stimme hörte, überraschte ihn der krächzende Ton nicht im geringsten. »Komm morgen zum Abendessen zu mir. Heute meine ich.«

Amanda zögerte, dann nickte sie. »Gut. Jesse fährt noch vor dem Mittagessen nach Asheville, wegen einer geschäftlichen Besprechung, und danach hat er seine Behandlung, und er will nicht, daß ich mitkomme.«

Walker hörte etwas aus ihrer heiseren Stimme heraus, das er nicht recht erfassen konnte, und das besorgte ihn. »Dann hast du also den ganzen Tag über noch nichts vor? Komm doch in die Stadt und geh mit mir Mittagessen.«

»Du gehst heute arbeiten?«

Er verstand ihre Verblüffung. »Ich kann in diesen Sommernächten nie viel schlafen, aber es macht mir eigentlich auch gar nichts aus. Ich muß nicht ins Gericht, aber da ist noch ein Haufen Papierkram, um den ich mich kümmern muß. Mittags habe ich noch nichts vor – wie wär's?«

Ausweichend murmelte sie: »Mal schauen. Da wären ein paar Einkäufe, die ich in der Stadt noch zu erledigen habe, aber … Keine Sorge; ich rufe an, bevor ich in dein Büro reinschneie.«

Er war überzeugt, daß sie vorhatte, nicht zum Mittagessen zu kommen, aber er hütete sich davor, sie unter Druck zu setzen. »Auch gut. Und was das Abendessen angeht, warum treffen wir uns nicht in der Mitte des Wegs, so gegen sieben?«

Sie war überrascht. »Hast du einen Imbißstand im Wald versteckt?«

»Nein, aber ich habe einen Weidenkorb, und meine Haushälterin und Köchin macht einen umwerfenden Kartoffelsalat.«

Ein Picknick. Amanda nickte zum Einverständnis. »Also schön. Soll ich auch irgend etwas mitbringen?«

»Nein, ich kümmere mich um alles.«

»Okay.« Einen Moment lang schien sie zu zögern, dann drehte sie sich um und ging den Weg hinunter auf den Wald zu.

Walker wußte, daß er noch etwas sagen sollte, auch wenn er sich nicht sicher war, was. Er war einigermaßen überzeugt, daß sie ihm etwas an den Kopf werfen würde, wenn er sich für den Abend bedankte, und ihr »Gute Nacht« nachzurufen schien seltsam unpassend.

Abgesehen davon hatte er das Gefühl, daß, wenn er den Mund aufmachte, nicht mehr als idiotisches Gestammel herauskäme, und er sie anflehen würde, ihn heute nacht nicht alleine zu lassen. Und das war eine verdammt klare Aussage.

Das war wirklich eine gottverdammt klare Aussage.

10

Am Freitag morgen erschien Amanda schon ungewöhnlich früh zum Frühstück. Um die Wahrheit zu sagen, sie hatte so gut wie gar nicht mehr geschlafen, nachdem sie auf Glory zurückgekehrt war. Dieses neue Verhältnis zu Walker kam ihr plötzlich vor wie ein Drahtseilakt ohne Netz – in mehr als nur einer Beziehung. Er war immer noch nicht überzeugt und brachte ihr kaum Vertrauen entgegen, und doch machte das gegenseitige Verlangen klares Denken praktisch unmöglich. Die Kombination aus Mißtrauen und Verlangen, dachte sie, war wahrscheinlich das explosivste Gemisch, das man sich überhaupt denken konnte, und es war nur eine Frage der Zeit, bevor es irgend jemandem um die Ohren fliegen würde. Und Amanda hatte die schlimme Befürchtung, daß das die ihren sein würden.

Als die Sonne aufging, hielt sie längst nichts mehr im Bett. Sie war nicht sonderlich erschöpft, was sie ein wenig überraschte, wenn man bedenkt, wie aktiv ihre Nacht gewesen war, aber sie führte es darauf zurück, daß sie von den friedvollen Tagen der letzten Woche noch Reserven hatte.

Während sie sich anzog, entdeckte sie, daß ihre empfindliche Haut diverse schwache Male von Walkers Leidenschaft davongetragen hatte, was sie aber nicht erstaunte, angesichts der Leichtigkeit, mit der sie sich blaue Flecken holte. Zum Glück überdeckte der Kragen ihrer Bluse zwei von den kleinen, blassen Quetschungen, und die Bluse selbst versteckte eine weitere. Aber die auf ihrem linken Handgelenk …

Das war vor dem Liebesspiel gewesen, erinnerte sie sich. Als er sie unter der großen Eiche eingeholt hatte und sie so vehement versucht hatte, ihn zu kratzen.

Amanda schüttelte ein wenig den Kopf, während sie die schwachen, violetten Male betrachtete. Komisch – sie hatte gar keinen Schmerz, nicht einmal Unbehagen, gespürt, als er ihr Handgelenk ergriffen hatte. Aber andererseits, sie war so wütend gewesen, daß sie wahrscheinlich nicht einmal einen Messerstich bemerkt hätte.

Ihre Uhr, die sie gewöhnlich sowieso am linken Handgelenk trug, verdeckte den größten Teil der blauen Flecken, und Amanda zuckte mit den Schultern, als sie ihr Zimmer verließ. Das mußte reichen. Wenn es jemand bemerken sollte und seine eigenen Schlüsse zog, auch gut. Die Änderung in ihrem Verhältnis zu Walker würde wahrscheinlich ohnehin nicht lange unentdeckt bleiben. Was Sex anging, schien es auf Glory herzlich wenig Geheimnisse zu geben.

Die Hunde warteten nicht vor ihrer Tür, was ungewöhnlich war, aber Amanda dachte nicht weiter darüber nach. Sie ging nach unten, in die Küche, und traf auf Earlene, die gerade das frischgebackene Brot, das Jesse so liebte, herrichtete.

»Guten Morgen. Sie strahlen ja so, heute morgen.«

»Guten Morgen. Tue ich das?« Amanda machte sich eine Tasse Tee; der war ihr lieber als Kaffee, und Earlene hielt morgens immer schon einen brodelnden Kessel bereit. »Ich hatte eine gute Nacht.«

»Offenbar gewöhnen Sie sich an die Hitze«, bemerkte Earlene.

»Hmm.« Amanda unterdrückte den plötzlichen, albernen Drang zu kichern.

»Das übliche Frühstück?«

»Ja, nur Obst, glaube ich.« Der Blaubeer-Tollkirsch-oder-was-auch-immer-Kuchen hatte ihr nicht den Geschmack am Obst verdorben, obwohl sie bezweifelte, daß sie je wieder ein Stück Kuchen auf dieselbe Art ansehen könnte wie zuvor.

»Steht es schon auf dem Tisch?«

Earlene nickte. »Sie sollten mehr essen«, sagte sie, und das wurde langsam zur Litanei. »Eier, Speck, Pfannkuchen – ich mache Ihnen alles, was Sie wollen, wissen Sie ...«

Amanda tätschelte ihren Arm. »Ich brauche nichts, Earlene, wirklich. Ich esse einfach etwas Obst.« Und um jeder weiteren Diskussion zu diesem Thema auszuweichen, fügte sie an, »Wer ist sonst noch auf?«

»Alle, ausnahmsweise. Sogar Reece. Und Jesse, weil der heute vormittag nach Asheville muß.«

Es war selten, daß sich alle am Frühstückstisch trafen, und Amanda hoffte insgeheim nur, die Mahlzeit würde friedlicher verlaufen, als es die Abendessen gewöhnlich waren.

Sie war bis zur Tür gekommen, dann blieb sie stehen und schaute zurück. »Earlene, haben Sie die Hunde gesehen?«

»Nein, heute morgen noch nicht. Ich lasse sie normalerweise immer für ihren Morgenlauf raus, wenn ich rüberkomme, aber heute nicht«, antwortete die Köchin. Earlene wohnte hier; sie hatte ihre eigenen Zimmer im hinteren Trakt, wo auch Sully, Kate und Maggie schliefen.

»Jemand anders muß sie schon rausgelassen haben.«

»Wahrscheinlich.«

Amanda schaute auf die Uhr, als sie zum Wintergarten ging; es war kurz vor sieben, früh für sie. Wahrscheinlich war das der Grund für ihre eigentümliche Unruhe, entschied sie, weil sie normalerweise zu dieser unchristlichen Stunde noch schlief. Das, und ihre aktive Nacht.

Jesse war im Wintergarten. Außerdem Maggie, Kate, Sully und Reece. Die Türen zur Terrasse standen offen. Aber von den Hunden war nichts zu sehen.

Amanda begrüßte die anderen höflich und nahm ihren Platz am glasgedeckten Tisch ein. Sie stellte erleichtert fest, daß offenbar alle guter Laune waren; selbst Sully nickte liebenswürdig als Erwiderung auf ihren guten Morgen, bevor er sich wieder ganz seinem Frühstück zuwandte.

»Gut geschlafen, Darling?« fragte Jesse, als sie sich setzte.

»Ziemlich. Bist du sicher, daß ich dich heute nicht begleiten kann?«

»Die Besprechung wird sich wahrscheinlich bis nach Mittag hinziehen, Amanda; du würdest dich bloß langweilen.«

»Möglich, aber ich könnte danach im Krankenhaus bei dir sein.«

Anders als die anderen, die offenkundig versuchten, es zu vermeiden, das Gespräch auf Jesses Behandlung zu lenken, war Amanda, seitdem der Streit um das Testament angefangen hatte, von schonungsloser Offenheit. Sie wußte, wie krank er war, hatte sie ihm ins Gesicht gesagt – wie Walker in der Überzeugung, daß der alte Mann definitiv kein Mitleid wollte – und daß sie nicht vorhatte, um den heißen Brei herumzureden.

Jesse hatte das offenbar recht gut gefallen.

Seine schroffen Gesichtszüge hellten sich auf, als er sie

jetzt ansah, und Amanda dachte, nicht zum ersten Mal, daß niemand im Haus diesen Blick mißverstehen konnte. Sie hatte Macht. Solange Jesse am Leben war, besaß sie große Macht.

»Lieber nicht, Darling, aber trotzdem danke.«

Amanda verdrehte ein wenig die Augen, akzeptierte aber seine Ablehnung und nahm sich etwas Obst auf den Teller. »Also gut. Hat eigentlich jemand die Hunde gesehen?«

Alle schüttelten die Köpfe, und Jesse antwortete: »Heute morgen noch nicht. Wahrscheinlich hat Earlene sie zum Laufen rausgelassen, und sie sind noch nicht wieder zurück.«

Amanda wollte ihn schon aufklären, entschied aber, daß es nicht wirklich wichtig war. Da die Türen zur Terrasse offenstanden – wie jeden Morgen vor dem Frühstück –, hatten sich die Hunde zweifellos schon früher von allein auf den Weg gemacht.

Der alte Herr wandte seine Aufmerksamkeit seinem jüngsten Enkel zu, und ausnahmsweise war seine Stimme halbwegs freundlich. »Sully, wenn Victor endlich wiederkommt ...«

»Ist er schon, irgendwann letzte Nacht«, berichtete Sully. »Das heißt, zumindest der Transporter ist wieder da. Als ich heute morgen aus dem Fenster geschaut habe, habe ich gesehen, daß er vor Stall zwo parkt.«

»Wurde auch Zeit«, sagte Jesse, aber sanft und nicht so, als gäbe er Sully persönlich die Schuld an der Verzögerung.

»Sag ihm, daß ich die Papiere zu den neuen Pferden morgen nachmittag auf dem Schreibtisch haben will.«

»Gut, ich werd's ihm ausrichten.« Sully warf seinem Großvater einen abschätzenden Blick zu und fügte, offenbar von Jesses außergewöhnlicher Milde an diesem Morgen ermutigt, hinzu: »Was ich dir noch sagen wollte, diese neue Reiterin, die ich letzte Woche eingestellt habe, die macht sich wirklich prächtig. Offen gesagt, sie ist gut genug, um Turniere zu reiten.«

»Wurde auch Zeit, daß wir wieder mal einen anständigen Reiter auftreiben«, Jesses Stimme war immer noch sanft.

»Und sie ist einfach so hier aufgetaucht und hat einen Job gesucht?«

»So ziemlich. Hatte ihre gesamten Sachen in einen zerbeulten Jeep gepackt. Aber ihre Stiefel sind erstklassig, genauso wie ihr Sattelzeug; sie hat die meiste Zeit ihres Lebens mit Pferden verbracht, glaube ich. Ich hab' sie in das Appartement über Stall eins gesteckt, weil es gerade leer war und sonst keiner rein wollte.«

»Wer ist sie, Sully?« fragte Maggie neugierig.

Er zuckte die Schultern. »Heißt Leslie Kidd. Nie von ihr gehört; sie sagt, sie sei die meiste Zeit an der Westküste geritten. Ich habe sie auf ein paar von unseren schlimmsten Gäulen gesetzt, und sie ist erstklassig mit ihnen zurechtgekommen.«

Aus Sullys Mund war das ein außerordentlich großes Lob; er warf nicht mit dem Wort *erstklassig* um sich.

»Ben meint, daß sie sehr talentiert ist«, merkte Kate an.

»Reitet sie auch für ihn?« fragte Amanda und überlegte, daß Kate offenbar dabei war, ihr Verhältnis mit dem Trainer publik zu machen; sie fingen an, in aller Öffentlichkeit Zeit miteinander zu verbringen, und das war nicht die erste Bemerkung, die sie im Beisein der Familie über ihn gemacht hatte.

»Er hat sie sich von Sully für eins von seinen Pferden geklaut«, erwiderte Kate mit einem Lächeln, »weil sie eine Art hat, mit den schwierigen zu Rande zu kommen, die schon fast unheimlich ist.«

»Ich glaube, sie liest ihre Gedanken«, sagte Sully mit offensichtlichem Ernst. »Und wenn du Ben vor mir sehen solltest, Kate, sag ihm, er soll die Finger von meinen Reitern lassen – er hat selber ein halbes Dutzend.« Sein Tonfall war eher leicht belustigt, als verärgert.

Sully und Ben hatten, wie die beiden anderen Trainer auf Glory auch, ihre eigenen Pferde und Reiter, aber manchmal mußten sie auf die besonderen Fähigkeiten eines Reiters zurückgreifen, der unter einem anderen Trainer arbeitete. Da Sully die Oberaufsicht über das gesamte Trainingsprogramm innehatte, hatte er auch mehr oder weniger die freie Auswahl bei den Reitern; es war selten, daß jemand von *ihm* ausborgte.

»Ich werd's ihm ausrichten«, antwortete Kate. »Aber es könnte sein, daß er sie nicht mehr freiwillig rausrückt, Sully. Er ist ziemlich beeindruckt.«

Sully murrte und wandte seine Aufmerksamkeit wieder dem Frühstück zu, gerade als Reece seinen Stuhl vom Tisch zurückschob. Er schien etwas geistesabwesend zu sein und wirkte irgendwie erschöpft.

»Ich muß los. Kann ich jemanden in die Stadt mitnehmen?«

Kate sagte: »Maggie und ich gehen am Vormittag noch in die Stadt, um einzukaufen, aber wir fahren erst ein bißchen später. Trotzdem danke, Reece.«

Er hob die Hand zum Abschied und verließ den Wintergarten.

»Amanda, du bist herzlich eingeladen, wenn du uns begleiten willst«, bot Kate an.

»Vielen Dank, aber heute lieber nicht, glaube ich.« Amanda lächelte sie an.

»Bestimmt?«

»Ganz bestimmt.« Victor war wieder da, und Amanda wollte unbedingt so schnell wie möglich mit ihm sprechen – selbst wenn das bedeutete, daß sie den Ställen die Stirn zu bieten hatte. Sie bekam schon weiche Knie, wenn sie nur daran *dachte,* dorthin zu gehen, aber ihr blieb kaum eine andere Wahl. Wenn sie abwarten würde, bis Victor ins Haus käme, um sich morgen mit Jesse zu unterhalten, wäre es vielleicht nicht möglich, ihn unter vier Augen und ohne Mithörer zu sprechen – und da sie nicht wußte, was er ihr sagen würde, schien Diskretion angebracht.

Im Grunde schien sie sogar unausweichlich.

Noch immer ohne ihre gewohnte Begleitung, den beiden Hunden, aber mit dem Wissen, daß alles nur schlimmer werden würde, wenn sie es auf die lange Bank schiebe, machte sich Amanda kurz nach dem Frühstück auf den Weg zu den Stallungen. Maggie und Kate bereiteten sich auf ihre Einkaufsfahrt vor, Jesse war in seinem Cadillac nach Asheville aufgebrochen, und Sully war bereits vor zehn Minuten zu den Ställen gegangen.

Daher war sie erstaunt, ihn jetzt auf sich zukommen zu sehen. Sie blieb stehen, um ihn zu erwarten, und je näher er kam, desto beunruhigter wurde Amanda.

»Sully, was ist denn passiert?«

Sein schroffes Gesicht war ausgesprochen grimmig, und seine Stimme war es ebenso. »Ist Jesse schon fort?«

»Seit ein paar Minuten.«

»Mist. Wo wollen Sie eigentlich hin, Amanda?«

Sie deutete an ihm vorbei auf die Ställe. »Da runter. Es macht mir keinen *Spaß*, Angst vor Pferden zu haben, wissen Sie. Ich dachte mir, ich mache einfach mal einen weiteren Anlauf.«

»Suchen Sie sich lieber einen anderen Tag dafür aus.«

»Aber wieso denn? Wenn Sie Angst haben, daß ich Ihnen im Wege stehe ...«

Sully zögerte, dann sagte er: »Das nicht, aber ... Hören Sie, bleiben Sie einfach weg von Stall zwo, ja? Das ist der zweite von rechts.«

»Aber warum.«

»Weil es da einen Unfall gegeben hat, und ich fürchte, das ist nicht gerade ein schöner Anblick. Ich habe den Sheriff verständigt und ich hatte gehofft, Jesse wäre noch da ...«

Amanda wurde es plötzlich eiskalt. Sie fürchtete sich davor, zu überlegen, selbst davor, Vermutungen anzustellen. »Einen Unfall? Soll das heißen, daß ein Pferd ...?«

»Nein. Victor. Er ist tot.«

Es war offensichtlich ein dummer Unfall. Der große Pferdetransporter war schon alt, und die hydraulische Ladebordwand hatte schon lange Schwierigkeiten gemacht und hätte längst repariert oder ausgetauscht werden müssen; daran gab es nichts zu rütteln. Victor hätte sie reparieren müssen, da sich das fragliche Fahrzeug in seiner Obhut befand. Und Victor hätte in jedem Fall jemanden wecken müssen, um ihm beim Entladen zu helfen, als er irgendwann in der Nacht wieder auf Glory angekommen war, anstatt es ganz allein zu machen.

Er hatte den großen Transporter neben Stall zwei geparkt, wo er immer stand, wenn er nicht gebraucht wurde. Er hatte die Pferde sicher entladen; alle sechs waren wie üblich auf den großen Trainingsplatz gelassen worden, wo sie sich nach der langen Fahrt bewegen konnten. Und dann mußte Victor zurück zum Transporter gegangen sein, um die hydraulische Ladebordwand wieder hochzufahren.

Irgendwann hatte er sich offenbar unter die hochfahrende Bordwand gestellt und damit die erste Regel, die einem die Vernunft im Umgang mit derartigen Maschinen gebot, verletzt. Und irgendwann hatte dieses Teil den Dienst versagt und war geradewegs auf Victor hinuntergesaust. Es war eine sehr schwere Bordwand und sie war ungebremst gefallen.

Von Victors Schädel war nicht mehr viel übriggeblieben. Amanda hatte das nicht gesehen und hatte auch nicht vor, das nachzuholen. Sie war allerdings, Sullys Warnung zum Trotz, auch nicht zum Haus zurückgekehrt. Statt dessen lehnte sie sich an den weißen Bretterzaun, der die sogenannte Vorderweide umgab, die sich zwischen den Ställen und der Hauptstraße befand und von wo aus sie das Treiben zwischen Stall eins und zwei beobachten konnte, ohne jemandem im Weg zu stehen oder etwas sehen zu müssen, was sie lieber nicht sehen wollte.

Sie konnte so nahe herankommen, weil keine Pferde in der

Nähe waren und ein kräftiger und gleichmäßiger Wind auf die Ställe zu wehte und so den Geruch der Pferde von ihr wegtrug. Aber der Wind hatte sich schon öfter gedreht, und Amanda war bereit, beim ersten drohenden Anzeichen zum Haus zurückzurasen.

Das war natürlich auch der Grund, warum sie so angespannt war. Warum sie zitterte.

Der Sheriff war bereits da. Helen ebenso, die als medizinische Gutachterin für das County fungierte. Maggie und Kate hatten ihren Ausflug in die Stadt verschoben und waren ebenfalls anwesend – wie jeder, der auch nur das geringste mit den Ställen zu tun hatte, ebenso wie einige der Gärtner.

Die Ankunft eines weiteren Wagens auf der asphaltierten Privatstraße zu den Ställen erregte Amandas Aufmerksamkeit, und sie sah, wie Walker aus seinem glänzenden Lincoln stieg, sich schnell umsah und geradewegs auf sie zukam.

»Was machst du hier?« fragte sie, als er bei ihr war.

»Ich werde immer gerufen, wenn irgend etwas auf Glory passiert.« Er legte ihr eine Hand auf die Schulter. »Alles in Ordnung mit dir?«

Amanda wußte, daß sie beobachtet wurden, aber es machte ihr nicht viel aus. »Was sollte nicht in Ordnung sein? Ich habe die – die Leiche ja schließlich nicht entdeckt. Das war Sully.«

Walker runzelte die Stirn, reagierte aber nicht auf ihren etwas streitlustigen Tonfall. »Du zitterst.«

»Ach, wirklich?« Sie brachte ein Lächeln zustande, von dem sie hoffte, es würde nicht so gequält aussehen, wie es sich anfühlte.

Er zog sie in die Arme.

Amanda seufzte und schloß kurz die Augen, während sie sich an ihn gelehnt entspannte. Ihre Arme schlüpften unter sein Anzugjackett und schlangen sich um seine schmale Taille. Bloß einen Augenblick, sagte sie sich, würde sie sich an ihn lehnen und den Trost, den er ihr bot, annehmen. Bloß für einen Augenblick. Dazu hatte sie schließlich das Recht, oder etwa nicht?

»Soviel zu unserem kleinen Geheimnis«, murmelte sie.

»Hätte es denn ein Geheimnis bleiben sollen?« Er rieb sein Kinn an ihrem Haar.

»Na ja, eine Zeitlang schon. Wenigstens ein oder zwei Tage.« Sie hob – mit großem Widerstreben – den Kopf von seiner Brust und sah zu ihm hoch. »Es ist alles in Ordnung, wirklich.«

Walker küßte sie und ließ sich dabei Zeit, womit er jeden Zweifel, den die Umstehenden über die Interpretation der Umarmung möglicherweise noch gehabt haben könnten, gründlich zerstreute.

»Das hast du absichtlich gemacht«, erklärte Amanda ihm, sobald sie konnte und war erstaunt darüber, wie sie sich in seinem Hemd festkrallte. Geistesabwesend glättete sie das feine Leinen.

»Natürlich.« Er lächelte, und seine grünen Augen leuchteten. »Küssen sollte man immer mit Absicht.«

»Du weißt genau, was ich gemeint habe.«

»Ich verabscheue Geheimnisse«, sagte er und ließ sie los. »Ich muß hinüber und mit dem Sheriff reden. Warte hier auf mich, ja?«

»Vorausgesetzt, der Wind dreht nicht.«

»Wie bitte?«

Sie hörte sich kurz auflachen. »Ich habe nur Angst vor Pferden, wenn ich sie rieche. Sobald sich der Wind dreht, muß ich von hier verschwinden.«

Walker sah sie einen Moment lang an, dann schüttelte er den Kopf und ging auf die große, dürre Gestalt von Sheriff J. T. Hamilton zu.

Amanda lehnte sich wieder gegen den Zaun und steckte die zitternden Hände in ihre Jeanstaschen. Er verabscheute Geheimnisse. Wunderbar. Nicht, daß ihr das neu gewesen wäre, natürlich nicht, aber die Art, wie er sie daran erinnerte, war entnervend.

Der gesamte Morgen war aufwühlend gewesen – angefangen kurz nach Mitternacht.

Schwere Gedanken zogen ihr durch den Kopf, und für einige Zeit beachtete sie die Leute um sich herum nicht. Doch dann bemerkte sie, daß Sully auf sie zukam, begleitet von einer schlanken Frau mittlerer Größe, deren kurzgeschnittenes Haar sich leuchtend rot an ihren wohlgeformten Kopf schmiegte.

»Leslie wollte Sie kennenlernen«, erklärte Sully in seiner gewohnt kurz angebundenen Art. »Leslie Kidd, Amanda Daulton.«

Amanda schaute Sully nur einen Moment lang in die klaren Augen, war überrascht, dann sah sie die neueste Reiterin auf Glory an und lächelte. »Hallo, Leslie.«

»Meine Freunde nennen mich Les.« Das verschwimmende Braun ihrer Augen ließ ihr Gesicht gleichermaßen hübsch und seltsam sanft aussehen; sie war nicht schön, nicht einmal besonders gutaussehend, aber es lag etwas merkwürdig Unwiderstehliches in diesen Augen. Und ihre Stimme klang sanft und weich, ohne im geringsten etwas Kindliches an sich zu haben. »Wie sieht's bei Ihnen aus? Kürzt es jemand zu Mandy ab?«

»Höchstens einmal.«

»Ich werd's mir merken – Amanda.« Dann verschwand Leslies Lächeln. »Das ist einfach furchtbar.«

»Allerdings.« Amanda sah Sully an. »Was passiert jetzt da drüben?«

»Helen untersucht die Leiche, und J. T. untersucht die Ladebordwand«, antwortete Sully. »Wer hat eigentlich Walker gerufen?«

»Er hat gesagt, daß er immer geholt wird, wenn auf Glory etwas passiert. Ich habe ihn nicht gefragt, wer es war.«

Sully grunzte. »J. T. wahrscheinlich.« Dann betrachtete er

Amanda mit einer gewissen hämischen Belustigung. »Nette Methode, übrigens. Ich hab' ja schon davon gehört, daß man mit der Gegenseite intim wird, aber Sie scheinen das ja ein bißchen sehr wörtlich zu nehmen.«

Ganz offensichtlich waren ihm Walkers Umarmung und Kuß nicht entgangen. Amanda, die sich Leslies schweigender Aufmerksamkeit bewußt war, sagte nur: »Ich lege Wert darauf, alle Stellungen abzudecken.«

»Offenbar beherrschen Sie eine ganze Menge Stellungen.« Sully wartete einen Moment ab, um zu sehen, ob ihr eine Antwort darauf einfiele, dann drehte er sich um und ging wieder zurück zu den anderen.

Amanda schnaubte frustriert und murmelte: »Ich wußte, es war zu schön, um wahr zu sein.«

»Was war zu schön?« fragte Leslie neugierig.

»Er war nett zu mir. Das muß einfach über seine Kräfte gegangen sein.«

»Na ja«, sagte Leslie, um Ausgleich bemüht, »als Sie und dieser – Walker, richtig? – sich begrüßt haben, konnten wir die Hitze noch bis da drüben spüren. Und so wie er nun mal ist, konnte Sully sich ein oder zwei Bemerkungen einfach nicht verkneifen.«

Amanda faßte sie scharf ins Auge. »Sie wissen ja ziemlich gut Bescheid über ihn, nach so kurzer Zeit.«

»Über Sully?« Leslies braune Augen blickten unschuldig. »Na ja, er ist nicht gerade kompliziert, wissen Sie.«

»Ist er nicht?«

»Ach, nein. Es ist ganz einfach so, daß er sein Leben für all dies hier lassen würde, und er hat Angst, daß er dabei ist, Glory zu verlieren.«

»Das wird er nicht, nicht solange ich noch ein Wörtchen mitzureden habe.«

Leslie nickte langsam. »Sie waren erstaunt, als wir zu Ihnen gekommen sind. Worüber eigentlich?« fragte sie.

»Weil er gesagt hat, ich wäre Amanda Daulton, als würde er wirklich glauben, daß es stimmt.«

»Vielleicht tut er das ja.«

»Vielleicht.« Amanda richtete ihren Blick wieder auf die Ställe, gerade rechtzeitig, um zu sehen, wie eine schwarze Kunststoffhülle auf einer Bahre zu einem Krankenwagen gerollt wurde, der in der Nähe bereitstand. Von dem Anblick wurde ihr ein wenig übel, und die Frage, die sie sich schon stellte, seit Sully ihr gesagt hatte, was geschehen war, ging ihr wieder durch den Kopf.

Was, wenn es gar kein Unfall war?

Als ob sie tatsächlich Gedanken lesen könnte, sagte Leslie Kidd sanft: »Ich habe absolut nichts gehört. Absolut nichts gesehen. Und mein Zimmer liegt genau über der Stelle, an der es passiert ist.«

Amanda sah sie an, aber bevor sie etwas sagen konnte, kam eine weitere Frau heran, und Leslie murmelte: »Ich werde jetzt lieber gehen. Dr. Chantry wird wahrscheinlich unter vier Augen mit Ihnen reden wollen.« Dann hielt sie inne und fügte leise hinzu: »Passen Sie auf sich auf, Amanda.«

»Werde ich.« Während sie zusah, wie Leslie Kidd ging und Helen näher kam, stellte Amanda fest, daß sie unerfreulicherweise ganz und gar mit dem Wind beschäftigt war, der immer schwächer wurde – und drauf und dran war, sich zu drehen.

»Wie kommt es nur, daß ich Angst habe, wenn ich Pferde rieche?« wollte sie von Helen wissen, als die Ärztin bei ihr war.

»Angst?« Aus ihrer gelassenen Reaktion wurde deutlich, daß Helen es gewohnt war, mit Fragen überhäuft zu werden.

»Genau. Aber nur, wenn ich sie rieche. Wieso?«

»Wahrscheinlich ein Trauma. Der Pferdegeruch hat sich bei Ihnen mit einer beängstigenden oder schmerzvollen Erfahrung verknüpft, vermutlich schon als Kind, und seitdem löst der Geruch Angst aus.«

»Aber ich kann mich an nichts in der Art erinnern.«

Helen sah sie nachdenklich an. »Wird die Reaktion schlimmer?«

Amanda nickte. »Seit ich auf Glory bin, ja. Viel schlimmer. Ganz besonders in den letzten ein, zwei Wochen. Und ... manchmal wache ich mit Todesangst auf und alles, woran ich mich erinnern kann, ist, daß es überall nach Pferden riecht.«

»Das bedeutet vielleicht, daß Sie unmittelbar davorstehen, sich im Traum daran zu erinnern, warum Sie Angst haben. Es hört sich so an, als ob ihr Gehirn Sie auf irgendeine Art von Schock vorbereiten wollte, auf eine ... Enthüllung, deren Erinnerung Sie verdrängt haben.«

»Ist das denn möglich?«

»Aber sicher. Das Gehirn ist ein verantwortungsvoller Wachtposten, Amanda; es beschützt uns, solange wie nötig vor Schocks, die wir nicht überleben könnten, oder die uns zerstören würden. Die Erinnerung kommt zurück, wenn wir dazu bereit sind, wenn wir stark genug sind, den Schock zu verkraften. Was den Pferdegeruch angeht, der Ihre Angst auslöst – Gerüche gehören in bezug auf das Erinnerungsvermögen zu den stärksten Auslösern, die der Mensch besitzt.«

»Das alles gefällt mir überhaupt nicht.« Amanda fühlte sich zutiefst verunsichert.

Helen lächelte ihr zu. »Machen Sie sich nicht zu viele Gedanken. Wenn Sie bereit sind, sich daran zu erinnern, dann werden Sie es tun. Es hat keinen Zweck, es herbeizwingen zu wollen – oder ihm auszuweichen.«

Amanda nickte, obwohl sie nicht im geringsten beruhigt war. Um das Thema zu wechseln, sagte sie: »Zu Victor. Es war doch ein Unfall, oder nicht? Ein Unfall aus Unachtsamkeit?«

»Sieht so aus.« Helen zuckte die Schultern. »Es gibt keinen gegenteiligen Beweis, wenigstens habe ich keinen gefunden. Die Hydraulik könnte versagt haben, und die Bordwand ist heruntergestürzt, während Victor darunter stand. Andererseits«, fügte sie vorsichtig hinzu, »könnte natürlich auch jemand den Auslöseknopf gedrückt haben – der ist für Notfälle vorgesehen, für den Fall, daß die Bordwand sehr schnell gesenkt werden muß –, um Victor umzubringen.«

»Aber warum sollte irgend jemand ihn töten wollen?« fragte Amanda schnell.

»Ich weiß es nicht. Sie?«

Amanda zögerte einen Moment, dann schüttelte sie den Kopf. Schließlich, sagte sie sich, konnte niemand davon erfahren haben, daß Victor ihr etwas verraten hatte, was sich vor zwanzig Jahren hier auf Glory ereignete – und sogar wenn *tatsächlich* jemand davon wußte, oder wenn Victor selbst es jemandem erzählt hatte, was konnte das schon groß bedeuten? Christine war tot, Matt Darnell längst nicht mehr hier; wen sollte ihre Affäre schon kümmern?

»Ich hatte nicht gerade den Eindruck, daß er ein ausgesprochen liebenswerter Mensch war«, erzählte sie Helen. »Aber er war seit über zwanzig Jahren auf Glory, und ich nehme an, wenn ihn wirklich jemand umbringen wollte, hätte er das schon lange getan.«

»Genauso sehe ich es auch.«

Amanda wechselte noch einmal das Thema. »Ich nehme an, es gibt noch keine neuen Erkenntnisse darüber, was mich auf der Party so krank gemacht hat?«

»Noch nicht.« Helen seufzte. »Die verdammten Labors kommen offenbar überhaupt nicht voran. Aber das Testergebnis sollte direkt an mich geschickt werden, und ich werde Ihnen sofort Bescheid geben.«

»Der DNS-Test auch?«

Helen war überrascht. »Nein, dieses Ergebnis geht gleich an Jesse. Er besteht darauf, und da er die Rechnung bezahlt, bekommt er auch, was er will.«

Jetzt war es an Amanda, überrascht zu sein, wenn auch nur

für einen Moment. Dann wurde ihr klar, warum Jesse die Dinge so eingerichtet hatte. Da er Meister darin war, seine Umgebung zu manipulieren, war es ihm ohne weiteres möglich, mit einem nicht aussagekräftigen DNS-Test vor Augen, der Familie zu verkünden, daß er tatsächlich eindeutig ausgefallen sei. Er mochte sogar fähig sein, überlegte sie, ein hundertprozentig negatives Ergebnis als positiv auszugeben. Jesse haßte es, widerlegt zu werden.

»Das wußte ich nicht«, sagte Amanda. Bevor sie noch etwas Weiteres sagen konnte, drehte sich der Wind langsam, und der warme Geruch von Pferden wehte an ihnen vorbei.

»Amanda?«

Sie schluckte schwer und versuchte, den Panikanfall unter Kontrolle zu halten. »Ich – ich muß weg, Helen. Ähm ... sagen Sie Walker, daß ich nicht warten konnte, ja? Wir – wir reden später weiter.«

Ohne auf eine Antwort zu warten und ohne dem, was mögliche Zuschauer von ihrem plötzlichen Rückzug halten mochten, viel Beachtung zu schenken, raste Amanda auf das Haus zu.

»Für mich ist die Sache klar«, sagte Sheriff Hamilton in seiner gewohnt matten Stimme. »Die Bordwand ist runtergekommen, und Victor hatte das Pech, genau zu dem Zeitpunkt drunterzustehen.«

Walker nickte. »Das nehme ich auch an. Aber keiner von uns hat irgendeine Ahnung von Hydraulik, J. T. So wie ich Jesse kenne, wird er verlangen, daß der Transporter von vorn bis hinten untersucht wird, und zwar pronto. Kümmern Sie sich darum, daß der Wagen in die Stadt geschleppt wird, oder soll ich das lieber machen?«

»Wieso geschleppt?« Der Sheriff hörte sich etwas wehleidig an. »Um Himmels willen, Walker, die Ladebordwand hat versagt, nicht der Motor.«

»Es ist schließlich ein alter Transporter, schon vergessen? Die Bremsen funktionieren auch hydraulisch. Wollen *Sie* das Ding etwa zehn Meilen über Gebirgsstraßen fahren?«

Hamilton schob seinen teuren Filzhut bis weit in den Nacken zurück und seufzte. »Eher nicht. Ich laß ihn abschleppen.«

Walker nickte, allerdings etwas zerstreut. Er nahm die Bordwand des Transporters – die inzwischen angehoben und sorgfältig arretiert worden war – genauer unter die Lupe. Sie zeigte keinerlei Spuren irgendwelcher Gewalteinwirkung, und dann betrachtete er den inzwischen aufgewühlten Sand, in dem Victors Leiche einige Stunden lang gelegen hatte, bevor sie entdeckt wurde.

»Was paßt Ihnen denn nicht?« fragte der Sheriff, dessen Stimme immer noch sehr gemächlich klang, dessen blaßblaue Augen aber vor Aufmerksamkeit blitzten.

»Ich bin mir nicht sicher. Irgendwas an der ganzen Sache hier stimmt einfach nicht.« Walker runzelte die Stirn. »Lassen Sie doch die Bordwand noch mal runter, ja? Ich will mir das von innen ansehen.«

J. T. machte seinem Deputy eine Geste, und sie gingen zu beiden Seiten an die Rückwand des Transporters, um die Ladebordwand langsam und vorsichtig – mit einer mechanischen Kurbel – bis zum Boden abzusenken.

Sully trat zu Walker heran. »Was ist hier los?« wollte er wissen.

Walker, der so stand, daß er geradewegs in den Transporter hineinsehen konnte, als die Bordwand abgesenkt war, betrachtete das Innere des Fahrzeugs für einen langen Moment, ohne zu antworten. Dann sagte er langsam: »Warum hat er die Bordwand eigentlich wieder raufgefahren, Sully?«

»Wovon sprichst du?«

»Ich meine, was soll das? Warum sollte er zumachen, nachdem die Pferde draußen waren? Ich habe diesen Transporter immer hier stehen sehen, wenn er nicht in Gebrauch war, und die Ladebordwand war jedesmal unten.«

Der Sheriff, der näher trat, fragte Sully: »Stimmt das?«

»Ja, schätze schon.« Sully runzelte die Stirn. »Hier zwischen den Ställen ist er niemandem im Weg, und es gibt eigentlich keinen vernünftigen Grund, ihn zuzumachen. Solange er offen ist, lüftet er wenigstens aus.«

»Weil wir gerade vom Lüften sprechen«, sagte Walker, »da wäre noch ein anderer Grund, warum Victor ihn nicht zugemacht hätte. Nach einer langen Fahrt mit sechs Pferden ist da drin ziemlich dicke Luft. Aber schaut euch mal um – keine Schaufel, keine Mistgabel, kein Schubkarren; er hat offensichtlich nicht vorgehabt, den ganzen Mist auszuräumen, zumindest nicht, bevor er nicht ein bißchen geschlafen hat.«

»Er hätte es überhaupt nicht gemacht«, sagte Sully. »Er hätte es einen von den Platzwarten machen lassen. Aber ... du hast recht, Walker. Es gibt keinen vernünftigen Grund, das Ding wieder hochzufahren.«

Die drei Männer sahen sich an, dann sagte der Sheriff unglücklich: »Schöner Mist.«

»Keine Chance, jetzt noch was Sinnvolles rauszufinden«, sagte Walker. »Heute morgen sind schon Dutzende von Leuten hier durchgetrampelt. Wenn es irgendeinen Beweis gegeben hat, daß es Absicht war, dann ist er jetzt verschwunden.«

»Aber wer hätte einen Grund, ihn umzubringen?« fragte Sully mit leiser Stimme. »Ich meine, okay, Victor konnte ein ganz schöner Scheißkerl sein, vor allem, was Frauen anging, aber das kann man von jedem zweiten Typ hier im County behaupten. Er ist nicht mit allen klargekommen und er war ein sarkastischer Bastard; na und? Man schlägt einem Kerl nicht den Schädel ein, bloß weil er einem auf den Sack geht.«

»Und wer würde überhaupt auf so eine Idee kommen?« warf der Sheriff ein, noch immer ausgesprochen unglücklich. »Gewehr oder Messer, klar. Meinetwegen sogar mit 'nem Ast.

Aber mit ’ner Ladebordwand? Woher konnte denn derjenige überhaupt wissen, daß er sich schön brav unter das Teil drunterstellen würde?«

»Es ist wirklich eine ungewöhnliche Methode, um jemanden zu ermorden«, sagte Walker langsam. »Aber zugleich war es vielleicht die einfachste. Jemand könnte die Bordwand hochgefahren haben, während Victor das letzte Pferd auf den Trainingsplatz geführt hat, und so wie der Wagen geparkt ist, hat er vielleicht gar nicht bemerkt, daß noch jemand da war. Er muß von vorne wieder zum Wagen zurückgekommen sein – und hätte erst, als er wieder hier hinten war, bemerkt, daß die Bordwand oben ist ... dann ist er höchstwahrscheinlich zur Steuerung auf der anderen Seite gegangen, ohne groß darüber nachzudenken, daß da ja eigentlich irgendwas nicht stimmen konnte ... und als er unter der Bordwand war, hat derjenige, der sich da versteckt hat, den Auslöseknopf drücken können.«

Sully schüttelte den Kopf und wehrte sich noch immer gegen die Vorstellung. »Aber warum bloß? Das ergibt einfach keinen Sinn.«

»Das tut Mord nie«, sagte Walker geistesabwesend. »Wißt ihr was, vielleicht war es ja auch viel einfacher. Jemand hat ihm zum Beispiel mit einer Stange oder einem großen Stein den Schädel eingeschlagen – und dann dafür gesorgt, daß die Ladebordwand auf ihn runterknallt, damit es wie ein Unfall aussieht.«

»Aber warum?« wiederholte Sully.

»Ich habe keine Ahnung, warum. Ich habe mir selbst nie viel aus Victor gemacht, aber ich habe auch nie den Drang verspürt, ihn umzubringen. Offenbar hat aber irgend jemand einen geradezu unwiderstehlichen Drang danach gehabt.«

»Niemand hat was gesehen, niemand hat was gehört«, berichtete Sheriff Hamilton überdrüssig. »Und wenn Helen nicht bei der Autopsie noch irgendwas findet, haben wir absolut nichts in der Hand. Und wenn Sie noch so viele Theorien haben, Walker, das hier wird mit ziemlicher Sicherheit als Unfall zu den Akten gehen.«

»Sieht so aus.« Sullys Stimme war mürrisch. »Aber was, wenn er recht hat, J. T.? Was, wenn sich hier auf Glory ein Mörder rumtreibt?«

Darauf wußte der Sheriff keine Antwort.

Walker fand sie eine halbe Stunde später im Park. Sie saß auf einer Steinbank im Schatten und starrte, wie blind, dachte er, auf eine Pergola, auf der nur eine einzige rote Rose blühte.

»Amanda?«

Sie zuckte zusammen, aber zumindest zeigte sich in ihren Augen keine Angst, als sie zu ihm aufsah. Helen hatte gesagt, daß sie von den Ställen weggelaufen sei, mit Entsetzen in den Augen. Blankem Entsetzen.

Er setzte sich neben sie. »Der Wind hat sich gedreht, wie?«

Amanda verzog das Gesicht ein wenig und nickte. »Hat Helen dir erzählt, daß ich einen Schreck bekommen habe und davongelaufen bin wie ein kleines Kind?«

»Sie hat mir gesagt, daß du Angst hattest.« Walker betrachtete sie aufmerksam. »Wie es sich anhörte, hast du mehr Angst, als mir klar war. Aber warum, Amanda?«

»Ich weiß es auch nicht. Helen meint, daß mir irgend etwas zugestoßen ist, etwas, was ich mit dem Geruch von Pferden in Verbindung bringe, aber wenn das so ist, dann kann ich mich nicht daran erinnern, was es war.«

»Du hast erzählt, daß du schwer gestürzt bist«, erinnerte er sich.

Amanda schüttelte den Kopf. »Das habe ich nur gesagt, um Jesse irgendeinen konkreten Grund für meine Angst vor Pferden zu liefern, aber die Wahrheit ist, daß ich mich nicht daran erinnern kann, warum ich mich so vor ihnen fürchte.« Sie schaute zu ihm hinüber, und ein humorloses Lächeln verzog ihre Lippen. »Willst du denn gar nicht über mich herfallen, Walker? Immerhin gebe ich zu, daß ich gelogen habe.«

Sie war extrem gereizt, bemerkte Walker, der auf die Anspannung in ihrer Stimme horchte. So sehr angespannt, daß sie kurz davorstand, zu explodieren. Nur wegen dieser Angst vor Pferden, die offenbar immer schlimmer wurde? Oder nicht doch wegen Victors Tod?

»Nein«, sagte er, »ich werde nicht über dich herfallen. Diese Angst ist offensichtlich real, egal, was ihre Ursache ist.«

»Und meine Lüge darüber kümmert dich gar nicht?«

Trocken sagte er: »Was ist schon eine unter so vielen?«

Mit einem Seitenblick und einem kurzen Lächeln, das diesmal eine Spur von echter Belustigung enthielt, sagte sie: »Bastard.«

»Du wolltest es ja unbedingt wissen«, erinnerte er sie mit einem Lächeln. »Und egal, was dir zugestoßen ist, du wirst dich daran erinnern, wenn du bereit bist«, sagte er.

»Das hat Helen auch gesagt.« Walker betrachtete sie einen Moment, dann griff er nach ihrer Hand. »Paß auf, warum kommst du nicht mit mir in die Stadt, und wir gehen miteinander Mittagessen? Es tut dir bestimmt gut, ein paar Stunden von hier wegzukommen.«

»Ich muß die Hunde suchen.«

Er runzelte die Stirn. »Ich habe angenommen, sie wären im Haus oder ...«

»Nein. Sie sind schon den ganzen Vormittag verschwunden. Ich habe nach ihnen gerufen, aber sie sind nicht gekommen.«

Sie hob die Schultern. »Also muß ich sie suchen.«

»Wahrscheinlich jagen sie einfach ein paar Kaninchen hinterher.«

»Das glaube ich nicht.«

Nach allem, was passiert war, nahm Walker es nicht besonders wichtig, daß sich die Hunde für ein paar Stunden entfernt hatten, ohne erst eine Ausgangserlaubnis einzuholen, aber Amandas Anspannung beunruhigte ihn ernstlich. Er hatte den Eindruck, daß sie sich nur mit großer Mühe ruhighielt, daß sie kurz davor war, aufzuspringen und loszurennen – und zwar viel weiter als nur bis zum Haus.

»Amanda, schau mich an.«

Nach einem Moment tat sie das, und ihre Augen waren von den Strapazen verdunkelt.

Er berührte mit seiner freien Hand ihre Wange und fragte ruhig: »Was ist los? Was spürst du?«

Ihr Lächeln war so gequält wie ihr Blick. »Es war ein harter Vormittag. Das hast du vielleicht selbst schon gemerkt.«

»Weich mir nicht dauernd aus, verdammt.«

Sie seufzte. »Und spiel du nicht dauernd den Anwalt. Das einzige, was ich im Moment spüre, ist ein kleiner Rest Panik. Das ist, was ich spüre, wenn ich Pferde rieche. Ich will einfach ... ich will nur weglaufen, sonst nichts. Ich will weg. Das geht vorbei.«

»Amanda ...«

»Wer wird Jesse das mit Victor erzählen?« fragte sie schnell.

»Ich werde ihn anrufen, sobald ich wieder im Büro bin. Wahrscheinlich erwische ich ihn noch, bevor seine Besprechung aus ist.« Walker blickte finster zu ihr hinunter. »Komm mit mir in die Stadt. Ich bringe dich nach dem Mittagessen zurück, und wenn die Hunde dann noch nicht zurück sind, kannst du immer noch nach ihnen suchen. Die paar Stunden werden schon keinen so großen Unterschied machen.«

Sie zögerte, aber endlich nickte sie. »Also schön. Aber zuerst muß ich mich umziehen.«

»Und ich muß den Wagen holen.« Er lächelte sie an. »Schließlich gibt es keinen Grund, dich zu zwingen, noch mal an den Ställen vorbeizugehen.«

»Ich hasse es, so feige zu sein«, gestand sie, während sie zum Hauptweg des Parks hinübergingen.

»Ich habe eher den Eindruck, daß du nichts dafür kannst«, meinte Walker.

»Vielleicht, aber ich hasse es trotzdem. Es ist schon schlimm genug, wenn man sich wirklich vor etwas fürchtet; aber vor etwas Angst zu haben und nicht zu wissen, warum das so ist, kann einen in den Wahnsinn treiben.«

Walker war der Meinung, daß das tatsächlich alles nur noch schlimmer machen würde, sagte aber nur: »Entspann dich ein bißchen. Und laß dir Zeit.« Er meinte, daß sie jetzt ein bißchen weniger angespannt war – ihre Hand fühlte sich in seiner nicht länger verkrampft an.

»Ich treffe dich dann vorne, in – fünfzehn Minuten?« schlug sie vor, als sie auf dem Hauptweg standen.

»Geht klar.« Walker gab ihre Hand frei und sah zu, wie sie auf das Haus zuging, dann drehte er sich um und machte sich auf den Weg zurück zu den Ställen.

Als sie kurz vor zwei Uhr auf den Bürgersteig hinaustraten, mußten beide die Augen zukneifen, so sehr wurden sie von der grellen Sommersonne und der drückenden Hitze überfallen, nachdem im chinesischen Restaurant Golden Dragon eine kühle Dunkelheit geherrscht hatte, und Amanda schüttelte verwirrt den Kopf, als sie die beiden riesigen Drachen, die den Eingang flankierten, in Augenschein nahm, die zwar wie in Stein gehauen wirkten, aber sicherlich aus etwas weniger Schwerem bestanden.

»Ich kann mich einfach nicht an sie gewöhnen. Und warum kommt es mir eigentlich so komisch vor, daß es in Daulton ein chinesisches Restaurant gibt?« fragte sie Walker.

»Wahrscheinlich, weil Drachen auf einer normalen amerikanischen Hauptstraße einfach ziemlich seltsam wirken«, antwortete Walker mit einer kurzen Handbewegung zum Zentrum von Daulton.

Es war tatsächlich eine absolut postkartenwürdige Szenerie, stimmte Amanda schweigend zu. Ein grasbewachsener Platz im Zentrum, der von zwei Magnolien und einem Springbrunnen vervollständigt wurde. Ein Rathaus mit Turmuhr. Ein Friseurgeschäft mit einem quergestreiften Pfosten davor. Mehrere Bekleidungsgeschäfte, die sich niemals Boutique nennen würden, aber dennoch mit höheren Preisen aufwarten konnten als das Einkaufszentrum draußen am Highway. Es gab eine Kirche mit Glockenturm am einen Ende der Hauptstraße und eine Ford-Niederlassung am anderen, zwei Banken, die Post, das Büro des Sheriffs und eine Feuerwache – und einen Drugstore, in dem noch immer ein Siphon für Sodawasser stand.

Während sie im Schatten der Markise des Golden Dragon standen, sah Amanda sich Daulton an und lächelte.

»Ich glaube, du magst die Stadt«, sagte Walker zu ihr, als er sie bei der Hand nahm.

»Ich glaube, du hast recht.« Sie klemmte ihre Handtasche unter den freien Arm. »Du brauchst mich nicht nach Glory zurückbringen. Ich treffe mich mit Kate und Maggie bei Conner, um ein bißchen einzukaufen, also kann ich mit den beiden zurückfahren.«

»Es macht mir überhaupt nichts aus, dich zurückzubringen, Amanda.«

Sie lächelte ihn an. »Ich muß ein paar Einkäufe erledigen, ganz ehrlich. Aber du kannst mich zu Conner begleiten, es liegt sowieso auf dem Weg zu deinem Büro.«

Sie war viel entspannter, dachte Walker, als sie langsam den Bürgersteig entlangspazierten. Sie hatte sogar ein- oder zweimal gelacht. Sie hatten sich über nichts Ernsthaftes unterhalten und in stummem Einvernehmen alle pikanten Themen, die es zwischen ihnen gab, ausgespart.

Walker hatte festgestellt, daß er nicht gewillt war, ihr von seinen Vermutungen über Victors Tod zu erzählen, obwohl er nicht genau hätte sagen können, warum. Vielleicht, weil er nur Verdachtsmomente ohne jeden Beweis besaß, oder vielleicht auch, weil sie vom Tod des Trainers so eindeutig erschüttert war – und sei es nur von der Brutalität des Todes.

Selbstverständlich ging ihr diese Erschütterung nicht wirklich zu Herzen. Nach dem zu schließen, was sie letzte Nacht gesagt hatte – zugegebenermaßen im Zorn –, hatte sie Victor so gut gekannt, daß er ihr bereits ein drastisches oder zumindest eindeutiges Angebot gemacht hatte. Was nicht mehr zu sagen hatte, als daß sie sich kennengelernt hatten. Da aber Victor Glory nur ein paar Tage nach Amandas Ankunft verlassen hatte, bezweifelte Walker, daß sie sich mehr als einoder zweimal begegnet waren.

»Langweile ich dich?« fragte Amanda höflich.

Ohne zu zögern erwiderte Walker: »Du hast mich zur Weißglut getrieben und mich fast wahnsinnig gemacht. Davon, daß du mir nächtelang den Schlaf geraubt hast, will ich gar nicht reden, aber du hast mich nie gelangweilt.«

»War nur so eine Frage«, murmelte sie.

Er lächelte zu ihr hinunter, als sie an der Ecke stehenblieben und warteten, daß die Ampel umschaltete, bevor sie die Straße überquerten. »Stolz auf dich?« wollte er wissen.

»Na ja, als Frau hat man schon gerne die Gewißheit, ein bißchen Eindruck auf einen Mann gemacht zu haben.«

»Sei ganz beruhigt – das hast du. Wahrscheinlich werde ich nie wieder ganz der alte sein.« Er hob ihre Hand, die er umschloß, und fügte ernsthafter hinzu: »Übrigens – war ich das?«

Amanda wußte ohne erst hinzusehen, daß er von den blauen Flecken auf ihrem Handgelenk sprach – die seit dem Morgen ein wenig dunkler geworden waren. »Ich bekomme leicht Quetschungen«, klärte sie ihn auf. »Abgesehen davon, soweit ich mich erinnere, war ich gerade dabei, dir die Augen auszukratzen, als das passiert ist.«

»Ich habe dir nicht weh getan? Sag die Wahrheit.«

»Du hast mir nicht weh getan.« Sie sah ihm standhaft in die Augen. »Ich weiß, daß ich aussehe wie eine verletzliche Blume, Walker, aber ich bin nicht aus Glas. Ich zerbreche nicht.«

»Versprochen?« fragte er launig.

»Versprochen.«

Er nickte, dann drückte er seine Lippen auf ihr Handgelenk.

Amanda räusperte sich. »Das solltest du lieber nicht in aller Öffentlichkeit machen«, murmelte sie.

»Warum nicht?« Seine grünen Augen waren feurig.

Weil ich würdelos ausschaue, wenn ich vor deinen Füßen zerfließe, zum Kuckuck!

»Weil ... Ach, verdammt, Walker – da kommt Pfarrer Bliss. Vielleicht können wir ...«

Aber das konnten sie natürlich nicht. Und da Walker sich weigerte, ihre Hand loszulassen, wurde Amanda die etwas verwirrende Erfahrung zuteil, einem halbwegs besorgten Pfarrer dabei zuzusehen, wie er versuchte herauszufinden – ohne unverblümt danach zu fragen –, ob sie etwas getan hätte, was dazu geeignet gewesen wäre, ihrer unsterblichen Seele Schaden zuzufügen.

Walker, der kein sonderlich gläubiger Mensch war, sah und hörte mit einem großmütigen Lächeln zu.

»Du warst mir auch überhaupt keine Hilfe«, beschuldigte ihn Amanda, als der Pfarrer endlich seiner Wege gegangen war.

»Ich wollte euch nicht unterbrechen.« Walkers Ton war voller Unschuld. »Abgesehen davon bist du doch wunderbar allein zurechtgekommen. Vor allem, da er ja nicht ganz den Mut aufbrachte, dich offen zu fragen, wie es denn um deine Tugendhaftigkeit bestellt ist.«

Amanda gluckste in sich hinein. »Mein Glück.« Dann wurde sie plötzlich wieder ernst. »Er hat offensichtlich noch nichts von der Sache mit Victor gehört.«

»Nein, es hat sich noch nicht herumgesprochen.«

Als sie auf den Laden zukamen, in dem sich Amanda mit Kate und Maggie treffen würde, sagte sie: »Kate hat zu Maggie gesagt, daß es ihr ein bißchen komisch vorkäme, heute zum Einkaufen zu gehen, aber Maggie hat gemeint, sie solle nicht albern sein.«

»Da hat Maggie recht«, sagte Walker.

»Wahrscheinlich.«

»Es tut uns allen leid, daß es passiert ist, aber zumindest ist mir bis jetzt noch niemand untergekommen, der Victor tatsächlich gemocht hätte. Und deswegen – es tut uns leid, und das Leben geht weiter.«

Amanda schaute zu ihm hoch. »Du hörst dich genauso an, wie ein ziemlich ungeduldiger Philosophieprofessor, den ich auf dem College hatte.«

»Hat er dir das Leben schwergemacht?«

»Na ja, er hat nie begriffen, was jemand mit Betriebswirtschaft als Hauptfach in seinem Kurs zu suchen hat – vor allem, wenn die betreffende Person im Nebenfach Informatik studiert.«

»Und was hattest du tatsächlich in seinem Kurs zu suchen?«

»Ich wollte das Leben in den Griff bekommen, glaube ich. Und bevor du fragst: Es ist mir genauso ein Rätsel wie allen anderen, der Kurs hat mir also wohl nicht viel geholfen.«

Sie blieben unter der Markise, die den Eingang des Bekleidungsgeschäfts Conner beschattete, stehen, und Walker lächelte zu ihr hinunter. »Erinnerst du dich noch, was in deinem Glückskeks stand? ›Heute werden Sie eine tiefe Wahrheit entdecken.‹ Ich meine, das ist soeben eingetroffen.«

»Daß das Leben verwirrend ist?«

»Für mich ist das gut genug.« Er beugte sich hinunter und küßte sie, kurz, aber keineswegs flüchtig, und sagte dann, »Vergiß nicht, wir treffen uns auf dem Weg, gegen sieben.«

Amanda nickte. »Ich werde es nicht vergessen. Vielen Dank für das Mittagessen, Walker.«

»Keine Ursache.« Er sah ihr zu, wie sie in der Kühle des Geschäfts verschwand, dann machte er sich auf den Weg in sein Büro.

Er war keine drei Schritte gegangen, und sein Lächeln verschwand. Den Bekannten, der ihn vor dem Geschäftshaus fröhlich begrüßte, nahm er ebensowenig zur Kenntnis wie den Postboten, der ihm auf der Treppe hastig ausweichen mußte, um nicht mit ihm zusammenzustoßen. Und als er am Schreibtisch seiner Sekretärin vorbeikam, sah sie ihm nur kurz ins Gesicht und wagte nicht, einen Gruß auszusprechen.

Walker ging in sein stilles Büro und schloß die Tür hinter sich. Er trat an den großen Eichenholzschreibtisch, der den Anwälten McLellan seit drei Generationen diente, und setzte sich in den wuchtigen Ledersessel. Er öffnete die Mittellade, zog einen Aktenhefter heraus und schlug ihn auf. Er mußte nicht lange suchen. Eine saubere und vollständige Auflistung der College-Kurse, die Amanda Grant belegt hatte. Kein Philosophiekurs, keine Betriebswirtschaftskurse, keine Kurse in Informatik. Amanda Grandt hatte ihren Abschluß in Design gemacht, mit Architektur im Nebenfach.

Walker lehnte sich in seinem sonst so bequemen Sessel zurück und starrte die Akte an, ohne sie zu sehen. Und die eigene Stimme erschreckte ihn, leise und schroff ertönte sie in der Stille des Zimmers. »Verdammt noch mal, Amanda ... was tust du mir da eigentlich an?«

11

Als Amanda sich an diesem Abend um kurz vor sieben auf den unbefestigten Weg nach King High machte, holte der anstrengende Tag, der einer praktisch schlaflosen Nacht gefolgt war, sie langsam ein. Sie fühlte sich nicht sosehr erschöpft als vielmehr eigentümlich nackt und hatte den beunruhigenden Eindruck, daß ihre Fähigkeit, Gedanken und Gefühle zu verbergen, nachließ.

Vor allem, was Walker anging.

Er wartete an einer Stelle, die weniger als auf halbem Weg nach King High lag, wo er sich gegen den riesigen Granitbrocken zurücklehnte, um den der Weg führte. Die Sonne war noch nicht untergegangen, und das gesprenkelte Waldlicht malte immer neue Schatten auf sein weißes Hemd und sein Gesicht.

Als Amanda ihn bemerkte, erinnerte sie sein grimmiger Ausdruck an die Art, wie er sie in den ersten Tagen auf Glory angesehen hatte, doch dann lächelte er, und der Eindruck von Kälte verflog.

»Hi«, sagte sie beiläufig, als sie ihn erreichte.

»Hi«, entgegnete er nicht weniger beiläufig. Aber dann legte er die Hände auf ihre Schultern, zog sie zu sich heran und küßte sie so intensiv, daß von Beiläufigkeit keine Rede mehr sein konnte.

Amanda sagte sich, es läge an ihrem erschöpften Zustand, daß der Kuß so überwältigend war, doch sie wußte es besser. Ihr Körper reagierte darauf, wie auf einen reinen Energiestoß – er sprühte plötzlich vor Leben und pochte vor unvermittelter Begierde, und ihr Verstand kannte nur noch Walkers Gegenwart und ihr Verlangen nach ihm. Es war, als hätten sie in der letzten Nacht ein Freudenfeuer errichtet, das noch immer brannte, heißer als zuvor.

Sie wußte, daß sie bebte, als er endlich den Kopf hob, und sie wußte, daß er es spürte.

»Darauf habe ich schon den ganzen Tag gewartet«, sage er heiser.

Alles, was Amanda einfiel, war zu sagen: »Bloß gut, daß Pfarrer Bliss das gerade nicht gesehen hat. Er mußte sich nicht mehr fragen, wie es um meine Tugendhaftigkeit steht.«

Walker küßte sie noch einmal, kurz diesmal. »Laß ihn sich ruhig fragen. Geht ihn sowieso nichts an.« Er hielt einen Arm um sie geschlungen, als sie den Weg in Richtung King High weitergingen.

Immer noch damit beschäftigt, den Aufruhr aus Gefühlen und Empfindungen, der wie von Zauberhand in ihr aufgeflammt war, zu zähmen, sagte Amanda unbestimmt: »Da ist ein Sturm im Anzug, nicht wahr? Hörst du es donnern?«

»Der Donner ist in den Bergen«, erklärte ihr Walker. »Bei uns wird es wahrscheinlich nur regnen.«

»Ich habe gehört, wie jemand – einer von den Gärtnern, glaube ich – heute morgen gesagt hat, daß wir Regen brauchen. Aber es klang irgendwie … besorgt.«

»Es hätte inzwischen eigentlich schon eine ganze Menge Regen geben müssen«, erläuterte Walker. »Da das nicht der Fall war, gibt es eigentlich nur zwei Möglichkeiten. Entweder steuern wir auf eine Dürreperiode zu, mit unerbittlicher Hitze und der Gefahr von Waldbränden, oder aber im Juli und August wird es jede Menge äußerst heftiger Gewitter geben.«

»Kein Wunder, daß er sich Sorgen macht. Hört sich beides nicht gerade gut an, finde ich.«

Sie gingen eine Weile schweigend nebeneinander her, dann sagte Walker: »Sind die Hunde eigentlich wieder aufgetaucht?«

»Nein.« Amanda seufzte und versuchte, nicht so besorgt zu klingen, wie sie sich fühlte. »Heute nachmittag hat Maggie die Ultraschall-Pfeifen, mit denen sie abgerichtet wurden, wieder rausgeholt, und wir sind alle losgegangen und haben nach ihnen gesucht und gerufen. Sogar Kate hat ihre ehrenamtlichen Tätigkeiten liegenlassen. Sie und Ben haben mit ein paar von seinen Reitern einige von den Reitwegen abgesucht. Kein Glück.«

»Es sind wertvolle Hunde«, überlegte Walker. »Und wertvolle Hunde werden andauernd gestohlen. Aber ich nehme an, so wie sie abgerichtet sind, ist es ziemlich unwahrscheinlich, daß sie sich von irgendwelchen Fremden fortkarren lassen.«

»Extrem unwahrscheinlich. Es sind Wachhunde. Maggie sagt, daß Jesse ihnen jeden einzelnen der Gärtner und Wartungsleute, die beim Haus arbeiten, vorstellen mußte, weil die Hunde ganz gezielt darauf abgerichtet wurden, das Haus und den Vorgarten schärfstens zu bewachen. Außerhalb vom Vorgarten würden sie einen Fremden nicht angreifen, aber sie würden auch niemandem nahe kommen, den sie nicht kennen.«

»Vielleicht sind sie in eine Falle gelockt worden«, meinte Walker.

Amanda nickte. »Wer sollte so was wagen? Das ist Privatbesitz, das Land gehört den *Daultons*, meilenweit. Wer könnte die Hunde so unbedingt haben wollen, daß er es riskieren würde, von Jesse erwischt zu werden?«

»Keiner, der mehr Hirn hat, als ein Champignon«, gab Walker zu. »Jesse ist ein schlimmer Gegner, und das wissen alle in dieser Gegend.«

»Trotzdem ... ich habe Angst, daß ihnen etwas zugestoßen ist. Sie sollten längst zurück sein. Sie hätten schon vor dem Frühstück wieder dasein sollen.«

Der Arm um ihre Schultern schmiegte sich fester an sie, und Walker sagte: »Noch eine schlechte Nachricht, die sich Jesse heute anhören muß.«

»Er wird erst spät am Abend aus Asheville zurück sein, deswegen habe ich mich gefragt – wie hat er die Nachricht von Victors Tod aufgenommen?«

»Schlecht. Weniger, weil er Victor gemocht hätte, als vielmehr weil durch eine Unachtsamkeit ein dummer Unfall auf Glory passieren konnte.«

»War es denn ein Unfall?«

Walker sah scharf zu ihr hinab. »Hast du irgendeinen Grund, daran zu zweifeln?«

Amanda war einen Moment lang versucht – aber nur einen Moment lang. Sie konnte nicht ja sagen, denn wenn sie das täte, müßte sie erklären, daß Victor ihr etwas mitzuteilen hatte, was vor zwanzig Jahren auf Glory passierte, und daß sie befürchtete – aber in keinster Weise mit Sicherheit wußte –, daß dieser »Unfall« eingefädelt worden war, um zu verhindern, daß sie erfahren würde, was auch immer er ihr zu sagen hatte.

Dafür hatte sie natürlich keine Beweise. Nicht den geringsten Beweis, um die Wahrheit zu sagen. Doch das war nicht der Grund, warum sie nicht gewillt war, ihre Theorie vor Walker auszubreiten. Solange Walker ihr mißtraute – was er mit Sicherheit noch immer tat –, wäre es dumm von ihr, ihm ihrerseits Vertrauen zu schenken, vielleicht sogar gefährlich. Er war der Familienanwalt der Daultons, Jesses Anwalt, und dem galt auch seine Loyalität; ganz gleich, ob er ihr glaubte oder nicht. Wenn Amanda ihm sagte, aus welchem Grund sie hierhergekommen war, war er jederzeit fähig, es Jesse zu erzählen. Und dann würde Amanda eine ganze Menge mehr erklären müssen, als ihr lieb sein konnte.

»Nein«, sagte sie nach kurzem Zögern, »ich habe keinen Grund anzunehmen, daß es kein Unfall war. Es scheint einfach nur so bizarr. Aber wahrscheinlich passieren bizarre Unfälle ganz einfach, wenn man nicht aufpaßt.«

Walker schaute sie noch einen Augenblick lang weiter an, doch dann nickte er und akzeptierte ihre Antwort.

In diesem Moment erreichten sie den Steg, und als sie ihn überquerten, blickte Amanda in das Wasser, das im Tageslicht hell und klar darunter hindurchfloß. Nichts Unheilvolles, nichts, was sie beunruhigen könnte, wie letzte Nacht …

Grelles Licht, das vom Wasser reflektiert wird … ein Bach – nein, ein Wasserlauf, wo vorher keiner gewesen war, der Abzugsgraben vom Regen angeschwollen … kleine, nackte Füße, zwischen den Zehen platscht schlammiges Wasser durch, und in der Ferne ein Licht …

»Amanda?«

Sie blinzelte, schaute zu ihm hoch und bemerkte, daß sie mitten auf dem Steg wie angewurzelt stehengeblieben war. Sie wußte nicht, wie ihr Gesicht aussah, aber aus dem finsteren Blick, den Walker ihr zuwarf, schloß sie, daß ihr Ausdruck ihn zutiefst bestürzte.

»Tut mir leid.« Sie streckte beinahe instinktiv eine Hand aus, um seine Brust zu berühren. »Ich muß wohl … geträumt haben.«

Walker schüttelte den Kopf. »Das muß ein bemerkenswerter Traum gewesen sein. Du schaust völlig durcheinander drein.«

»Wirklich?« Sie versuchte kurz zu lachen und zuckte mit den Schultern. »Es war gar nichts, ehrlich.«

»Bestimmt?«

»Sicher.« Sie sah an ihm vorbei auf den Pavillon, der von hier aus schon zu sehen war, und fragte: »Werden wir dort unser Picknick machen?«

Walker zögerte einen Moment, doch dann nickte er und indem er diesmal ihre Hand nahm, ging er weiter über den Steg auf den Pavillon zu. »Hatte ich vor. Wenn es dir recht ist?«

»Kein Problem.« Amanda wünschte, er hätte sie nicht angesprochen, denn sie glaubte sicher zu sein, daß sie dabei war, sich an etwas äußerst Wichtiges zu erinnern. Zumindest … *war* sie sich sicher gewesen, daß es wichtig war. Aber schon jetzt, so kurz danach, entzog sich ihr das Stück Erinnerung wie ein Traum.

Zerrann wie Rauch zwischen ihren Fingern. Verdammt, verdammt, *verdammt.*

»Paß auf, wo du hintrittst«, warnte Walker, als sie vom Weg abwichen und sich über eine Reihe aufgefächerter Wurzeln einer Rieseneiche zum Pavillon durchschlugen.

Amanda blickte kurz zur Seite und als sie etwas bemerkte, das wie ein zerbröckelndes, steinernes Fundament eines kleinen Gebäudes aussah, fragte sie: »Stand hier schon mal was?«

»Ein Pförtnerhaus. Ist lange her. Als mein Vater noch ein kleiner Junge war, hat der Bach sein Beet gewechselt, und deswegen hat sich die Auffahrt zu King High verschoben. Das Pförtnerhaus ist langsam zerfallen. Vor ein paar Jahren habe ich dann den Pavillon bauen lassen.«

»So weit weg vom Haus?«

»Mir gefällt es hier.«

Im Inneren des Pavillons lag eine dicke Steppdecke über die massiven Bodendielen ausgebreitet, und eine Reihe übergroßer Kissen versprachen Behaglichkeit. Ein imponierender Weidenkorb wartete darauf, geöffnet zu werden, und eine große Thermoskanne enthielt, wie Amanda vermutete, ein kühles Getränk.

»Tee«, erwiderte Walker auf ihre Frage. »Ich hätte Wein mitgebracht, aber da du so selten trinkst …«

»Tee ist sowieso besser, vor allem bei der Hitze.«

»Die Hitze scheint dir nicht viel auszumachen«, meinte Walker, als sie es sich auf der Steppdecke bequem machten und er den Weidenkorb auf der Suche nach Gläsern öffnete. »Du wirkst immer so frisch und … unzerknittert.«

Amanda lachte. »Unzerknittert?«

»Der prosaische Verstand eines Anwalts – hast du mir den nicht irgendwann vorgeworfen? Ich wollte sagen, daß, obwohl andere Leute von der Hitze zerknautscht und schlaff aussehen, du immer so wirkst, als kämst du gerade aus einer kühlen Dusche und hättest dir frische Kleider angezogen.«

Als sie sich ein Glas Eistee von ihm geben ließ, sagte Amanda leichthin: »Für jeden, der sich ernsthaft mit dem Gedanken trägt, im Süden zu leben, eine notwendige Eigenschaft, würde ich meinen.«

»Tust du das denn? Dir ernsthaft überlegen, hier zu leben, meine ich? Du hast Jesse gesagt, du würdest Glory nicht haben wollen.«

»Das will ich auch nicht. Glory ist phantastisch, aber …«

»Aber?«

Sie schüttelte den Kopf, dann lächelte sie. »Es ist so überwältigend. Vor allem für mich. Ich glaube, ich bin einfach nicht dafür geschaffen, jemals dortzubleiben. Die Daultons, die auf Glory leben, sollten alle groß und braungebrannt sein und vor Lebendigkeit und Temperament übersprühen. Ich bin nicht so. Es ist ein wunderschöner Fleck, aber es würde nie ein Zuhause sein. Nicht für mich.«

Walker sah sie einen Moment lang an, dann holte er noch weitere gedeckte Teller aus dem Korb. »Aber den Süden magst du?«

»Sehr sogar – abgesehen von der Sommerhitze. Aber ich habe eigentlich noch gar nicht viel über die Zukunft nachgedacht.« Da sie keine Lust hatte, mehr Zeit mit diesem Thema zuzubringen, sagte sie: »Was gibt es denn zu essen? Ich bin am Verhungern.«

»Gut«, sagte Walker. »Wir haben nämlich genug für eine ganze Kompanie …«

Es war noch ausreichend hell, als sie mit dem Essen fertig waren und die Überreste wieder einpackten, auch wenn die Regenwolken anfingen, den Sonnenuntergang zu verdecken. Es war äußerst friedlich in dem kleinen Pavillon, und sie lehnten sich zurück in die Kissen und unterhielten sich über Belangloses, nahmen kleine Schlucke Eistee und schwiegen gelegentlich, um den Vögeln und Grillen zuzuhören.

»Hast du nicht erzählt, daß Reece beinahe mal geheiratet hätte?« fragte sie müßig.

»Hmm.«

»Aber Sully nicht?«

»Da müßte er wahrscheinlich vorher schwanger werden.«

Amanda lächelte, sagte aber dann in nachdenklichem Ton: »Im College war ich ein Jahr lang verlobt.«

Er war schon kurz davor, sie zu fragen, warum es in die Brüche gegangen war, als Walker schockartig plötzlich einfiel, daß das möglicherweise niemals passiert war. Vielleicht war sie ja immer noch verheiratet. Das hatte nicht zu den Fragen gehört, die er in seinem Büro gestellt hatte, da das für die Klärung ihrer Identität kaum von Belang war, und es war ihm nicht in den Sinn gekommen, sie später danach zu fragen.

Himmel, was, wenn sie verheiratet war? Was, wenn ein Ehemann irgendwo im Norden geduldig darauf wartete, daß sie mit ihm Kontakt aufnahm und ihm berichtete, daß die Daultons sie akzeptiert hatten. Walker spürte überrascht und verwirrt, wie sich ein Ansturm primitiver Gefühle in seinem Inneren so sehr verdichtete, daß es ihm tatsächlich schwerfiel zu atmen.

Es kann einfach keinen anderen Mann geben. Keinen Ehemann, keinen Geliebten – keinen anderen Mann. Er konnte nicht glauben, daß sie sich ihm so ungezügelt hingegeben hätte, wenn es einen anderen Mann in ihrem Leben gäbe. Sie hätte es nicht gekonnt. Nicht einmal sie hätte das fertiggebracht.

»Was ist passiert?« Er hörte seine Stimme und wußte, noch bevor sie ihn überrascht ansah, daß sie rauh war, zu eindringlich.

»Nichts Aufregendes.« Sie ließ ein leises Lachen hören. »Eigentlich nicht einmal etwas Besonderes. Es schien mir ... einfach nicht mehr richtig zu sein. Es gab keine große Szene, als ich es ihm sagte. Eigentlich, glaube ich, hat er es erwartet.« Sie zuckte mit den Schultern und lächelte.

Walker sah sie einen Moment lang an, dann nahm er ihr Glas ab und stellte es beiseite. Er faßte sie an den Schultern, drückte sie sanft zurück auf die Kissen und folgte ihr, bis er auf dem Ellenbogen neben ihr aufgestützt lag.

»War es etwas, das ich gesagt habe?« murmelte sie.

Du hast gesagt, daß du als Amanda Grant aufgewachsen bist, und ich glaube nicht, daß das stimmt. Warum sagst du mir nicht die Wahrheit, Amanda? Warum, um Himmels willen?

Ihre Augen wurden schläfrig und bekamen einen sinnlichen Ausdruck, der ihn gänzlich in seinen Bann zog und ihn so unbändig erregte, daß alles andere, selbst die Lügen, unwichtig wurde. Welche Rolle spielte das schon. Welche Rolle spielte irgend etwas, außer daß er sie haben wollte, so sehr, daß er nicht mehr vernünftig denken konnte? Er wußte, daß ihre unschuldige Frage mehr neckend als ernsthaft war. Aber er beantwortete sie dennoch.

»Wenn ich mich richtig erinnere«, sagte er, während er die Knöpfe ihrer Bluse öffnete, »hast du meinen Namen gesagt, sehr höflich und zurückhaltend. Mr. McLellan. Mit einem kleinen Nicken.«

»Du meinst ... an dem Tag, als ich in dein Büro gekommen bin«, erinnerte sie sich und sah ihm zu, wie er den nächsten Knopf aufmachte.

»Genau. Es war das erste Mal, daß ich dich gesehen habe. Seitdem will ich dich.« Er knöpfte noch einen Knopf auf und ließ seine Finger unter die weiße Bluse gleiten, um die warme, seidige Haut auf ihrem Bauch zu spüren. Er merkte, wie sie zitterte, wie Muskeln und Nervenenden auf seine Berührung reagierten, und diese sofortige Reaktion traf ihn so plötzlich und so machtvoll, wie ein Schlag in die Magengrube. Hitze durchraste ihn, und jeder einzelne Muskel seines Körpers schien sich in einem Kampf ungebändigten Verlangens zusammenzuziehen.

Himmel, wie konnte sie ihm nur so zusetzen?

Ihre Augen wurden schläfriger, das rauchige Grau verdunkelte sich zu Schiefer, als sie in seine sah, und ihre Stimme war kehlig. »Damals schon? Du hast dir verdammt viel Zeit gelassen, bis du etwas unternommen hast. Selbst für einen vorsichtigen Mann.«

»Das brauchst du mir nicht zu sagen.« Er hörte den heiseren Klang seiner Stimme und scherte sich keinen Pfifferling, daß er sie spüren ließ, wie unendlich sie ihn erregte. Es sie spüren ließ? Als ob er eine andere Wahl gehabt hätte. Er knöpfte die letzten Knöpfe ihrer Bluse auf und öffnete sie. Sie trug einen BH, eine erlesene Andeutung aus fleischfarbener Seide, die kaum ihre Brustwarzen bedeckte. Gefesselt und mit starrem Blick sah er, wie ihre Brüste sich in immer schnellerem Rhythmus hoben und senkten und ihre Brustwarzen sich langsam versteiften, ihre Spitzen gegen den Stoff stießen, der sie vor ihm verbarg.

Atemlos sagte sie jetzt: »Walker, es ist immer noch hellichter Tag. Hier könnte sonstwer vorbeikommen ...«

»Hier kommt nie jemand vorbei, außer mir. Halt mich nicht zurück, Amanda. Ich muß dich einfach sehen.« Er neigte seinen Kopf, bis seine Lippen gerade den oberen Bogen einer ihrer Brüste streiften. »Der Mond war gestern nicht so hell, daß ich dich hätte sehen können, wie ich muß.« Seine Zunge suchte den Weg durch das Tal zwischen ihren Brüsten, dann glitt sie den spitzenverzierten Rand des BHs entlang einen atemberaubenden Gipfel empor.

»Das hast du geplant«, beschuldigte sie ihn, aus der Fassung gebracht.

»Ich bekenne mich schuldig.« Plötzlich hob er den Kopf und sah sie an, während die Hand ihren Bauch hinaufglitt, bis die Finger den Verschluß auf der Vorderseite ihres BHs berührten. Er spielte mit dem Haken und war sich dabei ihres rasenden Herzens unter seinen Knöcheln sehr bewußt. »Soll ich aufhören?«

Ohne auch nur einen Blick auf den Weg zu werfen, schüttelte sie stumm den Kopf.

Als sie nackt beieinander lagen, fing es an zu regnen, und der gleichmäßige Rhythmus der Tropfen, die auf das Pavillondach schlugen, entzog sie dem Rest der Welt, als wären sie durch einen Vorhang aus Klängen abgeschirmt. Der Wind, der vom Regen abgekühlt war, strich sanft über die beiden hinweg.

Ein Teil von Walker, der reservierte Mensch, der in logischem Denken und Vernunft ausgebildet war, wollte sie auffordern, ihm endlich die Wahrheit über ihre Identität und dic Gründe für ihr Auftauchen auf Glory zu nennen, wollte ihre Verletzlichkeit und Nacktheit und blinde Leidenschaft ausnutzen, um seine Antworten zu bekommen. Aber auch er war blind.

Der Vernunftmensch wurde von einem anderen Mann überwältigt, einem Mann der Sinne und Gefühle, einem Mann, der mit solch archaischer Kraft begehrte, daß er sich nur noch darum kümmerte, seine Gefährtin zu besitzen. Und dieser Mann scherte sich keinen Pfifferling um die Wahrheit.

Er sah die übrigen Male der gestrigen Leidenschaft auf ihrer blassen Haut, aber auf seine rauhe Entschuldigung antwortete sie nur, er habe ihr nicht weh getan, dann zog sie seinen Kopf herab, um die Diskussion zu beenden. Und ihre Erwiderung auf seine Berührungen war so feurig, so plötzlich und so arglos, daß es ihm unmöglich war, in irgendeiner Weise an sich zu halten.

Sie paßte so vollkommen zu ihm, daß es schien, als wären sie füreinander geschaffen.

Er umfaßte ihre Brüste, hob sie, schloß seinen Mund über die festen Spitzen. Er konnte fühlen, wie ihr Herz schlug, der Rhythmus so wild wie bei seinem eigenen, und ihr schneller Atem war im Einklang mit seinem. Er ließ seine Lippen über ihre seidige Haut fahren, hielt an dem winzigen Muttermal inne, das in der Form eines umgekehrten Herzens hoch oben auf ihrem Brustkasten saß, dann wieder kurz über ihrem Nabel, wo sie ungewöhnlich empfindlich war.

Ihr zarter Laut berührte ihn wie eine Liebkosung, und ihr Mund war unter dem seinen schmerzlich süß, und als ihre Körper sich vereinten – allein der simple Akt der Vereinigung –, war das so zutiefst befriedigend, daß Walker völlig reglos verharrte, im Bewußtsein dieses gänzlich unglaublichen Gefühls, daß es *richtig* war.

Auch Amanda schien das zu fühlen; ihr Blick vertiefte sich in den seinen, mit grauen Augen, die so geheimnisvoll unwiderstehlich waren wie der Nebel im Gebirge, und sie flüsterte seinen Namen, als sei es die Antwort auf eine Frage, die man ihr gestellt hatte.

Dann brach die Macht der reinen Begierde über ihn herein, über sie beide, und verlangte nach Befriedigung, und er war sich nichts anderem mehr bewußt, als der zwingenden Notwendigkeit, eine Erlösung aus der sich auftürmenden, wahnsinnig machenden Spannung in seinem Inneren zu finden. Er fing an, sich zu bewegen, tief zu stoßen, rückhaltlos, getrieben von ihrem kehligen Stöhnen und dem sinnlichen Wogen ihres Körpers.

Bis sie vor höchster Erfüllung wild aufschrie und die inneren Zuckungen ihrer Lust ihm den letzten Stoß versetzten und ihn einem erschütternden, unglaublich machtvollen Höhepunkt entgegentaumeln ließen.

»Bleib heute nacht bei mir«, sagte er.

»Ich kann nicht«, erwiderte sie nach einem Augenblick. Die Dämmerung war angebrochen, und der Regen hörte auf, wenn auch ohne Eile. Und sie waren eine lange Zeit beieinandergelegen, schweigend.

Walker, ein vernünftiger Mensch, war sich bewußt, wie notwendig es war, vorsichtig zu sein, wenn er das Undefinierbare, aber unbestreitbar Machtvolle, das sich zwischen ihnen ereignet hatte, nicht zerstören wollte, und daher hielt er seine Stimme gesenkt und sachlich.

»Warum nicht?«

Sie hob den Kopf von seiner Schulter und sah ihn mit großem Ernst an. »Wenn du es ihm nicht gesagt hast, weiß Jesse das mit uns beiden noch nicht. Es wäre mit lieb, wenn er es nicht ausgerechnet dadurch erfährt, daß ich morgen nicht zum Frühstück auftauche.«

»Früher oder später muß es ihm jemand sagen«, meinte Walker. »Ich weiß. Aber das möchte ich lieber selber machen.«

Schließlich stimmte er mit einem Nicken zu.

»Es wird langsam spät.« Amanda setzte sich mit offensichtlichem Widerstreben auf und griff nach ihren Kleidern.

Walker tat es ihr gleich, sagte aber ernst: »Sag es Jesse bald, ja?

»Ja.«

Nachdem sie sich angezogen hatten, erklärte Walker, daß er vorhabe, sie nach Glory zu begleiten, und so machten sie sich gemeinsam auf den Weg. Der durstige Boden hatte den Regen gierig aufgesogen und nur feuchte Erde hinterlassen, daher bereitete ihnen der Weg keine Schwierigkeiten. Durch den Regen war die Temperatur deutlich gefallen, und der Spaziergang zurück war kühl und angenehm.

Jesses Cadillac war zurück.

»Ich komme mit dir hinein«, sagte Walker.

Sie sah ihn an, ein wenig erheitert. »Weshalb? Um zu erklären, warum an meiner Bluse ein Knopf fehlt?«

Er war einen Moment lang besorgt. »Stimmt das? War das etwa schon wieder ich?«

»Es stimmt, und du warst es.« Sie stellte sich auf die Zehenspitzen und küßte ihn. »Und ich werde schon allein mit Jesse fertig, vielen Dank.«

»Amanda ...«

»Gute Nacht, Walker.«

Er sah ihr zu, wie sie über das feuchte Gras des Gartens auf das Haus zuging, und es war ein erstaunlicher Willensakt vonnöten, sie nicht zurückzurufen oder ihr zu folgen. Er wußte nicht, ob es daran lag, daß sich im Pavillon etwas Bemerkenswertes zwischen ihnen ereignet hatte, oder einfach, weil auf Glory merkwürdige Dinge passierten, die ihm Sorgen machten, aber die Vorstellung, daß sie ohne ihn dieses Haus betrat, wollte ihm gar nicht gefallen.

Nicht im geringsten.

»Amanda?«

Ungeachtet der späten Stunde und des außergewöhnlich langen und zweifellos erschöpfenden Tages, den er hinter sich hatte, traf sie Jesse, als sie sein Arbeitszimmer betrat, arbeitend an seinem Schreibtisch an. »Hat das nicht Zeit bis morgen?« fragte sie und deutete auf die Dokumente, mit denen er beschäftigt war. »Es ist schon nach neun, Jesse.«

»Ich weiß selbst, wie spät es ist.« Er sah sie mit ungewöhnlich finsterer Miene an. »Ich bin vor einer Stunde heimgekommen. Wo hast du die ganze Zeit gesteckt?«

»Bei Walker«, antwortete Amanda ohne zu zögern, überzeugt, daß ihm – da die Entrüstung quer über sein ganzes Gesicht geschrieben stand – bereits jemand von Walkers sehr freizügiger Äußerung seiner Leidenschaft heute vormittag erzählt hatte.

Einen Moment lang sagte Jesse gar nichts. Er starrte Amanda einfach nur an, möglicherweise wartete er darauf, daß sie anfangen würde, nervös zu blinzeln oder zu stottern oder in schuldbewußter Bestürzung zusammenzusinken. Wenn dem so war, so wartete er vergebens. Amanda stand einfach da, ganz entspannt, und erwiderte seinen Blick mit einem kleinen Lächeln.

Schließlich sagte Jesse: »Soll das etwa heißen, du und Walker, ihr seid …«

»Der Ausdruck lautet«, fügte Amanda helfend ein, »erwachsene Menschen. Das sind wir nämlich.«

»Wie lange geht das schon so?«

»Noch nicht lange.«

»Und ich nehme an, es interessiert dich nicht die Bohne, was ich davon halte?«

Amanda schüttelte den Kopf. »Deine Meinung liegt mir sehr am Herzen, Jesse. Aber ich bin eine erwachsene Frau, und was mein Sexualleben angeht, treffe ich meine Entscheidungen selbst.«

Eher gereizt als entrüstet sagte Jesse jetzt: »Du wirst bloß wieder drohen zu gehen, wenn ich Einspruch erhebe, richtig?«

Ihr Lächeln wurde breiter. »Das ist ein recht praktisches Druckmittel, das gebe ich gerne zu. Aber ich wüßte nicht, warum du überhaupt Einspruch erheben solltest. Du vertraust Walker alle deine juristischen Belange an, und er wird in diesem Haus wie ein Familienmitglied behandelt – warum solltest du ihm nicht auch deine Enkelin anvertrauen?«

»Wirst du ihn heiraten?«

»Jesse, es fällt mir schon schwer, mich jeden Morgen zu entscheiden, was ich anziehen soll; für große Entscheidungen brauche ich in der Regel *sehr* viel Zeit. Das mit Walker ist einfach so passiert, und ich denke eigentlich gar nicht groß darüber nach.«

Nach einem langen Augenblick verwandelte sich Jesse beinahe sichtlich von einem Großvater, den man vor den Kopf gestoßen hatte, in einen, der nach Mitleid heischt. »Ich möchte, daß du in guten Händen bist, wenn ich nicht mehr bin«, sagte er.

Völlig unbeeindrucke von dieser herzzerreißenden Deklaration, stütze Amanda die Hände auf den Schreibtisch und beugte sich zu ihm hin. »Falls«, sagte sie, »du auch nur ein einziges Wort zu Walker sagst, von wegen, daß er mich heiraten soll, oder wenn du das Thema auch bloß andeutest, dann gehe ich wirklich. Und zwar so schnell, daß dir schwindlig wird. Halt dich bloß da raus, Jesse.«

Frustriert blaffte der alte Mann: »Schlampe!«

Sie richtete sich wieder auf und lächelte. »Ich bin eine Daulton, schon vergessen? Wir regeln unsere Angelegenheiten selber.«

Nachdem er noch eine kurze Weile böse dreingeschaut hatte, brach endlich ein Lachen hervor. »In Ordnung, in Ordnung, ich werde mich raushalten. Was höre ich da, daß die Hunde verschwunden sein sollen?«

Amanda war nicht erstaunt, daß er die Hunde vor Victors Tod ansprach. Jesse setzte seine Prioritäten vielleicht sehr eigenwillig, aber immer konsequent; sein persönlicher Besitz nahm in der Regel den ersten Platz unter seinen Überlegungen ein.

»Ich habe heute den ganzen Tag nichts von ihnen gesehen«, antwortete sie und setzte sich in einen der Stühle vor dem Schreibtisch. »Maggie, Kate und ich haben nach ihnen gesucht, aber wir konnten sie nicht finden. Wir haben es mit den Pfeifen versuche und sind alles abgegangen – nichts. Glaubst du, daß es möglich ist, daß jemand sie gestohlen hat?«

»Kaum. Und sie hätten auf keinen Fall Fressen von jemandem angenommen oder draußen etwas ins Maul genommen. Gift scheidet also auch aus.«

Amanda hatte diese tödliche Alternative noch gar nicht bedacht und es machte sie ausgesprochen unglücklich, jetzt darüber nachzudenken. »Aber wo könnten sie denn dann sein?«

»Ich weiß es nicht. Wir werden morgen früh eine gründlichere Suche starten. Für heute Nacht – und nur für den Fall, daß es die grandiose Idee von irgendeinem kleinen Gauner war, die Hunde aus dem Weg zu schaffen, um ungestört einbrechen zu können – habe ich J. T. gebeten, ein paar von seinen Jungs das Haus beobachten zulassen.«

Amanda nickte. Sie dachte unwillkürlich, daß Diebstahl

nicht der Grund gewesen war, falls man die Hunde denn tatsächlich mit Absicht aus dem Weg geräumt hatte, aber der einzige andere Grund, der ihr einfiel, entsetzte sie so sehr, daß sie es bis jetzt nicht zugelassen hatte, darüber nachzudenken.

Nach der scheinbar versehentlichen Vergiftung während der Party hatte sie geglaubt, daß jeder, der vielleicht tatsächlich versucht haben könnte, sie zu ermorden, von Jesses Ankündigung, sein Testament nun doch nicht zu ändern, wieder davon abgekommen sein mußte. Aber was, wenn dieser Jemand nicht gewillt war, das Risiko einzugehen, daß der alte Mann seine Meinung noch einmal änderte? Was, wenn dieser Jemand nur eine Weile abgewartet hatte, damit der Umstand, daß Amanda schon so bald nach der Party zum Opfer eines weiteren Mißgeschicks würde, nicht allzu verdächtig aussähe?

Beinahe allen war aufgefallen, daß die Hunde ihr kaum von der Seite wichen, und niemand konnte bezweifeln, daß sie Amanda vor jeder Bedrohung beschützt hätten. Daher mußte der erste Schritt bei der Vorbereitung eines weiteren »Unfalls«, dem Amanda zum Opfer fallen würde, darin bestehen, die Hunde beiseite zu schaffen.

»Amanda?«

Sie blinzelte und sah über den Tisch hinweg zu Jesse. »Oh – entschuldige bitte. Ich muß doch müder sein, als ich dachte. Was hast du gesagt?«

»Ich habe dich gefragt, ob du noch mit Victor sprechen konntest, bevor er starb.«

Amanda blinzelte wieder. »Mit ihm sprechen?«

Etwas ungeduldig sagte Jesse: »Nachdem er zu seiner Einkaufstour aufgebrochen ist, hat Maggie erwähnt, daß du mit ihm sprechen wolltest, darüber, wie es hier vor zwanzig Jahren zuging, nachdem er damals ja schon hier war. Ich habe mich nur gefragt, ob du noch eine Gelegenheit dazu hattest.«

»Nein. Nein, die hatte ich nicht.« Sie zögerte, doch dann

fragte sie so beiläufig wie möglich: »Hat Maggie sonst noch jemandem erzählt, daß ich mich mit Victor unterhalten wollte?«

Jesse hatte seine Aufmerksamkeit wieder einem der Schriftstücke zugewandt, die auf dem Schreibtisch ausgebreitet lagen und antwortete geistesabwesend. »Wie? Ach, wir waren alle dabei, Darling. Es war im vorderen Salon, an einem von den Abenden, an denen du dich schon früh zurückgezogen hast.«

Als sie in sein gespanntes Gesicht starrte, fragte sich Amanda zum ersten Mal, ob es wohl möglich wäre, daß die Bedrohung, die sie für jemanden darstellte, der Glory besitzen wollte, vielleicht nicht annähernd so groß war wie für jemanden, der das, was auch immer vor zwanzig Jahren passiert sein mochte, für immer in der Vergangenheit begraben wissen wollte.

Aber was war es? *Was war geschehen?*

Und wem könnte die Enthüllung jetzt gefährlich werden? Reece und Sully waren noch Kinder gewesen, daher schien ihre Beteiligung unwahrscheinlich. Nicht unmöglich, nahm Amanda an, aber gewiß unwahrscheinlich. Kate war kaum zwanzig gewesen – und in was hätte eine junge Frau verwickelt sein können, das nach zwanzig Jahren noch Tote forderte, um das Geheimnis zu wahren? Jesse? Maggie? Beide waren alt genug. Aber war es möglich, daß Jesse der Enkelin, die er so offensichtlich – und so aufrichtig, wie Amanda glaubte – anbetete, Schaden zufügen wollte? Und war es möglich, daß sich in Maggies energischem und pragmatischem Wesen solche Gewalttätigkeit verbarg?

Oder war es jemand, der gar nicht zu Glory gehörte, jemand, dessen Verbindung zu den noch immer unbekannten Vorfällen jener letzten Nacht so schwer zu fassen war, daß Amanda sie noch nicht entdeckt hatte? Und vielleicht nie entdecken würde, jetzt, wo Victor tot war.

Verdammt, was ist in dieser Nacht passiert?

»Das mit Victor ist furchtbar«, hörte sie sich sagen.

»Er war unvorsichtig, Amanda«, erwiderte Jesse mit hartem Ton. »Dafür gibt es keine Entschuldigung.«

Sie blickte in diese dynamischen, silbergrauen Augen und spürte ein beunruhigendes kleines Frösteln. Andererseits ... vielleicht war Jesse skrupellos genug, zu zerstören, was er liebte, wenn er damit etwas, das er höher schätzte, bewahren konnte. Aber was? Was konnte einem Sterbenden nur so wichtig sein?

»Du siehst wirklich müde aus, Darling.« Er lächelte. »Warum gehst du nicht nach oben ins Bett?«

»Das solltest du auch tun«, murmelte sie.

»Mach ich. Bald. Gute Nacht, Amanda.«

Amanda stand langsam auf. »Gute Nacht, Jesse.« Sie verließ sein Arbeitszimmer und machte sich auf den Weg nach oben. Sie traf niemanden unterwegs, also mußte sie auch niemandem etwas vormachen. Mußte kein Lächeln auf ihr Gesicht kleistern und so tun, als sitze der liebe Gott oben im Himmel und auf Erden sei alles in bester Ordnung. Mußte niemandem vorspielen, daß sie zum ersten Mal, seit sie auf Glory war, fürchterliche Angst hatte.

Als sie mit ihrem Pferd zu ihm aufschloß, sagte Leslie Kidd zu Sully: »Wir haben jetzt schon Meilen abgeritten und immer noch kein Zeichen von ihnen. Glaubst du wirklich, daß die Hunde bis hier rausgelaufen wären?«

Sully, der sein Pferd anhalten ließ, strich mit einer Hand Beaus schimmernden, schwarzen Hals hinunter und schüttelte dann den Kopf. »Nein. Nicht, wenn sie nicht irgend jemand bis hierhergebracht hat.«

»Jemand?« Leslie, die so entspannt im Sattel saß, wie es nur einer exzellenten Reiterin möglich war, betrachtete ihn nachdenklich.

Sie befanden sich auf einem der Pfade, die den gesamten

Glory-Besitz durchzogen. Es war Samstag morgen, und beinahe jedermann auf Glory war mit der Suche nach den verschwundenen Hunden beschäftigt, sei es zu Fuß oder zu Pferd.

Alle berittenen Suchtrupps bestanden aus Paaren, und Sully hatte sich Leslie zur Partnerin gewählt, obwohl er gewöhnlich allein ritt. Sollte Leslie aber von Sully während des Ausritts etwas Unterhaltung erwartet haben, so war sie enttäuscht worden. Er hatte kaum ein Wort herausgebracht.

Da sie ihm zwei direkte Fragen gestellt hatte, sah Sully sie mißbilligend an. »Was ich gesagt habe, dürfte ja wohl deutlich genug gewesen sein, oder nicht? Die Hunde wären nicht so weit weg, außer es hat sie jemand hergebracht.«

Leslie lächelte. Mit ihrer ungewöhnlich sanften Stimme sagte sie: »Hat dir eigentlich schon mal jemand gesagt, daß du verdammt schnell auf hundertachtzig bist?«

Zu seiner völligen Verblüffung spürte Sully, wie ihm ein Schwall Hitze ins Gesicht stieg. »Hab' ich dich angeschnauzt? Tut mir leid.«

»Du hast geschnauzt – wenn du auch nicht unbedingt mich gemeint hast. Es macht dir Sorgen, daß die Hunde weg sind, stimmt's?«

Wieder war Sully verblüfft. Er wußte nur allzugut, daß die Chancen, seine Gefühle zu verbergen, ungefähr so groß waren wie die der Sonne, sich in einem wolkenlosen Nachmittagshimmel zu verstecken, aber es kam selten vor, daß jemand so präzise die Ursache seiner Beunruhigung benennen konnte. Er sah in ihr Gesicht mit den bemerkenswerten Augen und hörte, wie er eine Antwort gab, von der er nicht die geringste Absicht hatte, sie zu geben. »Es gefällt mir nicht, nein. Wachhunde hauen nicht ab, um hinter Kaninchen herzujagen.«

»Also muß sie jemand geschnappt haben? Sie irgendwo hingebracht haben, vielleicht, um sie zu verkaufen, weil sie wertvoll sind?«

»Wachhunde lassen sich nicht schnappen. Das gehört zu ihrer Ausbildung. Außerdem sind sie registriert, und ihre Nummern sind in die Ohren tätowiert, also würde kein anständiger Käufer sie ohne gültige Besitzurkunde anlangen.«

Nach einem Augenblick sagte Leslie: »Du glaubst nicht, daß wir sie lebendig wiederfinden, oder?«

»Nein.«

Als er nach dieser ungeschminkten Verneinung sein Pferd wieder antrieb, wies Leslie ihr Pferd an zu folgen. Aber ihr nachdenklicher Blick blieb lange Zeit auf Sullys breitem, kräftigem Rücken haften.

Die Suche nach den Hunden dauerte noch fast den ganzen Samstag, aber am Nachmittag schien festzustehen, daß die Tiere spurlos verschwunden waren. Jesse war darüber mehr verärgert als bestürzt und sprach davon, am Montag ein neues Paar Hunde zu bestellen – als seien sie ein Paar Schuhe oder sonstige leblose Gegenstände, die man sich bringen läßt, weil die alten verlegt wurden.

Diese unbekümmerte Einstellung verstörte Amanda, vor allem, da sie Zuneigung für die ruhigen Tiere empfunden hatte, und da sie ihr ein Gefühl der Sicherheit gegeben hatten, das sie nicht wirklich gewürdigt hatte, bis sie nicht mehr da waren. Aber darüber sagte sie nichts.

Walker war am späten Vormittag herübergekommen, vorgeblich um bei der Suche zu helfen, wenn er auch Amanda gestand, daß es in Wahrheit Neugier war, die ihn herkommen ließ; er hatte sich gefragt, wie Jesse ihn begrüßen würde.

»Und wie hat er?« fragte Amanda.

»Typisch. Er hat gesagt, wenn ich dir weh tue, läßt er mich teeren und federn und dann aufhängen.«

Amanda lächelte. »Na ja, zumindest kennst du jetzt den möglichen Preis dafür, mit der Enkelin vom großen Boß zu schlafen.«

»Den kannte ich schon, bevor er es mir gesagt hat.« Ohne diese abrupte Aussage zu erklären, fügte Walker in leichterem

Ton hinzu: »Ich habe ihm gesagt, daß ich vorhabe, dich zum Abendessen mit mir nach King High zu nehmen – und für den Rest vom Wochenende.«

Sie betrachtete ihn belustigt. »Ganz schön anmaßend, findest du nicht?«

»Aber immer.« Er legte die Hände auf ihre Schultern, zog sie zu sich heran und küßte sie.

Sie standen miteinander im Vestibül, nahe am Treppenabsatz, und waren gerade aus dem vorderen Salon gekommen, wo Jesse den übrigen eine kritische Analyse von deren Suchmethoden vorsetzte. Walker schien es nichts auszumachen, daß jederzeit irgend jemand aus dem Salon hätte kommen und sie beobachten können.

Nicht, dachte Amanda vage, daß es ihr etwas ausgemacht hätte.

»Komm mit mir, Amanda«, murmelte er, als er ihr Gesicht mit seinen Händen umfaßte und zu ihr hinuntersah. »Ich will morgen früh aufwachen und dich in meinem Bett sehen.«

»Laß mich etwas anderes anziehen«, sagte sie, als sie ohne Diskussion nachgab und sich kaum davor zurückhalten konnte, ihn in ihr Zimmer einzuladen.

Sie sagte sich, daß sie nur mit ihm kam, weil sie von Glory fortmußte, aber auch, wenn das zum Teil stimmte, konnte sie nicht einmal sich selbst einreden, daß das völlig wahr war. Die Wahrheit war, daß sie mit Walker zusammensein wollte, vor allem jetzt, da es so viel gab, über das sie nachdenken mußte, so vieles, was sie in Betracht ziehen mußte.

Sie wollte bei ihm sein, weil er alles andere unwichtig aussehen ließ – und sie hatte es dringend nötig, sei es auch nur für kurze Zeit, all die Fragen und Ängste, die ihr im Kopf herumgingen, zu vergessen.

Da Walker Jesse bereits über seine Absichten informiert hatte, machten sie sich nicht die Mühe, den anderen mitzuteilen, daß Amanda die Nacht auf King High verbringen würde.

Sobald sie wieder unten waren, gingen sie einfach durch den Haupteingang hinaus.

Es war später Nachmittag und heiß, und so spendete der Waldweg zumindest Schatten vor der gleißenden Junisonne. Sie gingen langsam, gemächlich und redeten wenig. Als sie den Steg überquerten, blickte Amanda besorgt in das Wasser hinab, aber da war kein Aufblitzen flüchtiger Erinnerungen, nichts, was sie beunruhigt hätte.

King High lag im Sonnenlicht ebenso freundlich und einladend da wie zuvor unter dem Mond, und Amanda überkam wieder das Gefühl, einen friedlicheren Ort gefunden zu haben. Als sie durch den Eingang traten, wurde das Gefühl sogar noch intensiver, und sie stand in der kühlen Stille des Hauses und sah sich um.

Im Gegensatz zu Jesse hatte Walker eindeutig etwas für Antiquitäten übrig; sie waren allgegenwärtig und geschmackvoll in den geräumigen Zimmern arrangiert, die Amanda von der Eingangshalle aus überblicken konnte, und das Glänzen des alten, wohlgepflegten Holzes verstärkte noch den Eindruck erfrischenden Friedens.

Walker führte sie nach rechts in einen Salon oder ein Wohnzimmer. »Ich hole uns etwas Kaltes zu trinken, bevor die Führung beginnt. Was hältst du davon?«

»Hört sich gut an.«

»Schön. Fühl dich ganz wie zu Hause.«

Statt sich zu setzen, ging Amanda eine Weile in dem großen Raum umher, betrachtete die Bücher auf den Regalen und die Gemälde an den Wänden. Schließlich stand sie vor dem Kamin und betrachtete das Gemälde einer schönen, dunkelhaarigen Frau mit warmen, grünen Augen. Ein Ausdruck von Humor, der sich nicht unterdrücken ließ, umspielte ihren lächelnden Mund, und die Ähnlichkeit mit Walker war enorm. Eindeutig seine Mutter.

»A-man-*da*.«

Der Ruf erttönte mit spitzer Stimme, auf unheimliche Art kindlich, und ließ sie überrascht umschauen. Es dauerte einen Augenblick, aber dann sah sie die Sitzstange vor einem der Fenster in der Nähe und den großen afrikanischen Graupapagei, der sie mit leuchtenden Augen betrachtete.

Amanda ging langsam auf den Vogel zu und die unterschiedlichsten Gedanken huschten ihr dabei durch den Kopf. Mit sanfter Stimme sagte sie, »Hat er mit dir über mich geredet, Vögelchen? Ist es das?«

Der Papagei neigte den Kopf zur Seite. »Aman*da.* Sag guten Tag.« Sie lächelte, streckte vorsichtig die Hand aus und streichelte das schimmernde Brustgefieder. »Guten Tag. Wie heißt du denn?«

»Bailey sage guten Tag«, erwiderte der Papagei.

»Guten Tag, Bailey.« Sie wartete einen Moment und streichelte den Papagei noch immer, doch dann, als sie außerhalb des Zimmers Schritte hörte, hob sie die Stimme etwas und forderte ihn auf: »Sag meinen Namen. Sag Amanda.«

»Aman*da.* Schönes Mädchen. Aman*da.*«

»Der Vogel hat mehr Geschmack, als ich ihm zugetraut hätte«, bemerkte Walker, als er wieder ins Zimmer und an ihre Seite kam. Er gab ihr ein hohes Glas mit Eistee und lächelte. »Meistens macht er mich wahnsinnig mit seinem Kommentaren zu allem und jedem.«

»Heiß heute«, verkündete der Papagei mit exzellentem Gespür. »Gewitter am Abend? Guten Tag, Walker.«

»Hi, Bailey.« Walkers Stimme klang resigniert. »Kein Gewitter heute. Er haßt Gewitter«, fügte er zu Amanda gewandt hinzu.

»Hast du ihm das Sprechen beigebracht?« wollte Amanda wissen. Walker schien zu zögern, dann schüttelte er den Kopf. »Nein, er ist schon älter als ich. Mutter hat ihn aufgezogen und von ihr hat er sich auch die meisten Wörter abgelauscht. Er lernt allerdings ganz schön schnell. Und ich glaube, er ist auch ziemlich gut darin, sich an Leute zu erinnern, die er nur ein einziges Mal gesehen hat.« Amanda sah Walker einen Moment lang an und nahm einen Schluck Tee, dann lächelte sie. »Ich mag es, wie er meinen Namen sagt, mit der Betonung auf der letzten Silbe.«

»Aman*da*«, sagte Bailey prompt. »Schönes Mädchen. Besuch mich mal. Ich liebe dich.«

Amanda lachte verblüfft. »Du kleiner, gefiederter Charmeur.«

»Er ist der geborene Schäker«, warnte Walker sie mit einem Lächeln.

Sie lächelte zurück. »Du hast mir eine Führung versprochen.«

»In der Tat. Wenn Sie mir bitte folgen wollen …«

Es war schon sehr spät, als Amanda aufwachte. Sie blieb ein paar Minuten liegen und hörte auf die Geräusche der Nacht, dann erhob sie sich sehr vorsichtig aus Walkers Bett. Er schlief tief und fest und rührte sich nicht. Obwohl es im Zimmer ein wenig stickig war, waren sie hier und nicht auf der schmalen Matratze auf der Galerie gelandet, weil Walker mehr Platz brauchte, als sie geboten hätte.

Sie sah zu ihm hinunter, wie er vom Mondlicht, das ins Zimmer strömte, beleuchtet wurde. Selbst im Schlafen war sein Körper kraftvoll, unwiderstehlich. Ohne sie zu berühren, ohne sich auch nur zu bewegen oder wach zu sein und zu wissen, daß sie da war, entfachte er tief in ihrem Bauch das Verlangen, und Amanda mußte sich zwingen, sich abzuwenden. Sie hob ihrer beider verstreute Kleidung vom Boden auf und warf das meiste davon über einen Stuhl, dann schlüpfte sie in sein weißes Hemd. Es roch nach ihm, ein Duft, der ihr inzwischen vertraut war und doch noch immer die Macht hatte, die Begierde in ihr zu wecken.

Amanda stand da, den Kopf gesenkt, und sie atmete den

würzigen Moschusduft ihres Geliebten ein. Schließlich machte sie ein paar Knöpfe zu und trat an die französischen Türen, die sich auf die Galerie öffneten. Die Türen standen offen, so daß jeder Windhauch, der sich vielleicht regen mochte, sich auch im Zimmer verfangen konnte, aber es war eine heiße, windstille Nacht, und nur die Ventilatoren, die sich träge auf der Galerie drehten, brachten Bewegung in die Luft.

Sie trat an das Geländer und blieb dort stehen, die Hände daraufgelegt, und blickte sich einfach nur um. Wolken, die sich geschwind bewegten, hoch oben, wo der Wind war, verdeckten den Mond von Zeit zu Zeit und hüllten King High in vorübergehendes Dunkel. Hier draußen roch es nach gemähtem Gras und Geißblatt und, schwach nur, nach wilden Rosen. Grillen und Heuschrecken erfüllten die schwüle Luft mit ihrem Zirpen, hin und wieder begleitet von einem vereinzelten Ochsenfrosch und, einmal, von einer Eule. *Hier fühle ich mich geborgen.*

Wie seltsam, dachte sie, daß sie sich hier so zu Hause fühlen konnte, so friedvoll, wo doch Glory kaum mehr als eine Meile entfernt lag. Und dann wieder, vielleicht war es auch gar nicht so seltsam. Wenn sie auf Glory war, waren ihre Gefühle zumeist negativer Natur, und selbst wenn all diese Belastungen nicht gewesen wären, bezweifelte Amanda, daß sie sich gänzlich anders gefühlt hätte; Glory war einfach überwältigend, und wenn sie es auch aufrichtig bewundern konnte, so fühlte sie sich dort doch nicht wohl. Sie ließ ihren Blick über den Grund von King High wandern, horchte auf die friedlichen Geräusche der Nacht und konnte beinahe spüren, wie ihre letzten Anspannungen von ihr abfielen. Hinter ihr zeigte irgendwo in Walkers Haus eine alte Uhr mit sonorer Präzision und tiefen Schlägen zwei Uhr an. Und genau in diesem Augenblick, da ihr Körper zur Gänze entspannt und ihr Bewußtsein von tiefem Frieden erfüllt war, fühlte sich Amanda wieder in eine andere Zeit versetzt.

Da ist die Uhr ... schleich dich an der Uhr vorbei ... oh, schon nach Mitternacht, das wird Mama gar nicht gefallen ... der Wind weht aber wirklich ziemlich heftig und – oh! – das war vielleicht ein Blitz! Aber immerhin regnet es noch nicht, und vielleicht schaffe ich es ja bis dorthin und wieder zurück, bevor es anfängt. Ich will Gypsy und ihr Baby sehen und ihnen vielleicht ein Stück von dem Apfel geben, den ich mir vom Abendessen aufgehoben habe ... Schlamm platscht zwischen den Zehen durch ... spring über den Abzugsgraben – Junge, ist der aber voll! Da oben in den Bergen muß es ja schütten, was das Zeug hält ... Da ist ja der Stall – aber warum ist da drinnen noch Licht an? Und dieses Geräusch ... dieses furchtbare Geräusch ...

Das heisere Krächzen eines Ochsenfrosches brachte Amanda auf einen Schlag wieder zurück. Sie blinzelte, starrte um sich, war sich ihres ungleichmäßigen Atems bewußt, ihres Herzens, das in der jähen Panik eines Kindes wild pochte. Es dauerte einige Minuten, bis die Eindrücke langsam abklangen, und als es soweit war, verblaßte auch die Erinnerung wieder. Sie entschwand wie Rauch, der durch die Finger quillt ...

Sie hatte sich an die *Handlungen* erinnert – auch wenn die Umgebung neblig und zumeist unidentifizierbar geblieben war. Aber sie erinnerte sich, wie sie auf eine Standuhr geschaut hatte. Wie sie ins Erdgeschoß und durch eine Tür gegangen war. Über ein Feld. Über einen Graben gesprungen war, der voll von schlammigem Wasser war. Aber inzwischen kam es ihr vor, als habe sie beobachtet, wie jemand anders diese Dinge tat; es wären keine Gefühle damit verbunden, keine Gedanken oder Empfindungen wie die, die sie so kurz gespürt hatte.

Amanda versuchte, die flüchtige Erinnerung zurückzuholen. Sie zwang sich, sich zu entspannen, schaltete den Verstand aus. Sie ließ den Blick über King High schweifen – umsonst. Wenn sie denn tatsächlich drauf und dran war, sich daran zu erinnern, woher die Angst vor Pferden stamme, oder an sonst etwas Wichtiges, dann schien Helen recht gehabt zu haben, als sie sagte, man könne es nicht herbeizwingen. Es würde selbst bestimmen, wann es käme.

Verdammt.

Erst viel später hörte Amanda, wie sich im Schlafzimmer hinter ihr leise etwas rührte. Sie überlegte kurz, aber schließlich blieb sie am Geländer stehen und wartete.

»Amanda?« Seine Stimme war ruhig.

»Habe ich dich aufgeweckt? Tut mir leid.«

Er legte seine Arme um sie und zog sie sanft zu sich zurück. »Hast du nicht schlafen können?«

Sie lehnte den Kopf an seine Schulter. »Ich bin hier rausgekommen, weil ich der Nacht zuhören wollte. Sie ist so voller Leben, nicht wahr? Und doch so friedlich.«

Walkers Arm schloß sich fester um sie. »Wenn du Frieden finden willst«, murmelte er, »hättest du nicht hier rauskommen sollen, mit nichts anderem als meinem Hemd am Leib.« Amanda lächelte und konnte die feste Erregung seines Körpers sehr genau spüren.

»Nicht?«

»Nein.« Seine Hand fand mehrere geöffnete Knöpfe und schlüpfte unter das Hemd, um sie zu berühren. »Definitiv nicht. Komm wieder ins Bett, Amanda.«

Sie spürte, wie ihre Beine nachgaben, ihr Atem schneller ging und sagte ein bißchen hilflos: »Wie schaffst du das bloß ... so schnell? Wie schaffst du es, daß ich mich so fühle?«

»Daß du dich wie fühlst?« Sein Mund berührte sie federleicht am Ohr und ihren Hals entlang. Er zog den Kragen des Hemds, das sie trug, beiseite, um seine Lippen auf ihre Schultern drücken zu können.

»So ... Du weißt schon, wie. Du mußt es wissen.«

»Sag's mir.«

»Du mußt es einfach wissen«, wiederholte sie und saugte

tief Luft ein, als seine Hand sich um eine ihrer Brüste schloß und eine Hitze, die nichts mit der Nacht zu tun hatte, tief in ihr aufloderte. Sie wollte sich umdrehen und die Arme um ihn schlingen, sich noch enger gegen ihn drücken, sich ganz an ihn schmiegen, aber er hielt sie fest und ihr blieb nichts übrig, als die Gefühle zu ertragen, denen sie nicht standhalten konnte.

»Schau«, flüsterte er. »Schau zu, was ich mache.«

Amanda gehorchte benommen und blickte an sich herab, um das unendlich erotische Schauspiel zu sehen, das seine Hand bot, die sich unter dem weißen Hemd bewegte, während sie ihren Körper streichelte. Sie spürte, wie sein Finger an ihrer Brustwarze zog, wie er sie langsam vor und zurück wiegte, und das brennende Vergnügen entwand ihrer Kehle ein erschüttertes Stöhnen.

»Willst du mich haben?« fragte er sie heiser.

»Ja.«

Seine Zähne spielten zärtlich mit ihrem Ohrläppchen, und seine freie Hand suchte sich den Weg über die Hüfte hinab, unter das Hemd, und schlüpfte hinunter, ihren Unterleib zu berühren. Zarte Haut ließ sich sehr langsam streicheln, dann bewegten sich seine Finger tiefer und trafen auf seidige Locken, zupften zärtlich. Er rieb, berührte sie kaum, bis ihre Hüften sich flehend wiegten, dann streichelte er fest, drückte stärker.

»Sag, daß du mich willst.«

»Ich will dich, Walker ...«

Amanda stöhnte wieder, versuchte vergeblich, Atem zu holen, ihn anzuflehen, sie nicht so zu quälen. Sie fühlte ihre eigene Sexualität auf unglaublich erregende Weise, hatte ein überwältigendes Bewußtsein der Lust. Aber mehr noch waren ihre Empfindungen ein Verlangen, das tiefer in ihr Inneres reichte als bis auf die Knochen, tiefer reichte als zu Überlegungen oder Vernunft, tiefer noch als zum Instinkt.

Ein Verlangen nach ihm.

»Walker ... bitte ...«

Walker beendete die Tortur unvermittelt und hob sie mit einem Stöhnen in seine Arme. Er trug sie in sein Schlafzimmer und ließ sie in die Mitte des großen Himmelbettes sinken. Wie immer ohne jede Geduld bei Knöpfen, riß er einfach das Hemd auf, um sie seinem verlangenden Blick nackt auszusetzen, dann senkte er sich auf sie.

Amanda schrie auf, als er in sie eindrang, ihre Beine schlossen sich kraftvoll um ihn. Die Gefühle waren wild, brachen mit all der Kraft eines Sturms über sie herein, und inmitten dieses Sturms, herumgeschleudert und gepeitscht von schieren Empfindungen und chaotischen Gefühlen, die sie nicht länger unter Kontrolle hatte, hörte sie sich etwas anderes schreien, eine Wahrheit freisetzen, die sie unter Verschluß gehalten hatte, die so groß geworden war, daß sie sie nicht mehr in sich halten konnte.

Walker verharrte plötzlich, die grünen Augen funkelten zu den ihren hinab, sein Gesicht eine vom Mond erhellte archaische Maske des Verlangens. Nein – mehr als Verlangen. Ein ... unstillbares Sehnen. Ein brutales Bedürfnis. Sein Atem war rauh, gequält, und seine Muskeln zitterten vor Anspannung.

»Sag es noch einmal«, befahl er mit belegter Stimme.

Sie wollte nicht, wollte es ihm nicht so sagen, nicht, wenn sie nicht denken konnte, aber sie hatte nicht die Macht, die nunmehr geflüsterten Worte aufzuhalten.

»Ich liebe dich.«

Er verharrte noch einen Augenblick, beinahe starr, doch dann bewegte er sich wieder, wieder und wieder tauchte er tief in sie ein, als wolle er bis in ihre Seele dringen. Amanda vergaß, was sie ihm gesagt hatte, vergaß alles, außer der brennenden Lust, die er in ihrem Leib stieß. Sie konnte nicht stilliegen, konnte nicht atmen, konnte nichts tun als fühlen.

Als sie ihren Höhepunkt erreichte, war er erschütternd durchdringend, überschwemmte sie in immer neuen Wellen heißer, pochender Ekstase. Sie war sich kaum bewußt, wie sie wimmerte, wie sie Walker mit aller Kraft, die ihr noch geblieben war, festhielt, während er erbebte und heiser aufschrie.

Es war kurz vor dem Morgengrauen, als es zu regnen anfing. Amanda lag mit angezogenen Beinen an Walkers Seite geschmiegt und fühlte einen feuchten, aber herrlich kühlen Windhauch durch das Zimmer und über ihre nackten Körper streichen. Er schlief noch, war sie überzeugt, sein Atem ging tief und gleichmäßig. Doch sie war hellwach.

Sie hatte nicht von ihm erwartet, daß auch er ihr seine Liebe gestand. Nein, das nicht. Aber er hätte, dachte sie wehmütig, wenigstens irgend etwas sagen können. Er hätte sagen können, daß er sich freute – oder daß er sich nicht freute. Er hätte ihr sagen können, sie solle keinen Unsinn erzählen, und ob sie denn nicht den Unterschied kenne zwischen Sex und Liebe? Er hätte sogar triumphierend grinsen können, wie es Männer so oft taten, wenn sie eine Eroberung gemacht hatten.

Irgend was.

Irgend etwas, was ihr sagte, daß ihm ihre Liebe etwas bedeutete.

12

Amanda legte den Hörer auf und starrte ihn mit einem Stirnrunzeln an. Sie hatte geglaubt, jede Nuance, die Walkers Stimme annehmen konnte, zu kennen, doch niemals hatte sie sich so ... emotionslos angehört. Als wäre jedes Gefühl aus ihm herausgepreßt worden.

»Amanda? Stimmt was nicht?« Kate betrat den vorderen Salon, wo Amanda Walkers Anruf entgegengenommen hatte, und sah sie fragend an.

Es war Montag nachmittag, draußen schüttete es wie aus Kübeln, und die beiden Frauen waren allein im Haus, da Maggie mit Jesse in den Unternehmenssitz von Daulton Industries gefahren war, der ein paar Meilen außerhalb von Daulton lag.

»Was? Oh – nein, alles in Ordnung. Walker will, daß ich in die Stadt komme.«

»Austin kann dich hinbringen«, erklärte Kate ihr. »Drück einfach auf die Taste für die Garage und sag ihm, wann du fahren willst.«

»Danke, mach' ich.« Amanda sah die ältere Frau kurz an und wünschte, sie wäre im Moment nicht ganz so auf der Hut vor allen. »Es ist aber ein ganz schön mieser Tag zum Fahren.«

»Sieht so aus, als würde unser Frühjahrsregen mit Verspätung kommen. Der Boden ist schon so gesättigt, daß wir von Glück sagen können, wenn wir bis Mitte der Woche keine Überschwemmung haben.« Kates vollkommene Gesichtszüge krampften sich plötzlich schmerzverzerrt zusammen.

»Ist alles in Ordnung?« fragte Amanda schnell.

»Hmm.« Einen Moment später lächelte Kate wieder. »Krämpfe. Die Pille hilft leider überhaupt nicht dagegen.«

»Bei dir auch?« Amanda schüttelte traurig den Kopf. »Als mein Arzt sie mir verschrieben hat, damit die Periode regelmäßiger wird, habe ich gedacht, ich komme heim und bin die Dinger los. Aber der einzige Unterschied ist, daß die Krämpfe jetzt auf die Minute genau kommen.«

Kate setzte sich an den hübschen Sekretär, wo sie die Buchhaltung für Glory erledigte. »Das ist der Fluch, wenn man eine Daulton ist«, sagte sie geistesabwesend, öffnete das Hauptbuch und machte sich daran, eine Spalte von Zahlen mit einem Packen Quittungen zu vergleichen. »Unregelmäßige Zyklen, Hormonstörungen und die Veranlagung, praktisch in jedem Monat eine Woche lang mit der Idee zu spielen, jemanden mit der Axt zu erschlagen.«

Amanda wußte, daß sie sich fertigmachen und Austin Bescheid geben sollte, sie in die Stadt zu fahren, aber sie zögerte, angetrieben von einem seltenen schwesterlichen Gefühl. »Hast du es schon mal mit Vitamin B probiert? Mir hilft's. Inzwischen bin ich nur noch gelegentlich drauf und dran, jemanden zu verstümmeln, nicht mehr jeden Monat, und ich habe tatsächlich damit aufgehört, völlig Fremde in der Schlange vom Supermarkt mordlüstern anzustarren.«

Kate schenkte ihr ein schnelles Lächeln. »Hat mir Helen vorgeschlagen – und es funktioniert nicht mal schlecht.«

Amanda setzte sich auf die Armlehne eines der Sofas. »Ist es typisch Daulton? Die Hormonstörungen meine ich?«

»Laut Helen, ja. Sie hat die medizinischen Unterlagen der Einwohner, und die reichen mehr als hundertfünfzig Jahre zurück. Und wie es aussieht, waren die Frauen bei den Daultons immer ihren Hormonen ausgeliefert. Heutzutage hat die Medizin das Problem Gott sei Dank im Griff; vor hundert Jahren muß es die Hölle gewesen sein. Kannst du dir vorstellen, was die durchgemacht haben? Wenn die Hormone an einem brütend heißen Julitag verrückt spielen?«

Amanda schauerte. »Die armen Frauen.«

»Kann man wohl sagen.« Kate nickte, dann schaute sie nachdenklich drein. »Weißt du, eigentlich ist es kein Wunder, daß so viele Leute überzeugt sind, daß unsere Familie zum Wahnsinn neigt. Mit all den wüsten Stimmungsumschwüngen bei den Frauen und der Besessenheit der Männer haben wir wahrscheinlich wirklich einen ziemlich verrückten Eindruck gemacht.«

»Die Besessenheit der Männer?«

Kate sah sie einen langen Moment an, dann sprach sie sehr langsam. »Es steht in keinem der Zeitungsartikel geschrieben, in keiner Zeitschrift und keinem Geschichtsbuch – aber es gibt eine Art von Wahnsinn bei den männlichen Daultons, Amanda. Für gewöhnlich passiert es nur einmal in ihrem Leben, selten zweimal – aber passieren tut es immer. Wenn sie ihr Herz verlieren, dann sind sie besessen von dem Menschen – oder dem Ding, das sie lieben. Ist es eine Frau, wird sie mit einer rückhaltlosen, besitzergreifenden Eifersucht geliebt – und in der Vergangenheit wurde sie dann oft hier auf Glory gefangengehalten, isoliert und meistens schwanger.«

»So wie meine Mutter hier gefangengehalten wurde?« sagte Amanda.

Wieder zögerte Kate. Doch dann antwortete sie leise. »Ja. Brian kannte in seinem Leben zwei obsessive Lieben, Amanda. Christine – und das Reiten. Er hat das Reiten für sechs Monate im Jahr praktisch aufgegeben, um bei ihr zu sein; in den übrigen Monaten mußte er reiten. Sie hier zurückzulassen war seine Art, sicherzustellen, daß sie sich nicht … für jemand anderen interessieren würde.«

»Und was, wenn sie es doch getan hätte? Was hätte er gemacht? Wie hat sich dieser … Wahnsinn geäußert?«

Mit einer Distanz, die ihre Worte nur um so furchtbarer werden ließ, sagte Kate: »Die Daultons haben schon seit Generationen andere Männer wegen ihrer Frauen umgebracht. Es wurde natürlich meistens vertuscht oder als Notwehr ausgegeben – oder sonst etwas, als irgendwas, womit man die Neugierigen zufriedenstellen und dem Sheriff bei der nächsten Wahl ein paar sichere zusätzliche Stimmen verschaffen konnte.«

»Das ist doch nicht dein Ernst.«

Kate lächelte. »Voll und ganz. Wie gesagt, die männlichen Daultons sind besessen, wenn sie lieben. Es liegt in den Genen, wie die schwarzen Haare und die grauen Augen. Sie werden von einer Art rasendem Zorn ergriffen, wenn sie eine Gefahr für das, was sie lieben, wittern. Nach der Familienüberlieferung verliert ein Daulton im wahrsten Sinne des Wortes den Verstand für die Zeit, die er eben braucht, um seinen Rivalen zu vernichten; er hört und sieht nichts anderes mehr und hinterher kann er sich oft nicht mehr erinnern, was er getan hat. Aber … es muß Blut fließen, um seinen Zorn zu besänftigen.«

Ist es das, was in dieser Nacht passiert ist? fragte sich Amanda. *Hat Christine deshalb Glory verlassen – weil sie Todesängste ausstand, daß ihr Mann etwas von ihrem Verhältnis erfahren konnte? Oder weil er es tatsächlich schon erfahren hatte, und sie wußte, was er tun würde?*

»Aber das ist ja schrecklich«, sagte Amanda laut.

Kate nickte, dann hob sie ein bißchen die Schultern. »Ist natürlich alles längst Geschichte. In diesen modernen Zeiten sind sogar die Daultons ein bißchen zivilisierter. Nimm zum Beispiel Sully. Er ist durch und durch ein Daulton … aber er ist besessen von Glory; keine Frau, für die er etwas übrig hat, wird sich je Sorgen machen müssen, daß er ihretwegen den Verstand verliert. Er hat die Möglichkeit, eine Frau mit seinem ganzen Herzen und frei von jedem Zorn zu lieben.«

Aber was würde er tun, wenn ihm jemand Glory streitig machte? mußte sich Amanda unwillkürlich fragen.

»Und was ist mit Reece?« sagte sie statt dessen.

»Reece ist kein Daulton«, erwiderte Kate unerwartet entschieden. »Genetisch natürlich schon. Aber nicht auf die wirklich entscheidende Art.«

Da Amanda selbst schon gespürt hatte, wie wahr das war, konnte sie es nicht bestreiten. Und doch war es eine Unterhaltung, von der sie sich wünschte, daß sie fortgesetzt würde, und nur ein Blick auf die Uhr hielt sie davon ab, das zu tun.

»Mist – ich muß mich umziehen.«

»Ich werde Austin für dich Bescheid geben«, bot sich Kate an. »Wie bald willst du weg von hier?«

»In zehn Minuten. Danke, Kate.« Amanda lief schnell aus dem Zimmer, und ihre Gedanken wandten sich einmal mehr Walker und der seltsamen Ausdruckslosigkeit in seiner Stimme zu, mit der er sie gebeten hatte, in sein Büro zu kommen. Was war los?

Den ganzen Weg in die Stadt über machte Amanda sich deswegen Sorgen. Es war alles in Ordnung gewesen mit ihm, als er sie am Sonntag abend nach Glory zurückgebracht hatte – mit dem Auto, denn es hatte immer noch geregnet. Sie hatten den größten Teil des Tages in seinem Bett verbracht, und wenn er ihre Liebeserklärung auch mit keinem einzigen Wort erwähnt hatte, so hatte er sie doch nicht im geringsten Zweifel darüber gelassen, daß er sie mehr denn je begehrte.

Was hatte also zwischen gestern abend und heute nachmittag passieren können, das jeden Anflug von Gefühl aus seiner Stimme hatte pressen können? Und warum hatte er sie in sein Büro gebeten, anstatt den Abend abzuwarten, wenn sie sich – ganz gewiß würden sie das – ohnehin sehen würden? Die kleine Stadt Daulton, im Regen elend anzusehen, war an diesem Montag nachmittag wie ausgestorben. Amanda stieg vor Walkers Bürohaus aus, nachdem sie Austin gesagt hatte, er könne nach Glory zurückfahren, und ging rasch hinein. Sie traf in der Eingangshalle wie auch auf den Treppen niemanden an, und als sie das Vorzimmer im ersten Stock erreicht hatte, stellte sie fest, daß Walkers Sekretärin nicht an ihrem Schreibtisch saß.

Sie zögerte, ging dann zur Tür seines Büros und klopfte leise an. Sie öffnete und streckte den Kopf mit einem Lächeln hinein. »Hi«, sagte sie zu Walker, der an seinem Schreibtisch saß.

»Herein«, sagte er. »Mach die Tür hinter dir zu.«

Amanda wußte schon beim ersten Wort, daß etwas Schlimmes geschehen war. Etwas sehr Schlimmes. Seine Stimme war nicht einfach nur emotionslos, sie war tot. Sie kam langsam herein, stieß die Tür hinter sich zu und durchquerte das geräumige Zimmer bis zu seinem Schreibtisch. Dieser alte Eichentisch, der ihr immer schon so groß erschienen war, schien sich jetzt über viele Hektar zu erstrecken. Meilen. Dahinter saß er, regungslos.

»Walker, was ist passiert?«

»Setz dich.«

Nach einem Augenblick tat sie das. Und sie bereitete sich vor, setzte eine Maske der Gelassenheit auf. Wenn er es so haben wollte, Fremde, die sich an einem Tisch gegenübersitzen, fein. Das konnte er haben. Egal, wie sehr es schmerzte, das konnte er haben. Er öffnete eine dicke Akte und nahm ein Foto heraus. Er schloß die Akte und schob das Foto über den Tisch zu ihr hinüber. »Schau es dir an.«

Sie beugte sich vor, nahm das Foto und betrachtete es eingehend: Ein typisches Bild aus einem Schuljahrbuch, Kopf und Schultern, verschwommener Hintergrund. Eine hübsche junge Frau mit hellem Haar und dunklen Augen – ungewöhnlich für eine Blondine. Hübsch, mit einem Lächeln, das viele Zähne sehen ließ.

»Kommt sie dir bekannt vor?« fragte Walker

Amanda blickte ihn über den einschüchternden Schreibtisch an und bemerkte ein kaltes Leuchten in seinen Augen.

»Sollte sie das?«

»Das mußt du mir schon sagen.«

Amanda zuckte mit den Achseln. »Tut mir leid.«

Walker holte tief Luft und sprach mit dem ersten Anzeichen von Emotion in seiner Stimme. Wut. »Das ist ein Bild von Amanda Grant. Von dir, angeblich. Im College, Abschlußjahr. Laut Auskunft der Bevölkerungsstatistik, die ich schließlich doch noch auftreiben konnte, warst du vor sieben Jahren blond und braunäugig, zwölf Zentimeter größer, und mehr als dreißig Pfund schwerer.« Er machte eine Pause. »Eine erstaunliche Wandlung.«

Nach einem Augenblick legte Amanda das Foto auf den Tisch, lehnte sich in ihrem Stuhl zurück und zauberte mit einer Anstrengung, von der sie hoffte, daß sie nicht zu sehen wäre, ein mildes Lächeln hervor. »Ich hätte schwören können, daß ich diese Ecke abgegrast hatte. Keine verfügbaren Bilder. Das war einer der Gründe, warum ich mir sie ausgesucht habe. Wo hast du es gefunden?«

Walkers Gesicht wirkte wie auf Granit gemeißelt. Sehr kaltem Granit. »Ich habe letzten Freitag einen Privatdetektiv in Boston angerufen und habe ihm die wenigen Informationen, die ich hatte, zur Verfügung gestellt. Ich habe ihn beauftragt, mir ein Bild von Amanda Grant zu besorgen. Ich hatte Glück; es stellte sich heraus, daß er schnell und gründlich arbeitete. Als er in den Jahrbüchern kein Foto auftreiben konnte, hat er bei der Schule nachgefragt. Amanda Grant hatte darum gebeten, daß im Jahrbuch kein Foto erscheint – das tun die Schüler aus dem einen oder anderen Grund dauernd –, aber sie hat sich trotzdem mit allen anderen fotografieren lassen. Die Schule hat meinem Detektiv den Namen des Fotografen gegeben. Und wieder hatte ich Glück; er war heute im Geschäft, und er hatte die Fotos des betreffenden Jahres noch. Der Detektiv hat mir das Foto vor ein paar Stunden geschickt.«

Walkers Lächeln war dünn, kaum der Rede wert. »Darf ich vorstellen, Amanda Grant.«

Amanda schüttelte den Kopf, hielt ihr kleines Lächeln aber aufrecht. »Die mir nicht im geringsten ähnlich sieht. Das muß dir selbstverständlich … verdächtig vorkommen.«

»Verdächtig? Ich finde es verachtenswert. Sie haben gelogen, daß sich die Balken biegen, Gnädigste – und jetzt kann ich es auch beweisen.«

Sie zuckte vor seinem barschen Ton nicht zurück. »Alles, was dieses Bild beweist, ist, daß ich nicht als Amanda Grant aufgewachsen bin. Es beweist überhaupt nicht, daß ich nicht Amanda Daulton bin.«

»Warum hast du gelogen?«

»Ich habe meine Gründe.«

Walker schüttelte einmal heftig den Kopf. »Das genügt nicht. Du hast dir verdammt viel Mühe gegeben, mich in eine Sackgasse zu führen …«

Ungerührt sagte sie: »Ich hatte keine Lust, meine Vergangenheit durchleuchten zu lassen. Bin ich kriminell? Nein. Du kannst meine Fingerabdrücke haben, wenn du willst, und sie von der Polizei überprüfen lassen. Die Abdrücke werden nicht registriert sein, weil ich nämlich kein Vorstrafenregister habe. Aber alles, was das beweist, ist, daß ich nie bei einem Verbrechen gefaßt wurde – richtig, Walker?«

»Richtig«, sagte er geradeheraus.

»Also, Patt. Ach, du kannst natürlich zu Jesse rennen und ihm erzählen, was du herausgehauen hast. Und jetzt, wo du mich vorgewarnt hast, werde ich ihm natürlich eine schöne Geschichte auftischen, irgend etwas, was einleuchtend genug ist, um ihn davon zu überzeugen, daß das, was du da herausgehauen hast, völlig belanglos ist. Er wird mir glauben, Walker. Und das wissen wir beide.«

Walker schüttelte wieder den Kopf. »Mach dir nichts vor – du hast ja keine Ahnung, wie überzeugend *ich* sein kann, wenn alle Beweise auf meiner Seite sind. Du hast *Jesse* belogen. Das wird ihm gar nicht gefallen, glaub mir.« Amanda sah ihn an, seinen eisigen Blick und sein Gesicht wie aus Stein, und spürte einen schmerzhaften Stich, von dem sie wußte, daß er gänzlich irrational war. Er hatte schließlich mehr als genug Anlaß, ihr keinen Glauben zu schenken. Selbst ein leidenschaftlicher Geliebter konnte sich leicht in einen mißtrauischen Fremden verwandeln, wenn er erfuhr, daß man ihn belogen hatte.

Ein leidenschaftlicher Geliebter vielleicht sogar ganz besonders.

Für einen langen und sehr stillen Augenblick wägte Amanda ihre Möglichkeiten ab. Und keine von ihnen gefiel ihr. Das einzige, was sicher war, war, daß sie Walker irgendwie dazu bringen mußte, Jesse nichts davon zu erzählen, daß er ihre Lüge durchschaut hatte. Sie konnte nicht riskieren, von Glory verwiesen zu werden, nicht jetzt. Nicht, wo sie sich so sicher war, daß sie kurz davorstand, die Wahrheit zu entdecken.

»Also gut«, sagte sie langsam. »Daß ich mit dem Namen

Grant aufgewachsen bin, war eine Lüge. Und es wäre mir lieber, wenn Jesse nichts davon erfahren würde ... zumindest im Augenblick. Ich habe meine Gründe. Kannst du nicht akzeptieren ...«

»Kommt überhaupt nicht in Frage. Selbst wenn ich es gewollt hätte – was nicht der Fall ist –, wäre es Jesse gegenüber nicht fair, wenn ich ihm so etwas verschweigen würde. Davon, daß ich dafür von der Anwaltschaft ausgeschlossen werden könnte, wollen wir gar nicht erst reden.«

Amanda war klar, daß jeder Appell an seine zarteren Gefühle für sie – vorausgesetzt, daß er die überhaupt hatte – fruchtlos wäre. Die Frage ihrer Identität hatte von dem Augenblick an, da sie sein Büro zum ersten Mal betreten hatte, zwischen ihnen gestanden, und bevor Walker diese Frage nicht zu seiner Zufriedenheit beantwortet hätte, würde es ihm nicht möglich sein, irgend etwas zu glauben, was sie ihm sagte.

»Ich habe meine Gründe dafür, meine Vergangenheit geheimzuhalten«, sagte sie, denn sie mußte es einfach versuchen.

»Welche Gründe? Um Himmels willen, du kommst hierher und behauptest, daß du Amanda Daulton bist – hier geht es um nichts anderes als deine Vergangenheit.«

»Nein, nicht um meine Vergangenheit. Um meine Identität. Wo und wie ich die letzten zwanzig Jahre verbracht habe, hat absolut nichts damit zu tun, ob ich Amanda Daulton bin oder nicht. Alles, was von Belang ist – von Belang sein sollte –, ist, ob ich als Amanda Daulton, Tochter von Christine und Brian Daulton, zur Welt gekommen bin. Und das bin ich.«

»Dann überzeuge mich davon«, lud Walker sie mit unbarmherziger Stimme ein.

»Das kann ich nicht, und das weißt du auch.« Sie wendete den Blick nicht von seinen kalten Augen ab. »Ich habe keine Papiere, die du als beweiskräftig anerkennst, nichts, was ich nicht hätte fälschen oder sonstwie in die Hände hätte bekommen können. Ich kann niemanden als Zeugen aufrufen, der oder die unter Eid meine Identität beschwören könnte. Und ich kann mich an nichts erinnern, das so einzigartig ist, daß nur Amanda Daulton davon wissen könnte. Es ist *zwanzig Jahre* her, und es macht mir furchtbare Angst, wenn ich versuche, mich zu erinnern …«

Als sie abbrach, grub sich unvermittelt ein Stirnrunzeln in die eiskalte Härte seines Ausdrucks, und Amanda spürte einen Ruck durch sie hindurchgehen, als ihr klar wurde, daß sie einen Satz zuviel gesagt hatte. Er war zu intelligent und zu wachsam, als daß es ihm hätte entgehen können, und zu neugierig, um nicht genauestens wissen zu wollen, was genau sie damit gemeint hatte.

Bevor er sprechen konnte, stand Amanda auf und trat an das Fenster an einer Seite seines Schreibtisches, wo sie auf die beinahe verwaiste, regenüberflutete Hauptstraße der Kleinstadt Daulton hinunterblickte.

»Mal angenommen«, sagte sie mit beiläufiger Stimme, »ich würde aus diesem Büro gehen und beschließen, unterzutauchen. Ich würde den Bus oder den Zug nach Asheville nehmen und dort ins Flugzeug steigen. Angenommen, ich würde nicht gefunden werden wollen. Angenommen, ich würde wieder diejenige sein, … die ich eben zwanzig Jahre lang gewesen bin. Angenommen, ich würde dieses andere Leben wieder für mich beanspruchen und wieder aufhören, Amanda Daulton zu sein.« Sie lehnte eine Schulter gegen den Fensterrahmen und schaute ihn an. »Würdest du mich finden, wenn ich das täte, Walker? Könnte irgend jemand mich finden?«

Er hatte seinen Sessel gedreht und sah sie im Sitzen an, einen Arm auf den Tisch gelegt. Das Stirnrunzeln war in seinem gutaussehenden Gesicht geblieben, und mochte es bei diesem einen Mann auch ein gefährlicher Ausdruck sein, so war es für sie zumindest weniger schmerzvoll anzusehen als der kalte Ausdruck, den er bislang getragen hatte.

»Nein«, antwortete er schließlich, und seine Stimme war

inzwischen eher abwägend als hart. »Ich nehme an – da über dein Leben seit jenem Sommer praktisch nichts bekannt ist –, es wäre so gut wie unmöglich, dich zu finden.«

Sie sah ihm standhaft in die Augen und wartete ab.

»Du behauptest also, gelogen zu haben, weil es sein könnte, daß du untertauchen willst? Warum solltest du dir so eine Fluchtmöglichkeit offenhalten wollen?« verlangte er zu wissen. »Um einen Ort zu haben, an den du dich flüchten kannst, wenn es dir nicht gelingen sollte, die Daultons zu überzeugen? Das ergibt keinen Sinn. Uns ist beiden klar, daß Jesse, und sei es nur, um den Rummel zu vermeiden, dich nicht angeklagt hätte wegen der falschen Behauptung, du wärst seine Enkelin, selbst dann nicht, wenn es dafür stahlharte Beweise gegeben hätte. Warum solltest du dir also so einen Fluchtweg sichern wollen?«

Amanda konnte nicht anders, als leise zu lachen, obwohl in dem stillen Geräusch nichts von Belustigung mitschwang. »Weißt du, ich habe es von Anfang an – erstaunlich gefunden, daß keiner von euch es für sonderlich seltsam hielt, was vor zwanzig Jahren passierte.«

Walkers Stirn legte sich in tiefere Falten. »Christine Daulton hat sich ihre Tochter geschnappt und Glory verlassen. Na und? Sie war nicht die erste Frau, die ihrem Mann davongelaufen ist, und sie wird auch nicht die letzte sein. Was hat das damit zu tun, daß du so sehr entschlossen bist, deine Vergangenheit geheimzuhalten?«

Sie zögerte, dann richtete sie den Blick wieder aus dem Fenster. »Von diesem Standpunkt aus hast du wahrscheinlich recht. Vielleicht ist es gar nicht so erstaunlich.«

»Aber du glaubst, daß es das doch ist. Warum?«

Sie zögerte wieder, dann verlor sie plötzlich die Beherrschung. Geliebter oder nicht – und wenn das hier vorbei wäre, wahrscheinlich nicht mehr –, Walker McLellan war juristisch und moralisch Jesse Daulton Rechenschaft schuldig, nicht ihr.

Sie war nicht seine Mandantin und konnte daher auch nicht das Privileg der Schweigepflicht für das, was sie ihm anvertraute, in Anspruch nehmen; alles, was sie ihm sagte, konnte er auch wiederholen. Und zumindest im Augenblick betrachtete sie das als das größere Risiko.

»Paß auf, das spielt keine Rolle.« Sie hielt ihre Stimme zurück, ganz als sagte sie es einfach so dahin. »Du glaubst sowieso nichts von dem, was ich sage. Mach einfach weiter und erledige deinen Job, Walker. Erzähl Jesse, was du entdeckt hast. Wenn er verlangt, daß ich Glory verlasse, dann gehe ich.«

Es folgte ein langes Schweigen, bevor er sprach, und als er es tat, war seine Stimme wieder hart. »Und ist es denn ein Wunder, daß ich Schwierigkeiten habe, dir zu glauben? Du weigerst dich schließlich, mit mir zu sprechen.«

»Du bist nicht mein Anwalt«, machte sie ihn aufmerksam.

»Dein *Anwalt?* Himmel, Amanda, du hast gestern fast den ganzen Tag in meinem Bett verbracht.«

Sie spürte einen neuerlichen Stich, diesmal einen bittersüßen. Es war das erste Mal, seit sie in sein Büro gekommen war, daß er sie Amanda nannte. Nicht, daß das etwas zu bedeuten gehabt hätte, natürlich nicht.

»Das habe ich allerdings.« Sie drehte den Kopf, um ihm ein kleines, ironisches Lächeln zu schenken. »Aber heute sind wir hier. Heute hast du mich in dein Büro zitiert, einen Hektar Schreibtisch und eine arktische Kältefront zwischen uns gestellt und mir den Beweis geliefert, daß ich absichtlich meine Vergangenheit geheimgehalten habe. Einen Beweis, nach dem du gesucht hast, *nachdem* wir ein Paar wurden. Heute bist du der gesetzliche Vertreter von Jesse Daulton und Daulton Industries.«

Sie starrten einander schweigend an, dann nickte Amanda leicht.

»Du mußt dich entscheiden, Walker. Erwarte nicht, daß ich dir irgend etwas erzähle, nur weil wir ein Paar sind – vor allem nicht, wenn ich nur zu gut weiß, daß du nur darauf wartest, daß ich etwas sage oder mache, was du gegen mich verwenden kannst.«

»Ich würde niemals ...«

»Ach nein? Und was ist mit diesem kleinen Gespräch?«

»Ich habe *dich* angerufen, Amanda – nicht Jesse«, erinnerte er sie gereizt. »Dich. Und verdammt noch mal, versuch bitte nicht, mich in die Defensive zu drängen. Ich versuche, dir die Möglichkeit zu geben, alles zu erklären, damit ich Jesse nicht anrufen muß.«

Ihr entfuhr ein leises Geräusch, vielleicht ein Lachen. Vielleicht aber auch nicht. »Du klingst so – betrogen, Walker. Aber vielleicht bin ja ich diejenige, die sich so fühlen sollte. Denn, weißt du – du hast mich auf der ganzen Linie zum Narren gehalten. Die ganzen letzten Tage bin ich nie auf die Idee gekommen, daß all dein Lächeln und deine Leidenschaft nichts anderes zu bedeuten hatte, als daß Mr. McLellan den richtigen Augenblick abwartete. Bis er zuschlagen konnte.«

»Du weißt, daß das nicht stimmt.«

»Weiß ich das? Woher sollte ich das wissen? Weil du es mir sagst? Du hast am Freitag in Boston angerufen, Walker. Warum?«

Nach einem Moment sagte er mit ausdrucksloser Stimme: »Weil du mir erzählt hast, daß du im College Betriebswirtschaft im Hauptfach hattest – und ich wußte, daß Amanda Grant im Hauptfach Design hatte.«

Sie stieß ein weiteres jener leisen Geräusche aus, die Belustigung nachäfften. »Wie die Katze vor dem Mauseloch wartest du nur darauf, dich auf die Beute zu stürzen. Also gut, gratuliere – du hast mich beim Lügen ertappt.«

Amanda wandte sich vom Fenster ab und ging rasch quer durch das Büro. Sie mußte gehen, sofort. Mußte weg von ihm. Sie mußte versuchen nachzudenken, entscheiden, was sie als nächstes tun sollte.

Doch bevor sie die Tür erreicht hatte, war er schon da und versperrte ihr den Weg. Er packte sie, ergriff mit harten Händen ihre Schultern und zwang sie, ihn anzusehen. »Amanda, sag mir endlich, was das alles soll!«

»Ich dachte, das wüßtest du längst.« Sie lächelte ihn bitter an. »Hast du mir nicht erzählt, daß die meisten Menschen von Gier angetrieben werden? Ganz offensichtlich bin ich eine lügende, intrigante Schlampe, die versucht einzusacken, was sie nur kriegen kann.«

Er schüttelte sie. »Hör auf damit. Ich weiß, daß das nicht stimmt. Du hättest Glory haben können, alles davon, und du hast dich mit Jesse angelegt, um sicherzustellen, daß das nicht passiert.« Er schüttelte sie nicht noch einmal, aber seine langen Finger walkten rastlos.

»Was spielt es dann für eine Rolle, warum ich gekommen bin? Du hast deine Aufgabe erledigt, Walker, du hast den Besitz und die Interessen der Daultons gewahrt. Und jetzt hast du mich als die Betrügerin, die ich ja wohl ganz offensichtlich bin, entlarvt, also bekommst du vielleicht sogar noch eine Prämie …«

»Fahr zur Hölle.« Seine Hände hoben sich zu ihrem Gesicht, und er neigte den Kopf, um ihren Mund mit einem beinahe schmerzhaften Kuß zu bedecken. Er war kurz, aber unglaublich leidenschaftlich, und als er den Kopf hob, ging sein Atem unregelmäßig. »Es geht nicht um Jesse oder sonst einen von denen, verstehst du das nicht? Es geht um *mich.*« Seine Stimme war tief, heiser, böse. »Warum willst du mir nicht vertrauen?«

»Warum sollte ich?« Trotz größter Anstrengung bebte ihre Stimme, und sie wußte nur zu gut, daß sie keine Chance hatte, vor ihm zu verbergen, wie schnell und leicht er sie aus der Fassung bringen konnte. »Von dem Moment an, in dem ich in dein Büro gekommen bin, hast du nichts anderes getan, als mir zu mißtrauen, warum also sollte ich dir jetzt plötzlich Vertrauen schenken?«

»Weil *ich* nichts verberge.« Seine Hände fielen wieder auf ihre Schultern und griffen zu. »Schau dich um, Amanda. Die meisten Leute in der Stadt können dir sagen, wer ich bin. Willst du den Arzt sehen, der mich entbunden hat? Ich stelle ihn dir gerne vor. Willst du *meine* Jahrbuchfotos aus der Schule und vom College sehen? Ich such sie dir raus. Meine Mutter hat Alben, die wimmeln nur so vor Bildern aus meinem Leben, und im Keller von King High stehen immer noch Regale mit der Steinsammlung, die ich als kleiner Junge zusammengeklaubt habe.«

»Walker ...«

»Alles, was ich *bin,* liegt offen vor dir ausgebreitet. Keine Lügen. Keine Täuschungen oder Geheimnisse. Nichts Verborgenes.« Er holte unsanft Luft. »Also sag mir, Amanda, wer von uns hat das Recht, Vertrauen einzufordern?«

Dem hatte sie nichts entgegenzusetzen.

Walker ließ ihre Schultern los und lehnte sich gegen die Tür. Sein Gesicht war unbewegt, die Augen glühten. »Ich habe dir während der letzten paar Tage nichts vorgemacht, nicht, während wir zusammenwaren. So ein guter Schauspieler bin ich nicht. Wenn ich dich berühre, ... wenn wir uns lieben, ... dann gibt es nichts anderes mehr. Nichts. Versuch nicht, mir zu sagen, daß du das nicht weißt.«

Amanda schüttelte den Kopf ein wenig, aber mehr aus Verwirrung denn aus Widerspruch. »Ich verstehe dich nicht, Walker. Was willst du von mir?«

»Die Wahrheit. Nichts, als die Wahrheit. Endlich einmal ... die Wahrheit.« Er wartete einen Moment. »Vertrau mir, Amanda, bitte.«

Sie drehte sich um und ging von ihm weg, zurück in das Büro. Beinahe ziellos ging sie, bis sie vor der Ledercouch stehenblieb, die an einer der Wände stand, und schaute zu dem Gemälde von Duncan McLellan, Walkers Vater, auf. Falkenartiges, gutes Aussehen war offenbar ein Familienmerkmal, sinnierte sie, als sie das attraktive Gesicht mit den scharfsinnigen, grünlichen Augen des Mannes betrachtete, der zusammen mit seiner Frau auf einer regennassen, nebligen Bergstraße vor beinahe zehn Jahren ums Leben gekommen war.

Walkers Wurzeln lagen hier, kein Zweifel. Sein Leben war hier. Und es stimmte, daß kein Stück seines Lebens vor ihr verborgen war, daß es keine Täuschung gab. Es stimmte, daß er mehr Recht hatte, Vertrauen zu verlangen, als sie. Sie drehte sich um und sah, daß Walker an der Tür stehengeblieben war. Er lehnte noch immer dort und sah sie an. Wartete. Sie wußte einfach nicht, ob sie ihm trauen konnte, wußte nicht, ob sie nicht den größten Fehler ihres Lebens begehen würde, wenn sie sich ihm anvertraute, aber sie wußte genau, daß, wenn sie jetzt dieses Büro verlassen würde, es aus wäre zwischen ihnen. Und das gab natürlich den Ausschlag. Das war es, warum alles besser wäre, als zu gehen. Sie wollte nicht, daß es zwischen ihnen aus wäre. Nicht jetzt. Noch nicht. Amanda setzte sich auf die Couch und fühlte sich wunderbar befreit. »Also gut. Die Wahrheit.« Sie holte tief Luft. »Die Wahrheit ist, ich bin Amanda Daulton. Und die Wahrheit ist, ich kann es immer noch nicht beweisen. Und wenn du das nicht akzeptieren kannst – hat es überhaupt keinen Zweck, wenn ich den Rest auch noch erzähle.«

Einen Moment lang sagte Walker überhaupt nichts. Aber dann, endlich, stieß er sich von der Tür ab und kam quer durch den Raum auf sie zu. Er setzte sich auf die Couch, wandte sich ihr ein wenig zu und griff nach ihrer Hand. »Also gut.«

Diese Worte waren so einfach, seine Stimme so bedingungslos, daß sie Amanda völlig unvorbereitet trafen. »Du glaubst mir?«

»Wie du selbst gesagt hast – wenn ich das nicht glaube, hat es keinen Zweck, sich den Rest anzuhören, nicht wahr?«

Amanda hatte das leise Gefühl, gerade das listige Ausweichmanöver eines Anwalts gehört zu haben, aber sie akzeptierte es dennoch. Sie hatte alle Brücken hinter sich abgebrochen; es gab kein Zurück mehr.

»Also los. Nachdem meine Mutter letztes Jahr bei einem Autounfall ums Leben gekommen ist –«

»Wo war das?« unterbrach er.

Er wollte also alles wissen. Amanda zuckte mit den Achseln. »Außerhalb von Seattle. Ich bin überall im ganzen Land aufgewachsen, aber dort haben wir gelebt, seit ich mit dem College fertig war.«

»Weit weg von Boston«, bemerkte er.

Sie beschloß, nicht näher darauf einzugehen, und fuhr fort. »Nach dem Unfall mußte ich die Papiere meiner Mutter durchsehen. Darunter auch einige, die sie in einem Tresor eingeschlossen hatte. Ich stieß auf ihre Heiratserlaubnis, ausgeschnittene Zeitungsartikel über Brian Daultons Tod, drei Tagebücher, die sie während der Ehe geführt hatte – und meine Geburtsurkunde.«

»Die Geburtsurkunde, die du hierher mitgebracht hast«, bemerkte Walker, »war eine Fotokopie, datiert kurz vor dem Tod deiner Mutter.«

Amanda nickte. »Ich glaube, sie hat beschlossen, mir die Wahrheit zu sagen. Ich habe unter ihrem Briefpapier sogar den Anfang von einem Brief an mich gefunden – aber sie war gerade so weit gekommen, zu sagen, daß es viel gäbe, was ich ihr vergeben müsse, und daß sie keine Ahnung hätte, wie sie mir das alles erklären solle.«

»Was war mit den Tagebüchern?«

»Alles, was ich daraus entnehmen konnte, war, daß sie Probleme mit ihrer Ehe hatte und daß sie Glory zwar liebte, sie es aber haßte, dort isoliert zu sein. Es waren nur gelegentliche Aufzeichnungen, Walker, keine wirklich intimen Tagebücher. Sie hat ihre Umgebung beschrieben und – sinniert. Auf abstrakte Weise über ihre Gefühle nachgedacht. Wie Tagträume, die man niederschreibt. Jedermann hätte die Tagebücher lesen können, und das ist wahrscheinlich auch passiert; sei es bewußt oder unbewußt, sie hat nichts allzu Spezifisches festgehalten. Ein paar Einträge sind in einer Art Bewußtseinsstrom gehalten, der beinahe – vielleicht – wie ein persönlicher Kode war. Wie dem auch sei, sie haben mir nicht viel weitergeholfen.«

»Was hast du dann gemacht?«

»Du meinst, nachdem ich mich hingesetzt und geweint habe?«

Walker sah sie einen Augenblick lang an, dann führte er die Hand, die er hielt, an seine Wange und strich sie kurz darüber. »Es tut mir leid. Das ist nicht einfach nur eine Nacherzählung von Ereignissen, nicht wahr? Nicht für dich. Der Schock muß überwältigend gewesen sein.«

Amanda schüttelte verwirrt den Kopf. »Mein ganzes Leben ist eine Lüge gewesen. Sie hat mir gesagt, daß wir Reed heißen, daß mein Vater bei einem Unfall ums Leben gekommen sei, als ich noch ein Baby war. Ich hatte sogar eine Geburtsurkunde auf den Namen Amanda Reed, aber als ich sie überprüft habe, fand ich heraus, daß sie gefälscht war.

Zuerst war ich wie betäubt und konnte erst einmal gar nichts unternehmen. Ich konnte mich überhaupt nicht daran erinnern, jemals jemand anders gewesen zu sein. Ich habe versucht, zurückzudenken – und das war der Moment, an dem mir auffiel, daß ich fast keine Erinnerungen an die Zeit vor meinem zehnten Geburtstag hatte.«

»Und das hast du vorher nie bemerkt?«

»Nein. Und als ich damals versucht habe, mich zu erinnern, mich dazu zu zwingen, überkam mich diese krank machende Angst. Es war wie ... wenn man vor der verschlossenen Tür zu einem Zimmer steht und weiß, daß das, was dahinter ist, etwas ganz Schreckliches ist. Ich wollte die Tür nicht wieder öffnen.«

Amanda holte tief Luft. »Die ersten paar Wochen nach ihrem Tod, habe ich mich nicht darum gekümmert. Ich hatte einen Job – für einen Verleger von Fachzeitschriften –, und das hat mich in Bewegung gehalten. Aber als sich die Betäubung gelegt hatte, wurde mir klar, daß ich mir nicht länger vormachen konnte, von nichts zu wissen, daß ich nicht einfach weitermachen konnte, als sei nichts passiert. Unabhängig von allem anderen mußte ich einfach herausfinden, wer ich wirklich war, um meinetwillen. Aber diese Angst – und die Entdekkung, daß meine Mutter Angst gehabt hatte, daß diese Nervosität, an die ich mich so gewöhnt hatte, in Wahrheit Angst gewesen war …«

»Wie konntest du das so sicher sein?«

»Ich wußte es einfach. Es war, als ob ihr Tod und der Schock, meinen wirklichen Namen herauszufinden, einen – einen Schleier von mir fortgezogen hätten. Ich wußte, daß sie immer Angst hatte. Und ich wußte, daß sie Glory voller Furcht verlassen hatte.« Bevor er fragen konnte, woher sie das wissen wollte, erzählte Amanda von dem letzten Eintrag in Christine Daultons Tagebüchern, daß Amanda unter Schock stand, und von Christines Erleichterung darüber, daß sie »wohlbehalten« von Glory weggekommen waren.

»Aber sie hatte keine Gründe dafür genannt?«

»Nein. Ich wußte nur von ihrer Angst, und daß ich Angst bekam, wenn ich versuchte, mich zu erinnern.« Amanda hielt einen Moment inne, dann sprach sie langsam weiter. »Aus den Zeitungsausschnitten und ihren Tagebüchern erfuhr ich, daß die Daultons eine reiche und mächtige Familie waren. Mir war einfach – nicht wohl bei der Vorstellung, hier ohne jede Rückendeckung aufzutauchen, vor allem, weil ich ja keine Ahnung hatte, was mich erwarten würde. Also habe ich mir einen Privatdetektiv gesucht, dem ich vertraute. Wir haben die Köpfe zusammengesteckt und entschieden, daß es das beste wäre, für den Anfang alle Informationen, die wir über die Familie auftreiben konnten, zu sammeln.«

»Vernünftig«, sagte Walker. »Und als ihr das erledigt hattet?«

»Das erste, was mir auffiel«, sagte Amanda, »war, daß es keinen öffentlich zugänglichen Hinweis darauf gab, was in dieser Nacht vorgefallen war. Bis die Zeitungen lang und breit über Brian Daultons Tod berichteten, gab es nicht einmal eine Notiz darüber, daß seine Frau ihn zusammen mit ihrem Kind verlassen hatte.«

»Jesse wollte es wohl verschweigen – weil er, wenn ich ihn richtig einschätze, wahrscheinlich annahm, daß Christine früher oder später zurückkommen würde.«

»Was ihr Fortlaufen angeht, habe ich das auch gedacht. Aber ich war überzeugt, daß noch etwas anderes passiert war, und daß sie deshalb voller Panik floh – und wenn das stimmt, dann ist nichts darüber bekannt geworden.«

»Etwas, woran du dich nicht erinnern kannst – vor dem du dich aber fürchtetest.«

Amanda ließ sich von den Zweifeln in seiner Stimme nicht entmutigen. Ihre Stimme blieb fest. »Ich wußte, daß etwas passiert war. Aber inzwischen war mir auch bekannt, daß zumindest zwei andere Frauen behauptet hatten, Amanda Daulton zu sein, und es schien mir wahrscheinlich, offenem Mißtrauen zu begegnen, wenn ich meine Behauptung nicht beweisen konnte.«

»Was du ja nicht kannst.«

»Nein. Aber mir blieb keine richtige Wahl; ich mußte hierherkommen, um herauszufinden, wer ich bin und um die Familie verstehen zu können, aus der ich stamme. Auch – auch, wenn ich vielleicht nie herausfinden sollte, warum meine Mutter von Glory geflüchtet ist, habe ich doch geglaubt, daß ich zumindest klarer sehen würde, wer ich eigentlich bin. Aber immer, wenn ich daran dachte, hierherzukommen, ging mir dieses verschlossene Zimmer und das Schreckliche, das sich darin befand, durch den Kopf, das, wovor ich Angst hatte.

Meine Mutter hat sich furchtbar viel Mühe gegeben, uns eine andere Identität zu geben, uns zu verstecken – und es schien mir vernünftig, dasselbe zu tun. Deswegen half mir mein Detektiv, eine passende Legende für mich zu finden, nur für den Fall, daß ich – schnell verschwinden müßte. Ich wußte, daß die Geschichte nicht ganz wasserdicht war, aber ich dachte nicht, daß sie für länger als ein paar Monate halten mußte. Dann hätte ich entweder die Wahrheit herausgefunden, wüßte, was in dieser letzte Nacht passierte, oder aber, sie würde gar keine Rolle mehr spielen.«

»Du wärst wieder verschwunden?«

Amanda lehnte ihren Kopf zurück gegen die Couch und sah ihn sehr ernst an. »Wahrscheinlich. Von dem Augenblick an, als ich auf dem Hügel auf der Weide stand und auf Glory hinuntergesehen habe, war mir klar, daß ich in diesem Haus niemals würde leben können.«

»Warum? Weil du Angst hattest?«

Ein kleines Lächeln erschien. »Weil mir klar war, daß ich nicht dorthin gehöre. Oh ja – es war mir vertraut. Als ich das Haus sah, kamen alle möglichen Bruchstücke aus meiner Kindheit in mir hoch.«

Er schwieg einen Moment. »Was ist mit dieser Nacht? Kannst du dich an irgend etwas erinnern, was damals passiert ist?«

»Es gibt ein paar Fetzen, sehr lebendig, aber kurz. Ich erinnere mich daran ... wie ich die Treppe hinuntergehe, an der Standuhr vorbei. Durch die große Tür hinaus und über das Feld. Wie ich über einen Abzugsgraben springe, der voller schlammigem Wasser ist, und wie ich mich den Ställen nähere. Wie ich ein Licht sehe. Wie ich es höre ... irgend etwas. Etwas Schreckliches.«

»Was?«

»Ich weiß es nicht. Das ist der Punkt, an dem die Erinnerung ... der Alptraum ... immer abbricht.«

Nach einem Moment des Schweigens sagte Walker: »Hat diese Nacht etwas mit deiner Furcht vor Pferden zu tun?«

»Ich glaube schon. Vor dieser Nacht habe ich Pferde geliebt – danach nicht mehr. Also muß irgend etwas passiert sein, und egal was es war, es hat mir angst vor Pferden gemacht. Ich glaube, ... ich habe mich in dieser Nacht hinausgeschlichen, um zu einer Stute zu gehen, die ein paar Wochen früher gefohlt hatte. Aber ich kann mich nicht daran erinnern, sie gesehen zu haben. Da ist – einfach ein weißer Fleck.«

Walker schüttelte den Kopf. »Und Christine hat dir niemals *irgend etwas* von dem erzählt, was in dieser Nacht passiert ist?«

»Nichts. Soweit ich mich erinnere, hat sie mir nie ein Wort davon erzählt. Aber ich weiß, daß sie Angst hatte.« Amanda sah Walker fest in die Augen, wollte ihn zwingen, ihr zu glauben. »Sie hatte dauernd Angst, nachdem wir von hier fort sind. Und ich habe keine Ahnung, warum.«

Mit einem Stirnrunzeln fragte Walker: »Hast du die anderen gefragt, an was sie sich erinnern?«

»Ja.«

»Und?«

»Für die war es einfach nur eine Nacht wie jede andere. Maggie und Kate haben beide gesagt, daß meine Mutter unglücklich gewesen sei, aber keiner von beiden ist etwas Ungewöhnliches an ihr aufgefallen. Genausowenig Jesse. Aber ...«

»Jemandem ist etwas aufgefallen?«

»Victor.«

»Was?« Walkers Augen verengten sich rasch.

Amanda nickte. »Kurz bevor er losgefahren ist, um Pferde zu kaufen, hatten wir eine kurze Unterhaltung am Swimmingpool. Er hat behauptet, daß meine Mutter in diesem Sommer ein Verhältnis mit einem Trainer namens Matt Darnell gehabt hätte.«

»Und du hast ihm geglaubt?«

Sie zögerte, dann nickte sie erneut. »Er sagte, er hätte Beweise. Bevor ich ihn danach fragen konnte, wurde er fortgerufen, und wir haben nie wieder miteinander gesprochen. Aber ich bin ins Haus gegangen und habe die Tagebücher durchgesehen, und da sind ein paar Einträge drin, die offenbar darauf hindeuten, daß in diesem Sommer – etwas Leidenschaftliches passiert ist. Und Victor hat gesagt, daß dieser Matt Darnell zusammen mit meiner Mutter und mir fortgegangen sei. Er schien sich sehr sicher zu sein.«

»Dann ist das ja vielleicht deine Antwort«, erklärte Walker ihr. »Vielleicht ist dieses furchterregende Zimmer, in das du dich nicht hineinzuschauen traust, entstanden, als du mitten in der Nacht von einem Ort, den du geliebt hast, und von deinem Vater fortgerissen wurdest.«

»Und was ist mit der Angst vor Pferden?«

»Das könnte ein anderer Vorfall gewesen sein, etwas, das vor oder nach dieser Nacht passiert ist. Du hast selbst gesagt, daß deine Erinnerungen nur aus Bruchstücken bestehen, daß sie zu flüchtig sind, als daß du sie halten könntest. Vielleicht hat sich in deinem Kopf alles vermischt.«

»Und die Angst meiner Mutter?«

»Sie war eine Ehefrau, die ihren Mann verlassen hat, und die Daultons hatten Macht. Man hätte ihr das Sorgerecht für dich entziehen können. Es muß ihr klar gewesen sein, daß Jesse auch nach Brians Tod die Suche nicht aufgeben würde, und du kannst drauf wetten, wenn er euch beide gefunden hätte, wäre er vor Gericht gegangen.«

»Vielleicht.« Die möglichen Erklärungen, die er lieferte, waren einleuchtend, ohne Frage. Aber sie konnten nicht erklären, warum Christine Daulton auch noch lange nach Amandas Volljährigkeit Angst hatte. Sie konnten nicht erklären, warum Amanda nicht die geringste Erinnerung an Matt Darnell hatte. Und vor allem konnten sie Amandas zunehmende Gewißheit, daß ihre Angst vor Pferden eben doch von etwas stammte, was in dieser Nacht passiert war, nicht erklären.

Aber für den Augenblick war sie erschöpft von all den Fragen und Ängsten, die sich in ihrem Kopf überschlugen. Helen hatte gesagt, daß sie sich erinnern werde, wenn die Zeit reif wäre, und Amanda blieb nichts übrig, als darauf zu vertrauen, daß das stimmte.

Sie war drauf und dran, Walker zu erzählen, daß man sie auf der Party möglicherweise absichtlich vergiftet hatte, daß man Victor vielleicht wegen dem, was er ihr hätte sagen können, umgebracht hatte, und daß vielleicht die Hunde aus dem Weg geschafft worden waren, um an sie selbst herankommen zu können – Gott, es war alles so undurchsichtig! So viele Vielleichts. Walker mußte meinen, daß sie an Verfolgungswahn litt.

»So«, sagte sie statt dessen und sah ihm in die aufmerksamen Augen, »jetzt kennst du also die Wahrheit. Meine Geschichte, bis aufs letzte I-Tüpfelchen, genau so, wie ein Anwalt es haben will.«

Er lächelte leicht. »Danke.«

Sie war ein wenig überrascht. »Für was?«

»Dafür, daß du mir vertraut hast.«

Amanda schaute auf seine Hand hinunter, die noch immer die ihre hielt, und sah zu, wie sein Daumen sich sanft bewegte, um ihre Haut zu streicheln. »Wirst du es Jesse erzählen?« fragte sie fast desinteressiert.

»Nicht, wenn du es nicht willst.«

»Ich würde es ihm lieber selbst erzählen«, sagte sie. »Ihm das mit dem falschen Hintergrund erklären, meine ich. Aber ... ich möchte lieber noch ein bißchen damit warten.«

»Bis du dich an alles erinnern kannst?« Er lächelte wieder, als sie ihn verblüfft ansah. »Ja, ich weiß, daß du mir meine hübschen, logischen Theorien über das, was vor zwanzig Jahren passiert sein könnte, nicht abkaufst. Na ja ... ich bin mir nicht mal sicher, daß ich das tue. Aber wie dem auch sei, es ist in jedem Fall sinnvoll, dir Zeit zu lassen, damit du dich erinnern kannst.«

»Und was ist in der Zwischenzeit?«

»In der Zwischenzeit haben wir dieses gemütliche, intime Büro ganz für uns allein. Wie du vielleicht bemerkt hast, habe ich der Sekretärin den Nachmittag über frei gegeben und alle Anrufe auf meinen Anrufbeantworter zu Hause weitergeschaltet.«

»Ich habe mich schon gefragt, warum das Telefon nicht läutet«, murmelte sie.

»Genau deswegen. Weil ich ein Mann bin, der vorausschaut.«

Amanda betrachtete ihn abwägend. »Wenn du denkst, was ich denke, daß du denkst – wie um alles in der Welt konntest du wissen, daß unsere kleine Auseinandersetzung heute versöhnlich enden würde? Ich war dabei zu gehen, ist dir das klar? Ich war dabei, ein für allemal von hier fortzugehen.«

»Nein, das warst du nicht.«

»War ich nicht?«

»Nein.« Seine freie Hand fing an, mit den Knöpfen an ihrer Bluse herumzuspielen.

»Du bist dir deiner Sache ziemlich sicher«, bemerkte sie etwas ärgerlich.

Er beugte sich zu ihr und küßte sie innig, dann lächelte er sie an. »Worüber ich mir sicher bin, ist ein Flüstern, das ich in der Nacht gehört habe.«

Amanda hätte sich gewünscht, sie wäre fähig gewesen, ihm trotzig in die Augen zu sehen und ihn zu fragen, wovon um Himmels willen er eigentlich redete. Sie wußte unglücklicherweise, daß ihre Stimme sie ebenso verraten würde, wie ihr Körper sie verriet. Sie sah zu, wie seine flinken Finger mit ihrer Bluse zurechtkamen und hielt den Atem an, als sie darunter glitten, um ihre empfindliche Haut zu berühren.

Seine grünen Augen funkelten sie an. Wahrscheinlich voll männlichem Triumph.

»Ich habe dieses Flüstern doch gehört, oder irre ich mich etwa, Amanda?« Seine Lippen hauchten Küsse auf ihre Wange und ihren Hals hinunter.

»Ich kann mich an kein Flüstern erinnern«, brachte sie hervor.

»Nein?« Er öffnete den vorne liegenden Verschluß ihres BHs und preßte die Lippen auf ihr Brustbein.

»Na ja, ... vielleicht doch.« Sie zauberte einen wütenden Blick hervor, als er den Kopf hob. »Willst du mich vielleicht genau hier verführen, mitten unter dem Bild von deinem Vater?«

»Das hatte ich eigentlich vor.«

Sie blinzelte, und der wütende Blick kam ihr abhanden.

»Ach.«

»Sag mir, daß du mich liebst, Amanda.«

»Das ist unfair.«

»Ich weiß.« Er senkte wieder den Kopf und schob das seidene Körbchen des BHs beiseite, so daß sein Mund über die gespannte Spitze ihrer Brust streichen konnte. »Sag's mir trotzdem.«

Amanda ließ ihre Finger durch sein Haar fahren. »Bastard. Ich liebe dich.«

Sie erhaschte das Aufblitzen eines grünen Blicks und glaubte benommen, definitiv männlichen Triumph darin zu sehen. Es bedeutete ihm also wenigstens etwas ...

Es war beinahe Zeit zum Abendessen, als Walker sie schließlich zurück nach Glory brachte, also blieb er. Er hätte auch über Nacht bleiben können, hätte Amanda nicht die letzten Reste ihrer Würde zusammengeklaubt und sich geweigert, ihn darum zu bitten. Es regnete die ganze Nacht.

Es regnete auch den ganzen Dienstag über, und die Wettervorhersagen waren voller Warnungen über drohende Überschwemmungen. Walker rief am Abend an, um Amanda zu erzählen, daß der Bach neben ihrem Pavillon so angeschwollen war, daß er drohte, den Steg fortzureißen, und daß der Weg knöcheltief unter Schlamm begraben wäre, wenn das noch länger so weiterginge. Er könne aber jederzeit herüberfahren, meinte er, wenn sie etwas Gesellschaft brauche.

Amanda, die immer noch verärgert über ihn war, erwiderte, es sei eine zu lausige Nacht, um irgendwo hinzugehen und sie habe vor, es sich mit einem guten Buch gemütlich zu machen.

Es regnete die ganze Nacht.

Reece konnte zwar noch zu seinem Büro fahren, und Sully ging sowieso bei jedem Wetter in die Ställe, aber Jesse, Amanda, Kate und Maggie waren mehr oder weniger im Haus gefangen und zeigten allesamt Anzeichen von Hüttenkoller. Als die Sonne endlich am Mittwoch morgen einen zögerlichen Auftritt hatte, waren alle so entzückt, daß sie buchstäblich aus dem Haus purzelten wie Kinder, die dem Kerker der Schule entkommen.

Kate raste zu den Ställen und zu Ben, Maggie redete so lange zuckersüß auf Jesse ein, bis er auf einen Spaziergang durch den Park mitkam, und Amanda testete kurz den Weg nach King High, bevor sie sich eingestehen mußte, daß Walker recht gehabt hatte – er stand tatsächlich knöcheltief unter Schlamm. Und Walker war sowieso nicht zu Hause. Also begnügte sie sich damit, durch den ausgedehnten Garten zu gehen und die vom Regen gereinigte Luft zu atmen.

Der Tag hänselte sie alle, immer wieder verschwand die Sonne hinter dicken Wolken, und zwei kurze Regengüsse trieben sie zurück ins Haus, aber am Nachmittag hatte alles den Anschein, als sei das Schlimmste vorüber.

»Ich fürchte, nicht«, meinte Kate, als Amanda diese hoffnungsvolle Vermutung äußerte. »Ich habe gerade die Wettervorhersage gehört; am späten Abend soll noch ein höllischer

Sturm kommen.« Amanda stöhnte. »Was ist eigentlich aus dem *sonnigen* Süden geworden? Wenn das noch lange so weitergeht, können wir uns eine Arche bauen.«

»Sully sagt, daß mindestens zwei von den Bächen in der Umgebung aus ihrem Bett getreten sind, also haben wir jetzt schon ein Überschwemmungsproblem bei einigen der Reitwege. Es ist das reinste Chaos.«

Das war es in der Tat.

Amanda lief während des zweiten Regens ruhelos durch das Haus, dann kapitulierte sie schließlich und rief am frühen Nachmittag bei Walker an. Zumindest brach er nicht in Jubelschreie aus – wenn er auch in sich hineinlachte –, als er sagte, daß er seinen Arbeitstag abkürzen, um vier Schluß machen und zu ihr herüberkommen könne, wenn sie wolle.

Da sie somit etwas Zeit totzuschlagen hatte, und das schöne Wetter nicht von Dauer zu sein schien, entschloß sie sich, spazierenzugehen, diesmal im Park. Es hatte den Anschein als hätten alle das Haus verlassen, aber als sie an seinem Arbeitszimmer vorbeiging, traf sie auf Jesse, der es gerade verließ.

»Walker kommt nachher noch vorbei«, sagte sie ihm.

»Ach ja?« Jesse sah sie merkwürdig an, dann überraschte er sie damit, daß er seine große, wettergegerbte Hand hob, um ihr äußerst sanft über die Wange zu streichen. »Ich bin sehr froh, daß du hier bist, Darling. Das weißt du doch, nicht wahr?«

Sie nickte. »Durch dich ... fühle ich mich hier sehr zu Hause.« Das war eine Lüge, aber Amanda brachte sie hervor, ohne mit der Wimper zu zucken.

Ein Lächeln weichte sein rauhes Gesicht auf. »Schön. Das ist sehr schön.«

Es lag etwas beinahe Grimmiges in seinen silbergrauen Augen, und das schüchterte sie etwas ein, weil sie es nicht verstand. Sie wich unauffällig von ihm ab und setzte ihren Weg durch den Korridor fort, wobei sie über die Schulter sagte: »Ich will noch etwas von der Sonne erwischen, bevor sie wieder verschwindet.«

»Gute Idee!« rief er ihr nach.

Amanda ging träge durch den Park, sie folgte den Kieswegen, die trotz des schüttenden Regens noch immer in guter Form waren. Einige der Juniblumen sahen wüst aus, die Blütenblätter lagen über das Gras verstreut, aber alles in allem hatte es den Anschein, als überstehe der Park den Ansturm der Natur recht gut. Sie hatte vorgehabt, weit zu gehen, aber Amanda hätte schwören könne, Hundegebell gehört zu haben und das führte sie auf einem der Seitenwege an das äußerste Eck im Nordwesten, wo sie stehenblieb. Sie stand da und horchte aufmerksam, wobei sie im stillen einen Vogel, der in einem nahegelegenen Baum fröhlich zwitscherte, verfluchte. Hatte sie sich geirrt?

Nein. Sie hörte es wieder, leise und entfernt, aber ohne Zweifel das Bellen eines Hundes. Ohne auch nur darüber nachzudenken, machte Amanda sich auf den Weg, sie rannte über die Wiese auf den Berg im Nordwesten zu.

Hätte sie kurz überlegt, hätte Amanda vermutlich auf Walker gewartet. Verfolgungswahn hin oder her, sie war, ohne Begleitung, immer in der Nähe des Hauses geblieben – sie hatte sich sogar dabei ertappt, wie sie auf der Treppe lächerlich vorsichtig gewesen war. Aber sie dachte an nichts anderes als die Möglichkeit, die Hunde nach all der Zeit doch noch zu finden.

Amanda legte eine ziemliche Strecke zurück, bevor sie stehenblieb, um das Geräusch nochmals zu orten; sie rief die Namen der Hunde und horchte, bis sie das Bellen hörte, noch immer sehr leise. Sie änderte die Richtung, ging über eine Anhöhe, um auf einen Bach zu stoßen, wo noch Tage zuvor keiner gewesen war. Sie suchte sich einen Weg hinüber und kletterte weiter, weg von den Geräuschen des Wassers. Auf einer weiteren Anhöhe angekommen, rief sie wieder und runzelte die Stirn, als sie bemerkte, daß die Töne, die zur Antwort erschallten, noch immer von weit her kamen. Sie mußte doch zumindest ein Stück weit näher gekommen sein? Aber das Bellen war ... merkwürdig ausdruckslos, jetzt, wo sie genauer überlegte. Tonlos, mechanisch – überhaupt nicht wie von zwei ungeduldigen Hunden, die eine menschliche Stimme hörten. Nicht, daß sie die Dobermänner je hätte bellen hören, aber trotzdem ... Ein Frösteln lief ihr über den Rücken, und Amanda drehte sich um und stellte fest, daß sie sich weit von jedem erkennbaren Pfad entfernt hatte. *Bloß keine Panik! Dreh dich um und gehe einfach deinen Fußtritten nach wieder zurück – bei all dem Schlamm mußt du sie schließlich erkennen können ...*

Sie fand ihre Spur auch tatsächlich problemlos wieder, aber die Erleichterung verschwand, als sie zu der Überzeugung gelangte, daß ihr jemand folgte. Sie hielt zweimal an, suchte die Umgebung ab, aber die Bäume standen in diesem Teil des Waldes sehr dicht beieinander und selbst an wolkenlosen Tagen ließen sie nur wenig Licht durch. Alles war dunkel und tropfnaß, merkwürdig unvertraut, und Amanda glaubte, ihr eigenes Herz pochen zu hören.

Sie geriet langsam in Panik, rutschte aus und schlitterte einen Abhang hinunter, hielt sich an jungen Bäumen fest, um nicht gänzlich das Gleichgewicht zu verlieren, und machte so viel Krach, daß jedem, der ihr folgte, klar sein mußte, daß sie von ihm wußte und deshalb versuchte zu fliehen. Der Boden war fürchterlich schlammig, in einem Moment glitschig, um sich im nächsten dick und fest an ihre Schuhe zu kleben, und Amanda war überzeugt, daß ihr Atem ebenso laut war wie der Wind.

Sie hätte sich vielleicht gar nicht mehr umgedreht, wäre ihr nicht der Fuß weggerutscht, so daß sie sich um die eigene Achse drehte, als sie nach einer biegsamen kleinen Eiche griff. Da sah sie ihn. Er kam auf sie zu, mit grimmigem Gesicht – und er hielt ein Gewehr in der Hand. Es ging so schnell, daß sie es wie durch einen Schleier sah. Amanda hörte ein ersticktes Geräusch, das aus ihrer eigenen zugeschnürten Kehle zu stammen schien, und sie versuchte verzweifelt, den jungen Baum zu benutzen, um sich nach vorn zu werfen, weg von Sully. Aber sie verlor das Gleichgewicht und stürzte, schlitterte über die matschigen Blätter des vorigen Jahres in eine Art Graben, der faulig roch.

Ein Abzugsgraben, dachte sie dunkel, oder ein ehemaliges Bachbett. Dann sah sie hinunter auf den harten Kreis aus Steinen, der ihre Finger umgab – und schrie.

Halb begraben im feuchten Schlamm grinste ein menschlicher Schädel zu ihr empor.

13

»Ich sage es jetzt zum letzten Mal.« Sullys Stimme war eiskalt. »Ich bin in den Wald gegangen, weil ich meinte, einen Hund bellen zu hören, und ich habe das Gewehr mitgenommen, weil ich vorhatte, draußen beim Park ein paar Zielscheiben aufzustellen. Ich habe Amanda gesehen, wie sie wie eine Irre durch den Wald gerast ist, und bin ihr nach. Ich wollte sie nicht erschrecken. Okay, ich hätte ihr etwas zurufen sollen, aber ich habe nicht daran gedacht.« Seine Stirn legte sich in tiefere Falten. »Wenn du mir jetzt eine verpassen willst, Walker – tu dir keinen Zwang an. Hau zu.«

»Fordere es nicht heraus«, schnauzte Walker ihn an.

»Wer hat das Skelett gefunden?« wollte Sheriff Hamilton wissen, der sich Notizen machte.

»Sie war's.« Sully lachte kurz auf. »Auf die harte Tour. Deswegen ist sie ja auch in Ohnmacht gefallen. Ist schon ein kleiner Schock, schätze ich, wenn man seine Finger plötzlich in etwas drin hat, was früher mal der Mund von jemand gewesen ist.«

Als hätte die Bemerkung etwas in Gang gesetzt, kaute der Sheriff plötzlich auf dem Ende seines Bleistifts herum. »Und Sie haben sie nach Hause getragen, Sully?«

»Ja. Sie ist jetzt oben, mit Kate, und macht sich sauber. Das Gerippe steckte über zehn Zentimeter tief im Schlamm, und sie war damit komplett zugedeckt.« Er sah an sich hinunter. »Und deswegen ist es jetzt auch überall an mir dran.«

»Steht dir aber gut«, bemerkte eine neue Stimme.

Die drei Männer drehten die Köpfe und sahen eine schlanke Rothaarige. Die Hände in den hinteren Taschen ihrer Jeans, stand sie lässig mit einem kleinen Lächeln hinter ihnen.

»Eigentlich«, sagte sie zu Sully, »solltest du immer Schlamm tragen.«

Niemand hatte den Nerv, sie zu fragen, wie sie das meinte.

»Was machst du hier draußen?« fragte Sully statt dessen. Amüsiert sagte Leslie Kidd: »Wenn du dir die Mühe machen würdest, dich ein bißchen umzuschauen, würdest du feststellen, daß fast alle Reiter in der Gegend verstreut sind. Schließlich findet ja nicht jeden Tag jemand ein menschliches Skelett im Wald; wir sind neugierig. Und ich bin neugieriger als die meisten anderen, deswegen bin ich auch mutiger.«

»Mutiger?« fragte der Sheriff verwirrt.

»Ich stelle mich ins freie Feld, anstatt mich in den Büschen zu verstecken«, erläuterte sie feierlich. »Ich strecke meine Nase vor und riskiere, daß mir der Kopf abgerissen wird. Sully macht das genauso, wissen Sie. Er ist schlimmer als die Rote Königin.«

Sheriff Hamilton fand diese Erklärung augenscheinlich alles andere als erhellend und beäugte sie mit sichtlichem Unbehagen.

Mit einem Ächzen, das ein Laut des Vergnügens hätte sein

können, stellte Sully sie dem Sheriff und Walker vor, was bei beiden bislang nicht offiziell geschehen war. Dann, wobei er ihnen kaum Zeit ließ, höfliche Laute von sich zu geben, fragte er: »Wer reitet gerade?«

»Niemand.« Das zerfließende Braun ihrer Augen sah in einem weiter werdenden, übertriebenen Ausdruck der Ehrfurcht zu ihm hinauf. »War meine Idee. Bin ich nicht mutig?«

»Du hast den anderen gesagt, daß sie für heute Schluß machen können?«

»Ja, hab' ich.«

Sully, der schon mehr als einmal die Apokalyptischen Reiter heraufbeschworen und es Pech und Schwefel über denjenigen hatte regnen lassen, der sich seiner Autorität auch nur in geringsten Kleinigkeiten widersetzt hatte, sagte sanft: »Du hättest mich vorher fragen sollen, Leslie.«

Sie nickte ernst. »Beim nächsten Mal mach' ich's.«

Bevor noch etwas weiteres gesagt werden konnte, kam Helen aus dem Wald heraus und ging über die Wiese auf einen der großen Magnolienbäume zu, neben dem die vier an der Seite des Hauses standen. Sie trug dicke Gummistiefel, die von trockenem Schlamm überzogen waren, hielt in der einen Hand ein paar Gummihandschuhe und sah ein wenig erschöpft aus.

»Wo ist Jesse?« fragte sie.

»Drinnen«, klärte sie der Sheriff auf. »Aber erstatten Sie mir zuerst Bericht, wenn es Ihnen nichts ausmacht, Doc.«

»Das hatte ich ohnehin vor. Sie haben es mit einem Skelett zu tun, das von einer Sturzflut aufgedeckt wurde, J. T.«, berichtete Helen tonlos. »Es gibt nicht viel, was ich Ihnen erzählen kann, solange die Knochen noch so wie jetzt im Boden stecken. Wann kann ich sie haben?«

Hamilton schüttelte zweifelnd den Kopf. »Ich habe mit Asheville telefoniert und gebeten, daß sie mir ein Team von der Gerichtsmedizin runterschicken, Doc; die wollen nicht, daß irgendwas verändert wird, bis sie hier ankommen – morgen wahrscheinlich.«

»Warum um alles in der Welt haben Sie das gemacht?« wollte Sully wissen.

Bedrückt sagte der Sheriff: »Weil das so Vorschrift ist, wenn ich eine unidentifizierte Leiche finde, verdammt noch mal. Bei den ganzen Massenmördern, die hier rumspuken, kann man schließlich nie wissen, ob der Knochen, den ein Hund irgendwo ausgegraben hat, sich nicht als die Grundschullehrerin von Charlie Manson oder der linke Zeh von Ted Bundy rausstellt!« Sully blickte ihn einen Moment lang finster an, dann bemerkte er das belustigte Funkeln in Leslies Augen und mußte sich zusammenreißen, um nicht zu lachen. »Schon gut, war ja nur 'ne Idee«, murmelte er.

Sheriff Hamilton rückte seinen Filzhut gerade und ließ die Schultern wieder sinken. »Was meinten Sie gerade, Doc?«

Helen, die sich das Ganze geduldig angehört hatte, sagte: »Alles, was ich Ihnen sagen kann, ist, daß wir es mit den Knochen eines Mannes zu tun haben, wahrscheinlich in den Zwanzigern oder Dreißigern, als er starb, und das könnte vor zehn Jahren gewesen sein – oder vierzig. Die Spezialisten von der Gerichtsmedizin werden Ihnen da eine ganze Menge mehr erzählen können.«

»Ist er ermordet worden?« fragte Walker unvermittelt.

Helen spitzte die Lippen. »Wenn ich eine Vermutung abgeben müßte ... würde ich sagen, es wäre möglich. Ein Haufen Knochen waren zum Zeitpunkt des Todes gebrochen, vor allem im Oberkörper, und ich bin auf eine Einkerbung im Schädel gestoßen, von der ich bezweifle, daß sie ihm post mortem zugefügt wurde.«

»Möglicherweise ist er gestürzt«, wandte der Sheriff mit dem Tonfall von jemandem ein, der sich an Hoffnungen festhält.

»Das ist natürlich eine Möglichkeit. Er könnte sich auch

selbst begraben haben. Sie bekommen dann morgen die schriftlichen Ergebnisse meiner sogenannten Untersuchung, J. T.« Helen nickte ihnen kurz angebunden zu, dann machte sie sich auf den Weg zum Haus, höchstwahrscheinlich, um Jesse Bericht zu erstatten.

»Sie glaubt nicht, daß er gestürzt ist«, sagte Hamilton, mehr oder weniger zu sich selbst. Er seufzte. »Gut, ich geh' dann besser mal kontrollieren, daß meine Jungs auch wirklich die Plane über die Knochen festgezurrt haben. Sully, ich werde jemanden abstellen, der oben im Wald Wache steht, bis die Gerichtsmediziner da sind. Geben Sie Jesse Bescheid, ja?«

»In Ordnung.«

Als der Sheriff davongestapft war, sagte Walker: »Du hast einen Hund bellen hören?«

»Ich hatte den Eindruck.« Sully sah Walker in die Augen.

»Aber du hast keinen Hund gesehen?«

»Nein.«

»Vielleicht solltest du da draußen lieber noch mal nachsehen, Sully.«

»Und vielleicht solltest du ...«, fing Sully mit grimmiger Stimme an, nur um sich von Leslies sanftem Ton unterbrechen zu lassen.

»Vielleicht sollte ein ganzer Pulk von uns da rausgehen. Ich melde mich freiwillig, Sully. Wir könnten wieder Suchtrupps bilden und uns diesmal auf das Gebiet konzentrieren, in dem du das Bellen gekört hast.«

Einen Augenblick lang hatte es den Eindruck, daß Sully es vorziehen würde hierzubleiben, um mit Walker handgreiflich zu werden. Er wirkte wie ein Mann, der eine zünftige Schlägerei für ein praktisches Überdruckventil hält. Doch schließlich wandte er sich von dem Anwalt ab und ging zum Ende des Gartens, wobei er seinen üblichen stürmischen Schritt verlangsamte, weil Leslie Kidd aus Gewohnheit schlenderte.

Während er zusah, wie der ungestüme Sully seinen Schritt

dem ihren instinktiv anglich, hatte Walker eine plötzliche Erkenntnis.

»Hol mich doch der Teufel«, murmelte er.

»Mir geht's gut«, sagte Amanda.

Das tat es nicht, dachte Walker, aber es ging ihr immerhin besser als vorher. Der Schock war noch in ihren sonst so herrlichen Augen zu sehen, aber ihr Gesicht war nicht mehr so ohne jede Farbe, und ihre Stimme war fest.

Jesse sagte: »Ich weiß, daß es schrecklich für dich war, ihn zu finden, Darling, aber du mußt versuchen, es zu vergessen.«

»Mache ich.«

Sie würde es nicht tun, wußte Walker, aber bevor er etwas anmerken konnte, stellte Kate eine verwirrte Frage. »Eine Leiche, die auf Glory begraben liegt? Aber wer könnte das nur sein?«

»Wie viele Menschen sind in den letzten vierzig Jahren hier gekommen und gegangen?« sagte Walker. »Wie viele Arbeiter haben gekündigt, sind gefeuert worden oder sind eines Tages einfach nicht mehr aufgetaucht? Das müssen Hunderte sein.«

»Gibt es überhaupt eine Aussicht, die Leiche – ich meine, das Skelett – zu identifizieren?« fragte Reece ganz allgemein in den Raum.

Walker hob die Schultern. »Die Gerichtsmedizin hat inzwischen unglaublich ausgetüftelte Methoden, aber es hängt letztlich alles davon ab, ob eine Vermißtenanzeige aufgegeben wurde. Wenn nicht, wenn er einfach jemand war, den niemand vermißt hat, dann gibt es höchstwahrscheinlich auch nirgends irgendwelche ärztlichen oder zahnärztlichen Unterlagen, die man zum Vergleich heranziehen könnte.«

»Wir regen nur Amanda auf«, sagte Jesse.

»Nein«, sagte sie, »mir geht es gut.«

Sie saß am Ende von einem der Sofas und wirkte seltsam isoliert, obwohl Kate neben ihr saß. Den Schlamm hatte sie schon vor Stunden abgeduscht; wie gewöhnlich wirkte sie kühl und gepflegt mit ihren weißen Jeans und dem hellblauen Polohemd.

Es war beinahe neun Uhr und noch nicht völlig dunkel. Ein einsamer Deputy saß unglücklich draußen im Wald, neben einem von einer Plane bedeckten Stückchen schlammigen Bodens, nachdem alle anderen vor ungefähr einer Stunde durch einen kurzen Gewitterregen verscheucht worden waren. Die meisten Suchtrupps hatten aufgegeben und den Heimweg angetreten, auch wenn Sully noch nicht wieder aufgetaucht war.

Die restlichen Daultons – und auch Walker und Ben – waren im vorderen Salon, wohin es alle nach einem ziemlich schweigsamen Abendessen gezogen hatte. Offensichtlich war die Neugier angesichts des Skeletts groß, aber ebenso deutlich wählte jeder seine Worte mit Bedacht.

Amanda war sehr still.

Walker hatte, seit er hierhergekommen war, keinen Augenblick mit ihr allein verbringen können. Obwohl es ihm völlig gleichgültig war, daß sie ein Publikum hatten, und er sie so dringend in die Arme nehmen wollte, daß es schmerzte, hatte ihn der erste zuckende Blick, den sie ihm zugeworfen hatte, ermahnt, auf Distanz zu bleiben. Er hatte das Gefühl, daß Amanda sich von allen zurückgezogen hatte, daß sie sich aus schierer Notwendigkeit abseits hielt.

»Du solltest früh schlafengehen, Darling«, sagte Jesse besorgt.

Sie blickte ihn einen Moment lang an, dann lächelte sie. »Ich glaube, ich will im Augenblick lieber nicht schlafen. Nicht, bevor ich nicht meine Augen zumachen kann, ohne diesen ... Schädel vor mir zu sehen. Abgesehen davon wäre ich sowieso wieder wach, sobald heute nacht der große Sturm losbricht.«

»Ich bleibe und leiste dir Gesellschaft«, sagte Walker sofort.

»Das habe ich gehofft.« Sie warf ihm einen weiteren kurzen

Blick zu, diesmal einen, der etwas anderes als eine Mahnung beinhaltete, und dann sah sie Jesse mit leicht erhobenen Brauen an. »Du hast doch nichts dagegen, wenn Walker bleibt – oder?«

Das Läuten des Telefons in seinem Arbeitszimmer hielt Jesse davon ab, sofort zu antworten. Er sah Maggie an, die hinausschlüpfte, um ans Telefon zu gehen, dann schenkte Jesse Amanda ein ziemlich wehmütiges Lächeln.

»Natürlich habe ich nichts dagegen.« Dann, zur allgemeinen Verblüffung, sah er zu Ben hinüber. »Das gilt auch für dich, Ben. Es ist natürlich Kates Sache, dich einzuladen, aber ich habe keine Einwände.«

Ben, der sich hinter Kate auf die Lehne des Sofas stützte, sagte einfach nur: »Danke.«

Ein etwas schmerzlicher Ausdruck huschte über Kates schönes Gesicht, und Walker verstand ihn nur zu gut. Jesse hat den Geliebten seiner Tochter zumindest zur Kenntnis genommen – und offenbar auch akzepticrt, allerdings hatte er seine Akzeptanz mit der ihm eigenen, typischen Arroganz Ben und nicht etwa Kate verkündet.

Maggie kam zurück in den Salon. »Für Sie, Amanda; Helen will mit Ihnen sprechen.«

»Wahrscheinlich will sie wissen, wie es mir geht«, murmelte Amanda, als sie aufstand. »Ich kann nur immer und immer wiederholen – mit mir ist alles in Ordnung.«

»Wenn du es noch ein paarmal sagst, liebe Cousine«, murmelte Reece, »fangen wir vielleicht sogar an, es dir zu glauben.«

Amanda lächelte ihn an, dann ging sie aus dem Salon und durch den Korridor in Jesses Arbeitszimmer. Als sie an den Schreibtisch trat, nahm sie undeutlich wahr, daß es im Zimmer entfernt nach Rauch roch, dachte aber nicht weiter darüber nach, als sie den Hörer nahm.

»Helen?«

»Amanda, sind sie allein?« fragte die Ärztin ohne Einleitung.

»Genau jetzt?« Amanda sah sich um. »Ja, ich bin in Jesses Arbeitszimmer. Warum?«

»Hören Sie zu. Ich habe gerade noch eine späte Lieferung vom Labor bekommen. Den Bericht über die ganzen Proben von der Party.«

Wie schon den ganzen Abend über, war Amanda merkwürdig desinteressiert. »Und?«

»Die Proben von allen anderen, denen schlecht wurde, wiesen offen und eindeutig Tollkirschenvergiftungen auf. Ohne Frage. Aber bei Ihnen wiesen Mageninhalt und Blutprobe sowohl Tollkirsche als auch Eisenhut auf. Eine sehr hohe Dosis Eisenhut. Es gibt absolut keine Möglichkeit, daß das zufällig passiert ist. Jemand hat versucht, Sie zu ermorden, Amanda.«

Jemand hat versucht, Sie zu ermorden, Amanda.

Die Worte schienen in ihrem Kopf nachzuhallen und doch empfand sie kaum etwas dabei. Sie fühlte sich von allem entfernt, eine Beobachterin, die an den Ereignissen nur vage interessiert ist.

»Amanda?«

»Ich habe gehört, was Sie gesagt haben, Helen.«

»Amanda, ich muß J. T. das melden. Mir bleibt keine andere Wahl, verstehen Sie das?«

»Ja. Aber hat das nicht Zeit bis morgen?«

»Warum? Was für einen Unterschied würde eine Nacht machen?«

»Vielleicht ... einen großen Unterschied.« Amanda hielt einen Augenblick inne und hörte auf das ferne Donnergrollen. »Helen ... ich glaube, daß ich dieses Skelett identifizieren kann. Aber ich brauche etwas Zeit.«

»Amanda ...«

»Bitte fragen Sie mich nichts, nicht jetzt. Da ist noch etwas, das ich tun muß, aber es wird mir nichts passieren. Walker bleibt bei mir.«

Offensichtlich deprimiert sagte Helen Chantry: »Das gefällt mir alles überhaupt nicht. Irgend jemand in diesem Haus hat versucht, Sie zu *ermorden,* Amanda! Und jetzt behaupten Sie auch noch, Sie könnten das Skelett eines Mannes identifizieren, der seit Jahren tot und begraben ist ...«

»Ich glaube nicht, daß das eine mit dem anderen zu tun hat.« Amanda runzelte selbstvergessen die Stirn, als sie darüber nachdachte. »Nein, mit Sicherheit nicht. Ich habe für jemanden eine Bedrohung dargestellt, weil Jesse mich vielleicht zur Alleinerbin gemacht hätte, daher auch das Gift. Aber das Skelett ... das ist etwas anderes. Und inzwischen sind alle tot, also bin ich die einzige, die sich überhaupt dafür interessieren kann, was passiert ist. Außer natürlich, er hatte eine Familie.«

»Wovon sprechen Sie eigentlich?«

»Ist nicht so wichtig, Helen. Aber warten Sie bitte bis morgen, bevor sie den Sheriff anrufen. Er würde heute nacht sowieso nicht mehr rauskommen, nicht wahr?«

»Nein. Nein, ich schätze nicht. Aber ...«

»Also gibt es überhaupt kein Problem. Und mir wird schon nichts passieren, glauben Sie mir.«

Es folgte eine lange Pause, aber schließlich seufzte die Ärztin. »Also schön. Das ist wider mein besseres Urteil, aber gut. Passen Sie einfach gut auf sich auf, versprechen Sie mir das?«

»Werde ich. Gute Nacht, Helen.«

»Gute Nacht.«

Amanda legte den Hörer auf die Gabel, blieb noch einen Moment stehen und starrte ins Nichts. Aber dann konzentrierte sich ihr Blick, und sie stellte fest, daß sie einen großen Kristallaschenbecher auf Jesses Schreibtisch anschaute. Er war bis oben hin mit feiner, weißer Asche gefüllt, und das war seltsam, da Jesse nicht rauchte. Verbranntes Papier, durchfuhr es Amanda. Sie streckte die Hand aus und fuhr mit einem Finger durch die Asche und stieß auf das feste Eck eines Umschlags.

Es war nur angesengt, und ein Teil des Absenders war noch zu erkennen. Es war das Labor, an das ihre Blutprobe wegen des DNS-Tests geschickt worden war.

Ganz offensichtlich war Helen nicht die einzige, die heute Post bekommen hatte.

»Ergebnis ... nicht schlüssig«, hörte Amanda sich murmeln. Denn wäre das Ergebnis eindeutig positiv, hätte Jesse es der Familie sicherlich auf der Stelle und mit Freuden mitgeteilt. »Literweise Daultonblut ... und immer noch kein Beweis.« Sie hörte sich einen anderen Laut von sich geben, das Gespenst eines Lachens.

Sie vergrub das Eck des Umschlags wieder unter der Asche, dann verließ sie Jesses Arbeitszimmer und ging zurück zum Salon.«

»Hi«, sagte Walker. Er war als einziger noch im Zimmer. »Wo sind die anderen?«

»Überall. Jesse hat entschieden, daß er früh zu Bett muß, Reece wollte sich ein Baseballspiel im Fernsehen anschauen, und Maggie meinte, sie müsse noch etwas auf ihrem Zimmer erledigen. Kate und Ben haben nicht genauer gesagt, was sie vorhaben, und ich war zu taktvoll, um zu fragen.«

»Und Sully?«

»Hab' ihn nirgends gesehen.« Walker machte zwei Schritte und zog sie in seine Arme. Er hielt sie fest umschlossen, und als sie den Kopf von seiner Brust hob, küßte er sie. »Ich hatte schon Angst, du würdest das machen, solange Jesse noch dabei ist«, murmelte sie, als sie dazu in der Lage war.

»Das hätte ich auch fast. Wenn du mich nicht so böse angestarrt hättest.«

»Ich habe überhaupt nicht böse gestarrt.«

»Gelächelt hast du aber auch nicht.«

Aber jetzt lächelte sie, als sie zu ihm aufsah. »Tut mir leid. Genügt mein harter Tag als Entschuldigung?«

Er küßte sie noch einmal. »Du hast Jesse und den übrigen

gar nicht erzählt, daß Sully dich genauso erschreckt hat wie das Skelett, das du gefunden hast.«

»Das habe ich dir aber auch nicht erzählt«, sagte sie.

»Nein. Das war Sully.« Walker wiederholte Sullys Erklärung für seine Anwesenheit im Wald. »Er hat gesagt, er hätte nicht vorgehabt, dich zu erschrecken, aber daß er das ganz offensichtlich getan hätte.«

Amanda befreite sich sachte aus seiner Umarmung und setzte sich auf die Armlehne eines Stuhls. Wieder war Donnergrollen zu hören, jetzt näher, und sie horchte, bis es verstummte. »Ich war einfach ... ein bißchen überrascht.«

»Amanda, was verschweigst du mir?«

Sie antwortete eine Weile nicht und als sie es tat, war ihre Stimme zögernd. »Irgend etwas ist heute passiert, als ich diesen Schädel gesehen habe. Ein Erinnerungsfetzen ist zurückgekommen, und diesmal war es ... furchtbar. Wieder diese Geräusche. Und – Blut. Walker, ich glaube, ich bin bereit, mich daran zu erinnern, was in dieser letzten Nacht hier passiert ist. Aber ich muß ... die Erinnerung irgendwie auslöschen. Wirst du mir dabei helfen?«

»Natürlich werde ich dir helfen.« Seine Antwort kam prompt und ruhig. »Was hast du vor?«

Amanda holte tief Luft und zum ersten Mal an diesem Abend spürte sie, wie sich Unbehagen in ihr regte. »Ich muß hinüber zu den Ställen.«

»Heute nacht?«

Sie nickte. »Es ist ... Heute ist genauso eine Nacht wie damals. Es ist heiß, und es hat geregnet, aber jetzt hat es aufgehört – und es ist ein schweres Unwetter im Anzug.«

Er runzelte die Stirn. »Und du glaubst, daß diese Ähnlichkeiten ausreichen, um die Erinnerung zurückzubringen?«

»Ich weiß es nicht, aber ich muß es wenigstens versuchen.«

Walkers Stirn lag immer noch in Falten. »Helen hat gesagt, du sollst nicht versuchen, es zu erzwingen, schon vergessen?«

»Nein.« *Aber ich habe keine Zeit mehr.*

»Also gut, dann laß es uns versuchen.«

Es war klar, dachte sie, daß Walker die Vorstellung nicht gerade gefiel. Aber es war ebenso deutlich, daß er mitmachen würde, weil es etwas war, was sie einfach tun mußte. Sie war kurz davor, ihm von Helens Bericht über die Vergiftungen zu erzählen, entschied dann aber, daß morgen noch früh genug dafür wäre. Das wichtigste für sie war, nicht zu vergessen, was sie zu tun hatte.

Amanda wollte Schritt für Schritt zurückverfolgen, an was sie sich aus jener Nacht noch erinnern konnte, also gingen sie, anstatt durch das Haus, durch die vordere Eingangstür hinaus zum Park. Sie hielten unter dem Portikus an, und ein heißer Wind warnte sie vor dem herannahenden Sturm. Es dauerte eine Weile, bis sich ihre Augen an die Dunkelheit gewöhnt hatten. Walker nahm Amandas Hand in seine und sah schnell und besorgt zu ihr hinüber. »Deine Hand ist wie Eis.«

»Wirklich?« Ihr war kalt, und da war ein mehr als flaues Gefühl in ihrer Magengrube. Sie konnte das Unwetter riechen, heiß und feucht, und ein Zittern durchfuhr sie. »Amanda, vielleicht ist das doch keine so gute Idee ...«

»Nein, ich muß da hinaus. Ich muß versuchen, mich zu erinnern.«

»Also gut. Aber wir müssen sofort gehen. Wenn das Unwetter hier erst losbricht, dann ist die Hölle los.«

Er ließ sie das Tempo bestimmen und den Weg suchen, ging einfach nur neben ihr her, während sie den Garten durchquerten und unter der Magnolie durchgingen. Dann waren sie auf dem freien Feld, und die Ställe lagen als dunkle Kolosse in der Ferne. Ein Abzugsgraben stimmte Amanda einen Augenblick lang nachdenklich, und er spürte, wie ihre Hand ein wenig zitterte, während sie dastand und auf das schnell fließende, schlammige Wasser schaute, aber sie nahm seine Hilfestellung beim Sprung an, und sie gingen weiter.

»Welcher Stall?« fragte er leise, als sie sich ihnen näherten.

»Zwei.« Ihre Stimme klang angespannt. »Es war Nummer zwei.«

»Victors Zimmer ist – war – über Stall zwei«, bemerkte Walker.

»Damals nicht. Damals war – jemand anders hat damals dort oben gewohnt.« Plötzlich blieb sie wie vom Donner gerührt stehen.

Der Wind hatte sich gedreht. Walker konnte jetzt die Pferde riechen. Immer näher kam das Donnergrollen, und urplötzlich spalteten Blitze den nächtlichen Himmel. In der kurzen Helligkeit konnte er ihr Gesicht deutlich sehen, und seine Brust krampfte sich schmerzhaft zusammen.

»Liebling«, sagte er, »laß uns zurückgehen. Du mußt das nicht machen ...«

»Das war Licht.« Sie fing an, mit ruckartigen Schritten auf Stall Nummer zwei zuzugehen. »Es war ... innen war Licht an.«

Die Stallgebäude waren an beiden Enden mit Schiebetüren ausgestattet, um die breiten Hallen abzuschließen, auch wenn diese Türen im Sommer offenblieben. Als sie an Stall Nummer zwei ankamen, war es möglich, die Öffnung am gegenüberliegenden Ende der Halle, die ungefähr dreißig Meter entfernt war, dunkel zu erkennen.

»Wo war das Licht?« fragte Walker, der seine Stimme leise hielt und versuchte, den flüchtigen Hauch der Erinnerung, dem sie zu folgen schien, nicht zu stören.

»Es war ... gegenüber von der Sattelkammer. Wo das Heu aufgeschichtet wurde. Ich konnte ... ich konnte am Anfang überhaupt nichts sehen. Nur das Heu.«

Sie waren jetzt im Stallgang angekommen, immer noch mehrere Meter von der Sattelkammer entfernt. Walker zögerte, aber der Anwalt in ihm war unerbittlich in seiner Logik und bestand darauf, daß der Tathergang so präzise wie irgend möglich rekonstruiert werden müsse, wenn es denn überhaupt einen Sinne haben solle.

»Amanda, bleib stehen. Mach die Augen zu.«

»Aber warum denn?« Ihre Stimme klang wie die eines Kindes.

»Tu bitte, was ich dir sage. Du vertraust mir doch, oder?«

»Ja.«

»Dann tu es. Bleib stehen, und mach die Augen zu und mache sie erst wieder auf, wenn ich es dir sage.«

»Gut.« Aber als er ihre Hand losließ, stieg eine undeutliche Panik in ihre Stimme. »Walker?«

»Es ist alles gut, Liebling. Ich bin bei dir. Bleib einfach stehen und warte, bis ich fertig bin.«

Walker, der mit den Stallgebäuden so vertraut war, daß er auch in beinahe völliger Dunkelheit seinen Weg fand, ging schnell zu dem Bereich gegenüber der Sattelkammer. Immer noch wurde hier das zu Ballen aufgeschichtete Heu gestapelt, Futter lagerte in Fässern, dann standen da noch Schaufeln, Mistgabeln und Rechen in eine Ecke gelehnt. Es handelte sich um eine Art Wartungsbereich, der von Heuballen abgeschlossen wurde, die mehr als mannshoch aufgeschichtet waren. Er war etwa sechs Meter breit und mehr als sechs Meter tief.

Walker wußte, daß die Lichtschalter an den Enden der Halle eine ganze Reihe von abgeschirmten Birnen zum Leuchten brachten, daß es aber in der Sattelkammer und im Wartungsbereich auch noch Schalter für einzelne Lampen gab. Er brauchte nicht lange, um den für den Wartungsbereich zu finden – und er mußte zugeben, daß das Licht bitter nötig war. Schnell ging er zu Amanda zurück.

Schnuppernde Geräusche und heftiges Schnauben waren zu hören, als einige der eingestallten Pferde auf ihre Anwesenheit reagierten, aber die meisten Geräusche im Stall drangen von draußen herein. Der Wind wehte jetzt in Böen und preßte den feuchten Geruch des Regens in den Stallgang, und von den Bergen her dröhnte der Donner unter tiefem Grollen talwärts.

»Amanda?« Er nahm ihre angespannte Hand in seine und drückte sie beruhigend.

Sie ließ einen bebenden Seufzer fahren. »Du – du bist lange fortgewesen.«

»Es tut mir leid, Liebling, aber ich hatte noch etwas zu erledigen. Laß die Augen zu. Also – du bist in die Halle gekommen, richtig?«

»Richtig. Ich bin an der Wand entlang zum Heu gegangen.« Sie tat, was sie sagte und streckte ihre freie Hand aus, um die Wand zu ertasten, da ihre Augen geschlossen waren. Immer noch einige Meter vom Heubereich entfernt, blieb sie stehen.

»War es hier, wo du etwas gesehen hast?« fragte Walker.

»Da war ... Ich habe Geräusche gehört. Furchtbare Geräusche.«

»Wie haben sie geklungen, Amanda? Woran haben sie dich erinnert?«

Sie schauderte. »An etwas, was verletzt wird. Und ... und ... und geschlagen. Dumpfe, platschende Töne. Und ... und der Geruch. Pferde und ... Blut.«

Walker zögerte, wünschte, er könne das hier jetzt aufhalten, bevor Amanda sähe, was auch immer sie so entsetzt hatte, daß es die ersten neun Jahre ihres Lebens aus ihrer Erinnerung getilgt hatte. Aber er konnte es nicht.

»Mach die Augen auf, Amanda. Erzähl mir, was du siehst.« Von dort, wo sie standen, war alles, was zu sehen war, der Schein des Lichts, das sich über das goldene Heu ergoß, und anscheinend war das auch alles, was sie zunächst sah.

»Das Licht. Und ein Mensch ... ich glaube, da ist jemand ...« Sie schritt langsam weiter, mit starrem Körper, eine Hand strich immer noch neben ihr die Wand entlang.

Sie mußten an einem Stoß Heuballen vorbeigehen, bevor es möglich war, in den Bereich zu sehen. Um die Glühbirne zu sehen, die von der Decke hing und den etwa sechs auf sechs Meter großen »Raum« erleuchtete, der durch das Heu gebildet wurde. Um die Geräte zu sehen, die in eine Ecke gelehnt standen, und eine umgeworfene Schubkarre und Schlingen von Zwirn, die auf einem Zapfen hingen. Amanda ließ ein leises Ächzen hören, als sie ganz eindeutig wieder sah, was sie vor zwanzig Jahren gesehen hatte, und fiel auf die Knie, als sei alle ihre Kraft aus ihr gewichen. »Nein. Nein ... *nicht* ...«

Walker kniete neben ihr nieder und hielt noch immer eine Hand, die sich so kalt und starr anfühlte wie Eis. Sie rang keuchend nach Atem und zitterte unkontrollierbar, und er war sich nicht sicher, ob sie überhaupt sprechen konnte. Aber er mußte sie darum bitten.

»Was ist, Amanda? Was passiert?«

»Er ist überall voller Blut«, flüsterte sie und starrte mit weit aufgerissenen Augen in einen leeren Lichtkegel. »Seine Augen sind so groß, ... er schaut mich an, ... sieht mich ... und er ist ... überall voller Blut ...«

»Wer, Amanda? Wen siehst du?«

»Matt. Er ... *nein, nicht* ...« Blankes Entsetzen lag in ihrer Stimme, Todesqualen. »Aufhören ... hör auf, ihn zu schlagen ... bitte, Daddy, hör auf, du darfst ihn nicht mehr schlagen ...«

Walker verspürte seinerseits einen Schock, und die Gedanken, die sich in seinem Hirn überstürzten, folgten beinahe zu schnell aufeinander, um noch durchdacht zu werden. Erinnerte sie sich an die Nacht, in der Christine sie von Glory fortgebracht hatte? Und wenn ja, ...

»Amanda.« Walker hielt sie an den Schultern und riß sie herum, damit sie ihn ansah. »*Amanda.* Schau mich an.«

Zuerst waren ihre Augen wie blind, aber langsam hellten sie sich auf, und sie blinzelte ihn an. »Walker?«

»Erinnerst du dich daran, was du gesehen hast, Liebling?« fragte er sanft.

»Ich habe ... Daddy gesehen ...«

»Amanda, bis du auch wirklich sicher, daß das, woran du dich erinnerst, in der Nacht passiert ist, in der Christine dich von hier fortgebracht hat?«

Sie nickte abgehackt, und Tränen rannen ihr weißes Gesicht hinunter. »Sie – muß es auch gesehen haben, denn sie stand hinter mir, als ich zurückgewichen bin. Sie hat meine Hand genommen und ... und wir sind losgerannt.«

»War es spät in der Nacht?«

»Nach – nach Mitternacht. Ich habe auf die Standuhr geschaut, als ich aus dem Haus gelaufen bin.«

Walker hob die Hände, um ihr Gesicht zu umfassen.

»Liebling, hör mir zu. Es war nicht Brian. Du hast nicht gesehen, wie Brian in dieser Nacht einen anderen Mann geschlagen hat.«

»Er war es. Ich habe gesehen ...«

»Wen auch immer du gesehen hast, es kann unmöglich Brian gewesen sein. Der war nämlich in dieser Nacht auf King High.«

Der Regen *fiel* förmlich vom Himmel und näßte Leslie bis auf die Haut durch, bevor sie auch nur auf die Idee kommen konnte, sich irgendwo unterzustellen. Sie fluchte im stillen, wischte sich mit einer Hand über das Gesicht und schloß die Finger der anderen fester um den Griff der Pistole.

Verdammt, da drin gibt es keinen Platz, wo man sich verstecken kann!

Über die Außenleiter nach oben, das war der Weg, den sie nehmen mußte. Und dann in Victors Zimmer und über die Innenleiter hinunter in den Stallgang. Das war die einzige Chance, die sie hatte, um nahe an die Leute im Inneren zu kommen, ohne sie auf ihre Anwesenheit aufmerksam zu machen. Der Donner war so laut, daß sie sich nicht sorgte, zu laut zu sein, aber bei den Blitzen, die hier draußen wie ein Stroboskop zuckten, gab es keinen Weg, wie sie in den Stallgang hätte schleichen können, ohne gesehen zu werden.

Sie zog sich vorsichtig vom Eingang des Stalles zurück und hatte vor, um die Ecke zur Außenleiter zu gehen.

Er packte sie gleich hinter der Ecke.

Leslie schaffte es, sich einen Schmerzensschrei zu verkneifen, als er ihr die Pistole aus der Hand wand, und sie wehrte sich nicht, als Sully ihren anderen Arm mit eisenhartem Griff packte und sie gegen seinen kraftvollen Körper preßte.

»Was, zum Teufel, machst du da?« fragte er verbissen.

Dem Himmel sei dank für den Donner. Sie schaute in seine rauhen, anziehenden Gesichtszüge, die vom Wasser überströmt und immer wieder von Lichtblitzen erhellt wurden, und sie flüsterte zornentbrannt: »Du brichst mir den Arm, du Grobian!«

»Ich werde dir auch noch das Genick brechen, wenn du mir nicht auf der Stelle erzählst ...«

»Psst! Willst du vielleicht, daß sie uns hören?«

»Wer?« Blitze verwandelten seine Augen in blankes Silber, und seine wütende Stimme war eingefangener Donner.

»Die da. Laß mich los, Sully, ich muß ...«

Die Pistole noch immer in der Hand, packte er sie an beiden Schultern, und dann schüttelte er sie durch. Mit Gewalt. »Du wirst nirgendwo hingehen, bevor du mir nicht erklärt hast, wer du bist und was du hier machst«, sagte er schneidend. »Das ist mein Ernst, Leslie. Ich will die Wahrheit wissen, und zwar sofort!«

Leslie hatte in den letzten Wochen genug über diesen Mann herausbekommen, um sich einer Sache völlig sicher zu sein: Es wäre einfacher, eine jahrhundertealte Eiche mit bloßen Händen auszureißen, als Sully auch nur einen Millimeter weit zu bewegen, bevor er nicht willens war, den Weg zu räumen. »In Büchern vertraut sich die Heldin *immer* den falschen Männern an«, erklärte sie ihm streng.

Sollte es überhaupt möglich sein, daß ein Mann zugleich wutentbrannt und verdutzt aussah, Sully brachte es fertig. Er rüttelte sie noch einmal. »Zum Teufel, wenn du mir nicht auf der Stelle sagst …«

Leslies innere Uhr warnte sie, daß wertvolle Sekunden verrannen, daher ließ sie die Witze übergangslos sein. »Schon gut, schon gut, ich sage dir, wer ich bin. Aber wir müssen *weiter.*«

Während sie weitergingen, klärte sie ihn auf.

»Er war hier«, sagte Amanda. Sie stieß sich von Walker weg und kam stolpernd auf die Beine, sie ging ein paar Schritte von ihm weg und deutete auf den Heubereich. »Er war hier. Ich habe ihn gesehen.«

Walker erhob sich ebenfalls, ging aber nicht auf sie zu. »Du kannst Brian in dieser Nacht unmöglich nach neun Uhr gesehen haben, Amanda. Ich habe mich bis vor ein paar Minuten selbst nicht mehr daran erinnert – aber eine von Brians Lieblingsstuten hat in jener Nacht bei uns drüben gefohlt, und es kam zu Komplikationen. Mein Vater hat Brian angerufen, und er ist kurz vor neun auf King High angekommen. Wir drei und der Tierarzt sind die ganze Nacht im Stall geblieben – Brian ist erst nach Sonnenaufgang wieder gegangen.«

Amanda lehnte sich gegen einen Stapel Heuballen und starrte ihn an. »Er ist nicht hiergewesen?«

»Nein. Nicht in der Nacht, in der du und Christine gegangen seid.«

»Aber dann …« Sie schloß kurz die Augen, dann öffnete sie sie wieder, um Walker unsicher anzusehen. »Aber dann muß es ja …«

»Jesse. Du warst unter Schock, und das Licht war schlecht; du hast Jesse mit Brian verwechselt.«

»Aber wieso?« Amandas Stimme war verwirrt. »Welchen Grund hätte Jesse gehabt, so auf Matt einzuprügeln?«

»Wegen deiner Mutter, dieser Schlampe.«

Die Stimme, rauh vor Aufgewühltheit, riß Amanda und Walker herum, und sie starrten Maggie an, die aus dem Schatten einer leeren Box trat. Sie trug eine Pistole in der Hand und zielte mit der nachlässigen Leichtigkeit von jemandem, dem der Umgang mit Feuerwaffen äußerst vertraut ist.

Sie grinste.

Amanda fror bis auf die Knochen. »Maggie? Aber das verstehe ich nicht.«

»Nein, das kann ich sehen. *Keine Bewegung,* Walker.«

Es war ganz instinktiv gewesen; er stand mehrere Schritte von Amanda entfernt, und die Notwendigkeit, sie vor Maggies Pistole und ihrem Haß in Schutz zu nehmen, hatte ihn überwältigt. Aber er verharrte regungslos, überzeugt, daß Maggie gewillt und fähig wäre, sie beide zu töten, wenn er ihr den Anlaß dazu gab.

»Sie hassen mich.« Amanda starrte Maggie an. »Aber warum?«

»Ich hätte eigentlich gedacht, daß Sie das inzwischen rausgefunden hätten, Amanda«, sagte Maggie, die noch immer dieses leere, eisige Grinsen hatte. »Ich meine, es ist doch so offensichtlich. Überlegen Sie doch mal, was Sie da gesehen haben.«

»Daß – daß Jesse Matt Darnell verprügelt hat?«

Maggie nickte. »Und was glauben Sie, warum er das wohl gemacht hat? Victor hat Ihnen ja von Christines Verhältnis mit Matt erzählt. Und Sie haben gesehen, wie Jesse Matt zu Tode geprügelt hat.«

Amanda machte ein leises Geräusch. »Das – das Skelett ...«

»Matt. Ich habe ihn da draußen vergraben, wissen Sie. In derselben Nacht. Hab' auch seinen ganzen Krempel gepackt und beiseite geschafft. Ich mußte Jesse beschützen. Ich konnte nicht zulassen, daß sie ihn mir wegnehmen.« Ihr Mund verzog sich verbittert. »Nicht, daß er jemals ... aber ich durfte ihn nicht verlieren.«

»Aber ich …«

»Deine Mutter, diese Schlampe, sie hat versucht, ihn mir wegzunehmen. Oh ja, sie hat natürlich ganz unschuldig getan. Aber sie hat ihn nicht aus ihren hinterlistigen, kleinen Augen gelassen. Ich hab's genau gesehen. Sie hat gewußt, daß er immer noch auf sie scharf war, ganz genau hat sie's gewußt. Also hat sie angefangen, mit Matt ins Bett zu gehen, hat ihre schäbige Affäre zur Schau gestellt, bloß, um ihn zu quälen. Bloß, um ihn zu bestrafen. Sie hat ihn zum Mörder gemacht.«

In Amandas Augen dämmerte die Erkenntnis. »Sie meinen doch nicht etwa, daß er … daß Jesse und meine Mutter …«

»Himmel, haben Sie 'ne lange Leitung. Muß ich's Ihnen vorsagen? Sie sind nicht Brians Tochter, Amanda. Sie sind die von Jesse.«

»Maggie!«

Es war ein Schmerzensschrei, und er ließ sie alle auffahren, auch wenn niemand sich bewegte, als Jesse in den erleuchteten Halbkreis trat, den die einzelne Glühbirne in die Halle warf. Er war vom Regen durchnäßt und sah zum ersten Mal wirklich krank aus, sein Gesicht war gespenstisch ausgehöhlt.

Er schaute zuerst auf Amanda, mit einem flehenden Blick, vor dem sie zurückwich, dann richtete er seine gequälten Augen auf Maggie. »Das kannst du nicht machen«, befahl er.

Maggie lachte gellend. »Hast du denn wirklich geglaubt, daß ich es nicht herausfinden würde, Jesse? Das mit dir und Christine? Ich hatte natürlich einen Verdacht, in dem Sommer, in dem es passiert ist. In dem Sommer, bevor Amanda zur Welt kam. Du hast mich kaum angelangt, also war mir klar, daß da jemand anderes war. Aber ich hätte mir nie träumen lassen … Sie war die Frau *deines Sohnes,* Jesse!«

»Ich weiß.« Seine Stimme war leise, erbärmlich. »Gott, glaubst du vielleicht, daß ich das nicht weiß? Glaubst du vielleicht, mir war damals nicht klar, daß ich meine Seele in die ewige Verdammnis schicke, für das, was ich da tue?«

»Aber warum dann alles?« wollte Maggie wissen. »Was hast du von ihr gebraucht, daß ich dir nicht geben konnte?«

»Maggie, das war keine Entscheidung, kannst du das denn nicht verstehen?« Jesse warf Amanda einen weiteren kurzen, gepeinigten Blick zu, dann richtete er seine Augen auf die Frau, die er verraten hatte. »Es ist nicht so, daß ich es *gewollt* hätte. Es ist einfach passiert. Wir waren an diesem Tag allein im Haus und ... dann ist es einfach passiert.«

Maggies Mund verzog sich. »In deinem Bett?«

»Nein, Maggie ...«

»In *ihrem* also? In ihrem Ehebett?«

»Spielt das denn eine Rolle?« Es war offensichtlich, daß Jesse sich sträubte, überhaupt darüber zu sprechen, ganz zu schweigen davon, intime Details offenzulegen, aber er versuchte ebenso offenkundig, Maggie zu besänftigen und das wahre Ausmaß seiner Falschheit herunterzuspielen. »Maggie, es ist nur ein einziges Mal passiert, ich schwöre es dir. Nur einmal.«

»Und bei diesem einen Mal hast du geschafft, wozu Brian in drei Jahren Ehe nicht fähig war«, stellte sie zerstört fest. »Dein Samen hat in ihr Wurzeln gefaßt. Fahr zur *Hölle!*«

»Ich habe nicht gewußt, daß es mein Kind war! Ich habe es nie auch nur vermutet, bis Amanda größer war und – und dann wußte ich es.«

Maggies Lachen war hoch, zitternd, mehr der Klang des Leidens als der Belustigung. »Und dann? War das der Zeitpunkt, an dem du wieder von Christine besessen warst, Jesse? War es dann, daß du sie dir wieder ins Bett geholt hast?«

»Nein! Ich schwöre dir, Maggie, ich habe nie wieder mit ihr geschlafen. Sie wollte nicht – ich wollte nicht, daß Brians Ehe zerstört wird.«

Maggie starrte ihn mit ungläubigen Augen an. »Du Hurensohn. Dein Sohn hat seine Halbschwester Tochter genannt, und du wolltest nicht, daß seine Ehe zerstört wird?«

»Maggie, bitte.« Jesse warf Amandas weißem Gesicht einen weiteren raschen Blick zu.

»Bitte was? Bitte sei so großzügig, über die Tatsache hinwegzusehen, daß du mit deiner Schwiegertochter ein Kind gezeugt hast? Bitte vergiß, daß deine Besessenheit von Christine dich dazu gebracht hat, keine drei Meter von hier einen Mann zu erschlagen?« Jesse machte ein leises Geräusch, rauh von Schmerz. »Nein, er war noch am Leben, als ich ihn verlassen habe. Er hat noch geatmet.«

»Er hat aufgehört zu atmen«, erklärte Maggie ihm unverblümt. »Ich nehme an, du hast gedacht, er ist in dieser Nacht mit Christine abgehauen? Nein, Jesse, Matt Darnell hat Glory niemals verlassen. Ich habe dieses Schlamassel für dich bereinigt, genauso, wie ich auch die unzähligen anderen für dich vertuscht habe. Ich habe dich beschützt und dich geliebt, und die ganze Zeit über war sie es, die du im Kopf hattest, war sie es, die du nie vergessen konntest.«

»Es tut mir leid.« Jesse machte einen kleinen Schritt auf sie zu. »Ich habe dich immer geliebt, Maggie, das weißt du doch.«

Sie schüttelte langsam den Kopf, die Augen immer noch ungläubig, vom Wissen gepeinigt. »Nein, das hast du nicht. Du hast einfach zugelassen, daß ich dich liebe, weil es dir in den Kram paßte, weil du eine Frau in deinem Bett wolltest.«

»Maggie ...«

»Und sie ist an allem schuld«, murmelte Maggie, wie zu sich selbst. »Sie hält dich immer noch gefangen, mit dem Kind, das sie dir geschenkt hat. Aber darum kann ich mich kümmern. Ich kann das Band durchtrennen. Und dann wird sie keine Macht mehr über dich haben. Dann wirst du mich lieben, ich weiß, daß du mich dann lieben wirst.«

Walker wollte den Blick von ihrem Gesicht wenden, von der ungeschminkten Wahrheit, daß diese stolze Frau Jesse so lange und so unbedingt geliebt hatte, daß nicht einmal dieser schreckliche Verdacht ihre Liebe zerstören konnte. Aber er konnte den Blick nicht abwenden.

Die Pistole in ihrer Hand, die sie so ruhig hielt, hob sich ein paar Zentimeter und zielte auf Amandas Kopf.

»Es ist nicht Amandas Schuld, Maggie – du kannst sie nicht für meine Sünden verantwortlich machen! Bitte – gib mir die Pistole ...« Es war ein Anzeichen dafür, wie erschüttert Jesse war, als er als Bittsteller auftrat, daß er bettelte, wo er immer nur befohlen hatte.

»Nein, ich muß sie loswerden«, sagte Maggie, plötzlich überlegt. »Ich hätte sie ohnehin umgebracht, weil sie die Tochter von dieser Hure ist, aber jetzt wird mir klar, wie wichtig es ist, daß Christine keine Macht mehr über dich hat. Ich muß das Band durchtrennen. Ich muß. Dann können wir für immer zusammensein.«

Er machte einen Schritt auf sie zu. »Maggie, hör mich an.« Noch einen Schritt. »Ich habe mich wie ein Schwein benommen, ich weiß, aber gib mir bitte eine Chance, alles wiedergutzumachen.« Noch ein Schritt. »Mach nicht unsere letzten Monate miteinander zunichte, indem du Amanda verletzt.«

»Unsere letzten Monate? Nein, uns bleiben noch Jahre, Jesse, das weißt du doch. Du wirst mich niemals verlassen. Nach allem, was ich für dich getan habe, wirst du mich nicht verlassen.«

»Nein, ich werde dich nicht verlassen«, beschwichtigte er.

»Aber ich muß Amanda töten. Das siehst du doch ein, oder? Du mußt es einfach einsehen.« Sie war immer noch völlig vernünftig und versuchte, ihn zu überzeugen.

»Nein, Maggie ...« Und dann sprang er.

Walker, der erriet, was Jesse vorhatte, bewegte sich im selben Moment, um sich auf Amanda zu werfen. Er stieß sie zurück in den Wartungsbereich, das Heu federte ihren Fall ab, und er spürte sie bei dem ohrenbetäubenden Knall von Maggies Waffe zusammenzucken.

Er schirmte sie immer noch ab und mußte sich daher verrenken, um zu sehen, wie Jesse hinter ihm stolperte und dumpf zu Boden fiel. Er sah, wie Maggies Mund in einem stillen Schrei der Qual weit offenstand und sah, wie sie die Pistole hochzog, um ein zweites Mal auf Amanda anzulegen.

Dann folgte ein zweiter Knall, und Maggies Pistole flog ihr aus der Hand. Sie jammerte, preßte sich die blutende Hand an die Brust, drehte sich um und rannte los, die lange Stallhalle entlang und hinaus in den wütenden Sturm.

Amanda kämpfte, versuchte aufzustehen. Walker bewegte sich und half ihr auf. Er sah, wie Sully und Leslie Kidd, beide naß und grimmig, auf sie zukamen. Sully hielt eine Pistole in der Hand.

»Amanda ...« Jesses Stimme war schwach.

Sie fiel neben ihm auf die Knie, und ihre Hand griff nach der großen, die er ihr unsicher entgegenstreckte. »Ganz ruhig«, murmelte sie. »Wir werden Helen rufen, und – und dann wird alles wieder gut.«

Die Kugel hatte ihn frontal in der Mitte der Brust getroffen, und jedem war klar, daß Amanda sich irrte. Mit Jesse würde nichts wieder gut werden. Es war ein Wunder, daß er überhaupt noch atmete, ganz zu schweigen davon, daß er noch sprechen konnte.

»Amanda ... ich habe nie gewollt, ... daß dir etwas passiert. Ich habe deine Mutter geliebt. Ich habe sie sehr geliebt. Und ich liebe dich. Bitte ... bitte vergiß das nie.«

»Das werde ich nicht. Das werde ich nicht, Jesse.« Ihre Stimme, die den Schock überwunden hatte, war benommen.

Sein Griff wurde fester, während zugleich die silbernen Augen trüber wurden. »Es tut mir leid«, flüsterte er. »Es tut mir so leid ... Amanda ...«

Leslie war es, die sich zur anderen Seite von Jesses reglosem Körper niederkniete und nach seinem Puls fühlte. Einen Moment später stand sie langsam wieder auf und schüttelte den Kopf.

Amanda befreite ihre Hand aus Jesses erschlafftem Griff und bettete seine Hand sachte neben seinem Körper. Sie richtete sich auf, und ihre Bewegungen waren dabei so langsam und steif, daß es schien, als widerstrebe es ihrem Körper, sich überhaupt zu bewegen.

»Hast du es mit angehört?« fragte Walker Sully.

»Hmm.« Sully starrte auf Jesses Leiche hinunter. »Wir haben jedes Wort gehört.«

Amanda drehte sich um, ließ die Arme um Walkers Hüfte gleiten und hielt sich ganz fest. Er spürte, wie sie zitterte, aber sie gab keinen Ton von sich.

»Er hat die ganze Zeit auf Sie geschaut«, erklärte Leslie Kidd Amanda über eine Stunde später, als sie im vorderen Salon saßen und auf eine Nachricht vom Sheriff und seinem Deputy wegen Maggies Verbleib warteten. Sie nickte in Richtung Sully. »Hat meinen Job erledigt.« Reece, der von all dem völlig verwirrt war, sagte: »Sie sind Privatdetektivin? Amandas Privatdetektivin? Ich dachte, Sie reiten.«

»Reiten tue ich außerdem. Aber ich bin hierhergekommen, um ein Auge auf Amanda zu haben, nachdem wir uns beide ziemlich sicher waren, daß irgend jemand höllisch scharf darauf war, sie tot zu sehen.« Die Rothaarige zuckte mit den Schultern. »Es hat nicht lange gedauert, bis mir klar war, daß Sully denselben Verdacht hatte.«

Walker sah Sully an. »Vielleicht habe ich dich ja verkannt.«

»Bis heute war alles, was ich hatte, ein Verdacht«, sagte Sully. »Vielleicht war die Vergiftung auf der Party ein Zufall, aber ich fand es schon sehr seltsam, daß sie die einzige war, die ernsthaft betroffen war. Aber dann sind die Hunde verschwunden, und das hat mir wirklich Sorgen gemacht.« Sully zuckte mit den Schultern. »So wie ich die Sache sah, konnte es nur einen Grund geben, die Hunde aus dem Weg zu räumen. Um an Amanda ranzukommen. Ganz offensichtlich war jemand hinter ihr her. Nachdem sie an diesem Nachmittag jemand mit dem Hundegebell in den Wald gelockt hatte, war ich sicher.«

»Gelockt?« Amandas Stimme hörte sich immer noch benommen an, und ihr Gesicht hatte jede Farbe verloren.

Sully sah sie an, und seine sonst so rauhe Stimme wurde sanfter. »Gelockt. Ich vermute, mit einem Kassettenrecorder oder etwas in der Art. Ich habe die Hunde gefunden, Amanda. Tot, mindestens ein paar Tage schon, wahrscheinlich vergiftet – auf dem Grund von einem aufgelassenen, alten Brunnen, in den du wahrscheinlich auch gestoßen werden solltest.«

»Sie wollte, daß Amandas Tod wie ein Unfall aussieht«, murmelte Leslie. »Wenigstens – solange sie klar denken konnte, war es das, was sie wollte.«

Amanda sagte: »Woher konnte sie wissen, daß ich – daß ich seine Tochter bin? Er hat das Ergebnis von dem DNS-Test verbrannt.«

»Maggie hat es wahrscheinlich auf dieselbe Art herausbekommen wie ich«, sagte Kate, deren Stimme sich ebenfalls ein wenig benommen anhörte. »Sie hat dich im Bikini gesehen, Amanda.«

Amanda schüttelte verständnislos den Kopf.

»Du hast ein Muttermal auf der linken Seite vom Brustkasten, genau unter der Brust. Ein umgedrehtes Herz.«

»Richtig. Und?«

Kate, die sich ohne Zweifel überstürzt angezogen hatte und ein T-Shirt und Shorts trug, hob den Saum ihres T-Shirts so hoch an, daß weit oben an der linken Seite ihres Brustkastens ein winziges Muttermal sichtbar wurde. »Adrian und Brian hatten auch welche. Genauso wie Jesses Vater und Urgroßvater. Es überspringt jedesmal eine Generation. Und als Maggie es an dir gesehen hat, mußte ihr klar sein, daß du seine Tochter warst.«

Verwirrt sagte Amanda: »Aber warum hat dann mein – warum hat Brian die Wahrheit nicht erkannt?«

»Wahrscheinlich wußte er nicht, daß du sein Muttermal nicht tragen dürftest, Amanda«, erwiderte Kate. »Er hat sich nicht besonders für die Familiengeschichte interessiert, und über das Muttermal hat Jesse uns als Kinder nie aufgeklärt. Ich habe es nur erfahren, weil ich in alten Aufzeichnungen der Familie gestöbert habe – und Maggie hat es wahrscheinlich auf dieselbe Weise herausgefunden.«

»Das Offensichtliche übersehen wir oft«, bemerkte Leslie. »Das liegt in der menschlichen Natur.«

»Wahrscheinlich haben Sie recht«, murmelte Amanda.

Danach hatte niemand mehr viel zu sagen. Sie saßen einfach da und warteten ab, um zu erfahren, was mit Maggie los war. Es war kurz nach Mitternacht, als Sheriff Hamilton in einem gelben Regenmantel ins Haus kam, um zu berichten, daß man Maggie gefunden hätte, draußen im Tal unter einer sehr großen Eiche. Sehr friedlich.

Und sehr tot.

14

An diesem Morgen, Mitte Juli, war es schon um kurz nach acht heiß und schwül. Walker spürte sowohl die Hitze als auch die Feuchtigkeit, als er aus seinem Schlafzimmer auf die Galerie trat. Er ging bis ans Ende und lehnte sich auf das Geländer.

Von hier aus konnte er den Beginn des rückwärtigen Weidezauns sehen, weiße Latten, die im grellen Sonnenlicht blitzten. Sein friedliches, altes Reitpferd stand mit dem Kopf über den Zaun gestreckt, die Augen zweifellos in seliger Wonne geschlossen, während eine sanfte Hand seinen Hals streichelte.

Ein oder zwei Wochen noch, dachte Walker, während er zusah, dann würde Amanda bereit sein, zum ersten Mal seit zwanzig Jahren, wieder in den Sattel zu steigen.

Sie hatte es nicht leichtgehabt, in diesen letzten Wochen. Jesses gewaltsamer Tod, Maggies Selbstmord – ironischerweise mit demselben Gift verübt, mit dem sie versucht hatte, auch Amanda umzubringen – wären für Amanda und alle anderen an sich schon nicht leicht zu verarbeiten gewesen, aber die Aufdeckung eines zwanzig Jahre zurückliegenden Mordes und die beinahe hundertprozentige Gewißheit, daß Victors Tod nicht auf einen Unfall zurückzuführen war, hatte weit mehr verursacht als nur ein kurzes Aufsehen.

Und das nicht nur regional. Es hatte landesweite Interesse gegeben, hinter jedem Baum schienen die Fernsehteams und Reporter der Revolverblätter auf der Lauer zu liegen – und es ging das Gerücht, es sei bereits ein Fernsehspiel in der Mache.

Die ganze Wahrheit mußte ans Licht kommen – oder doch zumindest soviel wie eben möglich war, wenn so viele der Hauptbeteiligten nichts mehr dazu sagen konnten. Auf einem Familientreffen, das abgehalten wurde, um die Lage zu besprechen, bevor eine öffentliche Verlautbarung abgegeben werden sollte, hatte Amanda ihre eigenen Gefühle ohne Zögern dargelegt. Sie wollte nicht, daß weitere Geheimnisse wie ein Damoklesschwert über ihr schwebten. Geheimnisse konnten tödlich sein. Ganz gleich, wie verstörend die Enthüllung der Vaterschaft auch sein mochte, sie wünschte, daß alles an die Öffentlichkeit käme.

Die anderen stimmten zu.

Die Kleinstadt Daulton, die von den Enthüllungen erschüttert war, schien anfänglich zu zweifeln, aber da Kate, Reece und Sully gemeinsam hinter Amanda standen – von Walker ganz zu schweigen –, wurde schließlich zur Kenntnis genommen, daß der Familiengeschichte der Daultons ein weiteres eigenwilliges Kapitel hinzugefügt worden war, und wen konnte das schon wirklich überraschen?

Was Amanda anging, hatten die gewaltsamen Ereignisse dieses letzten Tages Wunden hinterlassen, die nur langsam verheilten. Sie verschlief viele, aber nicht gerade friedliche Stunden; das war normal, erklärte Helen. Und sie war stiller als zuvor, was ebenso zu erwarten gewesen war. Es war offensichtlich, daß sie sich schuldig fühlte, weil ihre Rückkehr nach Glory so viel Tragisches in Gang gesetzt hatte, und auch damit hatte sie sich auseinanderzusetzen. Aber sie war eine Daulton, und Walker war überzeugt, daß ihre innere Stärke schließlich die Oberhand gewinnen würde. Er hatte sehr wenig Zeit verloren, um sie nach King High zu bringen, eine Ortsveränderung, der Amanda ohne Frage oder Widerspruch, dafür aber mit eindeutiger Erleichterung zugestimmt hatte; Glory würde niemals ihr Zuhause sein. Es war allerdings, zumindest zum Teil, ihr Eigentum. Jesse Daulton hatte sie alle, wie nicht anders zu erwarten, noch einmal übers Ohr gehauen. Seine »Geschäftsreise« nach Asheville an dem Freitag vor seinem Tod, hatte tatsächlich einen Besuch bei einer sehr teuren und effizienten Anwaltskanzlei zum Ziel gehabt, bei der er sich, in wenigen Stunden, ein neues Testament hatte aufsetzen lassen.

Und das war, wie Walker zugestehen mußte, ein beachtliches Schriftstück geworden. Da er, neben Sully, zum Mitvollstrecker ernannt worden war, hatte er der Familie das Testament verlesen, und obgleich es große Überraschungen bereitgehalten hatte, würde es keine gerichtlichen Auseinandersetzungen um das Erbe geben. Sully, dem Glory ohne Frage am meisten am Herzen lag, hatte den Daultonschen Rennstall zur Gänze und einen gleichen Anteil an Haus und Ländereien zugesprochen bekommen. Reece, Kate und Amanda bekamen ebenfalls gleiche Anteile an diesem Besitz. Reece war die völlige Kontrolle über den Teil von Daulton Industries, von dem er am meisten verstand, übertragen worden, die Produktion – Kate blieb die Leitung über alles Übrige.

Das war die eigentliche Überraschung, denn obwohl Kate

zwar mit Sicherheit äußerst geschäftstüchtig war, war niemandem aufgefallen, daß auch Jesse diese Fähigkeiten an der Tochter, die er – zumindest scheinbar – praktisch ignoriert hatte, wahrgenommen hatte.

Walker dachte, daß Kate die meisten der Familienbetriebe wahrscheinlich mit großem Erfolg leiten würde, wenn sie sich erst von dem Schock erholt hatte.

Und was Amanda anging, so hatte sie die Vorstellung, überhaupt etwas zu erben, zunächst von sich gewiesen, aber Walker drängte sie, die Entscheidung zumindest für ein paar Monate aufzuschieben. Sie sei nicht in der geistigen Verfassung, die Sachlage logisch zu durchdenken, erklärte er ihr; sie müsse sich Zeit lassen, bis ihre Wunden verheilt wären, bevor sie sich entscheiden würde, was zu tun sei. Glory war schließlich und endlich ihr Erbe.

Walker bezweifelte, daß seine Argumente großes Gewicht hatten, aber der Brief, den Jesse Amanda hinterlassen hatte, gab ihr zweifellos genug Anlaß nachzudenken. Sie hatte ihn zur selben Zeit erhalten, zu der auch das neue Testament angekommen war. Es handelte sich um einen versiegelten Brief, und die Anwaltskanzlei hatte die Anweisung bekommen, ihn Amanda unter vier Augen auszuhändigen, so daß der Rest der Familie nichts von seiner Existenz wüßte – es sei denn, Amanda würde beschließen, ihnen davon zu erzählen.

Er nahm an, daß sie das auch eines Tages tun würde. Bislang aber hatte nur Walker ihn gesehen. Er hatte nicht darum gebeten, ihn lesen zu dürfen, aber Amanda hatte es ihm angeboten, da sie, wie sie sagte, den Wunsch hatte, er würde soviel über die Vergangenheit wissen wie sie selbst.

Walker hatte den Brief nur ein einziges Mal gelesen, aber er hatte den Inhalt noch immer lebhaft vor Augen und wenn er sich daran erinnerte, dann war es Jesses Stimme, die er hörte.

Meine geliebte Amanda,
ich wünschte, es gäbe einen schonenden Weg, Dir zu sagen, was ich glaube, daß Du wissen mußt. Ich wünschte, ich wäre stark genug gewesen, es Dir zu sagen, bevor ich von Dir gehen mußte, aber obwohl ich es wollte, habe ich nie den Mut dazu aufgebracht. Bitte vergib mir dafür.
Auch du kennst die Liebe, nicht wahr? Du weißt, wie sie uns ohne Vorwarnung gefangennimmt, uns keine andere Wahl läßt, als unsere Gefühle zu bekämpfen – oder zu ertragen? Ich glaube, Du weißt es, Amanda; ich habe gesehen, wie du Walker ansiehst.
Ich habe Christine geliebt. Das war etwas, worüber ich keine Kontrolle hatte, es war nicht meine Entscheidung. Ich habe mich in die Frau meines Sohnes verliebt und ich kann Dir nicht einmal annäherungsweise beschreiben, welche Qualen das bedeutete. Ich trage die Schuld an dem, was geschah, Amanda. Ich hätte stark genug sein müssen, mich gegen das zu wehren, was ich fühlte, oder doch selbstlos genug, um nicht länger darauf zu bestehen, daß sie so viele Monate auf Glory verbringen, so daß Brian und Christine hätten versuchen können, ihre Probleme ohne fremde Einmischung zu lösen.
Aber ich war egoistisch. Ich wollte meinen Sohn um mich haben, auch wenn er so furchtbar lange auf Turnieren unterwegs war und Christine mir zu nahe war. Zu verlockend. Es ist nur ein einziges Mal passiert, Amanda. Christine war einsam, ihre Ehe wegen Brians – und wegen meines – Egoismus zerrüttet, daß ich sie so sehr liebte wie meine Mary. Vielleicht sogar mehr.
Ich werde Dir nichts vormachen und behaupten, ich hätte bereut, was dann passierte. Das tat ich nicht. Das einzige, was mir leid tat, war, daß sie die Frau meines Sohnes war und daher nie die meine werden konnte. Sie hat mir gesagt, daß sie mich liebt. Vielleicht tat sie das. Sie wollte sich von

Brian scheiden lassen, aber das hätte ich niemals zulassen können. Ich hätte den Skandal, der entstanden wäre, wenn ich die Ehe meines Sohnes zerstört und dann seine Frau für mich beansprucht hätte, nicht ertragen können.

Aber letztendlich war das, was ich tat, schlimmer, viel schlimmer.

Ich habe sie gezwungen, bei ihm zu bleiben. Bestechungen, Drohungen, alles, was nötig war. Dann merkte sie, daß sie schwanger war – und für eine Weile wurde Brian ein besserer Ehemann. Also blieb sie bei ihm.

Ich schwöre Dir, Amanda, ich hatte keine Ahnung, daß Du mein Kind warst. Erst im Kleinkindalter habe ich das Muttermal gesehen, das Mal, das nur mein Kind tragen konnte, und inzwischen war aus Christines Liebe zu mir Verbitterung geworden.

Was hätte ich denn machen sollen? Die Wahrheit hätte meinen Sohn vernichtet, die Familie zerrissen und Dein Leben ruiniert. Also mußte ich schweigen.

Es war die Strafe für das, was ich getan habe, daß ich zusehen mußte, wie Du zu einem wunderschönen Mädchen herangewachsen bist, und dabei wußte, Dir niemals sagen zu können, daß Du meine Tochter bist. Daß ich zusehen mußte, wie Christine Jahr für Jahr unglücklicher wurde, während Brian sie mit seiner Eifersucht und seiner Mißachtung quälte.

Ich vermute, was dann passierte, war unausweichlich. Sie verliebte sich in einen anderen.

Ich weiß nicht, an wieviel Du Dich von dieser letzten Nacht noch erinnerst, Amanda. Ich weiß nicht, was du gesehen hast, oder was Deine Mutter Dir erzählt hat. Ich weiß nicht, wie wichtig es Dir wirklich ist, zu wissen, was geschah. Aber ich glaube, ich bin Dir die Wahrheit schuldig.

Ich war der Ansicht, ich sei nicht mehr eifersüchtig auf Christine, aber als ich feststellte, daß sie einen anderen liebt … hat es mich wohl um den Verstand gebracht. Ich kann mich nicht an jede Einzelheit erinnern, aber ich weiß, daß ich ihren Liebhaber draußen in den Stallungen in die Enge getrieben habe und auf ihn losgegangen bin. Ich habe ihn bewußtlos zurückgelassen und nach dieser Nacht nie wieder gesehen; ich nehme an, er ist von Glory geflüchtet. Wie Christine. Sie hatte genug gesehen, glaube ich, um in Angst und Schrecken zu geraten. Vielleicht nahm sie an, ich würde als nächstes auf sie losgehen, oder daß Brian von ihrem Liebhaber erfahren würde … ich weiß es nicht. Alles, was ich weiß, ist, daß sie Dich genommen hat und weggelaufen ist.

Ich wünschte, ich könnte behaupten, das wäre das Ende der ganzen Sache gewesen, das Ende meines Wahns. Aber das kann ich nicht. Ich beging noch eine letzte unverzeihliche Tat, Amanda. Im Zorn habe ich Brian gesagt, daß Du nicht seine Tochter bist. Es war meine Schuld, daß er an diesem Tag vor Wut raste, meine Schuld, daß er sich an einen Sprung wagte, den er nie angegangen wäre, hätte er alle Sinne beisammen gehabt.

Ich habe meinen Sohn umgebracht.

Ich weiß, daß Du mir das alles vielleicht niemals vergeben kannst. Alles, was ich zu meiner Verteidigung vorbringen kann, ist, daß ich aus Liebe gehandelt habe, zu jeder Zeit. Aus meiner Liebe zu Christine, zu Brian und zu Dir. Und was die Zukunft angeht, so überlasse ich es Dir, zu entscheiden, ob Du meine Vaterschaft anerkennen willst. Zusammen mit diesem Brief wird Dir ein unterschriebenes und beglaubigtes Dokument ausgehändigt werden, in dem ich bestätige, daß Du meine Tochter bist. Außerdem besitzt das Labor in seinen Unterlagen noch immer das Ergebnis des DNS-Tests, der die Vaterschaft beweist. Es wird keine juristischen Probleme geben, solltest Du Dich entschließen, an die Öffentlichkeit zu treten.

Amanda, wenn Du mir nicht verzeihen kannst, bitte versuche zumindest, mir zu glauben, daß ich Dich liebe. Du bist das einzige Gute und Teure, das einer unmöglichen Beziehung entsprang, und das haben weder ich noch Christine jemals bereut.

In Liebe, Jesse

Walker war seinerseits immer noch dabei, zu versuchen die Erkenntnis, wie viele Leben Jesse tatsächlich zerstört hatte, zu verarbeiten; er konnte nur erahnen, um wieviel niederschmetternder Amanda den Schock der Wahrheit empfunden hatte. Es war sicherlich kein Wunder, daß sie auch jetzt noch so still war. Sie mußte sehr viel aufnehmen, akzeptieren.

In der Zwischenzeit war sie natürlich bei ihm, und das war alles, was er von ihr verlangte. Es hatte ihn einige Mühe gekostet, keine Forderungen zu stellen, geduldig abzuwarten und ihr die Zeit zu geben, die sie brauchte, und an diesem drückenden Julimorgen war er einigermaßen sicher, daß sie das Schlimmste hinter sich hatte.

Ein Knurren aus der unmittelbaren Umgebung seines Knies brachte Walker dazu, nach unten zu schauen. Ein großknochiges, braunschwarzes Geschöpf mit einem angelegten Ohr schaute ihn an.

»Nein, du bekommst keinen von meinen Schuhen mehr«, erklärte Walker dem Dobermann-Welpen streng. »Geh deinen Bruder suchen und hilf ihm, eins von den Blumenbeeten umzugraben, wenn du dich langweilst.«

Der Welpe, den Amanda Angel getauft hatte (»weil das nämlich so weit von Massenmördern weg ist, wie es nur geht«), kratzte sich energisch hinter den Ohren und machte ein *wuff,* das seiner Vorstellung von Bellen entsprach, dann machte er sich auf die Suche nach seinem Bruder, der den Namen Gabriel trug und der es liebte, Blumenbeete umzugraben.

Walker wandte seine Aufmerksamkeit wieder dem Anblick von Amanda zu, die ein Pferd streichelte. Er sah ein paar Minuten zu, dann ging er die Treppe hinunter in die heiße Sonne.

»Du wirst dich noch so verbrennen, daß du eine Kruste bekommst«, sagte er, als er zu ihr trat.

Sie tätschelte das alte Pferd ein letztes Mal und drehte sich mit einem Lächeln zu ihm um. »Ich habe schichtenweise Sonnencreme aufgelegt, wie üblich.«

»Das wird dich aber nicht vor einem Sonnenstich schützen.« Walker neigte den Kopf, um sie zu küssen.

»Stimmt.«

Im stillen Einvernehmen gingen sie auf den Weg, der nach Glory führte. An den meisten Morgen gingen sie vor dem Frühstück bis zum Pavillon und zurück; es war ein angenehmer Spaziergang, den sie beide genossen. »Les will irgendwann diese Woche mit uns mittagessen«, bemerkte Amanda unbekümmert. »Ich glaube, es ist ihr wirklich ernst damit, zu bleiben.«

Walker war derselben Ansicht. Im Gegensatz zu Amanda fand die schlanke, rothaarige, ehemalige Privatdetektivin Glory ganz offensichtlich nicht zu überwältigend. Und sie schien sich in der Tat mit beinahe telepathischer Leichtigkeit mit Tieren zu verständigen – und mit großgewachsenen, temperamentvollen Daultons ebenso.

»Weil wir gerade vom Hierbleiben reden«, sagte Walker beiläufig, »was hältst du eigentlich von einer Hochzeit im Herbst?«

Amanda blieb stehen und sah zu ihm auf. Sie waren beinahe am Steg angekommen und standen auf dem Weg zum Pavillon. Sie lächelte. »Was hättest du dir denn so vorgestellt?«

»Eine stille Feier und eine lange Hochzeitsreise. Weiter habe ich noch nicht gedacht.« Er hob eine Hand an ihre Wange und beruhigte die von der Sonne erhitzte Haut über ihrem Wangenknochen. Plötzlich und überhaupt nicht mehr beiläufig sagte er: »Ich liebe dich. Himmel, ich liebe dich. Heirate mich, Amanda.«

Ihre Augen erforschten sein Gesicht auf das Genaueste. Schließlich, nach dem, was ihm wie eine Ewigkeit erschien, sagte sie heiser: »Ich habe dir schon längst versprochen, das zu tun.«

Walker spürte, wie sein Herz kurz aussetzte und dann anfing, wie wild in seiner Brust zu pochen. Ganz langsam sagte er: »Ich ... kann mich gar nicht daran erinnern, dich in den letzten Monaten schon einmal gefragt zu haben.«

»Nein. Du hast mich nie gefragt. Du hast einfach mein Versprechen verlangt, daß ich dich heirate. Wenn ich groß bin.«

Er bewegte sich nicht, sagte kein Wort und war sich seines pochenden Herzens jetzt nur um so bewußter.

»Weißt du«, sagte sie nachdenklich, »die ganze Zeit über, all diese Wochen, hast du mich kein einziges Mal gefragt, ob ich mich an dich erinnere. Warum hast du das eigentlich nie gefragt?« Sie sah ihn an und lächelte ein wenig.

»Zuerst ... weil ich abwarten wollte, ob du nicht selbst davon anfangen würdest.«

»Du meinst, du wolltest abwarten, ob mir klarwerden würde, daß ich mich an dich erinnern *müßte*?«

Er lächelte. »Eine Hochstaplerin hätte das auch verspätet noch herausfinden können, wenn ihr klargeworden wäre, wie nah King High war – und wie ausgetreten der Weg ist.«

»Hmm. Aber dann wurde dir schließlich klar, daß ich die echte Amanda war.« Von plötzlicher Neugier gepackt fragte sie: »Wann genau war das eigentlich?«

»An dem Tag, an dem wir uns im Pavillon geliebt haben«, antwortet er ohne zu zögern.

Amanda war verblüfft. »Aber ... danach hast du mich noch in dein Büro zitiert, um mich mit der Tatsache zu konfrontieren, daß ich nicht Amanda Grant bin.«

Walker nickte. »Ich wußte, daß du in der Beziehung gelogen hast. Aber, wie du selbst gesagt hast, der Name, den du benutzt hast, während du aufgewachsen bist, sagt nichts darüber aus, ob du als Amanda Daulton zur Welt gekommen bist oder nicht.«

Ihr Blick suchte sein Gesicht gespannt ab. »Was hat dich so sicher gemacht, daß ich die echte Amanda bin?«

Seine Antwort war einfach, und seine innere Überzeugung sprach deutlicher, als es Worte je vermocht hätten. »Meine Gefühle für dich. Ich hätte niemals eine Hochstaplerin lieben können, und an diesem Tag wurde mir klar, daß ich dich so sehr liebe, daß es nicht mehr normal ist.«

Nach einem Augenblick holte Amanda tief Luft. »Warum hast du damals nicht gefragt, ob ich mich an dich erinnere, Walker?«

»Vielleicht wollte ich es nicht riskieren.« Er zuckte ein wenig mit den Schultern. »Da war so viel, an das du dich nicht erinnern konntest. Wahrscheinlich wollte ich einfach nicht mit anhören müssen, wie du sagst, daß ich auch eine dieser Erinnerungslücken bin.«

Amanda nahm seine Hand und führte ihn mit sehr ernster Miene zum Pavillon. »Als du mich zum ersten Mal hierhergebracht hast«, murmelte sie, »habe ich mich gefragt, warum du nichts über diesen Ort sagst. Dann habe ich mich gefragt, ob du darauf wartest, daß ich etwas sage. Und dann kam mir in den Sinn, daß er dir vielleicht gar nicht wichtig sein könnte. Ich meine, es könnte ja sein, daß du den Pavillon nur deshalb hier hast bauen lassen, weil es eben ein hübsches Fleckchen ist, oder weil du gemeint hast, daß hier bei den Ruinen von dem alten Pförtnerhaus etwas stehen sollte. Das schien mir ... ein durchaus sinnvolles Vorgehen für dich zu sein.«

Er wartete schweigend ab.

»Ich konnte dich nicht wirklich danach fragen. Ich hatte schon entschieden, daß es das beste wäre, wenn ich keinen absolut eindeutigen Beweis liefern würde, daß ich Amanda

Daulton bin, daß ich sicherer wäre, solange noch praktisch jeder seine Zweifel hegte. Deswegen paßte ich genau auf, was ich wem offenbarte. Ich habe versucht, mich an Erinnerungen zu halten, die sie vielleicht jemandem anvertraut haben könnte und ich habe mich gezwungen zu ignorieren, was sie keiner anderen lebenden Seele mitgeteilt hätte. Wie diesen Ort und was er bedeutet.« Am Pavillon angekommen, ließ sie seine Hand los und trat an die alte Eiche, sie stieg über die Wurzeln, um nahe an den Stamm zu kommen und schob die schweren Zweige der Azalee beiseite, die mit ihrem dichten Sommerlaub so viel verdeckten. Langsam fuhr ihr Zeigefinger das unbeholfen geschnitzte Herz und die beiden Initialen darin nach: WM und AD.

»Ich nehme an«, sagte sie, »selbst eine falsche Amanda hätte das hier finden können. Und ihre Schlüsse gezogen.«

Walker räusperte sich und sagte heiser: »Das wäre wohl möglich.« Sie erlaubte den Azaleenzweigen, das Herz wieder zu verdecken, dann drehte sie sich um und ging zu ihm. Eine Armlänge von ihm entfernt blieb sie stehen, ließ eine Hand in die Vordertasche ihrer Jeans gleiten, und holte einen kleinen Gegenstand heraus. Sie streckte ihm die offene Handfläche entgegen.

»Aber hätte sie das hier finden können?«

In ihrer Hand lag ein breiter, grüner Stein. Er war eher trüb als durchsichtig, von tiefer, seltsam geheimnisvoller Farbe. Es hätte ein Stück einer grünen Flasche sein können, oder ein Stück von dem Quarz, das in den Bergen und Flüssen Carolinas so häufig zu finden ist. »Du warst überzeugt, daß es ein Smaragd ist«, sagte Amanda, während sie zu ihm aufsah, anstatt auf den Stein zu blicken, und er langsam die Hand ausstreckte, um ihn entgegenzunehmen. »Du hast gehört, wie dein Großvater von der Nacht gesprochen hat, in der sein Vater King High gewann, und daß bei dem Einsatz im entscheidenden Spiel ein paar Rohsmaragde dabeiwaren, und als du das hier im Bach gefunden hast, warst du sicher, daß das auch einer war. Sogar als dein Vater dir sagte, daß es nur Quarz sei, hast du noch geglaubt, es wäre ein Smaragd. Genau wie ich.«

Er hob den Blick, sah ihr in die Augen und traf auf so zärtliche, rauchgraue Augen, daß ihm beinahe das Herz stehengeblieben wäre.

»In der Nacht, als wir fort sind«, sagte sie, »habe ich Mama überredet zu warten, während ich zurück auf mein Zimmer gerannt bin, um ihn zu holen. Ich wußte, daß wir nicht mehr zurückkommen würden, und ohne ihn konnte ich nicht fort.«

»Amanda ...«

Sanft sagte sie: »Wenn ein zwölfjähriger Junge dem Mädchen, das ihn heiß und innig verehrt, seinen wertvollsten Besitz schenkt, dann ist das etwas, an das sie sich ihr ganzes Leben lang erinnern wird – und das sie immer behalten wird.«

Mit einem harschen Ton zog Walker sie in seine Arme, sein Mund fand blind den ihren, und Amanda sank mit dem zutiefst befriedigten Murmeln einer Frau, die endlich heimgekehrt ist, gegen ihn.